HEYNE <

LORENZ STASSEN

OPFER FLUSS

THRILLER

WILHELM HEYNE VERLAG
MÜNCHEN

Sollte diese Publikation Links auf Webseiten Dritter enthalten, so übernehmen wir für deren Inhalte keine Haftung, da wir uns diese nicht zu eigen machen, sondern lediglich auf deren Stand zum Zeitpunkt der Erstveröffentlichung verweisen.

FSC
www.fsc.org
MIX
Papier aus verantwortungsvollen Quellen
FSC® C083411

Verlagsgruppe Random House FSC® N001967

Vollständige deutsche Erstausgabe 03/2020

by Wilhelm Heyne Verlag, München,
in der Verlagsgruppe Random House GmbH,
Neumarkter Str. 28, 81673 München
Redaktion: Heiko Arntz
Printed in Germany
Umschlaggestaltung: punchdesign | Johannes Wiebel, München,
unter Verwendung von Motiven von © photocase.de
(willma...) und © shutterstock.com (Suzanne Tucker/binik)
Satz: Leingärtner, Nabburg
Druck und Bindung: CPI books GmbH, Leck
ISBN: 978-3-453-43945-0

www.heyne.de

Für Malin

Wo Zorn und Rache heiraten,
wird die Grausamkeit geboren.

Russisches Sprichwort

Frühsommer 2018

Ivana starrte an die Decke. Auf dem Rücken liegend, die Beine um seinen Körper geschlungen. Das Bett gab kaum Geräusche von sich, *er* dafür umso mehr. Die Matratze war weich, federte jeden seiner Stöße ab. Er fand in keinen Rhythmus, der sie auch nur annähernd stimulierte. Sie spürte seinen Penis in sich, mehr nicht. Er war klein. Seine Bewegungen wirkten unbeholfen wie die eines Teenagers. Dass sie es mit einem blutigen Anfänger in Sachen käuflicher Liebe zu tun hatte, war ihr sofort klar gewesen, als die Hoteltür aufschwang und seine Augen leicht verschämt ihrem Blick auswichen. Die verschwitzte Hand, die er zum Gruß reichte, seine gespielte Galanterie, als er ihr aus dem Mantel half. All das waren eindeutige Signale, die sich nun bestätigten.

Wie so oft hatte Ivana sich für das rote Cocktailkleid entschieden, schwarze Nylons, silberne Designerschuhe mit hohen Absätzen und einen fast durchsichtigen schwarzen Seidenschal. Ihr praller Hintern kam in dem eng anliegenden Kleid gut zur Geltung. Oben herum hatte sie weniger zu bieten. Viele Kunden schätzten gerade das an ihr. Eine zierliche Frau mit einem gewaltigen Arsch, den sie gekonnt zum Einsatz brachte. Ihr Anblick hatte ihn noch nervöser werden lassen, das erste Glas Champagner leerte er beinahe in einem Zug. Ivana übernahm das Reden. Er hörte nicht zu, das verrieten seine Augen, die nervös hin und her zuckten. Zeit verging. Zeit bedeutete Geld.

Jetzt wurde sein Keuchen lauter. Zum Höhepunkt bäumte er sich auf. Schweiß perlte von seiner Stirn, tropfte auf ihre kleinen Brüste. Dann war es vollbracht. Endlich. Jemand wie er würde es kein zweites Mal schaffen, seine Erektion ließ nach, als er noch in ihr steckte. Schwer atmend drehte er sich auf den Rücken.

Ivana erledigte die *Formalitäten.* Das Kondom wickelte sie in ein Taschentuch, verschwand damit ins Badezimmer, schloss die Tür hinter sich ab. Sie warf das feuchte Taschentuch mitsamt Kondom in die Toilette, sah in den Spiegel. Ihr Make-up hatte kaum gelitten. Sie nahm ein Handtuch vom Haken, hielt es kurz unter den Wasserhahn und machte sich zwischen den Beinen sauber. Dann holte sie ihr Smartphone aus dem goldenen Louis-Vuitton-Täschchen. Eine Sprachnachricht war eingegangen, sie hörte sie ab.

Anderthalb Stunden später ging Ivana wieder durch einen Hotelkorridor. Am Türknauf von Zimmer 419 hing das rote Schild *Bitte nicht stören.* Ivana klopfte zaghaft. Es dauerte. Nichts tat sich. Sie klopfte noch mal, etwas energischer, fast zeitgleich schwang die Zimmertür auf. Ein bekanntes Gesicht stand vor ihr. Sie wusste nicht seinen Namen. Er war Stammkunde, nicht bei ihr, aber bei anderen Frauen. Sie hatte ihn schon mehrfach im *Haupthaus* gesehen, wie das Bordell genannt wurde, Ivanas offizieller Arbeitsplatz. Ein Bordell ohne Rotlicht. Eine Adresse, die nur Eingeweihte kannten. Bekannt für seine Diskretion, was eine ganz besondere Kundschaft anlockte.

Seine Hand, die er ihr zur Begrüßung reichte, war nicht

verschwitzt. Sie trat ein. Die Tür fiel hinter ihr ins Schloss, und sie hörte, wie er den Riegel betätigte.

Ivana wusste von ihren Kolleginnen, dass er Alkoholiker war und nur selten eine Erektion bekam. Ob der Alkohol schuld daran war oder ob er trank, weil er keinen mehr hochkriegte, wusste sie nicht.

Er machte keine Anstalten, ihr aus dem Mantel zu helfen, also zog sie ihn selbst aus, legte ihn über eine Stuhllehne. Er griff nach dem Geld, das neben dem Fernseher auf dem Tisch lag. »Na los. Hier. Steck es ein.« Sein Befehlston war herabwürdigend.

Fünf hellgrüne Scheine. Ivana ließ die Hunderter in ihrer Handtasche verschwinden. Er griff zu einer Bierflasche, die auf dem Nachttisch stand, trank den letzten Schluck, rülpste laut, bevor er fragte, ob sie auch etwas trinken möchte. Ivana verneinte. Sie legte den schwarzen Seidenschal ab. »Lass uns anfangen. Wie möchtest du es?«

»Wie möchtest du es«, äffte er sie nach, fand sich witzig dabei. »Tja. Wir könnten ein bisschen reden. Meine Freundin hat mich verlassen. Ich möchte ... einfach nur ...« Er prustete los vor Lachen, öffnete den kleinen Kühlschrank, holte eine Flasche Bier heraus.

Ein Blick aufs Etikett. »*Fuck!*«

Ivana zuckte zusammen.

»Alkoholfrei! *Fuck*. Haben die noch nicht mal zwei Pullen richtiges Bier in ihrer scheiß Minibar?« Er stellte die Flasche zurück, holte zwei kleine Schnapsfläschchen heraus. Jack Daniel's und Gordon's Dry Gin. Er öffnete den Gin, kippte ihn herunter, gierig wie ein Verdurstender in der Wüste.

Er machte einen nervösen Eindruck, aber nicht so wie der letzte Freier. Dieser Mann verbarg etwas, wollte eine Fassade aufrechterhalten. Er war muskulös, nicht viel größer als sie, trug ein weißes T-Shirt mit einer roten Aufschrift. Der Name einer Band, die Ivana nicht kannte. Seine O-Beine steckten in einer dunkelblauen Röhrenjeans. Er war ein Typ, der ihr unter normalen Umständen durchaus gefallen könnte. Im nüchternen Zustand, gut riechend, nicht rülpsend. Ivana hatte im Laufe der Jahre einen Instinkt für Gefahren entwickelt, was sie bisher vor Schlimmerem bewahrt hatte. Sie nahm das Geld aus ihrer Handtasche, legte es auf den Tisch neben den Fernseher, um dann stumm ihren Mantel vom Stuhl zu nehmen.

»Hey«, blaffte er sie an. »Was wird das?«

»Ich gehe.«

Er machte keine Anstalten, sie aufzuhalten, nahm stattdessen die Jack-Daniel's-Flasche zwischen seine Lippen, warf den Kopf nach hinten. Die braunrote Flüssigkeit gluckerte in seinen Mund. Da hörte sie hinter sich ein Geräusch, fuhr herum. Licht fiel in den schmalen Korridor, der zur Zimmertür führte. Ein weiterer Mann trat aus dem Bad, versperrte ihr den Weg. Sein Gesicht erkannte sie nicht. Zählte er auch zu den Stammgästen? Warum hatte er sich im Bad versteckt? Jetzt fingen Ivanas Hände an zu schwitzen. Sie versuchte, selbstsicher zu klingen. »Was soll das? Ein Dreier war nicht abgemacht.«

»Mein Freund hat es dir doch schon gesagt, hörst du nicht zu?« Er hatte eine sonore Stimme, war groß, schlank, etwas älter als der Trinker. Die dunklen Haare auf einen Millimeter gestutzt. Seine Augen machten Ivana Angst.

»Wir wollen nur reden.« Er griff nach ihrem Mantel, den sie in der Hand hielt, pfefferte ihn auf den Boden.

Ivana wich instinktiv einen Schritt zurück, noch einen, bis sie die Alkoholfahne hinter sich roch. Der Trinker schlang seine Arme um sie, die Hände wanderten zu ihren kleinen Brüsten hinauf. Sie zuckte zusammen. Er griff zu, so fest, dass es wehtat. Ivana konzentrierte sich darauf, nicht in Panik zu geraten. Nur keine Panik. Langsam atmete sie ein und aus.

»Die Kleine zittert«, sagte der Trinker. »Ist dir etwa kalt?«

»Wer seid ihr?« Sie blaffte den Mann vor sich an. Er schien hier das Sagen zu haben.

»Tu nicht so, als ob du uns nicht kennst.«

»Ihn ja, sein Gesicht. Aber eure Namen nicht.«

»Namen sind Schall und Rauch«, hauchte der Trinker ihr ins Ohr.

Ivana fasste seine Hände, befreite sich aus dem brutalen Griff. »Ihr wisst, was passiert, wenn ihr mich nicht gehen lasst.«

Der Ältere verzog keine Miene. »So, was denn?«

»Renata weiß, dass ich hier bin. Morosows Leute reißen euch die Eier ab und stecken sie euch in den Hals. Wenn ihr Glück habt, vielleicht lassen sie sich für euch auch was Neues einfallen.«

Die Worte schienen Wirkung zu zeigen. Der Trinker wandte sich wieder der Minibar zu, genehmigte sich noch ein Fläschchen. Diesmal einen klaren Schnaps.

Ivana holte tief Luft.

»Setz dich.« Der Ältere deutete auf den Sessel, der neben einem Beistelltisch stand. Sie folgte der Aufforderung, presste die Schenkel zusammen, zog das Cocktailkleid so weit wie möglich herunter.

Der Mann sah auf sie herab. »Du wirst es vielleicht nicht glauben, aber Morosow hat uns geschickt. *Redet mit ihr,* hat er gesagt. *Bringt sie zur Räson.* Genau das waren seine Worte.«

»Nein.« Ivana sprang auf, gewann an Selbstsicherheit. Sie wusste, dass das nicht sein konnte. In ihren hohen Schuhen war sie fast so groß wie der Mann. »Wenn Morosow ein Problem mit mir hätte, würde er nicht zwei Clowns wie euch schicken.«

Die Ohrfeige traf sie wie aus dem Nichts. Ivanas Kopf schnellte zur Seite, sie drohte das Gleichgewicht zu verlieren, stützte sich an der Sessellehne ab. Ihre linke Wange fühlte sich zuerst taub an, dann folgte der brennende Schmerz. Das Pfeifen im Ohr. Sie schmeckte Blut, fasste sich an den Mund. Ihre Unterlippe war aufgeplatzt.

»Morosow ist der Meinung, dass die Angelegenheit eine persönliche Sache sei – nur zwischen uns.«

»Was denn für eine Angelegenheit?« Sie war sich keiner Schuld bewusst. Die Gedanken in ihrem Kopf spielten Pingpong. Nein, es gab nichts, was sie falsch gemacht hatte. Der Trinker packte sie brutal an den Haaren, warf sie aufs Bett. Er griff ihre Fußgelenke, zog ihren Körper so weit zurück, dass ihre Hüften auf der Bettkante lagen. Er drehte sie auf den Bauch, schob das Cocktailkleid nach oben, zerriss ihren Slip. Für einen kurzen Moment keimte die Hoffnung auf, dass es sich um ein Rollenspiel handeln könnte. Manche Männer machte das geil. Vor allem solche, die keine Erektion mehr bekamen. Ivana ließ es geschehen. Er zog seinen Ledergürtel aus den Schlaufen. Faltete ihn einmal, holte aus. Beim ersten Schlag zuckte Ivana zusammen, gab keinen Laut von sich, griff nach dem Kopfkissen, vergrub ihr Gesicht darin. Der zweite Schlag war umso härter, der dritte, der vierte. Pobacken und Oberschenkel. Beim fünften Schlag schrie sie auf. Er drückte ihren Kopf fest ins Kissen. Nein, kein Rollenspiel. Sechs, sieben, acht. Die Schläge folgten kurz aufeinander. Ivana schrie ins Kopfkissen. Ihre Beine strampelten. Endlich hörte er auf.

Der Ältere stand wie unbeteiligt daneben. Jetzt kam er einen Schritt näher ans Bett heran. »Was hast du deinem Romeo über uns erzählt?«

Ivanas Lidschatten hatte auf dem Kissen schwarze Spuren hinterlassen. »Nichts«, wimmerte sie. »Ich habe nichts erzählt.« Ivana sah ihn flehend an, Tränen liefen ihr über die Wangen. Ihr Po, ihre Schenkel brannten wie Feuer.

»Aha, du hast also nichts erzählt. Weißt aber genau, wen ich mit *Romeo* meine?«

»Was sollte ich ihm erzählt haben? Ich kenne noch nicht mal eure Namen.«

Der Mann kam noch einen Schritt näher, beugte sich über sie. »Scheißegal, ob du unsere Namen weißt. Er kennt sie. Also, was hast du ihm erzählt?«

Ivana musste sich eine Geschichte einfallen lassen. Schnell. Eine gute Geschichte. Zu spät. Der Ältere packte sie an den Haaren, bis ihr Kopf weit nach hinten gestreckt war. Die Ohrfeige traf sie ebenso hart wie unvermittelt, ihr Kopf flog zur Seite. Der Schmerz schoss wie ein Stromschlag durch ihren Schädel. Ivana fasste an die Stelle, wo der Ältere ihr ein Büschel Haare herausgerissen hatte. Ihr blieb die Luft weg, sie konnte nicht schreien. Übelkeit überkam sie, Ivana musste würgen. Das Bild verschwamm vor ihren Augen. Nur noch schemenhaft sah sie den Trinker, wie er nach der leeren Bierflasche griff. Sie lag immer noch auf dem Bauch, er verschränkte ihre Arme auf dem Rücken, hielt sie an den Handgelenken fest.

»Wir dürfen alles mit dir machen, hat Morosow gesagt.« Der Trinker lachte. »Wir haben seine Erlaubnis.«

Ivana spürte, wie er sich zwischen ihre gespreizten Beine stellte. Etwas Kaltes strich über ihre Pobacken. Sie wusste, dass es die Bierflasche war.

»Nein!« Sie schrie noch lauter. »Nein!«

Er lachte lauter. »Oh doch. Ich weiß, wie du es magst. Und wenn du uns nicht sagst, was wir hören wollen, schiebe ich sie dir bis zum Anschlag in dein Arschloch.«

Sie spürte, wie das kalte Glas zwischen ihre Pobacken glitt.

»Ich sage euch alles«, schrie sie.

»Das tust du ganz bestimmt.« Er hörte nicht auf, er war ein Sadist. Sie spürte den Flaschenhals. Zentimeter um Zentimeter drang er in sie ein. Ivana versuchte, nicht zu verkrampfen. Unmöglich. Der Schmerz war unerträglich. Aber der Trinker war nur auf die Flasche fixiert, nicht auf ihre Handgelenke. Sein Griff ließ nach. Es war ihre Chance. Mit einer ruckartigen Bewegung schnellte Ivana herum, zog das linke Bein an, trat zu. Ivana vernahm, wie die Luft aus seinen Lungen entwich. Der Trinker sackte auf die Knie, fasste sich zwischen die Beine. Sie griff nach der Flasche, zog sie heraus, sah den Älteren vor sich, schlug zu. Mit aller Kraft. Die Flasche zerbarst nicht, aber sie hatte gut getroffen. Er hielt sich die Hände vors Gesicht.

Ivana kam auf die Beine, der Fluchtweg zur Tür war frei. Sie hatte die Klinke bereits in der Hand, als ihr Peiniger sie von hinten packte. Diesmal schlug der Mann mit der Faust zu. Mehrmals knackte es in ihrem Schädel. Blut schoss aus der Nase. Blind vor Schmerz, hielt Ivana schützend die Hände vors Gesicht. Die nächsten Schläge spürte sie nicht mehr.

Erst auf dem Bett liegend, kam Ivana wieder zu sich. Das Laken blutverschmiert. Nur verschwommen sah sie den Trinker, der immer noch wimmernd am Boden kniete, die Hände zwischen den Beinen. Der Mann, den sie mit der Flasche getroffen hatte, drehte Ivanas Kopf herum. Sie spuckte ihm ins Gesicht. Angewidert wich er zurück, wischte sich Blut und Rotze weg. Ivana fing an zu schreien. Ein Kreischen, so laut, dass es selbst durch die schallgedämmten Wände dringen würde. Sie schrie um ihr Leben. Bis sich zwei Hände um ihren Hals legten. Ivanas Kreischen verstummte, sie sah in sein blutverschmiertes Gesicht. Der pure Hass spiegelte sich in seinen Augen wider.

»Du verdammte Drecksnutte«, zischte er. »Du Drecksfotze.«

Ivana griff nach seinen Handgelenken. Ihr Körper bäumte sich auf, die Beine zappelten. Da vernahm sie ein Geräusch, das nicht von außen kam. Nicht aus diesem Zimmer. Er hatte das Knacken auch vernommen. Sie spürte, wie er die Hände von ihrem Hals nahm. Ivana schnappte nach Luft. Es fühlte sich an, als habe sie etwas verschluckt. Wie ein Korken, der ihr im Hals steckte. Sie versuchte zu husten, aber ihre Lungen waren leer. Mit beiden Händen fasste sie an ihren Hals. Eine Lücke, sie ertastete mit ihren Fingern eine Lücke. Der Mann starrte auf sie herab. Fassungslos. Er hob beide Hände, um ihr zu zeigen, dass er sie nicht mehr würgte. Ivanas Zwerchfell verkrampfte sich. Mit aller Kraft versuchte ihr Körper, Luft einzusaugen.

»Was ist mit ihr?« Der Trinker war auf die Beine gekommen.

»Der Kehlkopf ... gebrochen.«

»Und jetzt?«

Ivana wand sich hin und her, ihre Beine traten im Überlebenskampf um sich. Sie gab nicht auf, versuchte, Luft zu holen.

»Kann man denn nichts machen?«, schrie der Trinker.

»Dann mach doch.«

Ivana riss voller Entsetzen die Augen auf. Ihr ganzer Körper zuckte.

»Scheiße, Scheiße, Scheiße«, fluchte der Alkoholiker.

Ivana starrte in das blutverschmierte Gesicht des Mannes. Ihr Blut. Er versuchte zu helfen, drückte auf dem Hals herum. Doch dann legte sich ein Schleier auf alles. Es wurde dunkler und dunkler im Zimmer und schließlich schwarz. Sie konnte die beiden nicht mehr sehen, hörte nur noch ihre Stimmen, dann verstummten diese auch.

Ivana lag vor ihnen auf dem Bett, atmete nicht mehr, die Muskeln erschlafft. Ihre Arme waren ausgestreckt wie Jesus am Kreuz. Ihr Gesicht eine Kraterlandschaft. Überall Blut. Der Trinker riss sich vom Anblick los, ging zur Minibar, nahm die letzte Flasche heraus, leerte sie in einem Zug.

Die beiden Männer sahen sich stumm an.

Sie hatten gelogen.

Morosow hatte ihnen nie eine Erlaubnis erteilt.

Dezember 2019

1

Er war stehen geblieben. Um zu hören, anstatt zu sehen. In der Dunkelheit bildete der Wald ein bizarres Gewirr aus Stämmen, Ästen, Zweigen, von ein wenig Mondlicht erhellt. Der Boden eine schwarze Masse. Es hatte aufgehört zu regnen, aber das Wasser tropfte noch von den Ästen. Der Flüchtige konnte nicht weit sein. Unmöglich. Hatte er sich versteckt? In der Hoffnung, dass sein Verfolger an ihm vorbeilaufen würde? Ein Geräusch. Ruckartig fuhr Thomas Rongen herum, rutschte beinahe aus, fing sich wieder. Nichts. Nur die Schattenrisse der Bäume und Äste. Allmählich machte die Kälte sich bemerkbar, kroch langsam von unten die Beine hinauf. Seine Schuhe waren durchweicht. Der Zeigefinger ruhte neben dem Abzug seiner Walther P99. Mit angewinkelten Armen hielt er die Pistole im Anschlag, den Lauf zum Boden gerichtet.

Rongen hielt den Atem an. Ein Gedanke durchzuckte ihn. Befand sich eine Patrone im Lauf? Er war aus dem Auto ausgestiegen, hatte er da die Pistole durchgeladen? Er musste es überprüfen.

Mit der linken Hand fasste er an den Metallschlitten, zog ihn vorsichtig ein Stück zurück. Er konnte die Patrone nicht sehen, noch ein Stück, dann war das Messing im schwachen Mondlicht zu erkennen. Beruhigt ließ er den Schlitten wieder nach vorne gleiten, beim Einrasten gab es das typische Geräusch. Im selben Moment vernahm er etwas neben sich, sah nach rechts, riss die Waffe hoch. Sein Blick schweifte umher. Bewegte sich da was? Zwischen den Bäumen?

»25-14 von Arnold, kommen«, ertönte es aus dem Funkgerät, das er an seinem Gürtel trug. Mit der linken Hand schaltete er es stumm. Da vernahm er ein Knacken. Im Dickicht, eine Gestalt huschte vorbei, verschwand wieder in der Dunkelheit. Rongen setzte sich in Bewegung, lief in die Richtung, in die der Schatten gelaufen war. Den Lauf der Waffe zum Boden gerichtet.

In diesem Moment hörte er etwas, das wie Sirenen klang. Es waren Sirenen. Rongen hatte längst Orientierung und Zeitgefühl verloren, wusste nicht mehr, wie weit er sich von seinem Auto entfernt hatte.

Jetzt sah er den Flüchtigen direkt vor sich, keine zehn Meter. Die Sirenen wurden lauter. Und: Rotoren. Sie schickten ihm einen Hubschrauber.

Das war es! Sie hatten ihn. Der Flüchtige konnte nicht mehr entkommen. Das Rattern der Rotoren würde ihm die Ausweglosigkeit seiner Situation verdeutlichen. Trotzdem rannte der Mann weiter, änderte wieder den Kurs, lief noch tiefer in den Wald hinein, suchte den Schutz der Dunkelheit. Es war seine letzte Chance. Die Scheinwerfer des Helikopters, wenn sie ihr Ziel einmal erfasst hätten, würden nicht mehr von ihm ablassen. Er wäre ein greller, leuchtender Punkt. Wie eine reife Frucht am Baum, die man nur noch pflücken müsste. Aber noch war es nicht so weit. Noch war Rongen der Einzige, der Sichtkontakt zu ihm hatte.

»Bleiben Sie stehen, Brenner! Es hat keinen Zweck mehr!«

Sie hatten seinen Namen, eine Adresse, ein Fahndungsfoto.

Er war eingekreist von Einsatzkräften, sie kamen von überall. Der Klang der Sirenen wurde lauter, ebenso das Rattern der Rotoren. Vereinzelt flackerte bereits Blaulicht durch das Dickicht, so nah waren die Kollegen schon. Rongen könnte stehen bleiben, sein Funkgerät wieder einschalten, auf die Verstärkung warten.

Nein. Er war seinem Ziel so nah. Er konnte jetzt nicht einfach stehen bleiben.

Er sah Brenner erst, als er direkt vor ihm stand. Rongen riss die Pistole hoch, den Finger am Abzug. Durchgeladen. Entsichert. Das Mondlicht erhellte das Gesicht des Mannes. Rongen sah ihn jetzt klar und deutlich. Frank Brenner, der beschlossen hatte, nicht mehr weiterzurennen. Ihre Blicke trafen sich.

Langsam hob Brenner den rechten Arm. In seiner Hand hielt er eine Pistole.

2

Meine Mutter konnte sehr gut kochen. Und sie war eine perfekte Gastgeberin. Sie überließ nichts dem Zufall, angefangen von der bestickten Tischdecke, über die Anzahl der Gläser, die Temperatur der Getränke und die Farbe der Servietten. Auch die passende Hintergrundmusik, dem Anlass entsprechend meist klassische Klavierstücke, durfte nicht fehlen. Der schwarz lackierte Bösendorfer-Flügel im Wohnzimmer bildete nicht nur den Mittelpunkt des Raumes, das Instrument hatte das Leben meiner Mutter geprägt. Vielleicht war sie deshalb so unnachgiebig als Lehrerin. Alte russische Schule, meist von Erfolg gekrönt. Wie untalentiert ein Schüler oder eine Schülerin auch sein mochte, sie konnte jedem das Musizieren beibringen. Alles nur eine Frage von Fleiß und Willenskraft. Die Eltern der Kinder waren begeistert von ihr, denn Frau Meller machte auch jeden Mangel an guter Erziehung wett.

Lediglich einen Schüler hatte sie irgendwann vergrault, obwohl er talentiert zu sein schien: mich. Sie hatte mir bis heute nicht verziehen, dass ich schnelle Läufe lieber auf dem Fußballplatz einstudierte als auf der Klaviatur.

Wie immer hatte meine Mutter alles perfekt geplant, die kleine familiäre Zusammenkunft war ein wichtiges Ereignis, aber für gute Stimmung konnte sie nicht sorgen. Ein Gespräch wollte nicht recht in Gang kommen. Was an Nina lag, die mit uns am Tisch saß. Sie hatte eine Behinderung. Seit der Geburt fehlte ihr der rechte Arm. Ich hatte mich so sehr an den Anblick gewöhnt, dass ich mir eine Nina mit zwei Armen gar nicht mehr vorstellen konnte. Für die meisten, die sie zum ersten Mal sahen, löste der Makel Irritationen aus. Bei mir war es am Anfang nicht anders gewesen. Ich erinnerte mich noch gut an unsere erste Begegnung, bei der ich mich wie ein Trottel benommen hatte. Nina war sehr schön. Ihre blonden Haare trug sie schulterlang, ihr Lächeln war zauberhaft. Auch deshalb, wegen ihrer Schönheit, war der fehlende Arm wie ein furchtbar schiefer Ton in einer ansonsten perfekten Melodie.

Meine drei Jahre ältere Schwester Anna saß Nina gegenüber und neben ihr Gregori, ihr Ehemann. Genau wie ich war Anna in Westsibirien aufgewachsen. In Tomsk, unser beider Geburtsstadt, hatte es keine behinderten Menschen gegeben. Zumindest nicht in der Öffentlichkeit. Eine Behinderung war schließlich eine Abweichung von der Norm, und im real existierenden Sozialismus sollten alle Menschen gleich sein. Wenn man nie mit einer solchen Spielart der Natur konfrontiert worden war, lernte man auch nicht, respektvoll mit Behinderten umzugehen. Aus diesem Grund dürfte man es den Leuten eigentlich nicht krummnehmen, wenn sie komisch reagierten. Ich tat es trotzdem, es war, als ob ich Nina beschützen müsste.

Anna und Gregori sahen Nina heute zum ersten Mal. Für sie war der fehlende Arm offensichtlich wie der berühmte rosa Elefant, je mehr sie sich bemühten, nicht an ihn zu denken, um so mehr taten sie es. Ich wusste, dass Nina wesentlich lockerer damit umgehen konnte als ich. Sie hatte von früh auf gelernt, mit komischen Blicken umzugehen. Ich nicht. Die Reaktion meiner Mutter ärgerte mich noch immer. Sie hatte Nina den

Handschlag verweigert, anstatt sich herabzulassen, ihr die Linke zu geben.

Dies war vor einer halben Stunde gewesen, und seitdem war meine Mutter vor allem in der Küche beschäftigt, von wo aus sie sich jetzt lautstark meldete. »Du könntest doch was auf dem Klavier spielen.«

Anna war gemeint.

»Nein«, gab sie schroff zurück. Die Musik würde den Rest des Abends aus den Lautsprecherboxen kommen.

Gregori hatte die Gabel ergriffen und pikste sich damit auf den Handrücken und bestaunte das entstehende Muster. Bis Anna ihm das Besteck aus der Hand nahm und es wieder an seinen Platz legte. Gregori schwieg die meiste Zeit, Anna redete dafür umso mehr. Im Gegensatz zu uns war er kein Russlanddeutscher. Seine Vorfahren stammten von der Krim, über deren Annexion durch Putin er sich immer noch freute. Er war ein Fan des russischen Präsidenten. Gregori arbeitete als Programmierer. Was genau er machte, erzählte er mir jedes Mal, und ich vergaß es jedes Mal wieder. Anna war Leiterin eines Kindergartens. Das Geschrei dort genügte ihr offenbar, jedenfalls wollte sie selbst keinen Nachwuchs. Mit Gregori war sie sich einig darüber. Eigentlich waren die beiden sich immer einig, weil er nie etwas sagte.

Anna machte einen Anlauf und wandte sich an Nina. »Nicholas sagte, du bist bei der Polizei?«

Jetzt starrte Gregori sie an, leicht verdutzt. Ihm fehlte die Fantasie, sich Nina in Uniform vorzustellen – mit nur einem Arm.

»Ja«, antwortete Nina. »Aber nicht im Vollzugsdienst, sondern als Juristin in der Behörde. Ein Bürojob.«

Gregori verstand und sah schnell wieder woandershin. Der rosa Elefant irritierte ihn zu sehr.

»Klingt interessant«, fuhr Anna fort. »Erzähl mal. Also, wenn du darüber reden *darfst*.«

Für meine Schwester gab es nichts Schlimmeres, als mit einer fremden Person schweigend am Tisch zu sitzen. Dass sie mit ihren Fragen aufdringlich wirkte, entging ihr.

»Es ist ... wie soll ich sagen«, Nina überlegte kurz, »ich stehe noch ganz am Anfang, arbeite erst seit drei Monaten da. Es ist alles noch ziemlich neu.«

»Und könntest du da auch Karriere machen?«

Nina nickte.

»Polizeipräsidentin?«, bohrte Anna nach.

»Vielleicht.« Nina lachte und sah mich an. »Warum eigentlich nicht?«

Da kam meine Mutter aus der Küche und brachte die kalten Vorspeisen. Gefüllte Teigtaschen, die man »Piroschki« nannte, und eine Schüssel Oliviersalat.

»Sollen wir dir helfen?«, fragte Anna und wäre beinahe schon aufgestanden.

»Nein«, fuhr meine Mutter sie an. »Keiner von euch betritt die Küche, bis wir gegessen haben.«

Sie verschwand wieder, holte den Kaviar, den ich mitgebracht hatte. Ein vorgezogenes Weihnachtsgeschenk von meinem Freund Pjotr Iowanowitsch. Zu den Fischeiern servierte meine Mutter »Oladji«. Man könnte auch sagen: Pfannkuchen auf Russisch.

Wir fingen an zu essen. Nina brauchte keinerlei Hilfe. Jede Speise ließ sich mit einer Hand verzehren, kein Zufall, denn meine Mutter war eben eine gute Gastgeberin. Sie hatte die

Speisefolge auf Nina abgestimmt, denn nichts war meiner Mutter unangenehmer als eine wie auch immer geartete peinliche Situation. Dass sie mit der Verweigerung des Handschlags für die größte Peinlichkeit an diesem Abend gesorgt hatte, schien ihr entgangen zu sein.

Nachdem wir den Hauptgang und den Nachtisch verzehrt hatten und die Reste in Plastikschüsseln verpackt waren, brachte ich meiner Mutter die Teller in die Küche. Nina unterhielt sich angeregt mit meiner Schwester. Gregori saß in Gedanken versunken am Tisch, trank sein Bier. Er war ein sehr genügsamer Mensch. Anna hatte mit ihm den Richtigen gefunden, die beiden passten perfekt zusammen.

Ich stellte die Teller auf die Spüle und wollte zurückgehen, da spürte ich die Hand meiner Mutter am Arm. Ihr Blick verriet, was sie wollte.

»Bringst du sie an Weihnachten auch mit?«

»Nein«, sagte ich. »Nina fährt zu ihren Eltern.«

Eigentlich feierten wir nicht groß Weihnachten. Früher, als wir noch Kinder waren, da schon, aber mittlerweile war das Fest auf ein gemeinsames Mittagessen am ersten Weihnachtsfeiertag zusammengeschrumpft. Wir ließen auch die Geschenke weg. Die Frage meiner Mutter hatte einen anderen Grund, als zu erfahren, für wie viele Personen sie kochen sollte.

»Seid ihr denn jetzt zusammen oder nicht?«

Ich machte ihr keinen Vorwurf, dass sie neugierig war. Die chronische Neugier hatte ich von ihr geerbt.

»Mal so, mal so«, antwortete ich.

»Und im Moment?«

Ich wusste, dass sie mit Nina als Schwiegertochter nicht glücklich wäre.

»Hast du ein Problem mit ihrer Behinderung?«

»Ich?« Sie flüsterte. »Nein. Ich wundere mich nur, dass du auf so etwas stehst.«

Ich musste schlucken. Einen Moment überlegte ich, etwas zu erwidern. Aber ich ließ es lieber, der Abend könnte sonst hässlich enden.

»Sollen wir was mitnehmen?«

Sie sah mich verwundert an. »Wollt ihr etwa schon gehen?«

»Ich glaube, Nina würde noch bleiben. Aber ich fahre jetzt und lasse sie bestimmt nicht allein bei dir.«

Meine Mutter sah mich an, als hätte ich mit einem Hammer auf die Klaviatur geschlagen.

»Du weißt genau, wie ich das gemeint habe«, sagte sie rechtfertigend. »Aber du musst mir ja jedes Wort im Mund herumdrehen.«

»Nein, ich weiß nicht, wie du das gemeint hast.«

Ich verließ die Küche.

Den Beutel mit den Essensbehältern stellte ich in den Kofferraum, sodass er während der Fahrt nicht umfallen konnte. Es war kalt draußen, um den Gefrierpunkt. Nina war schon eingestiegen. Ich rieb mir die Hände, setzte mich dann hinters Lenkrad und startete per Knopfdruck den Motor meines Aston Martin.

»Wo soll es hingehen?«, fragte ich.

»Zuerst sagst du mir, weshalb wir so plötzlich aufgebrochen sind.«

»Ich hatte keine Lust mehr. Wärst du noch gerne geblieben?«

Nina sah mich an. »Was hat deine Mutter gesagt?«

»Nicht viel. Ich wäre am liebsten gleich nach der Begrüßung wieder verschwunden.«

»Nicholas.« Ihre Stimme klang streng. »Du hast die falsche Einstellung zu dem Thema, das habe ich dir schon tausendmal gesagt. Es bringt nichts, jemanden zu verurteilen, der nicht mit meiner Behinderung umgehen kann. Damit machst du vor allem mir das Leben schwer.«

»Warum hat sie dir nicht die linke Hand gegeben? Was sollte das?«

»Weil sie irritiert war und nichts falsch machen wollte. Ich finde deine Schwester übrigens sehr nett. Und ihren Mann auch, wenn er nicht gerade mit dem Besteck rumspielt.«

Wir lachten beide.

»Ja, er ist ein feiner Kerl.«

Wir sagten einen Moment nichts, lauschten dem Motor, der bei der Kälte wummerte.

»Das Essen war wirklich lecker«, brach Nina schließlich das Schweigen.

»Ja. Kochen kann sie.«

»War dein Vater dick?«

»Nein. Gertenschlank. Liegt in der Familie. Wir können essen bis zum Umfallen und nehmen nicht zu.«

»Wann ist er gestorben?«

Ich sah sie irritiert an. »Wieso fragst du danach?«

»Hatte deine Mutter nie einen anderen nach ihm?«

»Nicht, dass ich wüsste.« Ich mochte das Thema nicht. »Also, wo soll es jetzt hingehen? Nach Hause?«

Nina sah auf die Uhr, dann zu mir. »Um diese Zeit kriege ich noch kein Auge zu.«

3

Das Klingeln von Ninas Handy, das auf dem Nachttisch lag, riss mich aus dem Schlaf. Als Nina sich nicht rührte, stupste ich sie an.

»Hey, es klingelt bei dir.«

Verschlafen richtete Nina sich auf, zeigte mir ihren schönen Rücken. Sie hatte wie immer nackt geschlafen. Das tat sie auch im Winter. Ihr war viel seltener kalt als mir, weswegen sie mich oft als Memme bezeichnete.

Nina sah aufs Display, bevor sie das Gespräch annahm. »Vonhoegen.«

Nina lauschte.

»Oje«, hörte ich sie schließlich sagen. »Ja, ich beeile mich. Bis gleich.«

Sie beendete das Telefonat. Dann sprang sie aus dem Bett. Ich sah ihr nach. »Was ist los?«

»Darf ich nicht sagen.«

Sie verschwand im Badezimmer, machte die Tür hinter sich zu. Nina arbeitete im Polizeipräsidium, aber erst seit drei Monaten. Deshalb war sie bisher noch nicht mit so wichtigen Dingen betraut, dass man sie morgens aus dem Bett klingelte.

Ich schwang meine Beine über die Bettkante. Im selben Moment schoss mir ein stechender Schmerz durch die Lendenwirbel. Ich erhob mich langsam, darauf bedacht, keine falsche

Bewegung zu machen. Dann überstreckte ich die Wirbelsäule ein wenig. Es knackte. Der Winter kündigte sich an. Immer wenn es kalt wurde, rebellierte meine Rückenmuskulatur und erinnerte mich daran, dass ich älter wurde.

»Soll ich dir einen Tee machen?«

»Ja, bitte«, drang es durch die geschlossene Tür, bevor das Rauschen der Dusche einsetzte.

Eine Viertelstunde später erschien Nina fertig angezogen in der Küche, die ohne eine Trennwand ans Wohnzimmer grenzte. Ich war erst vor vier Wochen hier eingezogen, aber es stand kein einziger Karton mehr herum. Im Gegensatz zu unserer letzten gemeinsamen Wohnung, in der wir beide nie richtig angekommen waren. Nina war inzwischen bei einer Freundin aus Studienzeiten eingezogen. Seitdem wir nicht zusammenwohnten, verstanden wir uns wieder gut. Was war das für eine Beziehung? Ich wusste es selbst nicht. Nina meinte, eine moderne On/Off-Beziehung. Allerdings stand der Schalter bei mir immer auf »On«. Nina hatte noch feuchte Haare und sah so verdammt sexy aus.

Ich überlegte noch immer, weshalb Nina aus dem Präsidium angerufen worden war. Ich hatte unterdessen sogar im Internet nachgeschaut, ob eine »Eilmeldung« vorlag. Fehlanzeige. Trotzdem äußerte ich meine Vermutung, als ich Nina die Teetasse reichte. »Ist noch ein Polizist ermordet worden?«

»Nein«, antwortete sie knapp. »Zum Glück nicht.« Sie trank einen Schluck. »Aber es gibt um zwölf Uhr eine Pressekonferenz. Deswegen soll ich früher kommen.«

»Hat die Pressekonferenz mit den Polizeimorden zu tun?«, bohrte ich weiter.

Nina antwortete nicht, stellte die Tasse ab, sah auf die Uhr.

Dann nahm sie ihre Handtasche, kontrollierte, ob alles Wichtige drin war.

Vor zwei Wochen wurde ein Polizeikommissar während einer routinemäßigen Geschwindigkeitsüberwachung erschossen. Zuerst glaubte man, dass es sich bei dem Täter um einen Autofahrer handelte, der um jeden Preis die SD-Karte mit den Bildern an sich bringen wollte. Doch fünf Tage danach geschah ein zweiter Mord. Das Opfer war wieder ein Polizeibeamter. Er hatte schon Dienstschluss gehabt, trug aber noch seine Uniformjacke. Der Verdacht wurde konkret, dass beide Taten von ein und demselben Mann verübt worden waren. Dann kam es zu einer dritten Tat: Ein Zivilbeamter der Kripo war auf dem Parkplatz einer Diskothek aus nächster Nähe angeschossen worden. Er überlebte schwer verletzt, musste notoperiert werden, lag seitdem im künstlichen Koma. Die Mordserie erschütterte nicht nur Köln, sie war bundesweit in den Medien.

Nina trank einen letzten Schluck Tee.

»Wann sehen wir uns wieder?«, fragte ich.

»Kann ich noch nicht sagen. Ich ruf dich an.«

Sie gab mir einen flüchtigen Kuss. Kurz darauf war sie verschwunden.

Ich hatte keine Termine heute Morgen, konnte mir also Zeit lassen. Ich stand da, starrte in meine Tasse, während aus dem Radio Ed Sheeran plärrte. Mein Gesicht spiegelte sich auf der schwarzen Oberfläche des Kaffees. Ich musste mir eingestehen, dass Nina im Moment eine bessere Figur abgab als ich. Sie hatte alles unter Kontrolle, ihren Job, ihr Leben – und irgendwie auch mich.

4

An der Tür unserer Kanzlei hing ein neues Messingschild. Über den Namen *Meller & Tewes* war ein Logo eingraviert. Julie, meine Kollegin und neue Partnerin in der Kanzlei, hatte das vorgeschlagen, damit wir uns durch das Logo auf Visitenkarten von anderen Kanzleien ein wenig abhoben. Es war schlicht gehalten, verband die Anfangsbuchstaben unserer Nachnamen *Meller & Tewes.* Ich fand, der Grafiker hatte es gut hingekriegt.

Unser Empfangsbereich war hell, das Licht fiel durch große Fenster. Bei strahlendem Sonnenschein kam ich mir manchmal vor wie in einem Gewächshaus. Unsere Büroleiterin Astrid Zollinger hatte für Pflanzen gesorgt. Mir war es fast schon zu viel, aber das Grün schien eine beruhigende Wirkung auf unsere Mandanten zu haben. Einen Strafverteidiger zu konsultieren war vergleichbar mit einem Besuch beim Zahnarzt. Die meisten Menschen waren verunsichert, verstört, manche aufgebracht, weil sie sich zu Unrecht beschuldigt fühlten. Oder sie waren Opfer einer Straftat geworden und würden als Nebenkläger vor Gericht auftreten. Es kam nie einer zu uns, weil er im Lotto gewonnen hatte.

Astrid Zollinger saß an ihrem Schreibtisch hinter einem Tresen aus USM-Haller-Elementen. Sie erhob sich von ihrem Platz, als ich eintrat. Sie sah mich über den Rand ihrer Brille hinweg an. Kein gutes Zeichen. Ich bekam ein schlechtes Gewissen.

»Habe ich wieder einen Termin vergessen?«

»Nein«, sagte sie und konnte sich ein Lächeln nicht verkneifen. »Heute nicht.«

Bevor sie etwas sagen konnte, musste ich etwas Dringendes loswerden. »Ich bräuchte zeitnah einen Termin bei Ihrem Mann ...«

Dr. Zollinger war Orthopäde, und der stechende Schmerz am Morgen war ein deutliches Warnsignal.

»Der Rücken wieder?«, fragte sie.

Ich nickte.

»Sie sollten sich eine Yogamatte zulegen und jeden Tag eine halbe Stunde Gymnastik machen. Dann können Sie sich den Besuch bei meinem Mann sparen.«

»Danke. Ich hätte lieber eine Spritze.«

Sie zuckte mit den Schultern. »Ich muss ihn nur anrufen. Aber jetzt haben Sie keine Zeit, ein Mandant wartet auf Sie.«

»Ich dachte, ich hätte keinen Termin.«

»Ein Überraschungsbesuch. Ein alter Bekannter.«

Ich sah sie fragend an. »Machen Sie es nicht so spannend.«

»Hauptkommissar Rongen.«

»Thomas Rongen?« Ich verstand nicht. »Wo ist er? In meinem Büro?«

»Nein. Konferenzraum. Frau Tewes ist bei ihm.«

Ich ließ meinen Mantel an. Auf dem Weg zum Konferenzraum überlegte ich fieberhaft, weshalb er hier sein könnte. Hatte es womöglich etwas mit dem Anruf zu tun, den Nina heute Morgen erhalten hatte?

Als ich den Konferenzraum betrat, drehte Rongen sich zu

mir um, erhob sich. Julie saß am Kopfende des Konferenztisches, um den herum acht Stühle standen. Sie hatte vor sich einen Block und schrieb.

»Guten Morgen.« Ich gab Rongen die Hand, hob verwundert die Augenbrauen.

»Morgen«, erwiderte er müde, sein Händedruck war schlaff. Insgesamt machte Rongen einen erschöpften Eindruck. Er trug eine helle Jeans und gelbe Caterpillar-Schuhe. Der Geruch von Deodorant lag in der Luft. Ersatz für mangelnde Körperhygiene, vermutete ich. Womöglich kam er direkt von einem Einsatz. Ich zog den Mantel aus, legte ihn über eine Stuhllehne, den Aktenkoffer auf den Tisch. Julie begrüßte mich mit einem kurzen Kopfnicken. »Morgen.«

Rongen setzte sich wieder, ich nahm auf der anderen Seite des Tisches Platz. »Was führt Sie zu uns?«

»Fangen wir am besten noch mal von vorne an«, schlug Julie vor.

Rongen nickte. Er musste sich sammeln, die Gedanken in seinem Kopf zurückspulen. Schließlich begann er mit einem tiefen Seufzer. »Ich habe letzte Nacht jemanden erschossen.«

Ich sah ihn an, wartete darauf, dass er weitersprach. Als er es nicht tat, sagte ich: »Im Dienst nehme ich an?«

Rongen sah zum Fenster. Die Jalousien waren zur Hälfte heruntergelassen. Ein schöner Wintertag. Die Sonne fiel in Streifen herein, beleuchtete unsere Regalwand aus dunklem Holz mit den juristischen Nachschlagewerken. Rongen schien ganz in Gedanken versunken. So hatte ich ihn noch nie erlebt.

Julie sah auf ihren Notizblock. Sie wusste bereits mehr als ich.

Rongen wandte sich zu ihr um. »Erzählen Sie es ihm.«

»Ich möchte es lieber von Ihnen hören«, erwiderte ich. »Wir haben alle Zeit der Welt.«

Julie nickte. Sie sah es offensichtlich genauso. Bei einer Aussage ging es nicht allein um Fakten, sondern auch darum, wie der Mandant sie darstellte. Die Stimme eines Zeugen konnte eine Lüge entlarven oder die Aufrichtigkeit unterstreichen. Es gab kein Patentrezept, nichts, was sich diesbezüglich an der Universität erlernen ließ.

Rongen holte tief Luft, dann begann er endlich zu reden. »Sie haben bestimmt von den Polizistenmorden gehört. Gestern, da ... also, ich gehöre zur Sonderkommission ›Melaten‹, die nach dem ersten Mord an dem Kollegen Ulf Schmiege gebildet wurde. Gestern wollten wir einen Verdächtigen observieren.«

Rongen machte wieder eine Pause.

Ich konnte meine Neugier nicht im Zaum halten. »Sie haben den Verdächtigen erschossen?«

Er nickte. »Im Königsforst. Es war dunkel ... Es war Notwehr.«

Ich sah zu Julie, die kurz die Augenbrauen hob. Ein Zeichen, dass an dieser Darstellung irgendwas nicht stimmte oder sie unvollständig war.

Ich sah Rongen an. »Wie hieß der Verdächtige?«

»Frank Brenner. Vorbestraft wegen Drogendelikten. Vor drei Monaten nach einer fünfjährigen Haftstrafe entlassen. Er geriet in den Fokus der Ermittlungen, weil er mit zwei der Kollegen, also zwei der drei Opfer, in der Vergangenheit zu tun hatte.«

Ich unterbrach ihn. »Wie kam es zu dem Schusswechsel?«

Rongen schüttelte den Kopf. »Es gab keinen Schusswechsel.

Nur ich habe geschossen.« Er richtete sich in seinem Stuhl auf. »Wir waren vor dem Mietshaus, wo Brenner wohnt, wussten aber nicht, ob er da war. Mein Kollege ist ausgestiegen, wollte nachsehen, ob sein Wagen da ist. Ein zweites Team hatte sich in einer Nebenstraße postiert. Plötzlich fuhr Brenner mit seinem Wagen aus einer der Garagen neben dem Haus. Er hatte meinen Kollegen gesehen, Verdacht geschöpft. Er gab Gas. Ich nahm die Verfolgung allein auf, in der Hoffnung, dass er mich nicht bemerkt hatte. Brenner fuhr zuerst ganz normal, er fühlte sich anscheinend sicher, aber dann plötzlich gab er Gas. Ich blieb an ihm dran, das zweite Observationsteam kam nicht nach. Ist im Verkehr stecken geblieben. Egal. Brenner wusste, dass wir hinter ihm her waren. Bis zu diesem Zeitpunkt lag noch kein ausreichender Tatverdacht für eine Festnahme vor, aber dass er abhauen wollte, war ein Indiz. Ich blieb also an ihm dran, hatte als Einziger Sichtkontakt. Er fuhr die Bensberger Straße stadtauswärts. Die führt durch den Königsforst. Er bog auf einem Wanderparkplatz ab, stieg aus, rannte zu Fuß in den Wald. Ich habe ihn verfolgt. Im Wald ist es dann passiert.« Rongen machte eine Pause, holte wieder tief Luft. »Es war stockdunkel. Da stand er plötzlich vor mir. Als ob er auf mich gewartet hätte. Da wusste ich noch nicht, warum.«

»Warum was?« Ich verstand nicht.

»Warum er stehen geblieben war.«

»Und warum ist er stehen geblieben?« Ich sah Rongen ratlos an.

»Vor ihm war ein Abgrund. Er konnte nicht weiter. Er sah mich an, hob den rechten Arm. Er hatte eine Pistole.«

»Sie haben geschossen?«

»Ja.«

»Er hat keinen Schuss abgefeuert?«

»Nein.«

»War es eine scharfe Waffe?«

»Das weiß ich nicht.«

Ich glaubte, mich verhört zu haben. Wie konnte darüber Unklarheit herrschen, ob die Waffe des Mannes echt gewesen war? »Wie? Sie wissen es nicht?«

»Die Waffe ist weg«, antwortete Julie. »Verschwunden.«

Rongen wich meinem fragenden Blick aus, starrte vor sich auf die Tischplatte, wo er die Hände wie zum Gebet gefaltet hatte. »Sie war nicht mehr da, als meine Kollegen am Tatort eintrafen.«

Ich stieß einen leisen Pfiff aus. Wenn das stimmte, dann saß Rongen wirklich in der Klemme. Ich tastete mich behutsam vor. »Sie haben die Waffe gesehen – in seiner Hand?«

Rongen nickte. »Kein Irrtum. So wie ich Sie beide jetzt hier vor mir sehe. Ich bin mir absolut sicher.«

»Aber wie ist das möglich? Ich meine ...«

Julie schnitt mir das Wort ab, wandte sich Rongen zu. »Sie haben etwas Wichtiges ausgelassen. Die Freundin, die mit im Wagen saß.«

Rongen nickte. Er sah mich an. »Brenner hatte eine Beifahrerin, eine junge Frau. Sie ist auch in den Wald gerannt, in eine andere Richtung. Ich bin an ihm drangeblieben.«

»Hätte diese Frau die Chance gehabt, die Waffe an sich zu nehmen, ohne dass Sie es merken?«

»Ja, definitiv.«

Das war immerhin ein Hoffnungsschimmer.

Rongen fuhr in seiner Erzählung fort. »Brenner ist den Abhang runtergerollt, nachdem ich ihn getroffen hatte. Ich schätze mal, so zehn Meter tief. Ich konnte sehen, wie er da unten lag, sich nicht mehr rührte, ich … ich hatte auf seinen Kopf gezielt. Er konnte nicht mehr fliehen. Also habe ich mich zuerst darum gekümmert, dass die Kollegen nachrückten. Es kreiste sogar ein Hubschrauber in der Luft.«

»Wie lange hat es gedauert, bis die Verstärkung da war?«

»Weiß nicht mehr. Ich habe nicht auf die Uhr geschaut. Fünf Minuten vielleicht. Auf keinen Fall länger.«

»Und dann?«

»Als die Kollegen eintrafen, haben die sich um alles gekümmert. So sind die Vorschriften, ich musste mich raushalten. Es kam die Bestätigung, dass Frank Brenner tot war. Und dann kam Jochen zu mir, ein Kollege, er gehörte zum zweiten Observationsteam. Jochen Lanz, Oberkommissar. Er fragte mich, wieso ich geschossen habe? Ich sah ihn an und verstand nicht, wie er das meinte: Warum? Dann hat er gesagt, dass da keine Pistole sei. Sie haben alles abgesucht. Im Umkreis von hundert Metern. Nichts.«

Julie und ich sahen uns an. Keiner von uns sagte ein Wort.

»Sie glauben mir nicht?«

»Doch«, erwiderte ich schnell. »Aber dass wir Ihnen glauben, löst nicht das Problem. Sie kennen das Spiel doch.«

Rongen schluckte. Ja, er kannte es. Normalerweise saß er auf der anderen Seite des Tisches.

Ich fragte weiter. »Was geschah dann?«

»Wir sind ins Präsidium gefahren.«

Ich sah ihn verwundert an. »Sie wurden zu dem Fall bereits vernommen?« Ich hatte lauter gesprochen als beabsichtigt.

»Nein. Beruhigen Sie sich. Wir haben nur geredet. Und abgewartet. In der Hoffnung, dass die Frau und die Waffe gefunden werden. Es wurde eine Großfahndung nach ihr eingeleitet.«

»Haben Sie den Kollegen irgendwas erzählt?«

»Nur den Tathergang beschrieben, aus meiner Sicht.«

»War ein Anwalt dabei?«

»Nein, aber mir wurde gesagt, dass die Gewerkschaft in solchen Fällen einen Anwalt stellt. Ich habe abgelehnt.«

Ein Fehler. Viele Mandanten glaubten, dass das Hinzuziehen eines Anwaltes bereits ein Schuldeingeständnis sei. Rongen war ein Profi, er hätte es besser wissen müssen.

Er fing an, sich zu rechtfertigen. »Ich bin nach Hause gefahren. Ich habe nachgedacht.« Er sah mich an. »Und überlegt, welcher Anwalt, mit dem ich in meiner beruflichen Laufbahn je zu tun hatte, mich von allen am meisten Nerven gekostet hat. Das waren eindeutig Sie, Herr Meller.«

Julie grinste. »Das kann ich gut verstehen.«

Jetzt lächelte auch der Kommissar. Zum ersten Mal während dieses Gesprächs wirkte er wieder wie der Rongen, den ich kannte. Er und ich hatten in der Vergangenheit einige Probleme miteinander gehabt. Seine Erklärung, weshalb er mich ausgesucht hatte, war in gewisser Hinsicht ein Kompliment.

Ich ging auf seinen kleinen Scherz nicht ein. »Hatten Sie während der Verfolgung eine Taschenlampe dabei?«

Er schüttelte den Kopf. »Ich weiß, was Sie jetzt denken. Dass ich mich geirrt habe, dass da keine Pistole war. Ich habe mich nicht geirrt. Ich habe sie gesehen. In seiner Hand. Und Brenner hat auf mich gezielt.« Er schlug mit der flachen Hand auf den Tisch. »Hätte ich warten sollen, dass er zuerst abdrückt?«

Julie schaltete sich ein. »Gibt es einen Anhaltspunkt, wer die Frau war? Einen Namen? Vielleicht eine Adresse?«

Wieder schüttelte er den Kopf. »Nein. Nicht mal ein Gesicht.«

»Wurde Brenners Wagen auf Spuren untersucht?«, hakte ich nach.

»Natürlich, ja. Da waren auch viele Fingerabdrücke im Wagen, aber nur die von Brenner waren im Computer gespeichert.«

»Was ist mit den Kollegen vom Observationsteam? Haben die die Frau gesehen?«

»Auch nicht, nein.« Rongen seufzte. »Als Brenner mit dem Wagen aus der Garage fuhr, hat der Kollege sich schnell weggedreht, um nicht erkannt zu werden. Er hat die Frau nicht gesehen, nein.«

Julie sah gedankenverloren auf ihre Notizen. »Sie standen doch sicher mit der Zentrale in Funkkontakt.« Jetzt sah sie auf. »Haben Sie die Frau in einem Funkspruch erwähnt?«

»Nein«, rief er wütend aus, wobei nicht klar war, ob sein Ärger unseren Fragen galt oder seinem Versäumnis. »Erst als die Kollegen eintrafen, nach dem Schuss, da ... da habe ich zum ersten Mal von ihr gesprochen.«

Ich warf Julie einen kurzen Blick zu. Das reichte mir, um zu wissen, dass sie ähnliche Gedanken hatte wie ich. Rongens Geschichte klang erfunden, als ob er sich die Frau ausgedacht hatte, um das Fehlen der Waffe zu erklären. Er könnte sich die Pistole auch eingebildet haben. Es war dunkel, er stand unter Stress. Wenn es keine Waffe gab, war die Notwehr schwer zu erklären. Schwer, aber nicht unmöglich. Es gab im Gesetz den sogenannten »Erlaubnistatbestandsirrtum«, der auch dann eine Notwehr rechtfertigte, wenn derjenige, der schießt, lediglich in dem festen Glauben handelt, dass der andere bewaffnet sei, auch wenn dies sich später als Irrtum herausstellt. Bei dieser

Argumentation würden wir uns allerdings auf dünnem Eis bewegen. Ein Staatsanwalt wäre eher geneigt, von fahrlässiger Tötung auszugehen, vielleicht sogar Totschlag. Erschwerend kam hinzu, dass Frank Brenner unter Verdacht stand, Polizisten eiskalt ermordet zu haben. Wenn man Rongen unterstellen würde, dass er den Tod der Kollegen rächen wollte, hätte er ein Motiv gehabt. Dann könnte es sogar auf eine Mordanklage hinauslaufen. Rache war immer ein starkes Motiv.

Ich selbst war mir nicht sicher, ob ich seine Geschichte glauben sollte. Für den Moment musste ich es. Aber selbst wenn es die Pistole und eine Frau, die sie an sich gebracht hatte, gab, standen wir vor einem weiteren großen Problem. Denn wenn man die Frau finden würde, was würde sie aussagen? Wenn sie behaupten würde, dass Rongen ihren Freund eiskalt erschossen habe, dann stand Aussage gegen Aussage.

Die Frau zu finden reichte nicht. Wir brauchten Brenners Waffe.

5

Es war zwar Mittwoch, fühlte sich aber an wie ein Montag. Zu einem Montagmorgen gehörte der Tratsch auf dem Korridor. Je nachdem, was am Wochenende so los gewesen war, variierte der Geräuschpegel. Heute wurde Kirmeslautstärke erreicht, ohne Musik. Die Nachricht von den Ereignissen im Königsforst letzte Nacht hatte sich wie ein Lauffeuer im Präsidium verbreitet. Vor dem Kopierraum in der vierten Etage in Haus eins, in dem die Netzwerkdrucker standen, fand eine kleine Versammlung statt. Zu den Kollegen, die Nina den Weg versperrten, gehörte auch Oliver.

»Darf ich mal bitte durch?« Nina war auf dem Weg zum Büro von Kriminaldirektor Jürgen Soltau. Sie hatte eine Akte dabei, die sie unter ihrem Armstumpf geklemmt hielt. Das laute Gerede um sie herum erstarb für einen Moment. Obwohl Nina seit drei Monaten hier arbeitete, hatten sich einige Kollegen noch immer nicht an ihren Anblick gewöhnt. Abgesehen von ihrer Behinderung war sie eine sehr attraktive Frau. Das sorgte wie üblich für Irritationen – vor allem bei den Frauen. Oliver trat als Erster zur Seite, machte Platz. Schließlich bildeten die anderen eine Gasse.

»Danke.« Nina ging weiter.

Oliver hatte ebenfalls eine Behinderung, seine rechte Hand war verkrüppelt, nach einem Unfall mit anschließendem Behandlungsfehler. Durch ihn war Nina überhaupt erst auf die Idee gekommen, sich bei der Polizei zu bewerben. Thomas Rongen hatte den Kontakt zwischen den beiden hergestellt, vor etwas über einem halben Jahr. Als Nina sich das erste Mal mit Oliver getroffen hatte, war sie sofort fasziniert von ihm. Sie wohnte damals mit Nicholas zusammen, aber Oliver war selbstbewusst genug, das zu ignorieren. Etwa zwei Wochen lang hatte sie sich der Schwärmerei hingegeben, die beiden standen kurz vor einer Affäre. Dann machte Nina einen Rückzieher. Oliver konnte mit der Enttäuschung nicht umgehen. Ihm waren ein paar Worte rausgerutscht, die ihm noch immer leidtaten, obwohl Nina ihm längst verziehen hatte. Trotzdem verhielt er sich unsicher ihr gegenüber.

Nina erreichte das Vorzimmer von Jürgen Soltau. Frau Hanselmann, seine Sekretärin, saß an ihrem Schreibtisch und starrte auf den Teebeutel, den sie mit der rechten Hand bedächtig im heißen Wasser auf und ab bewegte. »Er wartet bereits. Sie können reingehen.«

Frau Hanselmann war um die fünfzig, sah aber jünger aus. Sie legte viel Wert auf ihr Äußeres, hatte gerade zum dritten Mal geheiratet. Wenn man den Flurgeschichten glauben durfte, war jeder ihrer Männer mit dem jeweiligen Vorgänger befreundet gewesen.

Nina öffnete die Tür, betrat das Büro.

Jürgen Soltau, Leiter der Direktion Kriminalität im Kölner Präsidium, war ihr Vorgesetzter, obwohl Nina nicht zum Vollzugsdienst gehörte. Das hieß, sie durfte keine Uniform tragen, sondern arbeitete im organisatorischen Bereich, für den eine juristische Qualifikation notwendig war.

Soltau stand am Fenster. Er trug einen dunkelblauen Anzug

in derselben Farbe, wie die Polizeiuniform war. Dunkelblaue Hose, hellblaues Hemd, lediglich die gelb-schwarz gestreifte Krawatte unterschied sich von der Uniform. Seine Anzugjacke hing über der Rückenlehne seines Bürostuhls. Die Hände in den Hosentaschen vergraben, drehte er sich zu Nina um. Soltau war dreiundfünfzig Jahre alt, seine Gesichtshaut hatte stets einen Teint, als ob er aus dem Urlaub käme. Die kurzen Haare und der Oberlippenbart waren bereits ergraut. Er deutete zu einem kleinen Besprechungstisch mit vier Stühlen. Sie nahmen Platz.

»Ich nehme an, Sie sind durch den Flurfunk bereits informiert?«

»Ja.«

»Und Sie kennen Hauptkommissar Rongen, seit diesem Fall mit dem Serienmörder?«

»Ja. Ich war damals Zeugin. Herr Rongen hat mich auch auf die Idee gebracht, mich bei der Polizei zu bewerben.«

Soltau nickte. »Ich weiß. Wir haben damals über Sie gesprochen.«

Das wusste Nina nicht. Soltau war also im Bilde, was ihre Freundschaft mit Rongen betraf.

Er fuhr fort. »Ich hoffe, Sie sind ihm dankbar dafür?«

»Wofür?«

»Dass er Sie zu diesem Job überredet hat.«

»Ja. Ja, das bin ich.« Sie unterstrich es mit einem Lächeln. Er sah ihr in die Augen. »Ich höre von allen Seiten nur Gutes über Sie. Wenn wir mal etwas mehr Zeit haben, sollten wir uns ausführlicher über Ihre Arbeit unterhalten. Ich hätte da so ein paar Ideen.«

Nina lächelte wieder.

Beide schwiegen einen Moment, bevor Soltau fortfuhr. »Unser gemeinsamer Freund, Rongen ... ich schätze ihn wirklich sehr. Wir haben mal für eine gewisse Zeit auf derselben Dienststelle gearbeitet. Ein sehr guter Polizist mit einem untrüglichen Instinkt. Allerdings manchmal auch etwas voreingenommen. Und er neigt zu ... sagen wir ... spontanen Handlungen.«

»So gut kenne ich ihn nicht«, sagte Nina.

»Bevor er Kommissar wurde, war er im Streifendienst, von da wechselte er zur Gewaltprävention Sport, war Kontaktbeamter in der Hooliganszene. Erinnern Sie sich an den Fall Nivel, Daniel Nivel?«

Nina schüttelte den Kopf.

»Woher auch?« Er lächelte. »Damals waren Sie noch in der Grundschule. Daniel Nivel, ein französischer Polizist, wurde von deutschen Hooligans bei der Fußball-WM in Frankreich, 1998, schwer verletzt. Rongen hat bei der Fahndung nach den Tätern mitgewirkt. In dieser Zeit bei der Gewaltprävention hatte es etliche Anzeigen gegen ihn gegeben, wegen Körperverletzung im Dienst, aber keine ist je zur Anklage gekommen. Ein Jahr bevor Rongen zur Mordkommission kam, war er dann bei der Kripo. Da gab es auch einen Vorfall, der bei der Bewertung der jetzigen Situation eine Rolle spielen könnte.«

»Was für ein Vorfall?«

»Rongen und sein Kollege, beide in Zivil, wurden zu einem Banküberfall gerufen. Rongen sprang aus dem Wagen und marschierte in die Sparkasse. Er hatte seine Waffe gezogen. Aber er dachte, dass der Täter längst weg sei. Irrtum. Was macht der Täter? Er schnappt sich eine Kundin, die da herumstand, und wollte ihr gerade die Pistole an den Kopf halten.«

Soltau verstummte einen Moment. Er hob wie in Zeitlupe die Hand hoch, streckte den Zeigefinger vor. »Rongen hat geschossen.«

»Er hat ihn …« Nina konnte es nicht glauben.

Soltau nickte. »Ohne Zögern. Die Frau war weniger als eine Sekunde lang eine Geisel. Im Nachhinein haben wir dann erfahren, dass der Bankräuber nichts mehr zu verlieren hatte. Bei einer weiteren Verurteilung hätte es für ihn Sicherungsverwahrung gegeben. Das wäre eine Nummer wie in Gladbeck geworden. Rongen wusste natürlich nicht, wen er da vor sich hatte, aber hat instinktiv das Richtige getan.«

»Und wie ist die Sache für ihn ausgegangen?«

»Es gab etliche Videokameras, viele Zeugen, einen verletzten Bankangestellten mit gebrochener Nase. Der Staatsanwalt hat weniger als einen Tag gebraucht, um Notwehr festzustellen. Rongen ist ein guter Schütze, übt regelmäßig auf dem Schießstand. Aber die wenigsten kriegen das in der Realität hin. Sie haben einfach nicht seine Reflexe.«

Nina wusste, weshalb Soltau ihr das erzählte. Sie nickte. »Sie fürchten, der Fall von damals wird für ihn heute zum Problem?«

Soltau senkte den Blick. »Diesmal wird es ein Verfahren geben. Denn es gibt keine Kameras, keine Zeugen. Nur ein Toter, der womöglich der Mörder von zwei Kollegen war. Die Staatsanwaltschaft Bonn ermittelt wie üblich, weil wir ja befangen sind. Je nachdem, wie die Sache ausgeht, werden wir ein Disziplinarverfahren gegen Rongen einleiten müssen. Es sind Fehler gemacht worden.«

»Was für Fehler?«

In dem Moment piepte das Telefon. Soltau stand auf, ging zu

seinem Schreibtisch und nahm den Hörer ab. »Ja? ... Stellen Sie durch.« Er wandte sich, den Hörer am Ohr, dem Fenster zu. »Soltau«, sagte er schließlich. Er hörte aufmerksam zu. »Frau Vonhoegen ist bei mir, wir reden gerade darüber ... Ja ... Verstehe ... Ich komme gleich rauf zu Ihnen.«

Soltau legte den Hörer auf, sah zur Uhr an der Wand. »Ich habe leider keine Zeit mehr. Der Polizeipräsident will mich sehen, bevor die PK beginnt.«

Er kam zum Besprechungstisch zurück. »Rongen hat letzte Nacht gegen die Dienstvorschriften verstoßen. Er hätte die Verfolgung zu Fuß in den Wald niemals allein aufnehmen dürfen. Da gibt es klare Regeln zur Eigensicherung, die er bewusst ignoriert hat.« Soltau schüttelte den Kopf. »Was, wenn der Täter wirklich eine Waffe gehabt hätte?«

»Gehabt hätte?« Nina sah ihn ungläubig an. »Sie glauben, Rongen hat die Pistole nur erfunden?«

»Oder er hat sie sich eingebildet. Es war dunkel. Aber darüber haben andere zu urteilen, nicht ich.« Er zuckte mit den Schultern. »So oder so – Rongen hätte nicht allein in den Wald laufen dürfen. Er hätte auf Verstärkung warten müssen. Er hatte sogar sein Funkgerät ausgeschaltet.«

Nina fragte sich, weshalb er ihr das alles erzählte. »Gibt es irgendwas, das ich in dieser Sache tun kann?«

»Ja. Ich möchte eine Einschätzung von Ihnen, wie Rongens Verfehlungen dienstrechtlich zu bewerten sind. Ich hätte gern eine Art Gutachten, wo wir ... also die Polizeibehörde ... stehen. Es geht nicht um die Notwehr, darum kümmert sich Bonn. Beschaffen Sie sich die Protokolle der Einsatzleitung. Rongen war über Funk mehrfach darauf hingewiesen worden, dass er auf Verstärkung warten soll.«

Soltau nahm sein Jackett von der Stuhllehne, zog es an, knöpfte es zu. »Sosehr ich Thomas mag. Ich glaube, diesmal hat er Scheiße gebaut. Richtige Scheiße.«

Soltau ging vor Nina durch die Tür. Sie folgte ihm.

6

Als ich beim Präsidium ankam, hatte die Pressekonferenz bereits begonnen. Ein Mann vom Sicherheitsdienst begleitete mich, um mir den Weg zu zeigen, da kam mir eine bekannte Person entgegen. Nina wirkte verwundert, mich hier zu sehen.

»Moment«, sagte ich dem Sicherheitsmann.

»Sie können auch allein weiter, die nächste Tür.« Er wandte sich ab, ging zu seinem Arbeitsplatz zurück.

»Was machst du hier?«, fragte sie, nachdem der Mann außer Hörweite war.

»Ich wollte mir die Pressekonferenz anhören. Habe einen neuen Mandanten.«

»Rongen?«

Ich nickte.

»Dann ist er wenigstens in guten Händen. Er wird deine Hilfe brauchen.«

Ich sah sie besorgt an. »Wieso? Weißt du schon mehr?«

Nina senkte unwillkürlich die Stimme, obwohl niemand in der Nähe war, der uns hätte hören können. »Ich kann dir nur so viel sagen – er hat einen großen Fehler gemacht, weil er allein in den Wald gerannt ist.«

»Bist du mit dem Fall betraut?«

»Darüber möchte ich jetzt nicht reden. Es wäre auch besser, wenn uns nicht jeder zusammen sieht.«

Ich verstand. »Dann gehe ich jetzt mal zur Pressekonferenz, und wir reden heute Abend.«

»Vielleicht. Ich weiß noch nicht, ob ich heute Abend Zeit habe. Ach, eins noch, so viel kann ich dir verraten ...« Jetzt flüsterte sie fast. »Ich habe den Eindruck, dass Rongen keine oder nur noch sehr wenig Rückendeckung hier im Haus hat. Alte Freunde wenden sich von ihm ab.«

Nina ließ mich stehen und ging weiter.

Der Raum, in dem die Pressekonferenz stattfand, war gedrängt voll mit Journalisten. An der hinteren Wand standen Kameras auf Stativen. Das Fernsehen hatte landesweit über die Mordserie berichtet.

Alle Blicke waren auf das Podium gerichtet, wo an einem langen Tisch die Vertreter der Ermittlungsbehörden saßen, vor einem dunkelblauen Vorhang und ein paar Stellwänden, auf denen das Logo der Polizei Köln sowie das Wappen von Nordrhein-Westfalen prangten. In der Mitte: der Polizeipräsident von Köln, Karl Herrmann Reich. Er war eine wuchtige Person, neben der die anderen auf dem Podium klein aussahen. Reich hatte ein Charaktergesicht, sah eher aus wie ein mittelständischer Unternehmer, nicht wie ein Bürokrat. Vielleicht war es dieses Auftreten, das ihm viel Respekt bei seinen Leuten einbrachte. Rechts neben ihm saß Jürgen Soltau, Leiter der Direktion Kriminalität, rechts außen Kriminalhauptkommissar Bernd Maurer, Leiter der Sonderkommission »Melaten«, die zu Beginn der Mordserie gegründet worden war und der auch Rongen angehört hatte. Zur Linken des Polizeipräsidenten saß eine Staatsanwältin aus Köln und ein Kollege aus Bonn, wegen dem ich hier war – Dr. Friedemann Gerber. Oberstaatsanwalt. Er leitete die Ermittlungen gegen meinen Mandanten.

Ein Journalist erhob sich von seinem Platz, nannte den Namen und die Zeitung, für die er schrieb, bevor er seine Frage stellte. »Handelte es sich eindeutig um einen Fall von Notwehr?«

Der Polizeipräsident schaute zu Friedemann Gerber, der das Wort übernahm. »Im Fall einer Tötung durch Schusswaffengebrauch im Dienst ...«

»Lauter, bitte«, rief jemand aus dem Publikum.

Gerber war tatsächlich schwer zu verstehen. Er rückte etwas näher an den Tisch heran, zog das Mikrofon zu sich. »Im Fall einer Tötung durch Schusswaffengebrauch im Dienst wird der entsprechende Beamte grundsätzlich erst einmal beurlaubt. Da ein Kommissar aus Köln in den Fall verwickelt ist, ermittelt die Staatsanwaltschaft Bonn unter meiner Leitung. Wir werden prüfen, ob die Schusswaffe rechtmäßig eingesetzt wurde. Wenn alles rechtmäßig war, so handelt es sich um einen Fall von Notwehr, ja.«

Kein Wort vom Fehlen der Waffe. Es wäre auch fatal, wenn die Presse davon erführe. Solche Informationen musste man so lange wie möglich geheim halten, um die Ermittlungen nicht zu gefährden.

Ein anderer Reporter erhob sich von seinem Stuhl, stellte sich vor. »Gerhard Brink, *Generalanzeiger*. Wie weit sind Sie mit den Ermittlungen gegen den Tatverdächtigen? Wissen Sie schon, ob er auch der Mörder der drei Polizisten war?«

»Zwei«, korrigierte ihn Reich mit deutlichem Unmut in der Stimme. »Der dritte Kollege lebt und wird hoffentlich bald aus dem Koma erwachen.«

»War Brenner der Täter?«, wiederholte der Journalist seine Frage etwas kleinlaut.

Es war jetzt ganz still im Saal. Kriminaldirektor Jürgen Soltau sah zu Bernd Maurer. Der Leiter der Sonderkommission war an der Reihe. Die Journalisten kannten Maurer bereits, weil dies nicht die erste Pressekonferenz bezüglich der Mordserie war.

»Nein, wir wissen es noch nicht genau. Haben Sie bitte Verständnis, dass wir aus ermittlungstaktischen Gründen zu diesem Thema nicht viel sagen können. Noch nicht.«

Schließlich erhob sich eine junge Frau von ihrem Stuhl. Ich erkannte sie sofort, obwohl sie mir mit dem Rücken zugewandt war. Ihre schrille Stimme war nicht zu verkennen. »Yvonne Lessing, *Kölner Blatt*. Könnte noch ein anderes Motiv als Notwehr im Spiel gewesen sein?«

»Wie meinen Sie das?«, fragte der Kriminaldirektor, um Zeit zu gewinnen. Soltau wusste genau, was gemeint war. Bevor Lessing die Frage wiederholen konnte, schaltete sich Oberstaatsanwalt Gerber ein.

»Darf ich bitte antworten.« Er beugte sich zu seinem Mikrofon vor. »Ich weiß, worauf Sie mit der Frage abzielen, und kann Ihnen versichern, dass wir die Umstände, die zum Tod des Verdächtigen geführt haben, genauestens prüfen werden. Genauestens«, wiederholte er sich. »Sollten wir zu dem Ergebnis kommen, dass da irgendwas nicht stimmt, wird der Kriminalkommissar sich verantworten müssen.« Gerber sah die Journalistin ernst an. »Bis dahin aber verbitten wir uns jegliche Spekulation in dieser Richtung. Wir leben in einem Rechtsstaat, was bedeutet, dass die Unschuldsvermutung gilt. Auch für einen Polizeibeamten.«

Die Journalistin gab sich mit der Antwort nicht zufrieden. »Ich möchte keine Spekulationen vorantreiben, aber die Frage muss wohl erlaubt sein, inwieweit die Psyche des Beamten bei dieser Tötung eine Rolle gespielt haben könnte. Immerhin ging es bei dem Verdächtigen um einen Polizistenmörder, der zwei Beamte, beinahe drei, auf dem Gewissen hat. Wollte er seine Kollegen vielleicht rächen?«

Ein Raunen ging durch den Saal. Mit dieser Hypothese hatte Lessing eine Grenze überschritten. Das *Kölner Blatt*, die Zeitung, für die sie arbeitete, setzte vor allem auf reißerische Themen.

Polizeipräsident Reich ergriff das Wort. Er wirkte ungehalten. »Es reicht, Frau ...«

»Lessing«, half sie ihm selbstbewusst.

»Frau Lessing«, betonte er ihren Namen, als hätte sie mit ihrer Frage Schande über den berühmten deutschen Dichter gebracht. »Wie der Oberstaatsanwalt schon sagte, wir werden das prüfen. Allein aus Gründen der Befangenheit ermittelt der Regierungsbezirk Bonn und nicht Köln.«

Aus der Menge ertönte ein Zwischenruf: »Zum Glück ermitteln nicht die Düsseldorfer.«

Es gab einen Lacher im Saal. Der Polizeipräsident nutzte den Stimmungsumschwung und brachte die Pressekonferenz zügig zu einem Ende. Yvonne Lessing kam nicht mehr zu Wort.

Während die Anwesenden den Saal verließen, kämpfte ich mich nach vorne zum Podium durch. Dort stellte ich mich dem Kollegen aus Bonn vor. Gerber nickte, bat allerdings um zehn Minuten Zeit, da er noch telefonieren musste. Ich sagte ihm, dass ich draußen auf ihn warten würde.

Als ich ins Foyer trat, bemerkte ich einen jungen Mann, der mich zu beobachten schien. Er war in Zivil, wirkte auf mich aber wie ein Polizeibeamter. Ich konnte mich nicht erinnern, ihm schon mal begegnet zu sein, erwiderte den Blick, auf eine Reaktion wartend.

Da hörte ich eine unverwechselbare Stimme neben mir. »Herr Meller, was für ein Zufall.«

Yvonne Lessing kam auf mich zu, reichte mir die Hand. Sie mochte Mitte vierzig sein, sah aber verlebt aus. Stress und schlechte Ernährung, vermutete ich. Sie litt an Akne, die sie mit Make-up zu übertünchen versuchte. Ihre rot geschminkten Lippen formten sich zu einem gekünstelten Lächeln. »Darf ich fragen, was Sie hier auf der Pressekonferenz machen?«

»Sie dürfen fragen, aber erwarten Sie bitte keine Antwort.«

»Verstehe. Der Todesschütze ist Ihr Mandant.«

»Wer hat Ihnen das denn erzählt?«

»Ich bin gut im Kombinieren«, sagte sie ohne jeden Anflug von Ironie. An Selbstbewusstsein mangelte es ihr wirklich nicht. Sie hatte bereits ihre Visitenkarte parat. »Ich habe Sie damals mehrmals versucht anzurufen, aber Sie hatten Ihre Geschichte ja exklusiv bei einer großen Zeitung verkauft. Das verstehe ich nur zu gut.«

Die Geschichte war anderthalb Jahre her, aber offensichtlich hatte sie sie nicht vergessen. »Da bin ich ja froh, dass Sie mir nicht böse sind.«

»Überhaupt nicht.« Sie schlug einen freundschaftlichen, fast flirtenden Tonfall an. »Diesmal können wir das ja nachholen.«

Sie hielt mir noch immer ihre Karte hin.

»Tut mir leid. Ich möchte nicht unhöflich sein, aber lassen Sie mich einfach in Ruhe meine Arbeit machen.«

Doch anstatt zu gehen, kam sie nur noch näher. Ihr Parfüm roch gut, Dior. Aber das war auch alles, was ich an ihr gut fand.

»Ich habe es auf die höfliche Art versucht. Nun gut, reden wir Klartext. So eine Story lässt sich kein Journalist entgehen. Egal, ob sie stimmt oder nicht. Verstehen Sie?«

Ich schüttelte den Kopf. »Ich verstehe nicht.«

»Polizist erschießt den Mann, der zwei seiner Kollegen auf dem Gewissen hat, vielleicht sogar drei. Das erinnert mich an eine Szene in *Untouchables*, mein Lieblingsfilm. Wo Kevin Costner den Mörder von Sean Connery vom Dach schmeißt ...«

»Ich habe den Film leider nicht gesehen. Was wollen Sie?«

»Wenn Sie Ihren Mandanten davor schützen wollen, dass die Zeitungen dummes Zeug über ihn schreiben, sollten Sie lieber mit mir zusammenarbeiten.«

Um die Frau endlich loszuwerden, nahm ich die verdammte Visitenkarte. Lessing wandte sich mit einem triumphierenden Grinsen ab.

Ich ging in Richtung Ausgang, wollte noch eine Zigarette rauchen. Der Mann, der mich beobachtet hatte, war verschwunden.

7

Artjom Morosow legte den Hörer auf, als von der Straße das satte Wummern der Zweizylindermotoren durch das gekippte Fenster hereindrang. Morosow erhob sich von der Couch, ging zum Fenster, sah die beiden Motorradfahrer, wie sie ihre Harley-Davidsons abstellten. Sie verschwanden aus Morosows Blickfeld. Kurz darauf klingelte es.

Er ging durch den Flur, betätigte den Türöffner. Er hörte die schweren Stiefel, wie sie die Treppe hinaufstapften. Zur Begrüßung gaben sie sich stumm die Hand. Die beiden sahen sich zum Verwechseln ähnlich. Sie trugen die gleichen kurz geschorenen Haare, die gleichen Dreitagebärte. Jeans, Lederjacke, in der Linken hielten sie die Motorradhelme.

Morosow bat sie mit einer Handbewegung herein. Die Wohnung war betont schlicht eingerichtet. Ikea-Möbel. Auf dem Boden widerstandsfähiges Laminat, das Bad frisch renoviert, aber ohne großen Komfort. Für Sauberkeit und das Inventar bis hin zu einem stets gefüllten Kühlschrank sorgte einer von Morosows Leuten. Artjom besaß einige konspirative Wohnungen dieser Art. Sie dienten für Treffen oder als Unterschlupf. Manchmal verbrachten auch junge Frauen hier ihre ersten Nächte in Deutschland.

Die beiden Rocker postierten sich wie Türsteher vor dem Bücherregal. Morosow nahm wieder auf der kleinen Zweiercouch Platz. Er hielt es nicht für nötig, ihnen etwas zu trinken anzubieten. Das Gespräch würde nicht lange dauern.

»Wir suchen eine Frau«, sagte er.

Der Ältere der beiden nickte. »Ist sie weggerannt?«

»Nein. Sie ist … wie soll ich sagen, ich kenne sie nicht. Es könnte sogar sein, dass sie nur in der Fantasie eines Mannes existiert. Aber wenn dem nicht so ist, wenn sie lebt, atmet, aufs Klo geht und vielleicht gerade an unserem Haus vorbeispaziert, dann müsst ihr sie finden. Bevor die Polizei das tut.«

Die Männer nickten.

»Es gibt kein Foto, keinen Namen. Wahrscheinlich ist sie drogenabhängig. Sie hatte was mit diesem Typen zu tun.«

Ein Foto lag mit dem Bild nach unten auf dem Couchtisch. Morosow drehte es um, schob es in Richtung der beiden Männer. Der Ältere trat näher, nahm es, schaute sich das Bild an.

»Habt ihr den Mann schon mal gesehen?«

Der Ältere schüttelte den Kopf, reichte das Foto weiter an den Jüngeren. Der sah sich das Bild an, schüttelte ebenfalls den Kopf.

»Der Typ war Drogendealer. Frank Brenner. Saß im Knast bis vor drei Monaten. Letzte Nacht wurde er erschossen. Er könnte der sein, der die Bullen abgeknallt hat. Die Frau ist vielleicht seine Freundin oder eine Kundin. Vielleicht hat sie ihm auch nur im Auto einen geblasen.«

Der Jüngere grinste. Sein Bruder ließ das Foto in der Innentasche der Lederjacke verschwinden. Sie warteten stumm auf weitere Befehle.

»Das war's«, sagte Morosow.

Sie nickten zum Abschied, verließen das Wohnzimmer. Kurz darauf fiel die Wohnungstür ins Schloss. Morosow wartete, bis das Wummern der Motoren zu hören war und sie wegfuhren. Dann stand er auf, schloss das gekippte Fenster. Er sah zur Uhr an der Wand, die zwei Stunden vorging. In Moskau war es früher Abend. Er ging zu dem weißen Regal, holte ein Werk des russischen Philosophen Alexander Sinowjew hervor, das Buch stand neben den Werken von Dostojewski. Artjom öffnete die Schwarte. Die Seiten zwischen den Buchdeckeln fehlten. Stattdessen befand sich ein elektronischer Apparat darin, den er mit dem Telefon auf dem Couchtisch verband. Gespräche mit seinem Vater waren sehr persönlich, der Apparat – so groß wie ein Router – würde es sogar einem Geheimdienst unmöglich machen mitzuhören.

Morosow ließ es dreimal klingeln, dann legte er wieder auf, sah zur Uhr an der Wand, verfolgte den Sekundenzeiger. Exakt nach einer Minute betätigte er die Wahlwiederholung. Das Freizeichen ertönte zweimal, dann hörte er die Stimme seines Vaters. Artjom liebte ihn wie keinen anderen Menschen auf der Welt. Seine Mutter war früh verstorben. Von da an war Ruslan Morosow die einzige Vertrauensperson in seinem Leben. Frauen kamen und gingen, hatten keine Bedeutung für ihn. Bis auf eine vielleicht, aber mit ihr hatte er eine geschäftliche Beziehung gehabt. Die wichtigste Tugend im Leben eines Mannes war eiserne Disziplin. Das hatte ihn sein Vater gelehrt, und noch vieles mehr. Prinzipien, gegen die er niemals verstoßen würde.

Die beiden telefonierten eine Viertelstunde. Artjom hatte ihm alles erzählt, was in Deutschland vor sich ging, was ihm zu schaffen machte. Zum Ende des Gespräches wiederholte der Vater eine seiner wichtigsten Regeln, obwohl er wusste, dass sein Sohn diese beherzigte. »Töte niemals einen Bullen. Das ist, als wenn du in ein Wespennest stichst. Es dauert lange, bis diese Viecher sich wieder beruhigt haben.«

Heute relativierte Ruslan Morosow seine Haltung. »Es gibt aber eine Ausnahme.«

»Welche?« Artjom hörte gebannt zu.

»Wenn du weißt, dass der Bulle von den eigenen Leuten gehasst wird. Wenn niemand da ist, der seinen Tod rächen würde. Dann musst du dir keine Gedanken um ihn machen.«

Artjom hatte verstanden.

8

Wir trafen uns in einem Konferenzraum. Friedemann Gerber kam nicht allein, er brachte seine Kollegin aus Köln, Michaela Bausch, und den Leiter der Sonderkommission, Kriminalhauptkommissar Bernd Maurer, mit. Ich saß auf der einen Seite des Konferenztisches, die anderen, mit dem Rücken zur Fensterfront, mir gegenüber.

»Können wir bitte die Jalousien herunterlassen?«

Maurer stand auf, kümmerte sich darum. Nun war ich nicht mehr von der Sonne geblendet, konnte ihre Gesichter erkennen. Trotzdem kam ich mir vor wie bei einem Tribunal.

Gerber wirkte selbstgefällig. Obwohl er ein paar Jahre älter war als ich – ich schätzte ihn auf Mitte vierzig –, hatte er sich eine jugendlich lockere Art bewahrt. Er wirkte sportlich, achtete auf seine Figur. Dass er nur noch wenige Haare auf dem Kopf hatte, die einen Kranz um seine Halbglatze bildeten, war der Natur geschuldet. Er trug eine randlose, schmale Brille.

Nonchalant eröffnete er das Gespräch. »Worüber möchten Sie mit uns reden?«

»Eigentlich wollte ich nur mit Ihnen reden.« Ich sah zu den anderen. »Aber da Sie schon mal da sind. Ich verlange vollständige Akteneinsicht. Auch alles Material, was die Ermittlungen der Sonderkommission betrifft.«

»Und wieso das?« Maurer war verdutzt.

»Weil ich wissen muss, welche Aufgabe mein Mandant, Hauptkommissar Rongen, bei der Soko hatte und wie man Frank Brenner auf die Spur gekommen ist.«

Gerber sah zu seiner Kollegin.

Michaela Bausch sagte: »Das sehe ich etwas anders. Sie vertreten Hauptkommissar Rongen wegen einer Tötung, bei der es um die Frage geht, ob es sich um Notwehr handelte. Wozu die Ermittlungsakten einsehen?«

»Vielleicht, weil wir so der verschwundenen Pistole ein Stück näher kommen«, erwiderte ich.

»Darum kümmern wir uns schon«, sagte Gerber. »Es wird in jede Richtung ermittelt.«

»Konnten Sie die Beifahrerin inzwischen identifizieren?«

Gerber schüttelte den Kopf. »Leider nein.«

Über das Gesicht von Frau Bausch huschte ein Grinsen. »Wir wissen nicht mal, ob diese Frau überhaupt existiert, geschweige denn, ob sie im Auto saß.«

Ich ließ mich nicht beirren. »Da Sie an ihrer Existenz zweifeln, ist das ein Grund mehr, mir die Akten auszuhändigen.«

Gerber hob die Hände. Er hatte Bausch und Maurer wahrscheinlich nur mitgebracht, um mich zu provozieren. So konnte er gönnerhaft einschreiten. Ein Strafverfahren hat oft mehr mit Psychologie zu tun als mit dem, was man im Studium lernt.

»Lassen Sie uns sachlich bleiben«, sagte Gerber. »Worüber reden wir hier?« Er schien eine Ansprache halten zu wollen, zumindest klang sein Tonfall so. »Der einzige Zeuge der Tat ist der Schütze selbst. Hauptkommissar Rongen behauptet, dass er mit einer Waffe bedroht wurde. Die Pistole, mit der Brenner auf ihn gezielt haben soll, ist verschwunden. Eine Frau, die bei der Verfolgungsjagd mit im Auto gesessen haben soll, könnte die Waffe rein theoretisch entwendet haben. Sparen wir uns doch die Umwege. Warten wir ab, was diese Frau aussagen wird. Dann sehen wir weiter.«

»Nein.« Ich stand auf. Auf den Vorschlag konnte ich unter keinen Umständen eingehen. Die Frau bereitete mir schon jetzt Kopfzerbrechen. Was würde sie aussagen? Sie konnte für meinen Mandanten gefährlicher sein als jede Schusswaffe, die jemand auf ihn richtete. Ich musste auf den Tag ihrer Vernehmung vorbereitet sein. Dazu brauchte ich mehr Informationen, die mir der Kollege vorenthalten wollte.

»Ich werde mir alle Akten, die auch nur im Entferntesten mit diesem Fall zu tun haben, beschaffen«, sagte ich. »Wenn dadurch wertvolle Zeit verloren geht, zum Nachteil meines Mandanten, hätten wir schon jetzt eine Begründung für die Revision, sollte es zu etwas anderem als einem Freispruch kommen.«

Ich ging zur Tür. Nicht wissend, ob mein Argument zog, geschweige denn, ob ich wirklich das Recht hatte, die Ermittlungsakten einzufordern.

»Warten Sie«, ließ Gerber sich in diesem Moment vernehmen.

Ich war bereits an der Tür, wandte mich um. Gerber sah zu Maurer.

Der Kriminalkommissar machte eine mürrische Miene. »Wir reden hier von rund hundert Aktenordnern. Sollen wir Ihnen die alle kopieren?«

Ich trat wieder an den Tisch. »Nein. Mich interessiert der Fall von dem Tag an, als Frank Brenner in den Fokus der Ermittlungen geriet.«

»Wieso fragen Sie nicht Ihren Mandanten?«, schlug die Staatsanwältin vor.

»Ich möchte die Informationen von Ihnen. Offiziell. Ich möchte das haben, was Sie haben.«

»Ein Vorschlag.« Gerber hob erneut die Hände wie ein Priester. »Was wäre, wenn Herr Maurer einen ausführlichen Zwischenbericht schreibt, in dem er die Geschehnisse bis zu dem Vorfall gestern Abend zusammenfasst. Meine Ermittlungsakte kriegen Sie sowieso. Das versteht sich von selbst.«

»Eine eidesstattliche Versicherung«, erwiderte ich. »Wenn der Zwischenbericht eine eidesstattliche Versicherung beinhaltet, dass alles, was in dem Bericht steht, auch genau so in den Akten wiederzufinden ist, bin ich einverstanden. Und es steht mir frei, diesen Bericht jederzeit überprüfen zu können.«

Gerber sah zu Maurer. Der Hauptkommissar nickte missmutig. »Wir haben ja sonst nichts zu tun.«

Gerber deutete auf den Stuhl, auf dem ich eben gesessen hatte. »Bitte, lassen Sie uns noch etwas besprechen. Unter vier Augen.«

Ich kehrte zu meinem Platz zurück, während die anderen sich verabschiedeten. Gerber und ich warteten, bis wir allein waren.

Sein Seufzen klang theatralisch. Er strich sich einmal durch die wenigen Haare auf seinem Kopf, nahm die Brille ab und führte einen Bügel an seinen Mund. »Ich habe leider erhebliche Zweifel an der Version Ihres Mandanten. Sowohl was die Waffe als auch was die Existenz einer dritten Person angeht, Brenners angeblicher Freundin.«

»Worauf basieren Ihre Zweifel?«

»Erfahrung. Wenn es die Person gäbe und sie die Waffe hat,

wieso meldet sie sich nicht? Sie müsste doch gesehen haben, was passiert ist. Ihr Freund, der von einem Polizisten erschossen wurde. Das ist doch ein gefundenes Fressen für solche Leute.« Er setzte die Brille wieder auf.

Ich schüttelte den Kopf. »Kriminelle denken oft anders als wir. Manchmal denken sie auch gar nicht. Manchmal stehen sie so unter Drogen, dass das Gehirn nur noch den Schließmuskel kontrolliert. Manchmal noch nicht mal das.«

Gerber schüttelte den Kopf. »Ich glaube, dass es die Frau nicht gibt. Und die Pistole auch nicht. Ihr Mandant hat beides erfunden, um einer Anklage zu entgehen.«

»Das müssen Sie erst einmal beweisen.«

Gerber wusste das. Wenn er Rongens Aussage nicht widerlegen konnte, gäbe es nur die Aussage eines verdienten Kriminalkommissars. Der Fall hätte ohne weitere Zeugen kaum eine Chance vor Gericht, würde aber auch einen faden Beigeschmack hinterlassen. Kommissar tötet Verdächtigen, der vorher zwei Kollegen erschossen und einen ins Krankenhaus befördert hatte. Diese Vorgeschichte rechtfertigte zumindest den Verdacht, dass Rongen womöglich überreagiert haben könnte, vielleicht sogar töten wollte, was einen Vorsatz beinhaltete. Dann wäre es Mord. Genau da lag Gerbers Problem: Es war sein Fall, er würde für das Ergebnis geradestehen müssen. Auch vor der Presse. Ein Polizist, der nach so einer Tötung ohne Strafe davonkäme, sollte einen Freispruch erster Klasse nach Hause bringen. Dies schien zum jetzigen Zeitpunkt eher unwahrscheinlich.

»Auf Ihren Mandanten wartet ein Disziplinarverfahren, auch wenn es Notwehr war«, sagte Gerber jetzt. »Einzig und allein wegen seines Fehlverhaltens kam es überhaupt zu der

Tötung. Rongen war ein erfahrener Polizist, der die Regeln kannte. Niemals hätte er allein in den Wald rennen dürfen. Man hätte Frank Brenner irgendwann später festgenommen ...«

»Hätte, hätte, hätte«, schnitt ich ihm das Wort ab. »Ich bin nur für das Strafverfahren zuständig. Kommen Sie endlich zum Punkt.«

»Wenn Rongen zugibt, dass es die Waffe nicht gab, er das aber erst eine Sekunde nach dem Schuss realisiert hatte und er die Frau erfunden hat, um sich durch diese Aussage zu schützen, könnten wir uns viel Arbeit sparen. So ein Entgegenkommen würde sich natürlich positiv auswirken auf das Disziplinarverfahren.«

»Dieses Entgegenkommen, wie Sie es nennen, bedeutet ein Geständnis. Er würde sich selbst mit dieser Aussage belasten.«

Gerber überlegte einen Moment, wie er mir die Sache am besten schmackhaft machen konnte. Wieder nahm er die Brille ab, ohne Grund. »Angenommen, er gäbe seinen Fehler zu, könnte man daraus einen Fall von fahrlässiger Tötung machen. Ein Vergehen, kein Verbrechen, zehn Monate auf Bewährung. Rongen wollte den Mann nicht töten. Es war sehr dunkel, es hat geregnet, dazu der Stress. Das ließe sich durchaus machen. Es gäbe noch nicht mal ein Verfahren, nur einen Strafbefehl, weniger als ein Jahr auf Bewährung. Rongen würde seinen Beamtenstatus behalten, in den Innendienst versetzt werden oder in den vorzeitigen Ruhestand. Hat er Hobbys?«

Die letzte Bemerkung war zynisch und verriet Gerbers Geisteshaltung. Er setzte die Brille wieder auf. Ich erhob mich erneut.

»Er soll einfach die Wahrheit sagen«, fügte Gerber noch hinzu. »Keine Geschichten mehr von einer geheimnisvollen Frau. Ich meine, seien Sie doch mal ehrlich: Glauben Sie das?«

»Ja. Ich kenne meinen Mandanten besser als Sie.«

Gerber erhob sich ebenfalls. »Und das heißt?«

»Ich halte es für hundertmal wahrscheinlicher, dass es diese Frau und die Waffe gab, als dass Hauptkommissar Rongen unter Stress so eine Geschichte erfindet. Seine Aussage ist plausibel.« Ich wandte mich zum Gehen. »Trotzdem werde ich ihm natürlich das Angebot unterbreiten. Wie es sich gehört.«

Gerber war zu mir an die Tür getreten. Er streckte die Hand aus, nickte. »Danke für das Gespräch.«

Wir schüttelten uns die Hände. Gerber zeigte mir sein strahlend weißes Gebiss. Ein aalglatter Typ. Nichts an ihm wirkte echt, am allerwenigsten sein Lächeln.

9

Das Gespräch hatte mein Misstrauen geweckt. Gerber konnte sein Angebot unmöglich ernst gemeint haben. Mit einem Disziplinarverfahren gegen Rongen hatte er sowieso nichts zu tun, und inwieweit er darauf Einfluss hätte, wusste ich nicht. Da das Gespräch unter vier Augen stattgefunden hatte, würde Gerber jederzeit behaupten können, ich hätte da was falsch verstanden. Mir war nur nicht klar, ob er wirklich an Rongens Aussage zweifelte oder ob auch das nur eine Attitüde war. Vielleicht um meine Reaktion zu testen. Es war ein durchaus probates Mittel, den Verteidiger, der an die Schweigepflicht gebunden war, auszuhorchen. Man konfrontierte ihn mit Fakten und wartete seine Reaktion ab. Psychologie war Teil des Spiels. Wachsamkeit gehörte zu den Tugenden eines Strafverteidigers. Sehr viel von dem, was meinen Job ausmachte, ließ sich nicht an Universitäten oder aus Büchern lernen. Eins wusste ich mit Sicherheit: Rongen würde niemals auf das Angebot eingehen. Er hatte sich die Frau nicht eingebildet. Sie existierte. Man würde sie finden. Irgendwann.

Doch vor diesem Tag fürchtete ich mich. Wer war sie? Was würde sie erzählen? Und vor allem: Wie glaubwürdig wäre ihre Aussage? Ich grübelte, ob das vielleicht ein Grund sein könnte, weshalb sie untergetaucht war. Diese Zeugin wäre der ausschlaggebende Faktor. Ein unberechenbarer Faktor. Von ihr hing Rongens Schicksal ab.

Mein Aston Martin stand im Parkhaus der »Köln Arkaden«, einem großen Einkaufszentrum auf drei Etagen. Am Präsidium waren bei meiner Ankunft alle Parkplätze belegt gewesen. Ich stand im Foyer, sah auf die Uhr über der Eingangstür. Schon zwei. Ich überlegte, ob ich sofort zurück in die Kanzlei fahren oder vorher bei einem chinesischen Imbiss eine Kleinigkeit essen sollte. Da vernahm ich hinter mir Schritte. Ich drehte mich um. Der Mann, der nach der Pressekonferenz ständig zu mir hergesehen hatte, kam auf mich zu. Er war etwa Mitte dreißig, von schmaler Statur, hatte ein längliches Gesicht und dunkelblondes, schütteres Haar. Auffällig waren seine buschigen Augenbrauen.

»Guten Tag. Sie sind Nicholas Meller, der Rechtsanwalt, richtig?«

Mir fielen seine schlechten Zähne auf. Die kamen nicht vom Rauchen. Es schien eher so, als ob er Angst vorm Zahnarzt hatte. »Ja. Und wer sind Sie?«

»Kriminaloberkommissar Christian Korb. Ich bin der Partner von Thomas Rongen.«

Wir gaben uns die Hand.

»Gehören Sie auch zur Soko Melaten?«

»Nein. Kommissariat elf. Mordkommission.«

»Wie kann ich Ihnen helfen?«

»Ich wollte Sie fragen, wie es Thomas geht. Habe versucht, ihn zu erreichen, aber er geht nicht ans Telefon.«

»Ich habe ihm davon abgeraten, mit irgendwem zu reden.«

Korb nickte. »Bestimmt besser so. Können wir sprechen?«

Mir war der Kerl nicht recht geheuer. War er ein Spitzel?

»Worum geht es?«

»Ich will Rongen helfen. Er ist mein Partner.«

Ich dachte nach. Vielleicht konnten wir seine Hilfe ja gebrauchen.

»Was halten Sie davon, wenn wir eine Kleinigkeit essen? Mögen Sie Chinesisch?«

Er nickte. »Klar, warum nicht?«

Auf dem Weg zu den Köln Arcaden ließ ich mir erklären, welche Schritte die Polizei seit letzter Nacht eingeleitet hatte. Frank Brenners Wohnung wurde zur Stunde noch durchsucht. Bisher gab es keinen Beweis dafür, dass er der Mörder zweier Polizisten war. Auch ein Hinweis auf die Frau fehlte. Ich stellte ihm ein paar persönliche Fragen, um herauszufinden, wie nah er und Rongen sich standen. Rongens Kollegin Sandra Ferber, die ich kannte, war in den Mutterschutz gegangen. Korb hatte ihren Platz eingenommen. Er arbeitete schon länger bei der Mordkommission, hatte vorher aber in einem anderen Büro gesessen. Korb schien gut informiert zu sein, was in der Sonderkommission vor sich ging. Rongen und er hatten regelmäßig telefoniert. Unter Polizisten, die einander vertrauten, schien es üblich zu sein, Fälle zu besprechen.

Wir betraten das Einkaufszentrum über die Parkebene. Als wir in der Schlange vor dem Imbiss standen, wechselte Korb unvermittelt das Thema. »Ich hatte mich, ehrlich gesagt, schon gewundert, dass Tom ausgerechnet Sie als Anwalt genommen hat.«

»Ausgerechnet mich, wieso?«

Er bemerkte meine Missstimmung, fing an zu stottern. »Na ja ... ähm ... wie soll ich sagen ...«

»Sprechen Sie es einfach aus.«

»Sie und Rongen sind ja nicht die besten Freunde. Oder?«

Ich sah ihn neugierig an. »Was hat er über mich erzählt?«

Korb wollte kneifen. Er zeigte zur Speisekarte. »Was nehmen Sie?«

»Lenken Sie nicht ab. Was hat Rongen über mich erzählt?«

»Also, zunächst mal: Tom und ich sitzen normalerweise Schreibtisch an Schreibtisch. Wir bearbeiten dieselben Fälle. Da bleibt es nicht aus, dass man den Kollegen in Kenntnis …«

Ich fiel ihm ins Wort. »Kommen Sie zur Sache!«

»Ich weiß von der Geschichte mit Vedunja.« Er sah mir nicht in die Augen, während er weiterredete. »Rongen hat mir erzählt, was Sie damals gemacht haben.«

»Vedunja?« Ich tat ahnungslos. »Tut mir leid. Ich weiß nicht, wovon Sie reden.«

Mir blieb keine andere Wahl, als jegliche Kenntnis über den Vedunja-Fall zu leugnen. Niemals würde ich mich dazu bekennen, was ich vor anderthalb Jahren getan hatte. Als Strafverteidiger geriet man hin und wieder zwischen die Fronten. Ich war von Kriminellen umgeben. Ein Mandant hatte mich in gewisser Weise gezwungen, eine erfundene Nachricht an Rongen zu lancieren, um den Kommissar auf die falsche Spur zu lenken. So etwas nannte man Irreführung der Justiz. Rongen hatte den Trick durchschaut, er konnte mir mein Fehlverhalten zum Glück nicht nachweisen. Die Missstimmung zwischen uns war geblieben, deshalb hatte auch ich mich gewundert, dass er heute Morgen in meiner Kanzlei erschienen war.

Korb kannte also mein kleines Geheimnis. Ich überlegte, ob ich einen wichtigen Termin vortäuschen sollte. Ich hatte jedenfalls keine Lust, noch eine Minute länger mit ihm zu reden.

»Tut mir leid«, sagte er jetzt kleinlaut. »War saublöd von mir, davon anzufangen. Ich wollte Ihnen nicht zu nahe treten. Von mir erfährt niemand etwas.«

»Woher wissen Sie eigentlich, dass ich Rongens vertrete? Ich dachte, Sie konnten ihn nicht erreichen?«

Korb grinste. »Warum sonst waren Sie bei der Pressekonferenz? Ich kenne Ihr Bild aus der Zeitung.«

»Gut kombiniert.«

»Ich arbeite bei der Mordkommission. Schon vergessen?«

Ich antwortete nicht, betrachtete die Leuchtkästen mit den Menüangeboten an der Wand.

Vor anderthalb Jahren wurde die Leiche einer jungen Frau auf einer Müllkippe gefunden. Eine Prostituierte aus Weißrussland. Todesursache: gebrochener Kehlkopf. Sie war erstickt. Darüber hinaus hatte sie schwere Verletzungen von Schlägen und einer analen Vergewaltigung davongetragen. Die Frau hieß Ivana. In ihrer Scheide hatten die Gerichtsmediziner einen Zettel gefunden, auf dem in kyrillischen Buchstaben »Vedunja« stand. Der für die Polizei zuständige Übersetzer wusste nichts mit dem Begriff anzufangen. Zufälligerweise hielten Nina und ich uns in Rongens Büro auf, als er und seine damalige Kollegin über den Fall redeten. Meiner chronischen Neugier war es geschuldet, dass ich nachhakte. Ich konnte Rongen sagen, was »Vedunja« bedeutete. Es war eine Figur aus einem alten russischen Märchen. Eine Art Hexe.

Meine Hilfsbereitschaft hatte leider ungeahnte Konsequenzen. Ich wurde gezwungen, den Kommissar in die Irre zu führen. Von dem Tag an, als Rongen durchschaut hatte, wie ich ihn absichtlich auf eine falsche Spur gelenkt hatte, war ich in seinen Augen ein mieser, kleiner Winkeladvokat, der sich zum Komplizen von Verbrechern machte. Mit seiner Einstellung mir gegenüber konnte ich leben, aber die Tatsache, dass der Mörder bis heute nicht gefasst war, machte mir zu schaffen. War ich daran schuld, dass der Täter entkommen konnte?

Endlich waren wir an der Reihe mit Bestellen. Ich nahm Nudeln mit Ente. Die Bedienung fragte, ob zum Mitnehmen oder Hieressen? Einen Moment zögerte ich, dann entschied ich mich zu bleiben. Wir suchten uns einen Tisch in der hintersten Ecke, fingen an zu essen. Korb hatte nur Frühlingsrollen bestellt, die er mit den Fingern aß. Ich benutzte Stäbchen.

»Sie wollen Rongen also helfen?«

Korb nickte. »Deshalb bin ich hier.«

»Ich bräuchte Informationen, was die Suche nach dieser Frau angeht. Wer ist sie? Und wenn sie gefunden wird, muss ich das sofort erfahren.«

Er nickte eifrig. »Sie können auch sonst mit jeder Unterstützung rechnen. Die meisten Kollegen glauben, dass er den Richtigen erwischt hat. Viele können jetzt wieder ruhiger schlafen.«

Er tunkte die Frühlingsrolle in süßsaure Soße. Als er sie zum Mund führte, tropfte etwas von der Soße auf sein Hemd. Ich reichte ihm eine Serviette. Er verstand nicht.

»Sie haben gekleckert.«

»Danke.« Er nahm die Serviette. Bei dem Versuch, den Fleck zu beseitigen, verteilte er die Soße nur noch mehr.

»Im Moment haben wir von der Frau weder einen Namen noch ein Foto. Die Kollegen hören sich in der Drogenszene um. Aber niemand von den Junkies will Frank Brenner kennen, geschweige denn etwas mit ihm zu tun gehabt haben.«

Er aß die nächste Frühlingsrolle, diesmal schaffte er es, ohne zu kleckern. Ich stocherte in meinen Nudeln herum. Mir war der Appetit ziemlich vergangen.

Er sah mich fragend an. »Ist es gut oder schlecht für Tom, wenn die Frau gefunden wird?«

»Kommt drauf an. Wenn sie eine Pistole bei sich trägt, wäre das gut. Noch besser, wenn es die Mordwaffe wäre, mit der die Polizisten getötet wurden.«

Korb schüttelte den Kopf. »Das lässt sich leider nicht feststellen.«

»Was soll das heißen?«

»Die Projektile lassen sich keiner Waffe zuordnen.« Er sah mir meine Verwunderung an. »Hat Rongen Ihnen das nicht erzählt?«

»Nein, was?«

»Der Täter benutzte so eine Art Treibspiegelgeschoss.«

Ich sah ihn fragend an. »Was für ein Geschoss?«

Korb blickte sich um, vergewisserte sich, dass niemand in Hörweite saß. Dennoch senkte er die Stimme. »Was ich Ihnen jetzt erzähle, ist streng geheim. Wir wollen verhindern, dass es zu Nachahmungstaten kommt.«

Ich nickte, wartete ungeduldig auf seine Erklärung.

Korb nahm ein Essstäbchen in die rechte Hand und hob die linke. Zeigefinger und Daumen berührten einander. Er schob das Essstäbchen zwischen die beiden Finger. »Tun wir so, als ob mein Finger der Lauf einer Pistole wäre. Das Essstäbchen ist die Kugel. Normalerweise hat ein Projektil exakt den Durchmesser des Laufs.« Er schob das Stäbchen zwischen Zeigefinger und Daumen hindurch. »Durch den Kontakt mit dem Lauf bekommt die Kugel einen Drall. Sie dreht sich um die eigene Achse, wodurch die Flugbahn des Geschosses stabil ist. Dabei entstehen charakteristische Spuren auf dem Projektil. Sogenannte *Felder* und *Züge*.«

Ich nickte. »Daran können die Experten eine Waffe einem Geschoss zuordnen, das weiß ich. Und was ist dieses Treib-Dingsda?«

»Bei einem Treibspiegelgeschoss ist das Projektil mit einer Plastikhülle ummantelt. Das Plastik fliegt weg, wenn die Kugel den Lauf verlässt, die Kugel hat deshalb keine Felder und Züge. Munition, deren Geschosse im Durchmesser kleiner sind als der Durchmesser des Laufs, ist in Deutschland strengstens verboten.«

Ich verstand. »Weil die Kriminaltechniker die Kugel später keiner Waffe zuordnen können. Und der Täter hat so ein Treibspiegelgeschoss benutzt?«

»Nein. Das war nur ein Beispiel zum besseren Verständnis. Treibspiegelgeschosse gibt es nur bei Gewehrmunition. Der Mörder hat aber etwas Ähnliches gemacht. Er hat eine Kugel mit Kaliber 7,65 Millimeter genommen und eine Waffe mit 9-Millimeter-Lauf verwendet.«

Ich stieß einen Pfiff aus.

Korb fuhr fort: »Wenn die Kugel kleiner ist als der Durchmesser des Laufs, flattert das Projektil. Es entstehen keine Felder und Züge. Bei jedem Schuss sieht die Kugel anders aus als bei dem Schuss davor. Es gäbe keine zwei Projektile, die, unter dem Mikroskop betrachtet, identisch wären.«

»Wow.« Ich war verblüfft, dass es so etwas gab. »Und warum macht das nicht jeder Kriminelle so?«

»Weil man damit nicht richtig zielen kann. Erstens: Das Projektil kriegt keinen Drall, dreht sich nicht um die eigene Achse und hat darum keine stabile Flugbahn.«

Er legte die Essstäbchen weg, nahm die letzte Frühlingsrolle und biss hinein.

»Und zweitens?«

»Die Kugel fliegt nicht sehr weit, weil das Projektil und der Lauf nicht luftdicht abschließen. Die Treibgase entweichen zwischen Projektil und Lauf. Es wird kein so starker Druck aufgebaut. Aber der Mörder hat das in Kauf genommen. Alle drei Opfer wurden aus nächster Nähe beschossen. Bei Schmiege war es sogar ein aufgesetzter Kopfschuss. Direkt ins Auge.«

»Wer ist noch mal Schmiege?«

»Das erste Opfer. Ulf Schmiege.« Er sah mich etwas irritiert an. »Hat Rongen Ihnen gar nichts erzählt?«

Ich hob abwehrend die Hände. »Ich bin erst seit ein paar Stunden sein Anwalt. Es gab anderes zu besprechen. Ulf Schmiege war also das Opfer, der in einem Wagen der Verkehrsüberwachung saß?«

Korb nickte. »Genau. Der Täter war in eine Geschwindigkeitskontrolle geraten, und die Kollegen glaubten, dass der Mörder zu einer Personengruppe gehörte, die auf keinen Fall auf einem Foto zu sehen sein wollte. Deshalb hatte er Schmiege getötet. Dachten wir. Der zweite Mord ließ die Tat dann in einem anderen Licht erscheinen. Aufgrund der Geschosse, 7.65 mm ohne Felder und Züge, wurde der Verdacht bestätigt, dass die beiden Fälle zusammengehörten.«

Ich unterbrach ihn. Mit den Einzelheiten der Morde wollte ich mich zu einem späteren Zeitpunkt befassen, im Moment interessierte mich etwas anderes. »Was bedeutet es aus kriminalistischer Sicht, dass der Täter solche Munition benutzt?«

»Na ja. Sie sind hier der Anwalt.« Korb lächelte kurz. »Wenn der Mörder mit der Tatwaffe erwischt worden wäre, was dann? Es hätte keinen Beweis gegeben, dass es die Tatwaffe war. Jeder Strafverteidiger hätte ihn sofort aus dem Knast geholt. Er konnte also die Waffe behalten, ohne ein Risiko einzugehen. Er musste nur die Munition wechseln.«

Ich verstand. Korb wischte sich die Hände an einer neuen Serviette ab, sah auf die Uhr. »Ich muss los. Wie verbleiben wir?«

»Sie rufen mich an, wenn Sie was für mich haben.«

Korb nickte, stand auf. »So machen wir es.«

Ich hielt ihn am Arm fest. »Noch was. Keine Tricks. Damit schaden Sie Ihrem Kollegen.«

»Was meinen Sie?«

»Wenn Sie die Frau finden, jubeln Sie ihr keine Pistole oder die entsprechende Munition unter. Manipulation von Beweisen wäre eine Katastrophe für Rongen. Sie würden ihm damit sehr schaden. Und ich will mit so etwas auch nichts zu tun haben. Haben Sie verstanden?«

Er sah zu mir herunter, nickte stumm. Korb kannte die Geschichte mit Vedunja. Damals hatte ich mich zu illegalen Methoden hinreißen lassen, mir aber geschworen, dass dies ein einmaliger Ausrutscher war. Der ethische Grundsatz eines Strafverteidigers lautete, Anwalt von Verbrechern zu sein – nicht des Verbrechens.

10

Mit der Dämmerung fing es an zu nieseln. Die Kälte wanderte langsam ihre Beine hinauf, die Jeans war nass. Ihre Füße fühlten sich an wie Eisklötze. Sie trug nur Turnschuhe. Als Jana gestern Abend zu Frank ins Auto gestiegen war, weil er ganz dringend wegmusste, hatte sie nicht ahnen können, wie die Sache ausgehen würde. Ihr Atem bildete Nebelwölkchen. Aber es war nicht allein die Kälte, die ihr zusetzte, nicht das Wetter. Jana hatte noch ein anderes Problem. Ihr Körper fing an zu rebellieren. Sie wusste, dass es schlimmer werden würde. Die Droge war ein Tyrann. Unerbittlich forderte sie ihren Tribut. *Gib mir den Stoff! Gib mir mehr! Jetzt sofort!* Wenn es nur die Kälte wäre, dachte Jana, dagegen könnte sie sich schützen, aber selbst wenn sie ein warmes Plätzchen ergattern würde, wäre ihr Problem nicht gelöst.

Gestern hatte sie Glück gehabt. Ihr war die Adresse einer alten Freundin eingefallen, die nur ein paar Kilometer von dem Parkplatz entfernt wohnte. Victoria. Sie war inzwischen clean, dank eines katholischen Priesters. Die meisten von diesen schwarz gekleideten Brüdern waren falsch, verlogen, scheinheilig. Manche waren einfach heiß auf junge Mädchen und nutzten ihre Not schamlos aus. Aber dieser, an den Vicky geraten war, schien anders zu sein. Er hatte sie in den Schoß der Kirche zurückgeholt. Sie schwärmte immerzu von ihm, von seiner Großzügigkeit, seinem Glauben. Der Glaube war es, der sie stark machte. Jana sollte diesen Schritt auch gehen. Sie würde es schaffen, hatte Vicky gestern immer wieder gesagt. Sie war zuversichtlich, ach was, sie schien regelrecht überzeugt: Gott sei auf ihrer Seite. Bestimmt. Gott könne ihr helfen. Sonst niemand.

Nur einmal in ihrem Leben hatte Jana sich dem Glauben an eine höhere Macht hingegeben. Sich selbst dabei aufgegeben. Die Wurzel allen Übels war der Glaube. Glaube bedeutete Flucht vor der Realität. Egal wie schlimm die Realität auch sein mochte, noch schlimmer war es, vor ihr wegzulaufen, denn früher oder später holte sie einen sowieso ein. Nein, diesen Fehler würde Jana nicht noch mal machen. Gegenüber ihrer Freundin Vicky hatte sie so getan, als ob sie über einen Entzug nachdachte. Deshalb – und nur deshalb – war Vicky bereit gewesen, sie eine Nacht bei sich schlafen zu lassen. Jana wusste, dass sie ihrer Freundin nicht lange etwas vormachen konnte, deshalb musste sie wieder verschwinden. Hinaus in die Kälte. Sie hatte sich noch eine Jacke geborgt, aber was nützte die Fütterung, der Schutz vor Regen, wenn die Kälte aus dem Inneren ihres Körpers hervorkroch?

Jana versuchte auf andere Gedanken zu kommen, erinnerte sich an das wohlige Gefühl, wie sie heute Morgen unter der heißen Dusche gestanden hatte. Wie das Wasser über ihre Haut geströmt war. Der Geruch des Shampoos, des Parfüms, das sich längst verflüchtigt hatte.

Jana kam an einer mächtigen Grabstätte vorbei, blieb stehen. Die Namen der Verstorbenen waren in goldener Schrift eingemeißelt. Das Licht einer Friedhofslaterne erhellte den schwarzen, glatten Granit, ließ die goldene Schrift leuchten.

Rechts und links befanden sich weiße Marmorsäulen. Das Grab gefiel Jana. Es würdigte die Toten. Ob sie es wohl verdient hatten? Oder waren es böse Menschen, die nun, nach ihrem Tod, glorifiziert wurden? Ein leichter Wind wehte über den Friedhof. Der Hauch des Todes, dachte Jana. Ein seltsames Gefühl beschlich sie, wie damals, als sie glaubte, nicht mehr viel Zeit zu haben. Damals hatte sie den Entschluss gefasst, nach Hause zurückzukehren. Damals hatte man ihr eine zweite Chance gegeben.

Wirschweiler – so hieß der Ort, wo sie aufgewachsen war, eine Dreihundertfünfzig-Seelen-Gemeinde in der Nähe von Idar-Oberstein. Bis zu ihrem achtzehnten Lebensjahr lag es außerhalb von Janas Vorstellungskraft, dass etwas mit ihr oder ihrer Familie nicht stimmen könnte. Sie waren in allem Durchschnitt. Ihre Eltern hatten ein geregeltes Einkommen, die Familie konnte sich jedes Jahr einen Sommerurlaub leisten. Sportverein. Trachtengruppe. Freiwillige Feuerwehr. Man wohnte in einem kleinen Reihenhaus mit winzigem Garten, nahm am Dorfleben teil. Jana hatte gerade ihr Abitur gemacht, als sich ihr Leben grundlegend änderte. Auslöser war eine Reise nach Amsterdam. Sie machte Bekanntschaft mit einer Gruppe von Jugendlichen. Die kamen aus allen möglichen Ländern. Die meisten waren älter als Jana. In der Gruppe ging es um Bewusstseinserweiterung, um die Suche nach dem Göttlichen. Es hatte sich für Jana angefühlt, als ob sie aus einem langen, tiefen Schlaf erwacht wäre. Schlagartig wurde ihr klar, dass ihr bisheriges Leben eine Farce zu sein schien.

Als Jana nach Wirschweiler zurückkehrte, spürten ihre Eltern die Veränderung, die in ihr vorgegangen war, konnten diese aber nicht richtig deuten. Später waren sie machtlos, hatten längst den Kontakt zu ihrer Tochter verloren. Jana verschwand von einem Tag auf den anderen. Das Geld, das die Eltern für ein Studium gespart hatten, war weg. Jana schloss sich einer Sekte an, die in Deutschland nahezu unbekannt war. Die Eltern gaben nicht auf, traten den mühsamen Weg durch die Institutionen an. Aber Jana war volljährig, sie durfte tun, was sie wollte.

Irgendwann kehrte sie zurück. Abgemagert. Körperlich und seelisch ein Wrack. Die Weisheit, die sie glaubte erlangt zu haben, hatte sich als eine einzige bösartige Lüge entpuppt. Längst war sie nicht mehr auf der Suche nach dem Göttlichen, sondern nur noch nach der Möglichkeit, die Sinne zu vernebeln. Mit allem, was es so gab, das Beste von allem war Heroin. Um die Droge zu finanzieren, hatte sie ihren Körper verkauft. Die Eltern verziehen ihr. Alles. Sie waren glücklich, die einzige Tochter wiederzuhaben. Sie investierten Ersparnisse, nahmen eine Hypothek auf das Haus auf, um Jana zu helfen, sie zurück ins normale Leben zu holen. Zurück in die kleine überschaubare Welt von Wirschweiler. Doch es half alles nichts. Jana verschwand erneut. Ihre Mutter erkrankte kurz darauf, starb ein halbes Jahr später. Der Vater brach den Kontakt zu seiner einzigen Tochter ab. Endgültig. Das Letzte, was sie von ihm hörte, war, dass er wieder geheiratet hatte. Eine Witwe mit drei Kindern. Er hatte eine neue Familie gefunden.

Jana ging auf das Friedhofstor zu, wo ein älterer, bärtiger Mann in Arbeitshose stand, der offensichtlich darauf wartete, endlich abzuschließen. Sie trat auf die Straße, das Tor hinter ihr fiel krachend zu.

Vor Jana lag die zweispurige Straße, die Melatengürtel hieß. Auf dem nassen Asphalt spiegelten sich die Lichter der Ampeln und Leuchtreklamen. Direkt gegenüber befand sich eine Autowaschanlage. Ironie des Schicksals, dachte Jana. Ausgerechnet hier wurde der erste Polizist erschossen. In seinem Dienstwagen. An der Mauer des Friedhofs. Gegenüber auf der anderen Seite, neben der Autowaschanlage, befand sich das Lagerhaus. Hinter den Fenstern brannte Licht, die roten Rolltore waren deutlich zu erkennen. Jana wartete darauf, dass die Fußgängerampel auf Grün sprang, überquerte die Straße, ging an der Waschanlage vorbei. Den ganzen Tag über hatte sie sich den Kopf darüber zerbrochen, wie sie es am besten anstellen sollte. Den Schlüssel für das Rolltor besaß sie. Es befand sich ein Vorhängeschloss daran. Sie hatte es damals gekauft. Es gab drei Schlüssel, einen hatte sie behalten, ohne dass Frank etwas davon wusste. Aber ihr fehlte die Chipkarte, um sich Zutritt zu verschaffen. Die Karte lag in Brenners Wohnung. Dort waren die Bullen. Vielleicht hatten sie die Chipkarte längst gefunden, aber sie trug keine Aufschrift. Es war nicht ersichtlich, wozu sie diente.

Jana überlegte. Sie könnte sagen, dass sie die Karte zu Hause vergessen hätte, vielleicht ließ der Pförtner sie auch so rein. Der Lagerraum war außerdem auf ihren Namen gemietet. Aber egal, wie der Pförtner reagierte, er würde einen Ausweis sehen wollen. Sie hatte ihren vor einiger Zeit verscherbelt, an eine Leidensgenossin, die Jana einigermaßen ähnlich gesehen hatte.

Mit dem Öffnen der Eingangstür, strömte ihr warme Heizungsluft entgegen. Hinter dem Tresen der Pförtnerloge saß ein junger Mann in dunkelblauem Pullover mit dem Logo des Lagerhauses auf der Brusttasche. Er war in eine Computerzeitschrift vertieft, sah kurz auf.

»Guten Abend«, grüßte Jana ihn.

Der Mann nickte kurz, las dann weiter in der Zeitschrift.

Was sollte sie tun? Ihn ansprechen? Da ergab sich die Lösung wie von selbst. Durch die Glastür, die in den Korridor zu den Lagerräumen führte, sah Jana eine andere Kundin. Sie kam näher. Sie würde die Tür von innen öffnen. Jana tat so, als ob sie eine Chipkarte aus der Tasche zog, hielt sie an das elektronische Lesegerät neben der Tür, in dem Moment als diese aufging.

»Guten Abend«, grüßte sie die Frau, die ihr entgegenkam.

»'n Abend.« Sie beachtete Jana kaum. Der Pförtner hatte unverwandt in seine Zeitschrift gesehen.

Jana war im Korridor. Die erste Hürde war genommen. Sie ging bis zur nächsten Ecke, dann rechts. Den Schlüssel für das Vorhängeschloss hatte sie, aber in dem Moment, wenn sie das Rolltor nach oben beförderte, würde der stumme Alarm ausgelöst werden. Wie lange es dauerte, bis der Pförtner hier war, um nachzuschauen? Vielleicht eine Minute, vielleicht länger. Vielleicht bemerkte er es auch gar nicht, weil er zu sehr in seiner Zeitschrift vertieft war.

Es war müßig zu spekulieren, Jana blieb keine Wahl. Sie steckte den Schlüssel in das Vorhängeschloss, drehte ihn herum, entfernte das Schloss, steckte es in die Tasche. Mit einem Ruck riss Jana das Rolltor nach oben, betrat den Lagerraum und machte hinter sich sofort wieder zu.

Jana war zum ersten Mal hier. Sie schaute nach oben. Anstatt einer geschlossenen Betondecke war dort ein Gitter, wie in einem Gefängnis. Jana erinnerte sich, dass Frank das mal erwähnt hatte. Die Lagerräume durften aus Sicherheitsgründen nicht dicht verschlossen sein, weil niemand wusste, was die Leute hier jeweils abstellten. Womöglich brennbare Flüssigkeiten. Giftstoffe. Auch wenn das Rolltor zu war, blieb der Raum immer belüftet.

Jana sah sich um. Es gab nur drei graue Metallschränke, die nebeneinander an der linken Längswand standen. Ihr Herz schlug heftig, als sie den ersten öffnete. Er war nicht abgeschlossen. Vor ihr auf drei Regalebenen standen Kartons. Sie nahm den ersten von ganz oben, sah hinein. Elektroschrott. Sie schmiss den Kabelsalat auf den Boden ... Da war es! Auf dem Boden des Kartons lag ein Bündel Fünfziger und Hunderter. An die Zehntausend, schätzte sie. Jana ließ das Geld in der Jackentasche verschwinden. Der nächste Karton ... Bis zum Rand mit DVDs gefüllt. Sie kippte ihn aus. Nur DVD-Hüllen. Sonst nichts. Sie machte eine auf. Es waren tatsächlich DVDs drin. Kein Geld, nichts sonst. Sie nahm gerade den nächsten Karton heraus, als von außen ans Rolltor geklopft wurde.

»Hallo, ist da jemand drin?« Der Sprecher wartete die Antwort nicht ab. Mit lautem Rasseln schnellte das Tor hoch. Der Pförtner war vorbereitet. In der rechten Hand hielt er eine Dose Pfefferspray.

Jana wich erschrocken zurück. »Verdammt«, sagte sie laut. »Haben Sie mich erschreckt.«

»Tut mir leid, Sie haben den Alarm ausgelöst.«

Sein Blick wanderte über den Boden, wo der Elektroschrott und DVD-Hüllen verstreut lagen. Dann sah er zu Jana. »Wer sind Sie, und was machen Sie hier?«

»Ich bin die Mieterin.« Jana versuchte, ihre Stimme empört klingen zu lassen, hielt den Schlüssel hoch.

»Sie haben vergessen, Ihre Karte ans Lesegerät zu halten.«

»Nein, habe ich nicht. Wie wäre ich sonst reingekommen?«

Er grinste hämisch. »Sie haben den Moment genutzt, als die andere Kundin rausging.«

Jana blieb standhaft. »Ich habe die Karte an das Lesegerät gehalten.«

»Dann hat es nicht funktioniert. Kommen Sie bitte mit und halten Sie die Karte noch mal ans Lesegerät.«

Jana verdrehte die Augen. »Ist das wirklich nötig. Ich bin in einer Minute hier fertig.«

Misstrauisch sah er auf das Chaos am Boden. »Wenn der stumme Alarm nicht innerhalb von zwei Minuten abgeschaltet wird, geht er weiter an den Sicherheitsdienst. Die rufen hier an, und wenn ich nicht drangehe, wird automatisch die Polizei verständigt.«

Jana wurde ungehalten. »Dann gehen Sie verdammt noch mal ans Telefon und sagen, dass alles in Ordnung ist.«

Das »verdammt noch mal« hätte sie sich besser gespart. Sein Misstrauen wuchs. Der Pförtner legte den Zeigefinger auf das Pfefferspray. »Entweder Sie kommen jetzt mit, weisen sich als Mieterin aus, oder ich muss die Polizei rufen.«

Jana nickte, kam einen Schritt auf ihn zu. »Ich ... ich habe meine Karte vergessen.«

»Ach, wirklich?« Er war nicht so einfältig, wie sie gehofft hatte.

Jana setzte eine reumütige Miene auf.

»Aber Sie sind die Mieterin?«

»Ja«, sagte sie entschlossen.

»Dann kommen Sie mit nach vorne, ich schaue nach, ob das stimmt, und dann finden wir eine Lösung.«

Sie hörte ein Piepen, das aus seiner Hosentasche drang. Er holte ein Handy heraus. »Ja?« Er machte eine Pause. »Ja, ich kümmere mich gerade darum. Können Sie in zwei Minuten noch mal anrufen? ... In zwei Minuten, bis gleich.«

Er beendete das Gespräch, steckte das Handy wieder in die Tasche. »Das war der Sicherheitsdienst.«

Jana blieben also noch zwei Minuten. Sie machte einen Schritt auf ihn zu, ihr rechtes Bein schnellte in die Höhe. Der Fuß traf ihn mit voller Wucht in die Weichteile. Wenn man als Frau auf der Straße lebte, musste man sich zur Wehr setzen können. Der junge Mann sackte auf die Knie und schlug dann der Länge nach hin. Mit schmerzverzerrtem Gesicht rang er nach Luft. Jana nahm ihm das Pfefferspray ab, hielt die Düse dicht vor sein Gesicht. »Du gibst keinen Mucks von dir, sonst kriegst du eine Ladung davon zu spüren. Willst du das?«

Er japste, bekam kein Wort heraus, schüttelte nur den Kopf.

Jana griff in die Hosentasche des Mannes, holte das Handy heraus und steckte es ein, ebenso wie das Pfefferspray.

Dann wandte sie sich erneut den Metallschränken zu. Jetzt musste es schnell gehen. Sie holte einen Karton nach dem anderen heraus, leerte den Inhalt auf dem Boden aus. Nichts. Kein Geld. Kein Stoff. Nur Munition, zwei Schachteln. Neun Millimeter. Was sollte sie damit? Das Handy in ihrer Tasche piepte erneut, die zwei Minuten waren um. Jana nahm den letzten Karton heraus, drehte ihn um. Der Inhalt fiel auf den Boden. Jana konnte ihr Glück kaum fassen. Da lag ein Päckchen. Sie schätzte die Menge auf hundert Gramm, stopfte es in ihre Jackentasche. Geschafft.

Sie beförderte das Rolltor nach oben. Ein Mann, der den Lagerraum gegenüber gemietet hatte, drehte sich zu ihr um. Sein Blick ging an Jana vorbei zu dem Pförtner, der wimmernd am

Boden lag. Sie rannte los, der Mann zögerte keinen Moment, lief ihr nach.

»He! Stehen bleiben!«

Bis zur Tür waren es noch zwanzig Meter, Jana hatte es fast geschafft, da packte der Verfolger sie an der Jacke, wirbelte sie herum. Jana hatte das Pfefferspray in der Hand, zielte auf sein Gesicht, aber der Mann war schneller, griff ihr Handgelenk, drehte den Arm um. Jana schrie, sackte vor ihm auf die Knie, das Pfefferspray fiel ihr aus der Hand.

Er drehte ihr den Arm auf den Rücken. »Du bleibst jetzt ganz ruhig, während ich die Polizei rufe.«

Er wollte mit der anderen Hand nach seinem Handy greifen, das er in der Tasche hatte. Jana nutzte den Moment, in dem er abgelenkt war – und biss zu. Mit aller Kraft versenkte sie ihre Schneidezähne in dem Muskel, der zum Daumen führte. Der Mann brüllte wie am Spieß, ließ ihren Arm sofort los. Jana riss den Kopf zur Seite, schmeckte das Blut in ihrem Mund. Sie spuckte das Fleisch, das sie ihm rausgerissen hatte, vor sich auf den Boden. Der Mann wich zurück, hielt seine verletzte Hand. Jana hob das Pfefferspray auf, sprühte ihm die Ladung ins Gesicht. Der klägliche Versuch, sich mit den Händen zu schützen, brachte nichts. Er wandte sich um, taumelte halb blind den Korridor entlang. Sein Körper stieß scheppernd gegen ein Rolltor.

Als Jana auf der Straße stand, war es bereits dunkel. Sie hielt einen Moment keuchend inne, wischte sich das Blut aus dem Gesicht. In der Ferne hörte sie ein Martinshorn. Es kam näher. Ein Blaulicht war noch nicht zu sehen. Plötzlich ein schrilles Klingeln. Der Radfahrer kam von rechts, bremste scharf ab und machte eine Ausweichbewegung. Jana versetzte ihm einen

Stoß. Er fiel auf die Straße, Autoreifen quietschten. Ein Hupkonzert setzte ein.

Jana sah sich hektisch um. Wo sollte sie hin? Eine Seitenstraße. Die beste Option. Sie rannte los, so schnell sie konnte.

11

Normalerweise machte ich keine Hausbesuche, vor allem nicht nach einundzwanzig Uhr. Aber was vor etwa drei Stunden geschehen war, erforderte einen intensiven Austausch mit meinem Mandanten. Ich war außerdem neugierig, wie Rongen lebte, deshalb hatte ich ihm am Telefon keine Wahl gelassen und gesagt, ich sei in einer Viertelstunde bei ihm.

Ich fand einen Parkplatz hundert Meter weit von seinem Haus entfernt, was in dieser Wohngegend in Bickendorf als Glücksfall zu bezeichnen war. Im Rathaus der Stadt Köln saßen einige Politiker, die eine tiefe Abneigung gegen Autofahrer hegten. Sie wollten die Bürger umerziehen, damit sie mehr die öffentlichen Verkehrsmittel nutzten. An sich eine gute Idee, wären die Kölner Verkehrsbetriebe nicht schon jetzt hoffnungslos überlastet. Trotzdem wurde den Autofahrern das Leben schwer gemacht. Der allgemeine Parkplatzmangel gehörte zu dieser Taktik.

Ich ging durch eine drei Meter hohe Durchfahrt in Form eines Rundbogens und kam in die Einbahnstraße, die Am Brunnenbogen hieß. Eine ehemalige Arbeitersiedlung, in der heute nur noch Akademiker und Beamte wohnten. Leute, die auf Stundenlohn arbeiteten, konnten sich das nicht mehr leisten. Kleine Häuschen, zwei Etagen plus Dachgeschoss, jede Fassade individuell gestaltet.

Ich blieb vor Hausnummer fünf stehen. Die Fassade war mit Backsteinen verklinkert. Ich hatte kaum geklingelt, als die Tür bereits aufging. Rongen sah mich mit ausdrucksloser Miene an. Wir gaben uns die Hand, und er bat mich herein. Im Flur zog sich gerade eine Frau den Mantel an. Sie war deutlich jünger als Rongen, höchstens Anfang dreißig, schätzte ich. Sie hatte kurze, dunkle Haare, ein rundes Gesicht.

»Laura.« Rongen stellte mich vor. »Das ist mein Anwalt, Nicholas Meller.«

»Laura Klembach. Guten Abend.«

Wir gaben uns die Hand.

»Es tut mir leid, dass ich störe, aber es muss sein.«

»Schon okay«, sagte sie mit einem Lächeln. Sie gab Rongen zum Abschied einen Kuss, dann wünschte sie uns einen schönen Abend. Der Flur war sehr eng. Ich machte einen Schritt in die kleine Küche, um sie vorbeizulassen.

Rongen schloss die Tür, deutete zum Ende des Flurs. »Gehen wir doch ins Wohnzimmer.«

Das Haus sah von außen kleiner aus, als es war. Rongen hatte einen Durchbruch gemacht, bewohnte zwei Häuser nebeneinander, wodurch das Wohn- und Esszimmer sehr geräumig ausfiel. Neben der Couch und dem Fernseher stand ein rot lackierter Esstisch aus Holz mit vier Plastikstühlen. Achtzigerjahre-Design. Ich zog meinen Mantel aus, legte ihn über einen Stuhl, stellte den Aktenkoffer dazu. »Habe ich Ihre Freundin vertrieben?«

»Schon okay. Sie hat eine eigene Wohnung.«

»Ist sie auch Polizistin?«

»Nein. Lehrerin. An einer Problemschule. Ich habe da mal einen Vortrag gehalten, so haben wir uns kennengelernt.« Er stand vor mir, die Hände in den Hosentaschen seiner Jeans vergraben. »Was gibt es so Wichtiges?«

»Die Frau ist aufgetaucht. Das Phantom hat einen Namen.«

Rongen nickte nur. Ich verstand: Christian Korb hatte offensichtlich nicht nur mich angerufen.

Ich holte tief Luft. »Also schön. Bevor ich mir den Mund fusselig rede, wie viel wissen Sie?«

»Sie heißt Jana Feldkamp. Auf ihren Namen war ein Lagerraum am Melatengürtel gemietet. Man hat Spuren von Kokain gefunden, Fingerabdrücke, auch von Frank Brenner. Und Munition.«

Ich nickte. »Allerdings neun Millimeter, keine 7,65er.«

Er zuckte mit den Schultern. »Wer Munition besitzt, hat für gewöhnlich auch eine Waffe.«

»Da haben Sie allerdings recht.«

Rongen wirkte zufrieden. Verständlich. Der Vorfall ließ seine Geschichte glaubwürdiger erscheinen. »Möchten Sie was trinken? Ich habe einen guten Rioja da.«

»Da sage ich nicht Nein.«

Er ging in den Flur, verschwand in der Küche. Ich setzte mich an den Tisch und musterte das Wohnzimmer. Zu seiner Stereoanlage gehörte ein Plattenspieler und ein Kassettenrekorder. Dass Vinylplatten wieder hip waren, wusste ich, aber Kassetten gehörten meiner Meinung nach ins Museum. Sein Fernseher hatte nur einen Sieben-Zoll-Bildschirm und schien nicht internettauglich zu sein. Auffällig war die Bücherwand, vollgestellt mit Romanen. Auf dem Esstisch lag ein historischer Krimi, *»Fest der Finsternis«*. Rongen schien lieber zu lesen, als sich berieseln zu lassen.

Er kam mit zwei gut gefüllten Gläsern Rotwein zurück, setzte sich mir gegenüber an den Tisch.

»Sie lesen viel?«

»Ja. Nur keine Krimis. Es sei denn, sie spielen in einem anderen Jahrhundert.«

Wir stießen mit den Gläsern an. Ich war ein großer Rioja-Fan, und der Gran Reserva 2011 gehörte zu meinen Favoriten.

Ich eröffnete das Gespräch. »Korb hat Sie also angerufen?«

»Ja, daher weiß ich auch, dass Sie zusammen in der Glutamatbude essen waren.«

Ich nickte. »Was halten Sie von Ihrem Kollegen?«

»Sehr viel. Wieso?«

»Er hat sich mir förmlich als Informant aufgedrängt. Deshalb möchte ich wissen, ob wir ihm trauen können.«

Rongen sah in sein Weinglas, schwenkte es. »Christian ist ein hochanständiger Kerl. Auch wenn Ihnen das nicht jeder im Präsidium bestätigen würde.«

»Wieso?«

»Er wird von vielen Leuten falsch eingeschätzt. Ging mir am Anfang auch so. Aber mittlerweile sind wir Freunde.«

»Wie lange arbeiten Sie schon zusammen?«

»Seit einem halben Jahr teilen wir uns das Büro und die Fälle, wenn ich nicht gerade zur Sonderkommission abberufen bin.« Rongen trank einen Schluck, bevor er weitersprach. »Es gibt Kollegen, die wollen nicht mit Christian zusammenarbeiten. Zugegeben, er ist nicht der kommunikativste Mensch, hat manchmal einen Stock im Arsch, nimmt die Vorschriften etwas zu genau.«

»Im Gegensatz zu Ihnen?«

Er sah mich scharf an. »Wie meinen Sie das?«

»Sie haben gegen die Dienstvorschriften verstoßen, als Sie ohne Unterstützung in den Wald gerannt sind. Aber verraten

Sie mir erst, wieso es Kollegen gibt, die nicht mit Korb zusammenarbeiten wollen?«

Er trank einen Schluck. »Wenn Sie im Dienst unterwegs sind, kann immer mal was schiefgehen, und Sie wissen ja, wie die Polizei unter Beobachtung steht. Heutzutage zieht jeder gleich sein Handy und filmt alles. Deshalb muss man sich voll und ganz auf seinen Partner verlassen können. Es gab in der Vergangenheit mal einen Vorfall, da hat Korb einen Kollegen im Stich gelassen.«

»Erzählen Sie.«

»Korb hat sich korrekt verhalten, die Wahrheit gesagt. Dadurch geriet der Kollege in Schwierigkeiten.«

Ich verstand. »Das widerspricht dem Korpsgeist?«

»Ja, und?« Rongen schien das Bedürfnis zu haben, sich zu rechtfertigen. »Das gibt es in anderen Berufen auch. Bei Ärzten, die Fehler machen, hackt eine Krähe der anderen auch kein Auge aus. Ihr Anwälte macht da vielleicht eine Ausnahme. Da fällt bestimmt jeder über den anderen her.«

»Lassen wir das. Ich habe nur nach Korb gefragt, weil ich misstrauisch werde, wenn jemand so zuvorkommend ist ...«

»Wir können ihm trauen«, fiel Rongen mir ins Wort. »Und wir sind vielleicht auf seine Hilfe angewiesen.«

Ich nickte. Dann öffnete ich meinen Aktenkoffer, holte die Unterlagen heraus. Ich brauchte einen Moment, um die Notizen durchzugehen. Rongen schenkte mir ungefragt Wein nach.

Wir gingen die Fakten der Reihe nach durch. Jana Feldkamp war in einen Lagerraum eingedrungen, den sie auf ihren Namen gemietet hatte und den Frank Brenner offenbar als Drogenversteck nutzte. Da sie keine Chipkarte besaß, um sich Zutritt zum Gebäude zu verschaffen, hatte sie beim Öffnen des

Lagerraums einen Alarm ausgelöst. Der Pförtner, der nachsehen wollte, wurde attackiert und verletzt, ebenso ein weiterer Mieter, der einschritt. Allmählich war es für mich an der Zeit, mehr über die Morde an den Polizisten zu erfahren.

»Korb hat mir das mit den Projektilen erklärt, die kleiner sind als der Lauf der Pistole. Was sagt so eine Munition über den Täter aus?«

»Zu Beginn der Ermittlungen gingen wir davon aus, dass der Mörder mit derselben Waffe noch weitere Taten begehen würde. Ob gegen Polizisten gerichtet oder gegen andere Personen, wussten wir zu dem Zeitpunkt noch nicht. Ab dem zweiten Mord erschien es sicher, dass es eine Mordserie gegen Polizeibeamte war. Der Mörder wusste, dass er wegen der Munition nah an die Opfer herankommen musste. Vielleicht wollte er ihnen sogar in die Augen sehen. Das würde auf eine Beziehungstat hindeuten, meinen zumindest unsere Experten vom Profiling.«

»Passt Frank Brenner in das Täterprofil?«

»Absolut. Schmiege und Eisfeld ...«

Ich unterbrach ihn. »Schmiege war das erste Opfer. Wer ist Eisfeld?«

»Marco Eisfeld. Der Kollege, der im Koma liegt. Hoffen wir, dass er aufwacht. Er könnte Brenner identifizieren, sofern er sich erinnert.«

Ich nickte. Womöglich würden wir den Fall schneller abschließen können als gedacht.

Rongen fuhr fort. »Schmiege und Eisfeld haben Frank Brenner in den Knast gebracht. Vor fünf Jahren.«

»Das ist kein Motiv für die Morde.« Ich schüttelte den Kopf. »Kriminelle gehen grundsätzlich das Risiko ein, im Knast zu landen. Das ist zu schwach.«

Rongen sah mich an. Ich spürte, dass er mir etwas verschwieg.

Als er weiterhin schwieg, sagte ich. »Sie fragen sich wahrscheinlich, ob ich das alles wissen muss? Ja, ich muss es wissen. Ich möchte auf alle Eventualitäten vorbereitet sein.«

Rongen sah vor sich auf den Tisch. »Frank Brenner war ein Dealer. Kokain, Amphetamine, Heroin. Ihm war nichts fremd. Er saß nicht zu Unrecht im Gefängnis, aber ...« Er holte tief Luft. »Es deutet einiges darauf hin, dass Schmiege und Eisfeld bei seiner Verhaftung damals etwas nachgeholfen haben.«

»Sie meinen, Beweise frisiert?«

Rongen nickte. »Sie wissen ja, dass das Strafmaß bei BTM-Delikten auch von der beschlagnahmten Menge abhängt.«

Ich fing an zu verstehen. »Schmiege und Eisfeld hatten ihm eine Extraportion untergejubelt. Ist das sicher?«

Er schüttelte den Kopf. »Nein, aber durchaus wahrscheinlich. Wir haben nach jedem Mord versucht, eine Verbindung zwischen den Opfern herzustellen. Bei Schmiege und Eisfeld ist uns das gelungen, weil sie mal zusammengearbeitet haben. Das dritte Opfer, Polizeiobermeister Jonas Weber, da haben wir bis jetzt keine Verbindung feststellen können. Weder zu Frank Brenner noch zu jemand anderem.«

»Dann lassen Sie uns über Eisfeld und Schmiege reden. Die beiden haben Frank Brenner Drogen untergeschoben?« Allmählich verstand ich, wieso Bernd Maurer, der Chef der Sonderkommission, mir die Akten nicht aushändigen wollte. Es fiel kein gutes Licht auf die Kölner Kripo, wenn herauskäme, dass die Opfer keine ehrlichen Polizisten waren.

Rongen fuhr fort. »Ich glaube, dass es so war. Die beiden wollten sichergehen, dass Brenner hart bestraft wird. Wirklich beweisen konnten wir das aber nicht. Noch nicht. Sollte Eisfeld aus dem Koma erwachen, was ich hoffe, würde er das auch niemals zugeben. Ich sehe es so: Frank Brenner ist von den beiden gelinkt worden. Brenner wusste das. Reicht Ihnen das als Motiv?«

»Woher stammen die Drogen, die Brenner untergeschoben wurden?«

»Das kann Ihnen nur Eisfeld beantworten. Aber es war so, dass er und Schmiege kurz zuvor noch einen anderen Dealer hochgenommen hatten. Wenn sie da etwas abgezweigt haben, hätte der andere Dealer bestimmt nichts gesagt. Aber das sind nur Spekulationen, das würde jetzt zu weit führen.«

Ich nickte, machte wieder einen Haken hinter einen Punkt auf meinem Notizblock. Was genau dazu geführt hatte, dass Brenner in den Fokus der Ermittlungen geriet, mit dieser Frage würde ich mich später beschäftigen, wenn es denn überhaupt noch nötig sein würde.

»Ich hatte heute ein Gespräch mit dem Oberstaatsanwalt aus Bonn, Friedemann Gerber«, sagte ich schließlich. »Er hat nicht an die Existenz der Frau geglaubt, hielt sie für eine Erfindung. Ebenso die Pistole.«

»Dann wurde er jetzt eines Besseren belehrt.«

»Nur zum Teil«, wandte ich ein. »Jana Feldkamp existiert, die Pistole haben wir noch nicht. In dem Lagerraum wurden Spuren von Kokain entdeckt. Womöglich war Jana nur deshalb dort eingebrochen.«

Rongen nickte. »Brenner war ihr Dealer. Jetzt ist er tot, sie sitzt auf dem Trockenen. Der Staatsanwalt kann doch unmöglich die Aussage so einer Zeugin höher werten als meine Version der Geschichte.«

»Die Version des Polizisten, der geschossen hat, meinen Sie? Doch, das kann er. Wenn die Zeugenaussage der Frau stimmig ist, macht er das. Aber keine Panik.«

»Ich habe keine Panik«, fuhr er mich an. Sein Stimmungsumschwung deutete auf das Gegenteil hin. Ich musste etwas behutsamer vorgehen, ihm eine neue Option eröffnen.

»Sie haben gegen Dienstvorschriften verstoßen, als Sie in den Wald gerannt sind. Es wird ein Disziplinarverfahren geben.«

»Damit muss ich leben. Zunächst mal will ich, dass die Notwehr als solche anerkannt wird. Ich will, dass man mir glaubt.«

»Warum sind Sie allein in den Wald gelaufen?«

Rongen lehnte sich auf seinem Stuhl zurück, nahm sein Glas, trank einen großen Schluck. »Hatten Sie das noch nie: das Ziel zum Greifen nahe, sodass sie nur noch zupacken mussten? Wissen Sie, wie oft schon Typen entwischt sind, trotz Hubschrauber, Großfahndung und all dem Scheiß? Brenner hatte einen Lagerraum, von dem niemand wusste, wo er Geld liegen hatte, vielleicht auch einen falschen Pass. Er wäre uns entwischt. Wissen Sie, wie verdammt groß der Königsforst ist?«

»Zweieinhalbtausend Hektar«, sagte ich. »Wie sicher waren Sie sich, dass Brenner der Mörder Ihrer Kollegen war?«

»Verdammt sicher.«

»Achtzig Prozent? Neunzig?«

»Fünfundneunzig. Der Typ passte einfach. Er hatte ein Motiv und auch das Gewaltpotenzial und die Raffinesse, so etwas durchzuziehen. Der Täter muss immer zur Tat passen. Brenner passte.«

In der Nachbarschaft bellte ein Hund. Das Bellen war laut zu hören. Offensichtlich war in der Küche das Fenster gekippt.

»Scheiß Köter«, sagte Rongen. »Hat wieder eine Katze entdeckt.«

Das Bellen wurde lauter, dann hörte es abrupt auf.

Rongen saß da, hypnotisierte sein Weinglas. Ich spürte, dass er etwas loswerden wollte. Er schien nach den richtigen Worten zu suchen. Nachdem er noch einen Schluck Wein getrunken hatte, fing er schließlich an zu reden. »So wie Sie jetzt vor mir sitzen, genau so real habe ich Frank Brenner vor Augen gehabt, wie er eine Waffe in der Hand hielt und auf mich zielte. Er hatte eine Pistole.«

»Ich glaube Ihnen.«

Er hob die Hand. »Moment, ich bin noch nicht fertig.«

Wieder ließ er sich Zeit, strapazierte meine Geduld.

»Dieser Moment, als ich Brenner vor mir sah. Vielleicht zehn Meter weit entfernt. Mehr nicht. Ich wusste ja nicht, dass er da an einem Abgrund stand. Ich dachte, dass er auf mich wartete. Wissen Sie, was ich in dem Moment gedacht habe?«

»An gar nichts.«

»Doch. Ich habe gedacht: *Jetzt reicht's.*«

Ich verstand nicht. »Jetzt reicht's?«

Rongen nickte. Seine Augen ließen keinen Zweifel an seiner Ehrlichkeit. »Ich habe auf seinen Kopf gezielt. Nur dieser eine Gedanke: Es reicht, du Arschloch. Dann war er auf einmal weg. Wie in einem Videospiel, wenn die Figur sich in Luft auflöst.«

Ich schluckte. So genau hatte ich es gar nicht hören wollen. Ich kannte mittlerweile Rongens Vorgeschichte – dass er in einer Sparkasse vor ein paar Jahren schon einmal einen Täter erschossen und dadurch eine Geiselnahme beendet hatte. Es gab nicht viele Polizisten in Deutschland, die zweimal in ihrem

Berufsleben zur Schusswaffe greifen mussten und dann auch noch einen Menschen töteten.

Er sah mir in die Augen. »Ist das ein Problem für Sie?«

Ich schüttelte den Kopf. »Solange niemand außer mir davon erfährt, nein.« Ich sah ihn eindringlich an. »Erzählen Sie es niemandem, auch nicht Ihrer Freundin. Nicht mal einem Priester, wenn Sie einen kennen.«

»Ich hatte noch nicht mal vor, es Ihnen zu sagen. Aber Sie haben es hören wollen. Nun wissen Sie es. Ich bereue nichts. Es war Notwehr. Ich würde es wieder so machen. Ohne zu zögern.«

»Hatte es sich damals in der Bank genau so angefühlt?«

»Nein«, antwortete er. »In der Sparkasse, das war ein Reflex, wie wenn man geschlagen wird und die Hände hochreißt. Das war im Bruchteil einer Sekunde.«

»Und im Wald? Wie lange hat es da gedauert?«

»Länger. Viel länger. Wir haben uns in die Augen gesehen. Er hatte eine Pistole, ich auch. Ich habe zuerst geschossen. Bevor Brenner den Knall gehört hatte, war er bereits tot.«

Wir sahen uns in die Augen, bevor er weitersprach. »Ändert das was an der Notwehr?«

»Nein.«

»Ändert das was an Ihrer Einstellung zu meinem Fall?«

Ich zögerte keine Sekunde mit der Antwort. »Sie haben in den Lauf einer Waffe geschaut. So eine Situation kann man sich nicht ausmalen, wenn man es nicht selbst erlebt hat. Reicht Ihnen das als Antwort?«

Er nickte.

Ich klappte die Akte zu, nahm das Glas. »Wir kriegen das hin. Ich bin sehr zuversichtlich, dass es nicht zu einer Anklage kommen wird. Vertrauen Sie mir.«

Rongen hob ebenfalls das Glas, dann tranken wir beide.

Normalerweise machte ich nicht solche Versprechen.

Normalerweise war ein Mandant auch nicht so ehrlich zu mir.

Draußen kläffte wieder der Köter.

12

Der Bullterrier lief diszipliniert bei Fuß rechts neben seinem Herrchen her. Er hieß Ares, benannt nach dem griechischen Kriegsgott. Von klein auf war er abgerichtet worden zu jagen, zu beißen, zu kämpfen. Sein Herrchen fuhr sich mit der Hand durch den Bart. Die ganze Nacht schon waren die beiden unterwegs. Eine elendige Sucherei. Zielstrebig steuerten Hund und Herrchen auf das leer stehende Fabrikgebäude am Mülheimer Hafen zu. Aus einer Öltonne stieg Qualm auf, das Feuer war längst erloschen. Unweit davon, unter dem Vordach der Halle, lag jemand eingewickelt in einem Schlafsack. Man konnte das Wasser des Rheins riechen. Die Positionslichter eines Schiffes zogen langsam in der Dunkelheit vorbei.

»Sitz!« Ares blieb stehen, beförderte das Hinterteil auf den Boden. Seine Augen starrten sehnsüchtig in die Richtung, in die sein Herrchen allein weiterging.

Der Mann kam zu der Person, gab dem Schlafsack und seinem Insassen einen leichten Tritt. Es dauerte einen Moment, bis der Mann im Schlafsack erwachte. Er blinzelte, sah den großen breitschultrigen Mann vor sich. Ganz in Schwarz gekleidet, Vollbart, schwere Stiefel an den Füßen.

»He, was soll das?«

»Steh auf!« Diesmal trat der Mann etwas fester mit dem Fuß gegen den Oberschenkel.

»He! Ich darf hier pennen.« Der Obdachlose richtete sich auf.

»Bist du Wolle?«

Der Mann im Schlafsack überlegte, ob er es ihm sagen sollte.

»Bist du schwerhörig, du Penner?«

»Ja, ich bin Wolle, wieso?«

»Du stinkst.«

»Ich habe Sie nicht gebeten herzukommen«, maulte er.

»Steh jetzt endlich auf. Los!«

Erst jetzt bemerkte Wolle den Hund, der etwa fünf Meter entfernt dasaß, ihn fixierte, die Zähne fletschte. Dem Bullterrier schien die Gesamtsituation nicht zu gefallen, blieb aber wie festgenagelt auf seinem Platz.

Wolle kam mühsam auf die Beine. Ihm war schon wieder kalt. Er sah, dass das Feuer in der Tonne ausgegangen war. Wolle wickelte sich in den Schlafsack ein. Seine Stimme zitterte, wie sein ganzer Körper. »Was ... was wollen Sie?«

Der Mann trug Lederhandschuhe. »Ich suche jemanden. Die Tochter einer Freundin. Sie lebt auf der Straße. Kannst du mir helfen?«

Wolle atmete auf. Der Unruhestifter hatte ein Anliegen, das nichts mit ihm zu tun hatte.

»Wenn ich helfen kann, helfe ich, ist doch klar. Wie heißt sie denn?«

»Jana.« Der Mann zog ein Foto aus seiner Jackentasche. »Jana Feldkamp.«

Wolle nahm das Foto. Die Qualität war schlecht. Eine Taschenlampe ging an. Der Mann leuchtete auf das Bild. Es war grobkörnig, wie von einer Überwachungskamera aufgenommen.

Wolle erkannte Jana sofort. Dass sie Feldkamp hieß, wusste er nicht. Wenn sie die Tochter einer Freundin war, wieso hatte der Mann kein anständiges Foto von ihr? Da fiel ihm ein, was Jana ihm mal erzählt hatte, dass ihre Mutter gestorben sei und ihr Vater nichts mehr mit ihr zu tun haben wollte. Wolle wusste, dass der Mann log.

»Nein. Kenne ich nicht. Sorry.« Er hielt ihm das Foto hin. Der Strahl der Taschenlampe leuchtete ihm ins Gesicht. Wolle blinzelte, hielt sich die Hand vor die Augen. »Heeee!«

»Sieh es dir noch mal an.«

Wolle hatte einen Fehler gemacht, der Blick auf das Foto war zu flüchtig gewesen. Jetzt sah er noch mal drauf, ließ sich Zeit. Dann erst gab er dem Mann mit einem Kopfschütteln das Foto zurück. »Ehrlich. Tut mir leid. Ich weiß nicht, wer sie ist.«

»Lebst du schon lange auf der Straße?«

»Hier in Köln seit einem Jahr. Davor woanders.«

»Wo?«

»Frankfurt. Am Main.«

»Diese Jana hat auch mal in Frankfurt gelebt. Und du kennst sie nicht?« Es war mehr eine Unterstellung als eine Frage.

»Hören Sie?« Wolle vernahm die Unsicherheit in seiner Stimme. Er räusperte sich. »Nicht alle Obdachlosen kennen sich untereinander. Sehen Sie doch«, er deutete auf seinen Schlafplatz. »Ich bin lieber allein. Möchte meine Ruhe haben.«

Der Wind trieb den Qualm aus der Öltonne zu ihnen herüber. Wolle musste husten. Wieder fiel das Licht der Taschenlampe in sein Gesicht. Er wandte sich ab. »Hören Sie doch auf damit.«

»Du lügst mich an, warum?«

»Nein. Ich schwöre es. Ehrlich. Ich kenne diese … wie immer sie heißt, ich kenne sie nicht.«

»Jana.«

»Jana eben, mir doch egal. Kann ich jetzt weiterschlafen?«

Der Mann schaltete die Taschenlampe aus. Wolles Augen brauchten einen Moment, sich wieder an die Dunkelheit zu gewöhnen. Der Mann wandte sich ab, ging zu seinem Hund zurück. »Entschuldige die Störung.«

»Kein Problem. Ich helfe gern.«

Der Mann gab einen Zischlaut von sich. Im selben Moment startete das Tier explosionsartig seinen Angriff, rannte los, direkt auf Wolle zu. Er riss instinktiv den Arm hoch, über dem er den Schlafsack hielt. Da spürte er den Schmerz, wie sich die Zähne des Hundes durch den Stoff des Schlafsacks und die Kleidung in seine Unterarmmuskeln bohrten. Der Hund zerrte an seinem Arm, mit wildem Knurren, als wolle er ihn abreißen. Die panische Angst drängte den Schmerz in den Hintergrund. Wolle verlor das Gleichgewicht, stützte sich mit dem anderen Arm am Boden ab.

»Ares, aus!«

Der Hund ließ los, knurrte laut. Es fiel ihm schwer, dem Kommando seines Herrchens zu folgen und von der Beute abzulassen. Mit blutverschmierter Schnauze setzte er sich neben dem rechten Bein seines Herrchens.

Der Mann kam wieder näher, während Ares an Ort und Stelle verharrte. Wolle saß auf dem Boden, sein Puls raste. Der Arm fühlte sich taub an. Er zog den Schlafsack weg. Der Stoff seines grünen Parkas war tiefrot von Blut getränkt.

»Ich hoffe, du hast eine Tetanusimpfung«, sagte der Mann mit zynischem Lachen. »So etwas kann böse ausgehen.«

Wolle flehte. »Bitte, ich habe doch nichts getan.«

»Du hast mich angelogen.«

»Nein«, wimmerte er. »Habe ich nicht.«

Der Mann sah auf ihn herab. »Ich suche schon die ganze Nacht nach dir, habe mit anderen gesprochen. Die haben nicht gelogen. Die haben gesagt, ich soll dich fragen, den Wolle soll ich fragen. Der kennt sie. Und du erzählst mir, dass du sie nicht kennst? Großer Fehler.«

Wolle begriff. Es hatte keinen Zweck zu lügen. Auch wenn er Jana mochte, wieso sollte er seine Gesundheit riskieren? So nahe standen sie sich schließlich nicht. »Ja, okay, es stimmt, ich kenne sie. Nur dass sie Feldkamp heißt, wusste ich nicht.«

»Na also, geht doch.« Der Mann lächelte. Er hatte ein strahlend weißes Gebiss, sah gepflegt aus. »Wo finde ich sie?«

Wolle schnappte nach Luft, hielt sich den Arm. Der Schmerz war unerträglich. »Sie lebt nicht mehr auf der Straße«, keuchte er. »Habe ich gehört. Sie hat einen reichen Freund, einen Dealer. Ich weiß nicht genau, wie ... er heißt. Bei dem ist sie.«

Der Mann schaltete wieder die Taschenlampe an und leuchtete in Wolles Gesicht. »Und wenn sie nicht bei ihrem Freund ist, wo könnte sie dann sein?«

»Das weiß ich wirklich nicht. Ehrlich. Ich habe Ihnen alles gesagt.«

Der Mann ging in die Hocke. Er hielt die Taschenlampe so, dass sein Gesicht von unten angestrahlt wurde. Er sah jetzt die Tätowierung am Hals des Mannes, ein Schriftzug: ›*No excuses*‹. Wolle wusste, mit was für einem Menschen er es zu tun hatte.

Der Mann redete mit ruhiger Stimme. Sein Atem bildete Wölkchen. »Denk noch mal nach, Wolle. Bist du dir wirklich sicher, ich meine, absolut sicher, dass du nicht weißt, wo Jana sein könnte? Tu uns beiden den großen Gefallen und lüge mich nicht noch mal an.«

Wolle schluckte. »Sie hatte eine Freundin damals, Vicky. Aber die habe ich lange nicht mehr gesehen. Ich habe gehört, sie sei clean geworden.«

»Vicky. Und wie weiter?«

»Victoria. Ihren Nachnamen kenne ich nicht. Sie ist Italienerin, glaube ich. Südländerin auf jeden Fall, keine Deutsche. Es heißt, ein Priester hat ihr geholfen, von dem Scheiß loszukommen.«

»Wie alt ist Victoria?«

»Zweiundzwanzig, oder etwas älter.«

Der Mann erhob sich wieder, schaute auf ihn herab. »Weiter!«

Stotternd fuhr er fort. »Vicky und Jana, die haben eine Zeit lang in so einer Gartenlaube übernachtet, in Bickendorf. Dann hat sie irgendeinen Priester kennengelernt, der ihr geholfen hat. Mehr weiß ich wirklich nicht. Ehrlich.«

Der Mann lächelte, wandte sich ab. Aufatmen. Das Blut wanderte langsam wieder in Wolles Kopf zurück, jetzt spürte er die Kälte. Er wickelte sich in den Schlafsack ein. Zitternd. Da vernahm er wieder diesen Zischlaut.

Starr vor Angst, sah Wolle, wie der Hund angerannt kam. Er sah in das blutverschmierte Maul, aus dem die weißen Zähne hervorstachen. Wolle streckte seinen verletzten Arm aus, aber diesmal biss der Bullterrier nicht hinein. Der Arm war ihm egal. Das Tier setzte zum Sprung an, riss das Maul noch weiter auf, bevor die Zähne sich erstmals in Wolles Gesicht vergruben. Er fasste mit beiden Händen nach dem Kopf des Tieres, schlug auf ihn ein, was den Hund nur noch mehr zu einer rasenden Bestie werden ließ.

Der Mann sah dem Todeskampf zu. Es war ein gutes Training für Ares. Hin und wieder musste er seinen Hund belohnen. Der Anblick, wie Ares sich in dem Gesicht eines Menschen verewigte, und die Laute, die das Opfer von sich gab, ließen den Mann kalt. Zu einem Schrei war Wolle nicht mehr fähig. Dann schnappte Ares ein letztes Mal zu, versenkte seine Zähne tief in dem Hals, riss den Kopf mehrmals hin und her.

»Aus! Ares, aus!«

Der Hund knurrte, ließ von seinem Opfer ab, wich einen Schritt zurück.

»Ares, Fuß!«

Der Bullterrier kehrte neben das Bein seines Herrchens zurück. Der klopfte ihm auf die Seite, streichelte ihn am Kopf, wie er es immer tat, wenn Ares etwas gut gemacht hatte. Pulsierend schoss das Blut aus dem Hals des Obdachlosen. Der Körper, die Beine, die Arme zuckten. Eine Blutlache breitete sich auf dem Boden aus.

Der Mann wandte sich ab. Ares begleitete sein Herrchen treu an dessen rechter Seite.

13

Ich fühlte mich gut. Rongen war ein Mandant, für den es sich lohnte, hundert Prozent zu geben. Der Fall würde mir erneut Publicity bescheren, da war ich mir sicher. Die Journalistin Yvonne Lessing hatte bereits mehrmals in der Kanzlei angerufen und versucht, zu mir durchgestellt zu werden, aber Astrid Zollinger war die beste Firewall, die es gab. Zu gern hätte ich gewusst, was die nervige Journalistin von mir wollte, aber wenn ich meiner Neugier nachgäbe und ihr nur einmal Aufmerksamkeit schenkte, wäre sie wie ein Straßenköter am Strand von Mallorca.

Mein Auto hatte ich am Morgen in Bickendorf abgeholt, weil Rongen und ich drei Flaschen Wein geleert hatten. Unser Gespräch war am Ende sehr persönlich geworden. Ich hatte endlich mal die Gelegenheit gehabt, ihm vor Augen zu führen, in was für einer schizophrenen Situation wir Strafverteidiger uns manchmal befanden. Als Polizist hatte er immer das Gefühl, auf der richtigen Seite zu stehen. Wenn er seinen Job gut machte, wurde ein Täter bestraft.

Und was passierte, wenn ich meinen Job gut machte? Dann ging Rongens Arbeit wieder von vorne los.

Jeder, absolut jeder Mensch, der wegen einer Straftat angeklagt war, hatte das Recht, vor Gericht von einem Profi vertreten zu werden. Ich erteilte deshalb niemandem die Absolution. Manchem Mandanten verweigerte ich sogar nach dem Urteil den Handschlag. Das zu tun, war ich nicht verpflichtet. Aber es war mein Job, alles, einfach alles, was das Gesetz im jeweiligen Fall hergab, für meinen Mandanten zu tun. Dass sich deutsche Richter und Staatsanwälte oftmals mehr um die Täter als um die Opfer Gedanken machten, stand auf einem anderen Zettel. Dafür war ich nicht verantwortlich.

Im Fall der Prostituierten Ivana, der der Kehlkopf zerquetscht worden war, hatte ich etwas getan, das ich nicht hätte tun dürfen. Mancher fuhr sturzbetrunken Auto, der andere betrog seine Frau, ich hatte dafür gesorgt, dass sich die Ermittlungen gegen Ivanas Mörder um einige Tage verzögerten. War das der Grund, weshalb Rongen den Täter bis heute nicht gefasst hatte? Diese Frage konnte er mir nicht beantworten. Damit begruben wir beide das Thema endgültig, hakten die Vergangenheit ab.

Natürlich hatten wir vor allem über den aktuellen Fall gesprochen. Rongen hatte mir gegenüber eine Art Geständnis abgelegt. Er blieb dabei, dass es Notwehr war. Aber er hätte auch ein Motiv gehabt, Frank Brenner zu töten. Das war die Krux. Von seinen Gedanken im Moment, als der Schuss fiel, dürfte nie jemand erfahren. Egal, wie sehr Rongen beteuerte, das verstanden zu haben, stellte es einen Unsicherheitsfaktor dar. Jeder Mensch hatte seinen wunden Punkt, einen Knopf, auf den man drücken musste, dann sprudelte die Wahrheit aus einem heraus. Mein Mandant war impulsiv, leicht reizbar. Vor allem wenn es um seinen Job und um Gerechtigkeit ging. Objektiv betrachtet hatte Rongen in der vorletzten Nacht nur einen echten Fehler begangen: Er war allein in den Wald gerannt, anstatt auf Verstärkung zu warten. Er hatte Brenner um jeden Preis schnappen wollen. Im ungünstigsten Fall ließe sich daraus ein Motiv ableiten. Er wollte den Mörder zwei seiner Kollegen rächen.

Vor mir auf dem Schreibtisch lag die Akte der Staatsanwaltschaft Bonn. Darin befand sich auch das Protokoll des Funkverkehrs. Ich las es aufmerksam durch.

Rongen: »Fahre auf der Friedrich-Ostermann-Straße.«
Leitstelle: »In welche Richtung?«
Rongen: »Stadtauswärts. Richtung Rösrath. Die Straße wird zur Bensberger.«
(Pause)
Leitstelle: »Verstärkung ist gleich bei Ihnen. Weitere Verstärkung aus südlicher Richtung von der Rösrather und der L 170.«
Rongen: »Verdammt, der Kerl biegt ab. Er ist nicht mehr auf der Straße.«
Leitstelle: »Bitte wiederholen. Er ist nicht mehr auf der Straße?«
Rongen: »Er ist auf einen Parkplatz abgebogen. Er flüchtet zu Fuß.«
Leitstelle: »Bleiben Sie vor Ort. Die Kollegen sind gleich bei Ihnen. Folgen Sie dem Täter nicht allein.«
Rongen: »Negativ. Folge dem Täter in sicherem Abstand in den Wald.«
Leitstelle: »Bleiben Sie beim Wagen. Die Kollegen sind gleich bei Ihnen.«
(Stille)
Leitstelle: »25-4 von Arnold, kommen.«
(keine Antwort)
Leitstelle: »25-4 von Arnold. Wo Befinden Sie sich?«

Es wäre zu schön gewesen, wenn Rongen einen entscheidenden Satz gesagt hätte: *Da ist noch eine Person ... Eine Frau ... Sie sitzt im Auto ...*

Nein, er hatte Jana mit keiner Silbe erwähnt. Meine Gedanken kreisten um sie. Wer war sie? In der Akte gab es nur wenige Informationen. Jana Feldkamp, geboren und aufgewachsen in einem Dorf in Rheinland-Pfalz. Mutter verstorben. Jana war drogensüchtig. Entziehungskur abgebrochen. Keinen Kontakt mehr zu ihrem Vater. Trotz eines Namens und eines Gesichts blieb sie ein Phantom. Was hatte sie vor? Was tat sie im Moment? Ein Polizist hatte ihren Freund oder Bekannten oder vielleicht auch nur ihren Dealer erschossen. Sie hatte in dem Lagerraum wahrscheinlich etwas gefunden: Geld, Drogen. Oder beides.

Ich versuchte, mich in ihre Lage zu versetzen, überlegte, was ich an ihrer Stelle tun würde. Warum sollte sie sich der Justiz anvertrauen? Dazu bestand kein Anlass. Die Polizei hatte Brenner auf dem Gewissen. Sie hatte die Waffe ihres Freundes. Wollte Jana selber Rache üben? Dazu müsste sie herauskriegen, wer auf ihren Freund geschossen hat.

Wie könnte sie das herausfinden? Oder würde sie einen anderen Weg suchen, um sich zu rächen?

Plötzlich kam mir etwas anderes in den Sinn. Yvonne Lessing hatte mehrfach versucht, mich zu erreichen. Die Presse! Hatte Jana Kontakt zur Presse aufgenommen? *»Mein Freund wurde von einem Polizisten erschossen ...«*

Lessing wäre sofort darauf angesprungen. Und sie würde sich sofort ans Telefon klemmen, um diese Informationen zu überprüfen.

Ich nahm den Hörer in die Hand, betätigte eine Taste. Zollinger nahm bei sich ab.

»Können Sie mich mit dieser Journalistin verbinden?«

»Ist das jetzt ein Scherz?«, ertönte ihre Stimme aus dem Lautsprecher.

»Nein. Wie oft hat sie angerufen?«

»Viermal. Sie war gerade schon wieder dran.«

»Verbinden Sie mich mit ihr.«

Ich hielt den Hörer ans Ohr, wartete. Es dauerte nicht lang, da vernahm ich die unangenehm keifende Stimme.

»Wow. Dass Sie zurückrufen, damit hätte ich in hundert Jahren nicht gerechnet.«

Ich tat, als wäre ich kurz angebunden. »Ich kann meiner Sekretärin den Telefonterror nicht länger zumuten. Also, was wollen Sie?«

»Die Polizei sucht nach einer jungen Frau, die in Verbindung steht zu der Erschießung des Polizistenmörders.«

»Unsinn. Wie kommen Sie darauf?« Ich würde alles leugnen, um zu hören, was sie wusste.

»Es hat gestern einen Einbruch in einen Lagerraum gegeben. Auf dem Melatengürtel. Ich betone: einen Einbruch. Und jetzt stellen Sie sich vor, was da los war. Ein Großaufgebot der Polizei. Sogar Bernd Maurer, der Leiter der Sonderkommission, war da.«

Lessing hatte ihre Hausaufgaben gemacht.

»Was hat man Ihnen über den Einbruch erzählt?«

Sie lachte laut auf. »Nee, nee, Herr Meller. Jetzt sind Sie an der Reihe. Was läuft da?«

Ich schwieg, Lessing ebenfalls. Im Hintergrund vernahm ich leise Stimmen, die Anrufmelodie eines Handys. Lessing befand sich wahrscheinlich in einem Großraumbüro mit Stellwänden. Für ein eigenes Büro war ihre Position als Polizeireporterin zu gering.

»Ich lege jetzt auf«, brach sie das Schweigen.

»Nun gut«, erwiderte ich. »Der Typ, der erschossen wurde, war ein Dealer, der Lagerraum sein Depot. Deshalb ist da jemand eingebrochen. Seine Freundin, um genau zu sein, die auf dem Trockenen saß.«

»Der Getötete hatte also eine Freundin?« Lessings Stimme klang ehrlich überrascht. Offenbar hörte sie zum ersten Mal von Jana. Die Pressesperre seitens der Polizei funktionierte also. Ich hörte das Tippen einer Tastatur.

»Diese Frau ist völlig durchgeknallt. Sie hat einem Mann in die Hand gebissen, ihm das Fleisch herausgerissen.«

»Igitt«, drang es aus dem Hörer.

»Sie ist auf der Flucht, wahrscheinlich bewaffnet. Ein Glück, dass der Mitarbeiter des Lagerhauses noch lebt. Sollte sie sich bei Ihnen melden und behaupten, sie hätte Informationen anzubieten, ziehen Sie vorsichtshalber eine kugelsichere Weste zu dem Treffen an. Die Frau ist gefährlich.«

»Danke, dass Sie sich um mich sorgen. Wieso sollte sie sich bei der Presse melden?«

Ich musste grinsen. Lessing hatte angebissen und gab mir die Möglichkeit, mein Statement loszuwerden, weshalb ich sie angerufen hatte. »Weil ein Polizist ihren Lover erschossen hat. Denken Sie doch mal nach. Auch wenn mein Mandant in Notwehr gehandelt hat, das interessiert solche Leute doch nicht. Die Polizei ist immer an allem schuld.« Ich seufzte theatralisch. »Ich wundere mich, dass diese Braut nicht schon längst aufgetaucht ist und Geschichten erzählt. Aber wahrscheinlich hat sie sich nach dem Einbruch erst mal zehn Gramm Koks durch die Nase gezogen. Das würde so einiges erklären.«

»Darf ich Sie zitieren?«

»Auf keinen Fall. Sonst war das unser letztes Gespräch. Und glauben Sie mir, ich habe noch einiges zu sagen.«

»Okay«, sagte sie. »Ich halte mich an die Spielregeln, wenn Sie das auch tun. Sie können auf mich zählen.«

»Schreiben Sie, was Sie wollen, aber beziehen Sie sich auf eine andere Quelle. Und wenn diese Braut sich bei Ihnen meldet, rufen Sie mich an. Viel Erfolg.«

Ich knallte den Hörer auf. Nun gehörte der Straßenköter mir. Das Revolverblatt, für das Lessing schrieb, war prädestiniert für eine Story dieser Art. Sollte Jana Kontakt mit der Redaktion aufnehmen, würde die Journalistin bei mir anrufen. Da war ich mir sicher.

Mein Blick ging zur Uhr. Ich sprang auf, nahm den Mantel vom Stuhl. Ich war spät dran.

14

Franka saß an einem Vierertisch, studierte die Speisekarte, obwohl sie die bereits rückwärts hätte aufsagen können. Das Santanello war ihr Lieblingsitaliener, fünf Minuten zu Fuß von der Staatsanwaltschaft entfernt. Als ich eintrat, kam mir der Chef, Luigi Santanello, entgegen, nahm mir den Mantel ab, brachte ihn zur Garderobe.

»Tut mir leid, dass ich zu spät bin«, sagte ich, als ich an Frankas Tisch trat. »Ich habe keinen Parkplatz gefunden.«

Franka erhob sich zur Begrüßung von ihrem Platz. Wir gaben uns Küsschen auf die Wangen.

»Wieso fährst du nicht mit der Bahn?«

»Da laufe ich Gefahr, Mandanten von früher zu begegnen.«

Sie lächelte. Als wir uns kennenlernten, musste ich noch jede Pflichtverteidigung annehmen, um meine Kasse zu füllen. Heute war das zum Glück anders. Ich lehnte viele Mandanten ab.

Luigi kam zu uns an den Tisch, wir gaben unsere Bestellung auf. Er schrieb sich nie etwas auf, behielt alles im Kopf, trotz gewisser Sonderwünsche, die wir wie immer hatten. Er sammelte die Speisekarten ein und verschwand. Seine Frau war die Köchin, stand um diese Zeit unter Strom. Sonst kam sie gerne mal aus der Küche, um ihre Gäste zu begrüßen.

Ich schenkte mir ein Glas von dem Wasser ein, das auf dem Tisch stand.

»Freut mich, dass das so spontan geklappt hat«, sagte sie.

»Mich auch. Gibt es einen besonderen Grund, weshalb wir uns treffen?«

»Vielleicht.« Sie lächelte. Ein Lächeln, das schwer einzuschätzen war.

Franka Naumann war promovierte Oberstaatsanwältin. Wir hatten uns während meines ersten Mordfalls vor anderthalb Jahren kennengelernt. Wäre Nina zu dieser Zeit nicht in mein Leben gestolpert, hätte aus uns beiden etwas werden können. Sie war geschieden, hatte zwei schulpflichtige Kinder, die bei ihr lebten. Ihr Ex-Mann hatte im Sommer dieses Jahres wieder geheiratet. Franka war schon etwas zu lange Single – für meinen Geschmack. Vor ein paar Wochen hatte sie mir nach dem vierten Glas Rotwein gestanden, dass sie sich einsam fühlte. Versuche, auf Datingportalen einen Mr. Right zu finden, waren gescheitert. Nach dem elften Date hatte sie entnervt aufgegeben. Ich fragte mich manchmal, ob ich der Grund war? Ob ich immer noch auf ihrer Liste stand? Wartete sie darauf, dass es mit Nina und mir irgendwann vorbei sein könnte? Oder war das zwölfte Date doch von Erfolg gekrönt?

»Verrätst du mir den Grund unseres Treffens, oder muss ich raten?«

»Es ist nicht, was du vielleicht denkst«, sagte sie schmunzelnd. »Aber es geht um einen Mann.«

Jetzt war ich erst recht neugierig. »Nun sag schon.«

Sie schmunzelte. »Hast du einen neuen Freund? Einen gewissen Friedemann Gerber?«

Ich nickte. »Klingt, als ob du ihn kennst.«

»Wir haben zusammen das zweite Staatsexamen gemacht. Waren beim Referendariat in derselben Arbeitsgemeinschaft.«

»So klein ist die Welt.«

Luigi brachte frisch gebackenes Pizzabrot sowie die obligatorische selbst gemachte Kräuterbutter. Dazu ein Viertelliter Rotwein, den ich bestellt hatte. Ein italienisches Essen ohne Wein war für mich, wie mit Badehose in die Sauna zu gehen. Franka blieb beim Wasser.

»Kannst du mir irgendwas über den Kollegen sagen?«

Franka zerteilte ein Pizzabrötchen, schmierte etwas Kräuterbutter darauf. »Kein guter Liebhaber. Aber das interessiert dich wohl nicht.«

Ich wusste nicht, ob sie es ernst meinte.

Sie lächelte, ohne auch nur eine Spur rot zu werden. »Hey, was guckst du so? Wir haben rumgemacht. Während der Lernphase. Stress abbauen. Er hatte damals allerdings eine Freundin, die in einer anderen Stadt studierte. Nach dem Examen sind wir dann wieder unserer eigenen Wege gegangen.«

Ich war verblüfft über ihre offene Art. Bettgeschichten hatten wir bis heute noch nicht zum Thema gehabt.

»Er ist ein Egoist«, fuhr sie fort. »In jeder Hinsicht. Er möchte in allem, was er tut, der Beste sein. Und wehe er kriegt nicht, was er möchte. Dann wird er zu einem kleinen Jungen, dem man das Spielzeug weggenommen hat.«

»Muss ich mir Sorgen machen seinetwegen?«

»Sein übertriebener Ehrgeiz ist das Problem. Er hat nicht vor, bis zur Pensionierung Staatsanwalt zu bleiben. Fühlt sich zu Höherem berufen. Er strebt ein politisches Amt an.«

»Wann hast du ihn das letzte Mal gesehen?«

Franka zögerte. »Nachdem ich mit ihm Schluss gemacht hatte, hat er sich nie wieder gemeldet … Bis gestern.«

»Hat er angerufen?«

Sie schüttelte den Kopf. »Er stand plötzlich im Türrahmen. Ganz unverfänglich, als wäre er zufällig in der Nähe gewesen. Wir redeten über alte Zeiten.«

»Alte Zeiten?«

Sie schlug mir auf den Handrücken, sah mich mitleidig an. »Nicht darüber, du Idiot. Studium und so.«

Franka nahm das Wasserglas, trank.

»Was wollte er?«

»Friedemann hat sich Rongens alte Fälle angesehen. In einer Akte stand mein Name. Neben deinem.«

»Hat er dich ausgefragt?«

»Nicht direkt. Er wollte ein bisschen mehr über dich wissen.« Sie fuhr fort. »Ich habe gehört, dass Friedemann ins Innenministerium möchte. Jetzt kann er seine Integrität beweisen, wenn er nicht davor zurückschreckt, einen erfahrenen Kommissar über die Klinge springen zu lassen.«

»Wem muss er seine Integrität beweisen?«

»Der Öffentlichkeit. Es ist nur eine Frage der Zeit, bis die Presse Wind von der Sache bekommt. Polizist tötet den Mörder seiner Kollegen! Das erfordert die lückenlose Aufklärung durch einen integren Staatsanwalt.«

Luigi kam an unseren Tisch. Mit zwei Tellern. Wir wurden bevorzugt behandelt, weil er wusste, dass wir nie viel Zeit mitbrachten. Ich hatte Spaghetti Ragù bestellt, Franka bekam Tagliatelle mit Lachs. Wir fingen an zu essen.

»Das ergibt keinen Sinn«, sagte ich. »Gerber hat mir nach der Pressekonferenz ein Angebot gemacht. Da klang er so, als ob er die Sache schnell vom Tisch haben möchte. Wenn er den Fall für seine Karriere nutzen will, muss er doch warten, bis die Presse sich einschaltet.«

Franka signalisierte mir, etwas sagen zu wollen, kaute aber zuerst zu Ende, bevor sie sprach. »Alles nur Taktik. Um zu sehen, wie du reagierst.«

Genau das hatte ich auch vermutet, jetzt bekam ich die Bestätigung. Franka beugte sich über den Tisch, sprach leise. »Es wurde bei Frank Brenner keine Waffe am Tatort gefunden. Stimmt das?«

Ich nickte stumm.

»Also steht die Notwehr auf der Kippe?«

»Darüber darf ich nicht reden.«

Sie lächelte. »Reden schon, du darfst nur nichts sagen.«

Für einen kurzen Moment wurde ich misstrauisch, aber ich verscheuchte die Regung sofort wieder. »Was hat Gerber dir erzählt?«

Franka zuckte mit den Schultern. »Nicht viel. Er zweifelt wohl an Rongens Aussage. Und was ist mit dir?«

Es war ihr Tonfall, der mich stutzig machte. Fordernd, als hätte sie ein Recht darauf, meine Meinung zu erfahren. Ich antwortete nicht, wir aßen stumm weiter. Dann legte ich das Besteck weg.

Sie sah mich fragend an. »Was ist?«

Ich hatte ein mulmiges Gefühl, das Thema anzusprechen. Es führte aber kein Weg daran vorbei. Irgendwas stimmte hier nicht. »Was wollte Gerber von dir? Oder anders gefragt: Warum sitzen wir hier?«

Jetzt legte auch Franka das Besteck ab. Sie sah mich vorwurfsvoll an. »Glaubst du etwa, ich bin hier, um dich auszuhorchen?«

»Beantworte einfach meine Frage. Was wollte er von dir?«

Franka schüttelte verärgert den Kopf. Sie nahm die Serviette, wischte sich den Mund ab. Ich hatte den Bogen überspannt. »Gerber hat sich nach dir erkundigt. Er wollte von mir wissen, ob du ein Anwalt bist, der nur einmal im Leben Glück gehabt hatte, oder ob du ein ernst zu nehmender Gegner bist.«

»Was hast du geantwortet?«

»Du bist die Treppe raufgestolpert und hast andere dabei runtergestoßen. Mich zum Beispiel.«

Das war es also? Sie meinte es offensichtlich ernst. Die Stimmung drohte zu kippen. »Ist das deine Meinung?«

Franka verdrehte die Augen. »Bist du irgendwie schwer von Begriff? Ich habe ihn angelogen. Deinetwegen. Du solltest eigentlich wissen, wie ich über dich denke.«

Franka schob den Teller von sich. Sie wirkte verletzt. »Was denkst du eigentlich von mir? Ich dachte, wir wären Freunde.«

Auch mir war der Appetit vergangen. Luigi kam an unserem Tisch vorbeigeschlendert. »Ist etwas nicht in Ordnung?«

Ich hob die Hand. »Nein, nein. Es hat nichts mit den Nudeln zu …«

»Für mich bitte einen Grappa«, fiel Franka mir ins Wort. »Meinen Teller kannst du mitnehmen.«

»Meinen auch«, sagte ich. »Und einen Ramazzotti für mich.«

»Wie immer auf Eis?«

Ich nickte. Luigi spürte, dass dicke Luft herrschte. Er verschwand schnell. Ich wartete, bis er außer Hörweite war.

»Es tut mir leid, ehrlich.«

»Was genau?«, fragte sie. »Dass wir die Nudeln haben zurückgehen lassen?«

»Dass ich an unserer Freundschaft gezweifelt habe. Ich bin ein bisschen angespannt, man könnte auch sagen paranoid.«

Sie stieß ein verächtliches Zischen aus. »Welchen Grund

sollte ich verdammt noch mal haben, dich auszuhorchen? Ich schätze Rongen sehr, das weißt du. Ich stehe auf eurer Seite.«

»Darum tut es mir auch leid, dass ich so etwas auch nur gedacht habe. Können wir den letzten Satz aus dem Protokoll streichen?«

Ein Lächeln huschte über Frankas Gesicht. Nur kurz, dann wurde sie wieder ernst. Versuchte es zumindest. »Nicht ohne Ordnungsgeld. Du zahlst das Essen.«

»Sowieso.«

Luigi brachte den Grappa, einen Ramazzotti auf Eis. Wir tranken jeder einen Schluck. Eine Weile war nur das Gemurmel der Leute um uns herum zu hören, das Klappern der Teller, Luigi, der seinem Kellner etwas auf Italienisch zurief.

Franka brach das Schweigen. »Ich finde Friedemann einfach nur widerlich.«

Ich sah sie an, wartete ab, ob sie mir mehr erzählen wollte.

Sie fuhr fort. »Es gab einen Moment damals, da ist mir sein wahrer Charakter bewusst geworden. In meiner Wohnung. Friedemann telefonierte mit seiner Freundin. Sie wusste nichts von uns. Er redete mit ihr in einem Ton, als ob er frisch verliebt wäre. *Oooh, mein Schatz. Ich vermisse dich so sehr.* Und kaum hatte er aufgelegt, ist er über mich hergefallen.«

»Hergefallen?«

Sie schüttelte den Kopf. »Keine Vergewaltigung. Trotzdem. Ich habe ihn rausgeschmissen. Mir ist schlagartig bewusst geworden, dass er mich nur benutzt hat. *Benutzt* ist das richtige Wort.«

Ich legte meine Hand auf ihre. Sie zog sie nicht zurück.

»Er ist das Arsch«, sagte ich. »Nicht du.«

»Das kannst du laut sagen. Ich habe irgendwann erfahren,

dass er noch mit anderen aus meiner Arbeitsgemeinschaft rumgemacht hatte. Er ist ein erfolgsverwöhnter Narzisst. Nichts tut ihm mehr weh als eine Niederlage.«

Jetzt wusste ich, warum sie mir das erzählte. Insgeheim sah sie wohl die Gelegenheit, Gerber eins auszuwischen.

»Wenn du ihn aus der Reserve locken willst, musst du seine Fähigkeiten infrage stellen. In Gegenwart anderer, das macht ihn rasend. Er hasst es außerdem, ignoriert zu werden. Gehe über seine Fragen hinweg, als ob er sie gar nicht gestellt hat, und er wird irgendwann ausfallend.«

Sie hob den Zeigefinger, sah mich drohend an. »Er darf nie von unserem Mittagessen erfahren. Sonst bringe ich dich um.«

Ich grinste. Das Verhältnis zwischen uns stimmte wieder.

Ich bereute, dass Luigi die Teller schon mitgenommen hatte. Jetzt hatte ich wieder Hunger.

15

Bernd Maurer fuhr mit seinem Dienstwagen, einem dunkelblauen 2er-BMW, von der Gleueler Straße auf das Gelände des Universitätsklinikums. Das Bettenhaus ragte wie ein Koloss vor ihnen in den Himmel. In der zweiten Etage befanden sich die Neurochirurgie und Intensivstation. Auf der Rückseite des Gebäudes waren mehrere Parkplätze für Einsatzfahrzeuge reserviert. Der Motor erstarb. Maurer und sein Kollege Pohl stiegen aus, verharrten noch einen Moment am Wagen, sahen sich um. Sie wussten, dass ihnen mitunter Vertreter der Presse folgten. Maurer empfand diese Leute als Aasgeier, nicht erst seitdem er zum Leiter der Sonderkommission ernannt wurde. Dies hier war eindeutig sein spektakulärster Fall bisher. Deswegen war er besonders vorsichtig.

Wie jeden Morgen seit Bildung der Sonderkommission hatte Maurer als Erstes die Zeitungen überflogen, um zu sehen, ob irgendeine vertrauliche Information durchgesickert war. Bis heute zum Glück nicht. Das Fehlen von Brenners Waffe und das besondere Kaliber waren immer noch ein wohlgehütetes Geheimnis. Lediglich die Suche nach Brenners Freundin erschien seit dem Einbruch in den Lagerraum Thema in den Medien. An diesem Morgen war ihm nichts Besonderes aufgefallen. Er hatte die Zeitungen in den Papierkorb geschmissen, als er einen gelben Klebenotizzettel an seinem Computerbildschirm bemerkte. Eine Nachricht mit Bitte um Rückruf. Vom Chefarzt der Anästhesie und Leiter der Intensivstation, Professor Doktor Veltheim. Maurer hatte ihn angerufen und als einer der Ersten erfahren, dass sie den Patienten Marco Eisfeld aus dem künstlichen Koma zurückgeholt hatten. Er war wieder bei Bewusstsein. Ob er schon vernehmungsfähig wäre, konnte der Mediziner noch nicht sagen.

Maurer und Pohl schlenderten zum Hintereingang, gingen durch einen Korridor aus Glas zu den Fahrstühlen. Maurer hasste Krankenhäuser. Er mied auch Ärzte. Seine Frau bestand darauf, dass er wenigstens einmal im Jahr die in seinem Alter üblichen Vorsorgeuntersuchungen über sich ergehen ließ.

Mit dem Fahrstuhl ging es hinauf in die zweite Etage. Die Station 1C, anästhesistische Intensivstation, befand sich hinter einer schweren Metalltür mit einer undurchsichtigen Milchglasscheibe. Besucher mussten sich mittels einer Sprechanlage anmelden. Es dauerte nicht lange, bis jemand kam und die Polizisten ins Büro von Professor Veltheim begleitete. Er stand hinter dem Schreibtisch, deutete auf die Stühle für Besucher. »Bitte, setzen Sie sich. Möchten Sie einen Kaffee?«

Seine Sekretärin wartete in der Tür.

Mit einem Lächeln versuchte Maurer, seine Ungeduld zu überspielen. »Dauert es denn länger? Wir würden gerne zu unserem Kollegen.«

»Mit Milch oder Zucker?« Veltheim ließ sich nicht beirren.

»Für mich schwarz, bitte«, sagte Pohl.

Maurer sah zu der Sekretärin. »Für mich mit einem Tütchen Zucker. Danke.«

Sie verschwand. Die Männer setzten sich. Veltheim war schlank, wirkte ziemlich jung für die Stellung, die er innehatte.

Dennoch waren seine Haare schon leicht ergraut. Er nahm sich eine Akte vor, schlug sie auf.

»Also, ich bin natürlich an die Schweigepflicht gebunden, kann Ihnen aber sagen, dass es Ihrem Kollegen den Umständen entsprechend gut geht. Von seinen Verletzungen wissen Sie ja. Die Operationen sind gut verlaufen. Die eine Kugel ist glücklicherweise nicht bis in sein Gehirn vorgedrungen, sondern wurde von einem Knochen gestoppt. Was seine geistige Verfassung nach dem künstlichen Koma angeht: Die Neurologen machen gerade ein paar Tests mit ihm. Wenn alles wie erwartet läuft, werden wir ihn heute, spätestens morgen auf die Normalstation verlegen.«

Maurer nickte. Das war eine gute Nachricht.

Der Professor fuhr fort. »Gewisse Medikamente, die wir während des künstlichen Komas verabreicht haben, können eine temporäre Amnesie hervorrufen. Wie lange diese anhält, ist von Patient zu Patient unterschiedlich. Machen Sie sich also keine allzu großen Hoffnungen, dass Ihr Kollege Ihnen all die drängenden Fragen, die Sie haben, sofort beantworten kann.«

»Uns geht es vor allem um eine Frage.« Maurer holte das erkennungsdienstliche Foto von Frank Brenner aus der Innentasche seiner Lederjacke. »Wenn er diesen Mann identifiziert, reicht das fürs Erste. Alles andere hat Zeit.«

Wie aufs Stichwort schwang die Bürotür auf. Die Sekretärin kam mit einem Tablett rein, auf dem drei Tassen standen.

»Danke«, sagte der Chefarzt zu ihr. »Stellen Sie es einfach ab, wir bedienen uns selbst.«

Die Sekretärin verschwand wieder. Der Professor verteilte die Tassen, er selbst trank den Kaffee mit Milch, reichte Maurer ein Tütchen Zucker.

»Wie gesagt«, fuhr er fort, »ich kann Ihnen nicht versichern, inwieweit der Patient in der Lage ist, diese Frage wahrheitsgemäß zu beantworten. Darf ich mal sehen?«

Maurer reichte ihm das Foto.

»Ist das der Verdächtige, der erschossen wurde?«

»Ja, genau.«

»Ist Ihr Kollege diesem Mann in der Vergangenheit schon mal begegnet?«

»Spielt das eine Rolle?«, meldete Pohl sich jetzt zu Wort.

Der Chefarzt sah ihn an wie einen Studenten, der gerade etwas ziemlich Einfältiges gesagt hatte. »Glauben Sie, sonst würde ich danach fragen?«

Pohl senkte den Blick. »Entschuldigung.«

Maurer antwortete. »Ja. Unser Kollege hat diesen Mann in der Vergangenheit schon einmal festgenommen.«

Veltheim sah auf das Foto, dann zu Maurer. Pohl ignorierte er. »Sie müssen eins bedenken. Wenn Ihr Kollege diesen Mann erkennt, könnte dies auch am Langzeitgedächtnis liegen. Womöglich ist er noch nicht in der Lage, Ereignisse in der richtigen zeitlichen Reihenfolge einzuordnen.«

Maurer nickte, trank einen Schluck Kaffee. »Haben Sie einen Vorschlag, wie wir das Gespräch führen sollen?«

Maurer kannte Leute wie den Chefarzt nur zu gut. Der Mediziner wollte um Rat gefragt werden. Maurer tat ihm den Gefallen.

Veltheim gab das Foto zurück. »Reden Sie mit dem Patienten erst über andere Dinge. Kommen Sie nicht sofort zur Sache. Ich würde ihm das Foto kommentarlos zeigen.«

Maurer lächelte. Er hatte nichts anderes vorgehabt. »Dann machen wir das so«, sagte er mit einem Kopfnicken. Der Professor wirkte zufrieden.

Sie tranken ihren Kaffee.

Eine Viertelstunde später betraten Maurer und Pohl das Krankenzimmer. Der Chefarzt folgte ihnen, hielt sich aber im Hintergrund. Eine Krankenschwester versorgte den Patienten. Der Professor gab ihr zu verstehen, dass sie gehen sollte. Veltheim hatte die Patientenakte dabei.

Unter dem rechten Jochbein hatte Eisfeld ein großes, weißes Pflaster. Das Projektil war an einem Schädelknochen stecken geblieben. Eisfeld würde für den Rest seines Lebens eine Narbe im Gesicht haben, die ihn an das Attentat erinnerte. Er sah seine Kollegen an, als ob er Mühe habe, ihre Gesichter einzuordnen. Ein schwaches »Hallo« kam über seine Lippen. Der Verband hinderte ihn ein wenig am Sprechen, wodurch seine Worte etwas langsamer hervorkamen.

Maurer trat an das Bett, klopfte dem Kollegen sanft auf die Schulter. »Marco. Ich bin so froh, dass du wieder unter den Lebenden weilst.«

»Ich auch.« Pohl erschien neben Maurer.

Eisfeld lächelte, wich den Blicken der beiden aus.

»Weißt du, wer wir sind?«, fragte Maurer.

Er sah auf, nickte. »Ja, klar. Bernd und …« Er brach ab.

»Michael«, half Pohl ihm.

Eisfeld überlegte. »Michael … Michael Pohl?«

»Ja, genau.«

Eisfeld strahlte, offensichtlich erleichtert, dass seine Erinnerung zurückkehrte. Nachdem sie eine Weile Unverbindlichkeiten ausgetauscht hatten, trat Veltheim ans Fußende des Bettes. Eisfeld sah ihn fragend an.

»Ich bin der Chefarzt der Intensivstation. Professor Veltheim. Wie fühlen Sie sich?«

»Hab mich schon besser gefühlt«, antwortete Eisfeld. »Aber es geht.«

»Wissen Sie, warum Sie hier sind?«

Er nickte. »Weil auf mich geschossen wurde.« Der Polizist sah zu den Kollegen. »War das derselbe, der auch Schmiege ...?«

Maurer nickte nur stumm.

Der Vitaldatenmonitor zeigte an, dass Eisfelds Puls sich beschleunigte. »Habt ihr ihn?«

»Wir wissen es noch nicht. Es gibt einen Verdächtigen.«

»Einen Verdächtigen?« Sein Pulsschlag war jetzt bei hundert.

»Bitte, langsam«, sagte der Arzt. »Beruhigen Sie sich. Es hat Zeit.«

»Nein. Nein, ich will das wissen«, sagte Eisfeld mit überraschend energischer Stimme. Dann atmete er tief durch, schloss für einen Moment die Augen. Sein Puls normalisierte sich.

»Was ist das Letzte, an das Sie sich erinnern?«, fragte der Arzt mit dem Blick auf das Klemmbrett gerichtet.

Eisfeld überlegte. »Im Radio lief ein Lied, das ich kannte. Es war von ... es fällt mir nicht mehr ein, von ...« Seine Gedanken liefen immer wieder ins Leere, was zu Sprechpausen führte. »Ich kannte den Song, er war gut ... Ich ... saß im Auto, hatte geparkt. ... Und noch gewartet, bevor ich den Motor ausgemacht habe.«

»Weshalb?«, fragte Maurer.

»Wegen dem Lied. Glaube ich. Nein, ich ... habe den Motor ausgemacht, aber die Zündung angelassen. Ja, so war's. So war's.«

»Und dann?« Maurer platzte vor Neugier. »Weißt du, was dann geschah?«

Der Arzt warf dem Kommissar einen vorwurfsvollen Blick zu. Maurer sollte behutsamer vorgehen.

»Ich bin ausgestiegen.«

Maurer ignorierte den Blick des Mediziners. »Weißt du, wo du geparkt hast?«

»Ja. Auf dem Parkplatz gegenüber von … von … verdammt. Ich weiß nicht mehr, wo ich war. Sage es mir.«

»An der Wassermannhalle.«

»Ja. Genau. An der Wassermannhalle. Ich war verabredet.«

»Mit wem?«

Eisfeld starrte den Kollegen an, zuckte mit den Schultern. Er schüttelte den Kopf. »Ich glaube, ich weiß es nicht mehr.«

»Die Erinnerungen kommen wieder«, warf der Arzt ein. Seine Stimme klang eindringlich. »Sie müssen Geduld haben!«

»Tinder«, platzte Marco hervor.

Maurer nickte. »Ja! Ja, genau.« Die Information stimmte. Sie hatten Marcos Handy überprüft. Er war mit einer Frau verabredet gewesen. Eisfeld erinnerte sich also an die Tatnacht. Das klang vielversprechend. Der Kommissar warf dem Arzt einen kurzen Blick zu. Der Professor nickte ihm zu.

Maurer sah wieder zu Eisfeld. »Du bist ausgestiegen aus dem Auto. Daran erinnerst du dich?«

Er nickte. »Ja. Und es war laut … Ein Güterzug oder so. Das war's. Mehr weiß ich nicht mehr. Es war furchtbar laut.«

Maurer hatte das Foto aus der Innentasche seiner Jacke geholt, legte es jetzt auf die Bettdecke.

Eisfeld sah das Bild von Frank Brenner.

Maurer, Pohl, der Professor, alle Augen waren auf den Patienten gerichtet. Würde er eine Reaktion zeigen?

Eisfeld betrachtete das Foto eine Weile, ohne sich zu rühren.

Dann nahm er es schließlich und drehte es um. Er fing an zu zittern. »Verdammte Scheiße. Der?«

Maurer nahm das Foto wieder an sich. »Du erkennst ihn?«

Der Kollege nickte. »Er stand vor mir. Ja, er war es.«

Eisfelds Puls war wieder angestiegen. Auf dem Gesicht des Chefarztes zeichneten sich Sorgenfalten ab.

»Habt ihr ihn?« Eisfeld sah erst zu Maurer, dann zu Pohl. »Habt ihr ihn?«, wiederholte er, diesmal lauter.

Maurer legte seine Hand auf Eisfelds Schulter. »Ja, es wird alles gut. Wir haben ihn. Er kann dir nichts mehr tun.«

Eisfeld atmete tief aus. Er lächelte matt. Ihm kamen die Tränen.

Der Professor gab den Polizisten zu verstehen, dass es genug war. Maurer nickte. Er hatte alles, was er brauchte. Frank Brenner war überführt, die Mordserie damit beendet.

Der Hauptkommissar zweifelte nicht an Eisfelds Aussage, deshalb informierte er auf dem Weg zum Auto seinen Chef, Jürgen Soltau. Der Kriminaldirektor wollte in jedem Fall noch abwarten, bevor sie eine Presseerklärung herausgeben würden. Es eilte nicht. Wichtig war nur zu wissen, dass der Polizistenmörder identifiziert worden war. Rongen hatte also den Richtigen erwischt.

»Es gibt in dem Fall allerdings noch einige Ungereimtheiten, die wir aus der Welt schaffen müssen«, sagte Maurer.

»Ja, sicher.« Soltau schwieg einen Moment, bevor er fortfuhr. »Aber bohren Sie nicht zu tief.«

»Wie meinen Sie das?« Maurer blieb stehen, gab seinem Kollegen ein Zeichen, dass er schon zum Auto gehen solle.

»Wir wissen beide, dass der Kollege Ulf Schmiege kein Heiliger war«, sagte Soltau. »Und was die anderen beiden betrifft, will ich es vielleicht gar nicht so genau wissen. Schließen Sie den Fall ab. Solide. Dass uns niemand etwas vorwerfen kann.«

»Genau das hatte ich vor«, erwiderte Maurer.

»Und über Rongens Zukunft machen Sie sich keine Gedanken. Darum kümmern sich andere.«

Maurer wusste nicht, was er von den Worten seines Vorgesetzten halten sollte. »Und was ist mit Brenners Freundin?«

»Nach ihr wird gefahndet. Früher oder später werden wir sie schon finden. Oder glauben Sie, dass die Frau seine Komplizin war und noch Gefahr besteht?«

»Dafür gibt es keinen Anhaltspunkt. In den Akten ist sie bisher nicht aufgetaucht.«

»Na, also. Ich erwarte Ihren Bericht. Schönen Tag noch.«

Nachdenklich steckte Maurer das Handy in die Hosentasche. Was in der Führungsetage vor sich ging, war ihm trotz mehrerer Jahrzehnte bei der Polizei immer fremd geblieben. In seinen Augen schien es leichter, einen Täter zu überführen, als den dazugehörigen bürokratischen Aufwand zu erfüllen. Bisher war es ihm immer gelungen, sich Ärger vom Leib zu halten. Und so würde er es auch diesmal halten. Der Kollege Thomas Rongen hatte einen Fehler begangen. Dafür würde er geradestehen müssen. In welcher Form auch immer.

Maurer hatte es nicht zu interessieren.

16

Nur der grünliche Schein eines Monitors erhellte den Raum. Nina wusste nicht, ob sie wach war oder noch in einem Traum gefangen. Ein wohliges Gefühl erfüllte ihren ganzen Körper, als läge sie wie als kleines Kind in den Armen ihrer Mutter. Sie spürte etwas an ihrem Handgelenk, stellte fest, dass sie eine Manschette trug, ihr linker Arm ließ sich nicht bewegen, sie war … sie war gefesselt. An das Bett, auf dem sie lag. Eher eine Pritsche. Nina richtete sich auf, sah an sich herab zu ihren Füßen. Sie trug nur ein Nachthemd und einen Slip. Es war nicht kalt. Ihr Blick wanderte weiter zu dem Monitor. War das ein Krankenhaus? Wenn ja, was für eins? Und warum war sie hier? Ein Raum ohne Fenster. Mit jeder Minute, die verstrich, wurden ihre Gedanken klarer, traten wie aus einem dichten Nebel hervor. Nina spürte die Feuchtigkeit unter ihrem Ellbogen, sah zu der Stelle. Eine dunkle Flüssigkeit trat aus. Blut. Eine Kanüle war aus der Vene herausgerissen, der Schlauch hing herunter. Weiße Flüssigkeit tropfte auf den Boden, vermischte sich mit dem dunklen Blut.

Nina begriff.

Sie hatte den Schlauch herausgerissen. Die weiße Flüssigkeit, eine Infusion, sie floss nicht mehr in ihre Adern. Ihre Erinnerungen kehrten zurück, ließen sie erschaudern.

»Ist da jemand?«, rief sie in die Dunkelheit hinein. Sie bekam keine Antwort. Der Raum hatte keinerlei Echo. War vermutlich

schallisoliert. Dies konnte kein Krankenzimmer sein. Wo war sie? Nina richtete sich auf, was trotz der Manschette möglich war, weil nur ihr linkes Handgelenk an der Pritsche fixiert war. Sie hatte schließlich nur einen Arm.

Ihre Füße berührten den Boden. Er war kalt. Aus der Dunkelheit schimmerte etwas hervor. Der Schein des Monitors wurde in einer Scheibe reflektiert. Ihre Augen gewöhnten sich mehr und mehr an die Dunkelheit. Sie sah einen Schrank, einen Metallschrank, weiß lackiert, mit Glasscheiben. Wie man ihn früher in jeder Arztpraxis fand. Sie sah noch mehr. In dem Schrank schimmerte etwas wie aus Metall. Ein silbriger Gegenstand. Eine Art Rohr. Sie sah genauer hin. Ihre Augen akkommodierten, bis der Gegenstand hinter der Scheibe mehr und mehr aus der Dunkelheit hervortrat. Das Rohr war nicht rund, hatte Ecken und Kanten. Scharfe Kanten.

Nina kannte die Mordakte. Dieses Rohr musste die Tatwaffe sein. Mehrere Frauen waren damit zu Tode gefoltert worden. Sie wusste, was dies für ein Raum war. Hier hatte er die Frauen getötet. Sie waren ans Bett gefesselt gewesen, genau wie sie jetzt. Ihre Schreie hatte niemand gehört.

»Haben Sie die Bilder der Opfer gesehen?«

Nina schlug die Augen auf. Sie saß in einem bequemen Sessel, lag mehr, als dass sie saß. Es war jedem Patienten selbst überlassen, ob er sich hinlegte oder setzte. Man konnte auch stehen, wenn man wollte. Es ging nur darum, dass der Patient sich wohlfühlte. Die Therapeutin saß ihr gegenüber. Wie oft Nina schon von ihren Erinnerungen erzählt hatte, es schien keine Rolle zu spielen. Die Therapeutin interessierte sich ohnehin nicht für die Fakten, die sie längst kannte, sondern für das, was Nina mit ihnen assoziierte und was sie empfand, wenn sie darüber redete.

Die Therapeutin hieß Gertrud Pfahl. Nina schätzte sie auf Mitte fünfzig. Die glatten Haare, die ihr bis auf die Schultern fielen, waren einmal blond gewesen. Auffallend erschienen ihre blauen Augen, hell, wie klares Wasser. Sie waren jetzt auf Nina gerichtet. Die Therapeutin wartete immer noch auf eine Antwort.

»Ja«, sagte Nina schließlich. »Obwohl, nein ... Die Autopsiebilder waren zwar in der Akte, aber ich habe sie mir nicht angesehen, nein. Nur den Text des Rechtsmediziners gelesen.«

»Ich nehme an, da stand sehr detailliert beschrieben, was der Mörder mit den Frauen gemacht hat?«

Nina nickte. Erinnerungen fluteten ihr Gehirn. Unvorstellbar, was Menschen einander antun konnten. Der Mann, der in der Presse als »Angstmörder« bezeichnet worden war, hatte seine Opfer, ausschließlich Frauen, mit scharfkantigen Gegenständen vergewaltigt. Innere Blutungen, Verletzungen des Darms, die zu einer Sepsis führten, waren dann die Todesursache. Meistens. Einige der Opfer wurden lebendig begraben. Mitleidlos, egal wie sehr sie schrien, um Gnade winselten. Nicht wissend, was mit ihnen geschehen würde – und vor allem: warum es geschah. Nina hatte auch geschrien, als sie gefangen war. So laut sie konnte. Im Gegensatz zu den anderen Opfern hatte sie eine Ahnung gehabt, was ihr bevorstehen würde, wenn der Mann zu ihr in den Raum käme, wo sie gefangen gehalten wurde.

Pfahl machte sich eine Notiz. »Es sind nicht die Dinge selbst, die uns Angst machen, sondern unsere Vorstellung von den Dingen. Deshalb reden wir darüber. Über ihre Vorstellungen. Vom Leben. Von der Arbeit. Wie läuft es denn so im neuen Job?«

Nina zögerte. Sie war hier, um offen zu sprechen. Nur so bestand die Chance, dass sie das Erlebte gut verarbeitete.

»Es sind alle sehr nett zu mir«, begann sie, »ich habe ...«

Pfahl schnitt ihr das Wort ab. »Lassen Sie alles vor dem *Aber* weg.«

Nina holte tief Luft. »*Aber* es macht keinen Spaß«, fuhr sie dann fort. »Ich fühle mich irgendwie fehl am Platze.«

»War dieses Gefühl vom ersten Tag an da?«

»Nein. Die erste Woche glaubte ich, die richtige Entscheidung getroffen zu haben.«

Pfahl sagte nichts. Sie war es gewohnt zu warten.

»Ich weiß selbst nicht mehr, wann es anders wurde, sich komisch anfühlte ... Doch! An einem Freitag. Es war so ein richtiger Scheißtag. Es ging irgendwie alles daneben. Ich war froh, dass Wochenende war, und als ich am Montag zur Arbeit musste, da war dieses Gefühl auf einmal da.«

»Wie fühlte es sich an?«

Nina kicherte. »Ich kam mir albern vor.«

»Albern?« Pfahl lächelte. »Wie albern?«

»Was mache ich hier? Das habe ich gedacht. Hier an diesem Schreibtisch, in diesem Büro? In dieser Behörde? Denn nichts anderes ist es. Polizeipräsidium klingt so hochtrabend, aber wir sind eine Behörde, wir verwalten die Verbrechensbekämpfung. Soll das die nächsten vierzig Jahre mein Job sein? Das habe ich mich gefragt.«

Pfahl sah von ihren Notizen auf. »Was haben Sie an dem Wochenende gemacht?«

Nina verstand die Frage nicht sofort. »Sie meinen, an dem Wochenende bevor ich das Gefühl hatte?«

Pfahl nickte.

Nina wich ihrem Blick aus. Komisch, dass sie danach fragte. Sie wusste genau, was sie an dem Wochenende getan hatte. »Ich habe den Sonntag mit Nicholas verbracht.«

»Im Bett?«, fragte die Therapeutin nach.

»Ja, im Bett. Meinen Sie, das war ein Fehler?«

»Sagen Sie es mir. Wie ist es dazu gekommen?«

»Eigentlich wollten wir uns nur noch ein letztes Mal treffen, um zusammen essen zu gehen. Aber dann sind wir in seine neue Wohnung gegangen. Er wollte sie mir zeigen.«

»Genau so spontan wie das erste Mal, als sie miteinander geschlafen hatten?«

Nina nickte. »In etwa, ja. Ein bisschen anders, weil wir uns diesmal natürlich schon kannten.«. Nina machte eine Pause, erwartete eine Reaktion, die nicht folgte. »Und? Was bedeutet das jetzt?«

Pfahl sah auf ihren Notizblock, dann wieder zu Nina. »Fahren Sie gerne U-Bahn?«

Der Gedankensprung brachte sie aus dem Konzept. »U-Bahn?«

Pfahl machte eine vage Handbewegung. »Straßenbahn, Bus, Zug – was immer Sie wollen. Suchen Sie sich was aus. Benutzen Sie gerne eines dieser Verkehrsmittel?«

»Was heißt gerne?«

»Machen Sie es nicht unnötig kompliziert, Frau Vonhoegen.« Pfahl legt den Notizblock auf den Beistelltisch. Sie wirkte ungewöhnlich ernst. »Es scheint die Sonne. Sie haben Zeit. Sie müssen zwei Stationen mit der Bahn fahren oder könnten genauso gut zu Fuß gehen. Was machen Sie?«

Nina schwieg. Die Entscheidung fiel ihr schwer. Sie wusste es nicht.

Pfahl sah demonstrativ auf ihre Armbanduhr. »Ich will gewiss nicht drängen, aber Ihre Stunde ist gleich um ...«

»Zu Fuß. Ich würde zu Fuß gehen.«

Pfahl lächelte, als hätte sie mit der Antwort gerechnet. Sie nahm ihren Notizblock wieder vom Tisch. »Wann sehen wir uns wieder? In zwei Wochen? Nein, da ist Heiligabend. Dann im Januar wieder.«

»Moment«, begehrte Nina auf. »Was sollte diese Frage? Das möchte ich jetzt wissen.«

Pfahl klappte ihren Notizblock zu. »Habe ich Ihnen erklärt, was ein sokratischer Dialog ist?«

Nina schüttelte den Kopf.

»Es geht in dieser Therapie nicht darum, dass ich Ihnen Tipps gebe oder Lebenshilfe erteile. Ich sage Ihnen auch nicht, mit wem Sie ins Bett gehen sollen und mit wem nicht. Wenn ich das täte, hätte ich meinen Beruf verfehlt. Es dürfte Ihnen also aufgefallen sein, dass ich Ihnen keine Ratschläge gebe, oder?«

Nina nickte, starrte die Therapeutin mit offenem Mund an. So hatte sie Frau Pfahl noch nie erlebt.

»Ich bin dazu da, Ihr Gehirn in Wallungen zu bringen. Mit dem Ziel, dass Sie eines Tages selbst zu einer Erkenntnis gelangen. Ihr traumatisches Erlebnis ist nicht die Ursache für das Problem, das Sie im Moment haben. Es hat Ihr Problem lediglich verstärkt. Ich würde sagen, das Trauma haben wir längst hinter uns gelassen. Alles andere ist noch da.«

»Was meinen Sie mit *alles andere*?«

Pfahl zeigte auf Ninas Arm. »Sie sind behindert, Frau Vonhoegen. Und manchmal fühlen Sie sich auch so. Egal, wie souverän Sie sich nach außen geben, manchmal machen Sie sich was vor.«

Einen Moment herrschte Stille. Von draußen drang gedämpft der Lärm der Straße herein. Nina fühlte sich wie gelähmt. Pfahls blaue Augen fixierten sie.

»Normalerweise mache ich das nicht – meine Patienten hinter die Fassade der Therapie blicken zu lassen. In Ihrem Fall ist wohl eine Ausnahme angebracht.« Sie machte eine rhetorische Pause. »Wenn Sie den Bus nehmen, bestimmt der Fahrer über die Richtung und das Tempo. Wenn Sie zu Fuß gehen, haben Sie selbst alles unter Kontrolle. Die meisten Menschen, die Flugangst haben, fürchten sich gar nicht vor einem Absturz. Sie haben Angst, die Kontrolle an den Piloten abzugeben. Wie ich schon sagte: Es sind nicht die Dinge selbst, die uns Angst machen, sondern unsere Vorstellung von den Dingen. Das hat ein griechischer Philosoph schon vor über zweitausend Jahren gewusst. Epiktet hieß er.«

Nina war sich nicht sicher, ob sie verstanden hatte. »Sie wollen damit sagen, dass ich …«

»Nein«, schnitt sie Nina das Wort ab. »Ich sage gar nichts. Sie müssen es sagen. Warum fühlen Sie sich albern an Ihrem Schreibtisch? Warum, verdammt noch mal?«

»Weil ich lieber woanders wäre?«, fragte Nina.

Pfahl seufzte laut. »Jetzt noch mal. Diesmal mit einem Ausrufezeichen am Ende des Satzes.«

Nina sprach mit kräftiger Stimme. »Weil ich lieber woanders wäre!«

»Und warum es Ihnen so schwerfällt, sich das einzugestehen, das müssen Sie selbst herausfinden. Wir sehen uns im neuen Jahr wieder.«

Getrud Pfahl erhob sich aus ihrem Sessel. Wie so oft brach sie die Sitzung abrupt ab, an einem Punkt, an dem Nina lieber weiterreden würde. Aber die Therapeutin bestimmte die Regeln, sie verabschiedete sich mit einem breiten Lächeln.

17

Die Juniorsuite sah aus wie ein Saustall. Draußen an der Tür hing das *Bitte nicht stören*-Schild. In einem Hotel wie diesem folgte das Personal brav dieser Anweisung. Die Tüte mit dem Kokain war schon zur Hälfte aufgebraucht. Es hatte nach mehr ausgesehen, als es war. In ein paar Tagen würde das Lotterleben ein Ende haben – und was dann? Darüber wollte sie nicht nachdenken. Noch nie zuvor hatte sie in einem Luxushotel übernachtet. Die letzten zwei Tage hatte sie nur auf dem Zimmer oder im Spa-Bereich verbracht. In der Sauna hatte sie einen jungen Mann kennengelernt, der wegen einer Fitnessmesse in Köln war. Gemeinsam hatten sie zwei Gramm durch die Nase gezogen, was ihn so geil machte, als hätte er Viagra genommen. Jana genoss es, hart rangenommen zu werden. Sie empfand dosierten Schmerz als Lustgewinn. Aber wie so oft folgte auf den Höhepunkt der tiefe Fall, in dem Moment, als die Wirkung des Kokains nachließ. Sie schmiss ihn raus.

Sie hatte lange geschlafen und war erst gegen Mittag aufgewacht. Jetzt saß sie auf dem Bett, starrte die Jacke an, die auf dem Boden lag. Victorias Jacke. Wie viel hatte sie wohl gekostet? Zweihundert, dreihundert? Jana schossen Tränen in die Augen beim Gedanken an ihre Freundin. Das war nicht fair. Vicky hatte kaum Geld. Sie musste Miete bezahlen, Essen, Strom. Das wahre Leben. Jana konnte die Jacke nicht behalten. Das ging nicht. Das wäre mies. Victoria hatte es immerhin geschafft, von dem Scheißzeug loszukommen.

Jana fasste einen Entschluss. Sie ging ins Bad, duschte heiß, machte sich fertig, um ihrer Freundin einen Besuch abzustatten.

Kurz darauf verließ sie das Hotel. Direkt davor standen mehrere Taxen. Jana stieg in das erste Taxi ein. Der Fahrer war ein Türke. Jana hatte keine Lust zu quatschen, er zum Glück auch nicht. Nach fünfzehn Minuten Fahrt erreichten sie die Wohnstraße in Refrath. Das Taxi hielt vor dem Haus. Jana bezahlte, gab wie immer, wenn sie mal Geld hatte, ein üppiges Trinkgeld. Im Gegenzug versprach der Fahrer zu warten, bis Jana im Haus war. Sollte Victoria nicht da sein, würde er sie wieder mitnehmen.

Das Haus war unscheinbar, in den Fünfzigerjahren gebaut, die Fassade mit dunkelgrünen Kacheln verklinkert. Drei Parteien wohnten darin, Victoria ganz oben.

Es war kalt, in der Nacht würde es bestimmt frieren. Jana klingelte. Kurz darauf ertönte der Summer. Sie winkte dem Taxifahrer zu, er fuhr los.

Victoria stand in der Tür, als Jana oben ankam. Die Freundin war sichtlich erstaunt über den Besuch.

»Was machst du hier?«

»Ich bringe dir die Jacke zurück. Ich habe sie mir nur geborgt. Darf ich reinkommen?«

Victoria blieb starr stehen. »Nein. Was hast du gemacht?«

»Wie? Was meinst du?«

»Hast du es immer noch nicht kapiert? Ich will mit der Scheiße von früher nichts mehr zu tun haben. Verschwinde!«

»Hey, ich bringe dir nur die Jacke zurück. Ehrlich. Da ist

auch nichts in den Taschen. Keine Sorge.« Jana zog die Jacke aus, hielt sie Victoria hin.

Mit einem Ruck riss die Freundin ihr die Jacke aus der Hand. Dann ging sie zurück in die Wohnung, knallte die Tür zu.

So behandelt zu werden ließ Jana sich nicht gefallen. Sie klingelte Sturm, bis die Tür wieder einen Spaltbreit aufging. Victoria hatte die Kette vorgelegt.

»Da waren Leute, die nach dir gefragt haben«, flüsterte sie.

»Was für Leute? Polizei?«

»Nein. Die sahen nicht nach Polizei aus. Die haben nach dir gefragt.«

»Und was hast du gesagt?«

»Dass ich nichts mehr mit dir zu tun habe und nichts mehr mit dir zu tun haben will. Verpiss dich, du miese Schlampe. Oder ich rufe die Bullen.«

Victoria schloss erneut die Tür.

»Fotze!«, schrie Jana durchs Treppenhaus. »Du warst schon immer eine dumme Fotze. Hältst dich wohl für was Besseres.«

Jana ging die Stufen hinunter. Im Erdgeschoss öffnete sich eine Wohnungstür, nur einen Spalt. Eine ältere Frau lugte ins Treppenhaus. Jana zeigte ihr im Vorbeigehen den Mittelfinger.

Sie trat hinaus auf die Straße. Es wurde bereits dunkel. Wo sollte sie jetzt ein Taxi herbekommen? Bis zur nächsten Bahnstation waren es gut fünf Minuten zu Fuß. Dort gab es vielleicht einen Taxistand. Vielleicht. Vielleicht auch nicht. Jana kannte sich in der Gegend nicht gut aus. Auf jeden Fall war es verdammt kalt – ohne Jacke.

Zügig ging sie durch eine Wohnstraße, kam an einer Firma vorbei, wo allerlei Baumaterial hinter einem Zaun lagerte. Jana schlang die Arme um ihren Körper, ärgerte sich über sich selbst. Warum war sie hergekommen? Wieso war sie so nett gewesen, die Jacke zurückzubringen? Im Nachhinein war es ein Fehler. Victoria hatte so viel Freundlichkeit gar nicht verdient. Ein halbes Jahr lang hatten sie zusammen auf der Straße gelebt, in leer stehenden Wohnungen gehaust. Geschluckt, geschnupft, geraucht. Nur an der Nadel hatte Jana nie gehangen, weil sie es nicht fertigbrachte, sich selbst einen Schuss zu setzen. Heroindämpfe ließen sich auch durch die Nase inhalieren. Victoria war früher schon egoistisch gewesen, sie hatte nie was von Teilen verstanden. Jetzt, seit der Pfarrer in ihr Leben getreten war, verhielt sie sich auch noch arrogant. Als wäre sie etwas Besseres. Nein, das war sie nicht. Sie war eine dumme Fotze. Dieses Miststück.

Die Wut wärmte Jana ein wenig. Sie ging schneller, schaute sich um. Kein Taxi weit und breit. Nur ein schwarzer Van, der langsam die Straße entlangrollte, als ob der Fahrer nach einer Adresse suchte.

Jana sah wieder auf die Straße vor sich, schlang die Arme fester um ihren Körper. Da kamen ihr Vickys Worte in den Sinn. Jemand suchte nach ihr! Zu spät. Der Van fuhr bereits neben Jana. Wie ein schwarzes Ungeheuer, die Scheiben getönt. Da flog die Seitentür auf. Ein Mann sprang heraus, packte sie am Arm, an der Schulter, beförderte Jana ins Innere. Die Seitentür fiel zu. Im selben Moment beschleunigte der Wagen.

»Was wollt ihr von mir?«, schrie sie.

Der Mann redete kein Wort, drückte ihren Kopf auf die Sitzfläche, stopfte Jana ein Stofftaschentuch als Knebel in den Mund. Sie verdrehte die Augen, versuchte das Gesicht ihres

Peinigers zu erkennen. Sie sah nur seinen Bart – und eine Tätowierung an seinem Hals: *no excuses.*

Höchstwahrscheinlich Rocker, dachte Jana, irgendein Club. Was auch immer, sie konnte sich nicht wehren. Nicht jetzt. Sie müsste den richtigen Moment abwarten.

Während der Wagen durch die Straßen fuhr, versuchte Jana sich einen Reim auf all das zu machen. Was könnten sie von ihr wollen? Hatte es mit dem Koks zu tun, das sie aus dem Lager geholt hatte? Gehörte den Männern der Stoff? Hatte Frank Schulden bei ihnen gehabt? Der Bärtige drückte Janas Kopf noch immer auf die Sitzfläche.

Nach einer Weile nahm der Van eine scharfe Rechtskurve. Sie wurden langsamer. Der Wagen kam zum Stehen. Der Fahrer stieg zuerst aus, schob die Seitentür auf. Der Bärtige ließ ihren Kopf los, Jana richtete sich auf. Der Fahrer hatte den Kopf zu einer Glatze rasiert. Der Bärtige versetzte ihr einen Stoß, und sie fiel aus dem Wagen, landete hart auf dem Betonboden.

Sie waren in einer verlassenen Industriehalle. Der Bärtige ging zum Tor, schob es zu. Krachend fiel es ins Schloss. Der Boden war voller Schutt, Müll, Dreck. Nur eine einzelne Lampe erhellte den riesigen Raum. Die Lampe baumelte an einem Stromkabel, das an einem Stahlträger befestigt war. Von dem Stahlträger hing noch etwas herab, ein dünnes Nylonseil.

Jana fühlte Panik in sich aufsteigen. »Was wollt ihr von mir?« Ihr Stimme klang heiser.

Sie bekam keine Antwort. Stattdessen wurde sie jetzt von dem Bärtigen hochgerissen. Er stellte sich hinter sie, hielt sie an beiden Armen fest, während der mit der Glatze ihren Gürtel öffnete. Er zog erst ihre Hose runter, dann den Slip. Jana spürte die kalte Luft zwischen den Beinen. Bevor sie wusste, wie ihr geschah, war sie splitternackt. Der mit der Glatze nahm das Seilende, das von dem Stahlträger herabhing, fesselte ihre Hände. Der Bärtige zog am anderen Ende des Seils. Ihre Arme wurden hochgerissen. Ihr Körper streckte sich, bis sie nur noch auf den Fußballen stand. In der eisigen Luft kondensierte ihr Atem. Janas Gedanken rasten. Vor Angst konnte sie nicht mehr an sich halten. Warmer Urin lief ihr die Oberschenkel hinunter, bis sie mit den Zehen in einer Pfütze stand. Sie ahnte schon jetzt, dass dies hier nicht gut für sie ausgehen würde. Aber es bestand noch Hoffnung. Sie würde den Männern alles sagen, was sie wissen wollten. Das Problem war nur: Noch immer hatten die beiden kein Wort gesprochen. Jetzt gingen sie zu einem kleinen Campingtisch, an dem zwei Klappstühle standen. Auf dem Tisch befanden sich ein Aschenbecher, Zigaretten und Lederhandschuhe, wie sie von brutalen Schlägern benutzt wurden. Die Männer zogen jeder ein Paar an.

»Bitte«, wimmerte Jana. »Bitte nicht. Ich tue alles, was ihr wollt.«

Die beiden kamen zu ihr zurück. Ihre Gesichter ausdruckslos, beinahe gelangweilt.

»Ihr wollt das Geld? Oder die Drogen? Ich habe beides. Im Hotelzimmer. Ihr könnt es haben.«

Während der Bärtige vor Jana stehen blieb, verschwand der mit der Glatze aus ihrem Sichtfeld. »Ehrlich!«, krächzte sie. »Ich habe Franks Geld und das Koks. Es ist noch alles da, fast alles …«

Endlich bekam sie eine Antwort, die allerdings neue Fragen aufwarf. »Uns interessiert dein scheiß Koks nicht.«

»Was … was wollt ihr dann?«

»Sag uns alles, was du weißt«, ertönte die Stimme des Mannes hinter ihr. »Dann geht die Sache vielleicht gut für dich aus.«

»In Ordnung! In Ordnung!«, rief sie. »Ich sage euch alles!«

»Warum hat dein Freund die Bullen umgelegt?«, fragte der Bärtige.

»Was?« Sie verstand nicht. »Was meint ihr?«

Ein Ruck ging durch das Seil. Janas Arme wurden noch ein Stück höher gerissen. Ihre Füße verloren fast den Kontakt zum Boden.

Es wurde ganz still.

Dann streckte der Bärtige seinen Arm aus, nahm ihre linke Brustwarze zwischen Zeigefinger und Daumen, verdrehte sie um hundertachtzig Grad. Jana schrie auf. Im selben Moment schoss ihr ein Schmerz durch den Unterleib, dass ihr die Luft wegblieb. Ihr Schrei verstummte, Jana rang nach Luft. Sie verlor den Bodenkontakt, winkelte die Beine an, drehte sich in der Luft. Der Faustschlag hatte sie in die Nieren getroffen. Die Fesseln schnitten sich tief in ihre Handgelenke. Sie streckte die Beine wieder aus, berührte mit den Fußballen den Boden. Ihr Körper zappelte unkontrolliert.

»Wir stellen hier die Fragen«, sagte der Bärtige. »Du antwortest.«

»Und spar dir deine Lügen«, fügte der mit der Glatze hinzu, der hinter ihr stand und zugeschlagen hatte. »Das hält uns nur auf.«

Jana nickte eifrig.

»Warum hat dein Freund die Bullen umgelegt?«

»Ich weiß nicht ... Doch, ich weiß es, ich ... Frank hat nie mit mir darüber geredet. Aber an dem Tag, als dieser Polizist erschossen wurde, nein, also, der überlebt hat, also ...«

»Was war an dem Tag?«

»An dem Tag waren wir beide zusammen. Dieser Polizist ... auf den kann er nicht geschossen haben. Und bei dem ersten, da war Frank nicht in der Stadt. Er war unterwegs.«

»Warst du bei ihm?«

Jana schüttelte den Kopf. »Nein ... aber er hat gesagt, dass er in Amsterdam war.«

Der Bärtige sah zu seinem glatzköpfigen Freund. Dem Gesichtsausdruck nach zu urteilen, passte dem Bärtigen die Antwort nicht.

Der mit der Glatze machte seinem Kumpel ein Zeichen, dann gingen sie beide zu dem Campingtisch. In Jana keimte Hoffnung auf. Vielleicht würden sie jetzt erst mal beraten, herausfinden, ob sie die Wahrheit gesagt hat. Was konnten sie sonst noch von ihr wollen? Informationen über Frank.

Sie sah die beiden, wie sie wieder näher kamen. Was dann geschah, passierte so schnell, dass Jana erst gar nicht begriff. Der Motorradstiefel traf sie zwischen die Beine. Das raue Leder zerriss ihr die Haut an den Oberschenkeln. Jana zog beide Beine hoch, presste die Knie zusammen. Sie schrie aus Leibeskräften. Ihr eigenes Gewicht zerrte an den Armen, das Seil schnitt tief in ihre Handgelenke. Jana konnte nicht mehr, streckte die Beine wieder aus, fand Bodenkontakt. Sie nahm ihre Umgebung nur noch schemenhaft wahr. Der Bärtige machte einen Schritt auf sie zu. Sein Gesicht näherte sich dem ihren. Jana roch kalten Zigarettenrauch.

»Was habt ihr an dem Tag gemacht?«

»An was für einem ... Tag?«

»Als der Polizist, der überlebt hat, angeschossen wurde?«

»Wir ... wir haben im Bett gelegen ... bis fast Mittag.« Sie bekam kaum Luft. »Dann ... dann hat Frank mich gefickt.«

»So genau wollen wir es nicht wissen«, zischte der Bärtige.

Jana stöhnte vor Schmerz. »Wir sind herumgefahren. Frank hat sich mit Leuten getroffen ... Ich war meistens im Auto ... Wir haben gegessen ... in einem Steakhaus.«

»Wo war das?«, blaffte der Glatzköpfige, der wieder hinter ihr stand, sie an.

»In der Nähe vom Heumarkt.«

»Was hast du gegessen?«

Nun wollten sie es doch ganz genau wissen.

»Ich ... ich weiß nicht ... Doch! Filetsteak ... mit Ofenkartoffel ...«

»Was habt ihr dann gemacht?«

»Dann sind wir nach Hause. Er hat mich wieder gevögelt. Dann haben wir einen Film geschaut.«

»Was für einen Film?«

»Ich weiß nicht mehr, wie er hieß. Ein Actionfilm.«

Jana spürte, wie das letzte bisschen Kraft aus ihrem Körper wich. Sie spürte, wie etwas Warmes an ihren Oberschenkeln herunterlief. Diesmal konnte es kein Urin sein, ihre Blase war leer. Ihr ganzer Körper schmerzte, sie sah nach unten. Die Oberschenkel waren voller Blut.

Die Männer hatten sich unterdessen wieder zu dem Campingtisch begeben. Der Bärtige fischte sein Handy aus der Jackentasche, nahm es ans Ohr. Jana verstand nicht, was sie redeten. Sie hing an dem Seil. Wie ein Stück Vieh. Sollte es so mit ihr enden? Fast war es ihr egal. Wenn nur die Schmerzen aufhörten. Jana dachte an ihre Eltern. An ihren Vater. War sie wirklich schuld am Tod ihrer Mutter, wie er behauptet hatte? War sie vor lauter Kummer gestorben?

Der Bärtige beendete das Telefonat, legte das Handy auf den Campingtisch. Sie kamen wieder näher.

Wieder traf sie der Schlag völlig unvorbereitet. Diesmal in die Rippen. Ein stechender Schmerz, als wenn ihre Lungen durchbohrt wären. Jana verlor fast das Bewusstsein. Der Bärtige sagte etwas zu ihr, aber sie verstand ihn nicht

Er musste die Frage noch einmal stellen. Lauter, er schrie sie an. »Wo ist die Pistole? Wo hast du sie?«

Was für eine Pistole?, dachte Jana, bevor die Faust ein letztes Mal auf ihren Körper eindrosch.

18

»Hilfe!«, rief ich. »Oh, verdammt ...«

Hinter mir flog die Tür auf. Julie kam, dicht gefolgt von Zollinger, in mein Büro. Ich befand mich in einer erniedrigenden Pose, kniete am Boden, stützte mich auf der Zweisitzercouch ab und streckte den beiden meinen Hintern entgegen. Wenigstens ließ der Schmerz in dieser Haltung etwas nach.

Zollinger begriff sofort, was los war. »Nicht bewegen! Bleiben Sie so!«

»Was ist passiert?«, fragte Julie.

»Der Rücken, nehme ich an. Richtig?«

»Ja«, stöhnte ich zwischen zusammengebissenen Zähnen.

Zollinger schob mein Jackett hoch und drückte mit dem Daumen auf meine oberen Lendenwirbel. »Tut das weh?«

»Ja. Das heißt, wow ...«

Es grenzte an Zauberei. Zollinger hatte auf Anhieb die Stelle gefunden, an der sich meine Muskulatur verkrampft hatte. Durch den Druck mit dem Daumen ließ der Schmerz sofort nach.

Julie holte ihr Handy aus der Hosentasche, hielt es grinsend hoch. »Darf ich ein Foto machen?«

»Wage es nicht!«

Die beiden Frauen kicherten.

In diesem Moment klingelte es an der Tür.

»Ich mache auf«, sagte Julie und verschwand.

Zollinger massierte weiter mit dem Daumen meine Lendenwirbel. Der Schmerz, der mich auf die Knie gezwungen hatte, ließ so weit nach, dass ich mich traute, wieder auf die Beine zu kommen.

»Machen Sie langsam«, sagte Zollinger. »Und morgen bringe ich Ihnen von zu Hause eine Yogamatte mit.«

»Von Yoga habe ich aber keine Ahnung.«

»Ich bringe Ihnen ein paar Übungen bei.«

Ich stand wieder aufrecht, wandte mich zu Zollinger um. »Besser Sie rufen Ihren Mann an, dass ich gleich bei ihm vorbeikomme.«

Julie kam zurück. »Herr Probst ist da. Er sagt, dass er einen Termin hat. Soll ich ihm absagen?«

»O nein«, stöhnte ich. »Nicht der schon wieder.«

Wir mussten alle drei lachen, was leider wieder den Schmerz verursachte. Harald Probst war ein lebender Insiderscherz, aber im Moment war mir gar nicht zum Lachen zumute.

Ich holte tief Luft. »Nein, schick ihn nicht weg. Er soll reinkommen.«

Julie verschwand. Probst war ein junger Kollege, der sich vor rund einem halben Jahr bei mir beworben hatte. Es war nie zu einem Vorstellungsgespräch gekommen, weil jedes Mal, wenn er hier aufkreuzte, irgendetwas dazwischengekommen war. Immer wieder musste ich ihn versetzen. Ich hatte deswegen sogar mit Zollinger Ärger bekommen. Sie fand, so behandelte man keinen Kollegen. Dem konnte ich nicht widersprechen. Ich hatte Probst dann aber keinen weiteren Vorstellungstermin angeboten, sondern ihm stattdessen einfach eine Mandantin zugeschustert, die ich wegen eines Interessenkonflikts nicht vertreten konnte. Da Probst noch unerfahren war, hatte ich ihm gleichzeitig meine Hilfe angeboten. Aber er verfügte nachweislich immer noch über die Gabe, zum denkbar ungünstigsten Zeitpunkt aufzukreuzen.

Mit etwas steifen Schritten ging ich zum Schreibtisch, stützte mich ab und sah zu Zollinger. »Können Sie Ihrem Mann Bescheid geben wegen der Spritze?«

Sie nickte. »Soll ich auch ein Taxi rufen?«

Ich schüttelte den Kopf. »Nicht nötig.«

Probst erschien im Türrahmen, mit einem Lächeln, das erstarb. »Geht es dir nicht gut?«

Wir waren seit unserem ersten Kennenlernen per Du.

»Doch, doch. Sag mal, könntest du mich zum Arzt fahren? Mit meinem Wagen, versteht sich.«

Probst grinste. Er hatte ein Faible für schnelle Autos, genau wie ich. Noch konnte er sich keinen eigenen Sportwagen leisten, aber das würde er irgendwann.

Der Aston Martin Vantage S mit V8-Motor war wie ein Spielzeug für große Jungs. Auf dem Weg zur Praxis plauderten wir. Probst hatte sich nach dem zweiten Staatsexamen die Zulassung als Anwalt besorgt und arbeitete von zu Hause aus, während er sich parallel dazu bei großen Kanzleien bewarb. Genau wie ich damals. Ich hatte nie eine Jobzusage bekommen und war daher gezwungen gewesen, mich selbstständig zu machen. Ich hoffte für ihn, dass er mehr Glück hatte, aber der Arbeitsmarkt war im Moment ein wenig angespannt. Die Mandantin, die ich an ihn weitergeleitet hatte, hieß Veronika Schönberger. Sie musste sich wegen Erpressung verantworten. Probst hatte ihr zu einem umfassenden Geständnis geraten. Der Fall war längst abgeschlossen, aber das Geständnis diente auch als Zeugenaussage in einem anderen Strafverfahren gegen zwei Männer, die wegen mehrfachen Mordes und Mordversuchs angeklagt waren. Das Hauptverfahren in diesem Fall würde frühestens nächstes Jahr eröffnet werden. Fünf Personen waren vor einem halben Jahr ums Leben gekommen, mich hätte es auch beinahe erwischt. Die Anwälte der Gegenseite versuchten, Schönberger als Lügnerin hinzustellen, setzen alles daran, ihre Zeugenaussagen zu demontieren. Das war aber nicht so leicht, denn die Tatsache, dass Veronika Schönberger sich durch ihr Geständnis selbst schwer belastete, ließ ihre Aussage sehr glaubwürdig erscheinen.

Probst holte sich Ratschläge bei mir, und ich half ihm gerne, denn die Angeklagten, die Veronika Schönberger belastete, gehörten hinter Gitter. Es durfte nicht dazu kommen, dass sie ihre Köpfe aus der Schlinge zogen.

Wir erreichten das Ziel. Probst hielt direkt vor Zollingers Praxis, half mir beim Aussteigen. Er versprach, im Auto zu warten.

Es gab einen Fahrstuhl, den ich wie immer mied. Trotz meiner Schmerzen quälte ich mich in die zweite Etage hinauf, was nicht so schlimm war wie die Vorstellung, auch nur eine Minute in einer Fahrstuhlkabine eingesperrt zu sein.

In der Praxis wurde ich bereits erwartet. Die Sprechstundenhilfe geleitete mich am voll besetzten Wartezimmer vorbei direkt in den Behandlungsraum. Sie half mir, mich von meinem Jackett, Krawatte und Hemd zu befreien, dann kam Dr. Zollinger herein. Er hatte eine Yogamatte dabei, reichte sie mir.

»Guten Tag. Die hier dürfen Sie gleich mitnehmen. Und dann hören Sie mal auf das, was meine Frau sagt.«

»Das tue ich doch immer, na ja, fast immer.«

Wir gaben uns die Hand. Als Julie meine gleichberechtigte Partnerin in der Kanzlei wurde, hatten wir die Zollingers zum Abendessen eingeladen. Daher kannte ich den Arzt. Ich wusste nicht viel über ihn, außer dass er ein echter Weinkenner war – und dass zu seinen Hobbys der Kölner Karneval gehörte. Zollinger war aktives Mitglied beim ältesten Traditionskorps Kölns, den Roten Funken. Während der Karnevalszeit wäre ich daher nicht so gern sein Patient, hatte ich ihm gesagt, auch wenn er mir versicherte, dass er nie betrunken zur Arbeit erschien.

Ich legte mich bäuchlings auf die Liege und schloss vorsorglich die Augen. Zollinger war ein Künstler, ich spürte noch nicht mal den Einstich der Nadel, die er mir zwischen die Wirbel schob. Augenblicklich verflogen die Schmerzen, die Muskeln entkrampften sich. Erst als er fertig war, sah ich die Nadel, die er in einem Mülleimer verschwinden ließ. Ich war froh, dass ich das Ungetüm nicht vorher zu Gesicht bekommen hatte.

»So, das Wochenende müssten Sie jetzt erst mal gut überstehen. Ich schreibe Ihnen noch ein Muskelrelaxanz auf. Allerdings dürfen Sie das nicht in Verbindung mit Alkohol einnehmen.«

»Ich möchte heute auf den Weihnachtsmarkt. Ist Glühwein Alkohol?«

»Glühwein schon, aber Kölsch bekanntlich nicht«, fügte er mit einem Augenzwinkern hinzu. Er stellte mir ein Rezept aus, reichte es mir und verabschiedete sich.

An einem Freitagabend war der Weihnachtsmarkt so voll, dass die Menschen an den Zugängen Schlange stehen mussten und nur stoßweise eingelassen wurden. Ich wusste wirklich nicht, warum ich mir das freiwillig antat. Nun ja, ganz freiwillig war es nicht, Nina wollte unbedingt hin. Sie hatte ein Faible für die Dekoration, die Lichter und Kerzen, den Geruch von Maronen, Flammkuchen, Glühwein, dazu die weihnachtliche Musik, die aus den Lautsprechern plärrte.

Ich hatte ihr von meinem Arztbesuch erzählt, woraufhin sie das Treffen beinahe abgesagt hätte. Das wollte ich aber nicht. Die Schmerzen waren dank der Spritze wie fortgeblasen, aber etwas anderes belastete mich: Ich kam mir vor wie eine Marionette. Nina hielt die Fäden in der Hand. Auf Dauer würde das nicht gut gehen können.

Nina hatte auch bald genug von dem Gedränge. Wir wollten essen gehen. Alle Restaurants im Umkreis waren zum Bersten voll, aber ich hatte eine Idee, wo wir noch einen Platz finden würden. Das Restaurant im Hotel Excelsior, dem besten Haus am Platze, hieß Hanse-Stube. Früher hatte es mal einen Michelin-Stern gehabt. Den gab es zwar nicht mehr, aber das Essen war immer noch erstklassig.

Nina und ich wurden von einer Kellnerin zu einem Vierertisch geleitet, der gerade frei geworden war. Besucher vom Weihnachtsmarkt verirrten sich eher selten hierher. Der Tisch war für zwei Personen und drei Gänge gedeckt. Vor uns standen jeweils drei Gläser, für Wasser, Weiß- und Rotwein. Es war in gehobenen Restaurants üblich, das, was nicht gebraucht wurde, abzuräumen, anstatt es erst später hinzustellen. Der gedeckte Tisch als solcher wurde wie ein Gesamtkunstwerk betrachtet.

Ich fragte nach der Weinkarte, die sogleich gebracht wurde. Nach einer kurzen Beratung entschied ich mich für einen französischen Rotwein aus dem Languedoc. Während wir aufs

Essen warteten, erzählte ich Nina von meinem Besuch bei Rongen. Sie wusste bereits, dass Frank Brenner als der Polizistenmörder identifiziert worden war. Die Tatsache an sich änderte für Rongen nicht viel, da die Bewertung der Notwehr nicht von Brenners Täterschaft abhing. Aber Brenner war ein gefährlicher Typ, dem man den Schusswaffenbesitz zutrauen konnte. Und da die mysteriöse Frau, Brenners Freundin Jana, ebenfalls existierte, gewann Rongens Aussage mehr und mehr an Glaubwürdigkeit.

Auch während des Essens redeten wir ausschließlich über den Fall, wobei ich alle Details wegließ, über die ich nicht reden durfte. Nina handhabte es genauso.

Nach dem Essen trank ich einen zwölf Jahre alten Brandy, der warm serviert wurde. Nina gönnte sich ein Glas Champagner.

»Weißt du, was ein sokratischer Dialog ist?«, fragte sie, nachdem sie einen Schluck genommen hatte.

»Sokratisch?« Ich überlegte. Zwar hatte ich Philosophie im Abitur gehabt, aber das war lange her. »Nein, ich weiß es nicht.«

»Der sokratische Dialog ist eine Methode zum philosophischen Erkenntnisgewinn. Wird häufig angewendet beim Coaching und in der Psychotherapie.«

»Verstehe. Wann hattest du deine letzte Sitzung?«

»Heute Vormittag.«

Wir redeten nur noch selten über das Thema. Mein Eindruck war, dass Nina keine nennenswerten Fortschritte machte. Seit dem Vorfall vor anderthalb Jahren, als sie in die Gewalt eines Serienkillers geriet, hatte sie ihren inneren Kompass verloren. Zumindest sagte sie das selbst. Wir hatten uns getrennt, waren wieder zusammen, aber nicht richtig. Sie bestimmte, wie nah ich ihr kommen durfte und wie oft das geschah. Ein Zustand, der mich immer mehr frustrierte.

Ich spürte, dass sie unbedingt über die Therapie reden wollte.

»Der Therapeut stellt also Fragen«, erklärte sie, »so geschickt, dass der Patient schließlich selbst zu der Erkenntnis gelangt, die am Ende gut für ihn ist. Anders als ein Arzt, der dem Patienten sagt, was er tun muss, um gesund zu werden.«

Ich verstand nicht ganz, warum sie mir das erzählte. »Und?«, fragte ich.

Nina sah mir in die Augen. »Ich habe nachgedacht. Über das letzte halbe Jahr.«

Ich wurde ungeduldig. »Jetzt mach es nicht so spannend.«

Nina lächelte. »Ich könnte mir vorstellen, unter gewissen Umständen, doch Anwältin zu werden.«

Damit hatte ich nicht gerechnet. Mein Gehirn brauchte ein paar Sekunden, das Gehörte zu verarbeiten. Vor wenigen Wochen noch hatte Nina diese Möglichkeit kategorisch ausgeschlossen. Ich trank den letzten Schluck Brandy.

»Sogar in eurer Kanzlei«, setzte sie nach.

Ich verschluckte mich, musste husten. Hielt mir die Hand vor den Mund. Der Brandy brannte wie Feuer im Hals. Als ich wieder sprechen konnte, sagte ich: »Meinst du das ernst?«

Sie nickte. »Ich kann es mir vorstellen. Auch wenn dies noch kein Vorstellungsgespräch sein soll.«

»Meine Tür steht dir immer offen. Wir haben genug zu tun.«

»Moment!« Nina sah mich mit großen Augen an. »Die Kanzlei gehört dir nicht mehr allein. Julie muss auch noch was dazu sagen.«

»Ich weiß, was sie sagen wird. Das wäre perfekt. Willst du noch ein Glas Champagner. Das müssen wir feiern.«

»Warte.« Sie hob den Zeigefinger. »Sokrates ist noch nicht fertig.«

Ich hätte es mir denken können. Es gab noch eine Fußnote zu beachten.

»Was ich mir nicht vorstellen kann, ist, dass wir Büro und Bett teilen. Das funktioniert nicht.«

Ich hätte jetzt gern was getrunken, aber alle Flaschen und Gläser auf dem Tisch waren leer. Ich räusperte mich. »War das jetzt die schonende Variante, mich von einer Trennung in Kenntnis zu setzen?«

Sie streckte den Arm aus, nahm meine Hand, streichelte sie mit dem Daumen. »Der ganze Plan funktioniert nur, wenn wir beide uns einig sind. Sei doch mal ganz ehrlich. Was hält uns beide noch zusammen?«

Ich schluckte. Es lag mir auf der Zunge, ihr zu sagen, dass ich sie liebte, aber die Worte wollten nicht über meine Lippen kommen. »Wir haben uns mal geliebt.«

Sie nickte. »Ich will kein Gefangener meiner Vergangenheit sein.«

Ich schwieg. Das wollte ich auch nicht.

»Ich habe im neuen Jahr noch eine Therapiestunde, die letzte. Ich habe den Angstmörder abgehakt. Er soll in seinem Grab verrotten.«

Allmählich begriff ich, glaubte es zumindest. Ich wollte gerade etwas sagen, aber sie ließ mich nicht zu Wort kommen.

»Hör mir zu. Ich habe meinen inneren Kompass wiedergefunden. Ich wollte lange Zeit nicht wahrhaben, dass Strafverteidiger in deiner Kanzlei das ist, was ich machen will.«

»Deshalb hast du dich bei der Polizei beworben?«

Es schien, als hätte Nina wieder mal einen Plan und den schon seit geraumer Zeit. Mich beschlich dasselbe Gefühl wie vor einem halben Jahr, als sie Hals über Kopf aus unserer gemeinsamen Wohnung ausgezogen war. Auch damals wirkte alles wie von langer Hand geplant.

»Ich dachte, du magst deine Arbeit?«

Sie schüttelte den Kopf. »Ich habe gelogen, damit du dich mit der Tatsache abfindest, dass ich nicht bei dir anfange.«

»Und Sokrates hat dich bekehrt?«

»Die einzige Wahrheit, die wirklich zählt, ist die, auf die man selbst kommt.« Sie lächelte.

Dem konnte ich nicht widersprechen. Der Moment, als sie mir gesagt hatte, dass sie sich trennen wollte, schien ewig lang her zu sein. Geschickt hatte Nina das Thema in eine andere Richtung gelenkt. Ich war nicht traurig darüber.

»Wann willst du es deinem Chef sagen?«

»Die Probezeit geht bis Februar. Vielleicht ist es ja ganz hilfreich, wenn ich noch etwas dableibe.«

Ich verstand ihre Taktik. »Du meinst wegen Rongen?«

»Wenn euch das hilft, mache ich das.«

Sie hielt immer noch meine rechte Hand. Ich legte meine linke auf die ihre. Wir sahen uns in die Augen. Kurz darauf kullerte ihr eine Träne über die Wange. Sie schämte sich nicht dafür, hielt meinem Blick stand.

»So machen wir es«, sagte ich mit heiserer Stimme.

19

Das Bett war leer. Ich kam mir sonderbar verloren vor. Nina war gestern noch mit zu mir gekommen, um ihre Sachen zu holen, die hier deponiert waren. Ein paar Klamotten, Hygieneartikel, ein Buch, das sie gerade las. Es hatte einen Moment gegeben, da standen wir drei Schritte voneinander entfernt, kurz davor, ein letztes Mal übereinander herzufallen. Es hatte nur der zündende Funke gefehlt. Keiner wollte sich die Blöße geben, auf den anderen zuzugehen und womöglich eine Abfuhr zu bekommen. Ich war keine Marionette mehr. Es hätte einen üblen, faden Beigeschmack gehabt. Eine Sekunde später war die Magie des Augenblicks verflogen, keine erotische Spannung mehr. Ich hatte ein Taxi gerufen, hatte sie nach unten begleitet, ihr die Tür geöffnet, den Rücklichtern hinterhergesehen und war dann wieder nach oben gegangen. In meine Wohnung. Ich hatte den Fernseher eingeschaltet, mir eine Zigarette angesteckt und zum ersten Mal in meiner eigenen Wohnung geraucht.

Heute Morgen fühlte es sich anders an. Obwohl auf der Ablage im Badezimmer nicht viel fehlte, sah es aus, als wäre ein Einbrecher hier gewesen. Der Verzicht aufs Frühstück fiel mir nicht schwer. Ich stellte die Butter in den Kühlschrank. Sie war nur draußen, damit sie weich war und Nina sie leichter verstreichen konnte. Ich gönnte mir eine Zigarette zum Kaffee, pechschwarz ohne Zucker, schluckte die Tabletten, die mir der Arzt verschrieben hatte. Meinem Rücken ging es erstaunlich gut. War die innere Anspannung womöglich verflogen? Lag es doch nicht an der Kälte? Konnte ich auf Frau Zollingers Yogamatte verzichten? Vermutlich nicht. Frau Zollinger war in manchen Dingen unerbittlich. Sie hatte drei Kinder großgezogen, die alle aus dem Haus waren. Danach war es ihr langweilig geworden. Womöglich sah sie in mir einen großen Jungen, dem sie noch etwas an guter Erziehung zukommen lassen wollte.

Ich drückte die Zigarette aus, zündete mir noch eine an, inhalierte den Rauch. Das Single-Dasein würde nicht unbedingt meiner Gesundheit zuträglich sein. Ich musste auf niemanden mehr Rücksicht nehmen, auch nicht auf mich selbst.

Diesmal war die Trennung endgültig, so viel stand fest. Sokrates hatte ganze Arbeit geleistet. Er hatte uns beiden die Augen geöffnet. Die letzten anderthalb Jahre liefen wie in Zeitraffer vor meinem inneren Auge ab. Unsere erste Begegnung, bei der ich mich wie ein Trottel benommen hatte. Eine wunderschöne Frau mit nur einem Arm hatte plötzlich in meiner Kanzlei gestanden, brachte mich völlig aus dem Konzept. Die ersten Tage der Zusammenarbeit, wenn ich Nina dabei beobachtete, wie sie das Leben meisterte. Der erste heftige Streit, als ich sie wegen eines Fehlers rund gemacht hatte. Unser erstes Besäufnis beim Mexikaner. Der erste Besuch in ihrer Wohnung. Der Moment, als ich Nina das erste Mal nackt sah. Ihr wunderschöner Körper. Schließlich die erste gemeinsame Nacht. Der Moment, in dem alle Zweifel verflogen waren, die ich damals noch hatte.

Mir schwante, dass dieses Wochenende lang und zäh werden

würde. Ein Grund mehr, nicht untätig zu Hause herumzusitzen. Ich beschloss in die Kanzlei zu gehen, um den Fall Rongen ein bisschen voranzubringen.

An den Wochenenden sowie feiertags gehörte die Kanzlei mir ganz allein. Julie vertrat den Grundsatz, dass wer seine Arbeit nicht in fünf Tagen erledigt bekomme, grundsätzlich etwas falsch mache. In diesem Punkt war sie sich mit Zollinger einig.

»Ist jemand da?«, rief ich prophylaktisch in den Korridor, um mich zu vergewissern, dass ich allein war. In der kleinen Küche schaltete ich die Kaffeemaschine an, die erst warm laufen musste, schlenderte in mein Büro. Auf dem Schreibtisch lagen die Akten sauber aufgereiht, zum Teil mit Klebenotizzetteln versehen. Ganz oben lag ein Großbrief aus dem Polizeipräsidium. Ein Kurier musste ihn gestern gebracht haben, als ich schon weg war. In dem Umschlag steckte ein Schnellhefter mit dem Logo der Polizei Köln. Darin war der Zwischenbericht von Bernd Maurer über die Ermittlungen der Sonderkommission. Etwa dreißig Seiten.

Mit einem frischen Kaffee und dem Bedürfnis nach einer Zigarette, die ich mir in den Büroräumen verkniff, fing ich an zu lesen.

Polizeihauptkommissar Ulf Schmiege war das erste Opfer. Der erfahrene Polizist hatte sich nach über dreißig Dienstjahren und einer Operation am Kniegelenk versetzen lassen. Zur Verkehrsüberwachung. Ein eher ruhiger Job, was anderes als die Drogenfahndung, wo er mit seinem Kollegen Marco Eisfeld zusammengearbeitet hatte. Ich machte mir einen Vermerk. War die Versetzung wirklich freiwillig erfolgt, oder hatte sie damit zu tun, dass Schmiege und Eisfeld mit unlauteren

Methoden Kriminelle hinter Gitter gebracht hatten? Ich würde Rongen danach fragen, wie wahrscheinlich es sei, dass man von der Kripo zur Verkehrsüberwachung ging.

Schmiege starb in seinem Dienstwagen am späten Abend des 22. November am Melatengürtel auf Höhe des Melatenfriedhofs, wo zu der Zeit eine Geschwindigkeitskontrolle durchgeführt wurde. Seltsam erschien mir, dass das Lagerhaus, in dem Frank Brenner seine Drogen versteckt hatte, keine hundert Meter entfernt vom Tatort lag. Ein Zufall? Oder bestand da ein Zusammenhang? In dem Bericht stand nichts darüber.

Ich blätterte weiter, sparte mir die forensischen Analysen, kam zu Opfer Nummer zwei: Polizeiobermeister Jonas Weber, der im Streifendienst tätig war. Er war nach dem Dienst mit dem Privatwagen nach Hause gefahren. Für gewöhnlich zog er sich erst zu Hause um, so auch an diesem Abend, deshalb hatte er noch seine Uniformjacke an. Er stellte den Wagen in einer gemieteten Garage ab, etwa hundert Meter von seinem Haus entfernt, wo er eine Siebzig-Quadratmeter-Eigentumswohnung hatte. Die Spurenlage ergab, dass Weber aus dem Wagen ausgestiegen war, aber nicht mehr dazu kam, die Fahrertür zu schließen. Er wurde im Stehen erschossen. Mit Sicherheit hatte der Täter ihm in die Augen geschaut. Vielleicht hatten die beiden auch miteinander geredet. Nachbarn hatten zwar einen Knall aus der Garage gehört, dachten aber, es habe sich um die Fehlzündung eines Motorrads gehandelt. Erst zwanzig Minuten später entdeckte der Mieter einer anderen Garage die Leiche. Genau wie Ulf Schmiege wurde Jonas Weber aus nächster Nähe von einer einzigen Kugel getötet. In den Kopf.

Ich übersprang wieder die Seiten, in denen es nur um forensische Beweise ging.

Opfer Nummer drei: Marco Eisfeld. Er war in der Tatnacht am 4. Dezember mit einer Frau verabredet gewesen, über das Datingportal Tinder. Die beiden kannten sich also nicht. Zu dem Treffen, das in der Disco »Die Halle« stattfinden sollte, war es nicht mehr gekommen. Der Parkplatz der Disco befand sich in unmittelbarer Nähe einer Bahnlinie. Als die Schüsse fielen, ratterte ein Güterzug vorbei. Eine Kugel traf Eisfeld in den Bauch, die andere ins Gesicht. Das Projektil drang nicht bis ins Gehirn vor, sondern blieb im Schädelknochen stecken. Eisfeld hatte großes Glück gehabt. Beim dritten Schuss, der das Opfer verfehlte, wurden andere Discobesucher auf den Knall aufmerksam. Die ersten zwei Schüsse hatte offenbar wegen des Güterzugs niemand gehört. Der Täter entkam unerkannt. Einer der Ersten am Tatort war glücklicherweise ein Arzt, was Marco Eisfeld wahrscheinlich das Leben gerettet hat.

Die Frau, mit der er verabredet gewesen war, konnte anhand der Handydaten ausfindig gemacht werden. Man überprüfte ihre Angaben sehr genau, um auszuschließen, dass Eisfeld womöglich auf den Parkplatz gelockt worden war. Dieser Verdacht bestätigte sich nicht. Die Ermittler gingen davon aus, dass der Mörder seinem Opfer gefolgt war und, als der Güterzug kam, die Gelegenheit wahrnahm.

Ich blätterte weiter, suchte den für mich interessantesten Teil: die Verbindung, die Schmiege und Eisfeld zu dem Haupttatverdächtigen Frank Brenner hatten. Der Bericht endete abrupt. Auf der letzten Seite fand ich ein Schreiben von Bernd Maurer, das an mich gerichtet war.

Sehr geehrter Herr Meller,
die Verbindung, wie die Sonderkommission zu dem Verdacht gegen Frank Brenner gelangte, unterliegt der Geheimhaltung. Es besteht aus meiner Sicht kein Zusammenhang zu dem Fall, in dem Sie Hauptkommissar Thomas Rongen juristisch vertreten. Die Frage, ob Frank Brenner der Täter war oder nicht, spielt für die Bewertung der Notwehrsituation schließlich keine Rolle.
Hochachtungsvoll
Bernd Maurer

Das war es also. Mehr Informationen bekam ich nicht. Nicht von offizieller Seite. Ich konnte mir denken, wieso. Bernd Maurer würde mir freiwillig keine schriftliche Einlassung liefern, dass in der Vergangenheit Schmiege und Eisfeld den Verdächtigen Brenner mit gefälschten Beweisen ins Gefängnis gebracht haben. Wenn herauskäme, dass Brenners Motiv Rache gewesen war, fiele ein äußerst schlechtes Licht auf die Kölner Polizei.

Das Klingeln des Telefons riss mich aus meinen Gedanken. Auf dem Display war keine Nummer zu sehen, ich hob ab.

»Meller.«

»Christian Korb hier.« Er klang seltsam gehetzt. Ohne Umschweife sagte er: »Ich erreiche Thomas nicht, darum sage ich es Ihnen. Die Frau wurde gefunden. Jana Feldkamp. Sie ist tot.«

»Was?« Das ging mir alles etwas zu plötzlich.

»Ja, ich habe die Information gerade bekommen. Man hat ihre Leiche am Rheinufer gefunden.«

»Wo genau?«

»Unweit der Eisenbahnbrücke an der Alfred-Schütte-Allee. Ein Jogger hat sie entdeckt. Ob sie ertrunken ist, steht noch nicht fest. Offensichtlich ist sie übel zugerichtet worden. Aber jetzt halten Sie sich fest: Sie hatte die Pistole bei sich.«

»Die Pistole?«, fragte ich nach.

»In ihrer Jacke. Eine Neun-Millimeter. Das Magazin war leer, aber in der Kammer befand sich eine 7,65er-Luger-Patrone.« Er seufzte laut. »Ich denke mal, das war's. Oder? Damit können Sie Rongen raushauen. Oder?«

Ich schwieg.

»Hallo? Sind Sie noch dran?«

»Ja. Und danke für den Anruf.« Ich legte auf.

20

Ich hatte mehrmals versucht, Rongen zu erreichen, aber es ging nur die Mailbox an. Obwohl es schon fast Mittag war und die Sonne schien, lag immer noch ein Dunstschleier über der Wiese am Rheinufer. Von der Severinsbrücke, über die ich fuhr, sah ich bereits aus der Ferne die Einsatzfahrzeuge der Polizei.

Als ich kurz darauf in die Alfred-Schütte-Allee einbog, versperrten mir Schaulustige den Weg. Wie die Fliegen wurden sie von den blinkenden Blaulichtern angezogen. Ein Großaufgebot der Polizei war eingetroffen. Ich hupte, da mir Gaffer den Weg versperrten. Manche traten sofort zur Seite, andere ließen sich sehr viel Zeit. Ich parkte meinen Aston Martin neben einem Streifenwagen, stieg aus. Die Polizistin an dem rot-weißen Absperrband beäugte mich kritisch, konnte aber bereits erahnen, dass ich zur offiziellen Belegschaft gehörte. Ich griff nach meiner Brieftasche, die im Mantel war, um vorsorglich meinen Anwaltsausweis herauszuholen. Da entdeckte ich Oberstaatsanwalt Friedemann Gerber. Er befand sich wenige Meter hinter den Absperrbändern, hatte sein Handy am Ohr, sah mich und winkte mich zu sich.

Die Polizistin hielt das Absperrband hoch. »Bitte bleiben Sie abseits der Markierungen, die Spurensicherung ist noch bei der Arbeit.«

»Kein Problem.« Ich duckte mich unter der Absperrung hindurch, ging zu Gerber, der sein Telefonat gerade beendete und das Handy in seiner Manteltasche verschwinden ließ. Wir gaben uns die Hand.

»Guten Tag, Herr Meller. Ich hätte Sie auch gleich angerufen. Hat Ihr Mandant Sie informiert?«

Ich nickte. Er musste nicht wissen, dass es noch einen Informanten gab.

Sechs Beamte in weißen Overalls schritten das Gelände ab, den Blick zum Boden gerichtet. Was sie wohl erhofften, hier zu finden? Die Leiche war schon abtransportiert worden. Mir war kalt. Die Wiese war nass, und ich hatte das falsche Schuhwerk an.

»Was ist passiert?«, fragte ich.

»Die Leiche von Jana Feldkamp lag am Flussufer. Ob sie dort abgelegt wurde oder der Rhein sie angeschwemmt hat, steht noch nicht fest. Wir wissen nur, dass sie nicht ertrunken ist.«

»Todesursache?«

»Wissen wir auch noch nicht. Ich fahre gleich in die Rechtsmedizin. Wenn Sie wollen, dürfen Sie gerne mitkommen.«

Gerber wirkte übertrieben freundlich. Ich war dank Franka vorgewarnt. Man konnte ihm nicht trauen.

»Was hat denn der Arzt gesagt?«

»Nach der ersten Begutachtung hieß es, sie habe multiple Verletzungen. Vielleicht verursacht durch einen Sturz von der Brücke oder durch stumpfe Gewalt.«

Unweit der Fundstelle spannte sich eine Eisenbahnbrücke über den Rhein, die nur dem Güterverkehr diente. Fußgänger konnten ebenfalls auf ihr den Rhein überqueren. Ich erspähte auf dem Gehweg der Brücke mehrere Beamte in weißen Overalls.

»Wurde etwas bei der Leiche gefunden?«, fragte ich.

Gerbers Lippen formten sich zu einem Schmunzeln. Er ahnte, dass ich es bereits wusste. »Sie hatte eine Waffe bei sich, in der Jackentasche. Geladen mit 7,65er-Munition. Das Kaliber, das der Polizistenmörder benutzte. Allerdings wird sich nicht feststellen lassen, ob es tatsächlich die Tatwaffe war.«

»Ich weiß«, sagte ich. »Mein Mandant hat es mir erklärt.«

Wir standen einen Moment stumm nebeneinander, sahen der Polizei bei der Arbeit zu.

»Es passt alles zusammen«, brach ich das Schweigen. »Jana Feldkamp hat die Waffe vom Tatort entfernt. Die Ausweglosigkeit ihrer Situation wurde ihr bewusst. Sie hatte wahrscheinlich Drogen zu sich genommen. Dann ist sie gesprungen.«

Gerber nickte. »Das dürfte Ihrem Mandanten sehr gelegen kommen. Wir haben keine Möglichkeit mehr, Ihre Aussage aufzunehmen.«

»Was wollen Sie damit andeuten?«, fragte ich.

»Nach momentaner Beweislage würde ich niemals auf die Idee kommen, Anklage gegen Ihren Mandanten zu erheben. Also – freuen Sie sich.«

Er sah mich an. Sein Blick verriet, dass es da etwas gab, das ich noch nicht wusste.

»Sie wollen doch nicht etwa unterstellen, Thomas Rongen könnte etwas mit dem Tod der Frau zu tun haben?«

Er räusperte sich. »Ziemlich kalt heute. Was halten Sie davon, wenn wir in die Rechtsmedizin fahren und dort einen Kaffee trinken?«

Ich hatte erst ein einziges Mal an einer Obduktion teilgenommen. Während meiner Zeit als Referendar. Es war also schon ein paar Jahre her. Ich fuhr den Melatengürtel entlang, an der Mauer des Friedhofs vorbei, bog auf den Parkplatz der Rechtsmedizin ab. Wieder ein seltsamer Zufall, dachte ich. Das Lagerhaus, in das Jana Feldkamp eingedrungen war, lag direkt gegenüber, und der erste Tatort, wo Ulf Schmiege starb, war ebenfalls nur zweihundert Meter weit entfernt …

Das Gebäude der Rechtsmedizin war ein schmuckloser Zweckbau aus den Siebzigern, ein dreistöckiger Kasten mit Waschbetonfassade. Ich betrat die erste Stufe der Freitreppe, als mein Handy vibrierte. Auf dem Display stand *Nina*.

»Guten Morgen«, sagte ich. »Schön, dass du anrufst.«

»Ich habe es gerade gehört.«

Ich war überrascht. »Von wem?«

»Mein Chef hat es mir gesagt. Ich werde heute auch arbeiten müssen.«

Das ließ mich stutzig werden. »Was geht da vor? Wozu brauchen die dich?«

»Keine Ahnung. Soltau hat mich nur gebeten, ich solle kommen. Es gäbe da ein Problem.«

»Ich bin in der Rechtsmedizin. Der Staatsanwalt hat mich eingeladen, bei der Obduktion dabei zu sein. Sei so nett, ruf mich an, wenn du was weißt – über das du reden darfst.«

»Klar. Viel Erfolg.«

Ich steckte das Telefon ein. Friedemann Gerber wartete im Foyer auf mich, hatte sich bereits einen Kaffee aus dem Automaten gezogen.

»Was möchten Sie? Ich lade Sie ein.«

»Kaffee, schwarz, bitte.«

Er warf ein paar Münzen ein. Kurz darauf reichte er mir den heißen Becher. Wir gingen durch die Schleuse. Gerber blieb vor dem Fahrstuhl stehen, betätigte den Knopf. Wir mussten in den Keller.

Da war es wieder, mein Problem. Ich hasste Fahrstühle. Enge Räume. Grund war ein Kindheitserlebnis. Ich hatte mich in einem verlassenen Haus aus Versehen selbst eingesperrt, musste eine ganze Nacht dort verbringen, bevor meine Mutter mich am nächsten Morgen befreite. Die längste Nacht meines Lebens. In völliger Dunkelheit. Jedes Geräusch hatte mich zu Tode erschreckt. Ich wusste, dass es in dem Haus Ratten gab. Sie konnten mich sehen, ich sie nicht. Es war der blanke Horror. Jahre später holte mich dieses Trauma ein, als ich in einem Fahrstuhl stecken geblieben war. Die Erinnerungen an jene Nacht kamen zurück, lösten eine Kaskade von Gefühlen aus. Schweiß. Herzrasen. Übelkeit. Ich war nicht allein in der Kabine. Die ältere Frau, die mit mir eingeschlossen war, machte sich Sorgen um mich, was alles nur noch schlimmer machte. Sie redete auf mich ein, ich schrie sie an, sie solle still sein. Die Frau hatte plötzlich auch Angst – Angst vor mir. Als die Tür aufging, war ich schweißgebadet. All das war mir unendlich peinlich gewesen.

Vor uns öffnete sich die Fahrstuhltür. Sollte ich mir die Blöße geben? Gerber mein Handicap offenbaren? Es hätte eine blöde Ausrede gereicht. Ich musste nur noch schnell auf Toilette ...

Gerber betrat die Kabine.

Ich gab mir einen Ruck, folgte ihm.

Die Tür ging zu.

Sokrates. Nina hatte ihre Dämonen besiegt, zumindest hatte sie das gestern behauptet. Warum sollte mir das nicht auch gelingen? Ich nippte an meinem Kaffee, meine Hand fing leicht an zu zittern. Gerber hielt den Knopf gedrückt. Die Kabine bewegte sich nicht. Mir brach der Schweiß aus. Ich war kurz davor, den Türöffner zu betätigen, da spürte ich ein Rucken. Der Fahrstuhl setzte sich in Bewegung. Gerber fing an zu reden. Ich verstand kein Wort. In meinem Kopf war nur ein Pfeifen zu hören. Ich starrte auf die Tür, zählte meine Atemzüge, bis sie wieder aufgehen würde. Wenn sie aufginge. Da spürte ich erneut das Rucken. Endlich! Die Tür öffnete sich, ich machte einen Schritt nach vorne, hatte wieder festen Boden unter den Füßen.

»Geht es Ihnen nicht gut?«, hörte ich Gerbers Stimme hinter mir.

»Doch, doch, alles in Ordnung.«

»Und wie ist Ihre Meinung dazu?«

Er hatte mir offensichtlich eine Frage gestellt, wartete auf eine Antwort.

»Wozu?«

Verwundert sah er mich an. Er begriff, dass ich ihm nicht zugehört hatte.

»Nicht so wichtig«, brummte er. Es ärgerte ihn anscheinend. Franka hatte recht gehabt, dass Gerber nicht gerne ignoriert wurde.

Wir gingen einen Korridor entlang. Die Wände waren weiß gefliest. Rechts und links gingen Türen zu den Räumen ab, die wie Operationssäle aussahen. Wir betraten Raum Nummer fünf.

Auf dem Seziertisch aus Edelstahl lag eine mit einem weißen Tuch bedeckte Leiche. Der Gerichtsmediziner stand an einem Pult, notierte etwas. Dann kam er zu uns. Wir stellten uns vor, der Mediziner hieß Dr. Warmbrunn. Ohne viele Worte trat er an den Seziertisch und nahm das Tuch weg. Vor uns lag die Leiche von Jana Feldkamp. Der Seziertisch war so geformt, dass Körperflüssigkeiten ablaufen konnten. Ein unangenehm dumpf-süßlicher Geruch lag in der Luft, obwohl die Klimaanlage offensichtlich auf Hochtouren lief.

Janas Körper war übersät mit Blutergüssen, die in allen erdenklichen Farben schillerten. Von Tiefrot bis Dunkelblau. Dazu Schürfwunden, aufgeplatzte Haut. Sie war zwischen den Beinen rasiert, wodurch das schlimmste Hämatom deutlich hervorstach. Es rührte wahrscheinlich von einem Tritt her.

Vom Bauchnabel bis zum Hals zog sich eine lange Narbe, die eindeutig der Rechtsmediziner zu verantworten hatte. Sie war frisch vernäht.

»Also.« Warmbrunn nahm ein Klemmbrett vom Beistelltisch, sah darauf. »Zuerst mal die Handgelenke.« Er zeigte sie uns. »Die Frau war gefesselt, mit einem Seil, es sind heftige Hautabschürfungen zu erkennen. Die Einblutungen gehen sehr tief.«

»Wissen Sie schon die Todesursache?«, fragte Gerber.

»Innere Blutungen, an denen sie erstickt ist. Mehrere Rippen haben sich in ihre Lungen gebohrt.«

Entgegen anderslautender Meinung gab es Rechtsmediziner, die sich nicht hinter lateinischen Fachausdrücken versteckten. Zumindest nicht, wenn sie Laien vor sich hatten.

»Hatte sie Wasser in der Lunge?«, fragte Gerber.

»Nein. Sie war mit Sicherheit schon tot, als sie in den Rhein geworfen wurde.«

»Kann ein Sturz von einer Brücke auf die Wasseroberfläche solche Rippenbrüche hervorrufen?«, hakte ich nach.

»Nicht auszuschließen. Aber dann wäre sie ertrunken und

nicht an ihrem Blut erstickt. Es ist unwahrscheinlich, nach so einem Sturz sich schwimmend über Wasser zu halten. Vor allem nicht im Rhein bei der Strömung. Und dann sind da noch die anderen inneren Verletzungen. Sie stammen meines Erachtens von heftigen Schlägen. Mit Fäusten, Tritten oder massiven Gegenständen.«

»Wurde sie sexuell missbraucht?« Gerber sah zu ihrem blutig geschwollenen Unterleib.

»Nein. Das nicht. Keine Spuren von Sperma oder anderen Körperflüssigkeiten in Vagina oder Anus. Auch sonst keine Hinweise in dieser Richtung.«

Gerber nickte. »Lässt sich der Todeszeitpunkt bestimmen?«

»Schwierig«, antwortete der Arzt. »Wegen der niedrigen Außentemperaturen und weil sie im Wasser trieb, lässt sich das nicht mehr verlässlich sagen. Ich würde schätzen zwischen gestern einundzwanzig Uhr und heute Morgen drei oder vier Uhr.«

In diesem Moment klingelte Gerbers Handy. Er nahm den Anruf an, entfernte sich ein paar Schritte.

»Selbstmord ist auszuschließen?«, fragte ich.

»Absolut.«

Gerber kam zu uns zurück. Sein Gesichtsausdruck verriet, dass es schlechte Nachrichten gab. »Jetzt haben Sie wirklich ein Problem, Herr Kollege.«

»Wie meinen Sie das?«

Er sah mich herausfordernd an. »Sie fragten mich eben, ob ich Ihrem Mandanten unterstellen würde, dass er etwas mit dem Tod dieser Frau zu tun haben könnte.«

Gerber schaute zu Janas Leiche, dann sah er wieder zu mir. »Jetzt unterstelle ich das nicht nur. Ich glaube fest daran.«

Diesmal war es kein Trick, kein Bluff, um mich aus dem Konzept zu bringen.

Er meinte genau, was er sagte.

21

Ich betrat den Besprechungsraum im Polizeigewahrsam, den der Vollzugsbeamte für mich aufgeschlossen hatte. Hinter mir fiel die Tür wieder ins Schloss. Rongen saß an dem kleinen Tisch, die Hände vor sich gefaltet, als würde er beten. Hinter den vergitterten Fenstern dämmerte es bereits, die Wolken am Himmel leuchteten rot im Licht der untergehenden Sonne.

Die Festnahme war glimpflich verlaufen, Rongens Kollegen hatten auf Handschellen verzichtet, obwohl er des Mordes bezichtigt wurde. Ich hatte ihm am Telefon gesagt, dass ich sofort ins Präsidium kommen werde. Dass die Lage ernst sei. Sehr ernst. Er durfte mit niemandem reden. Seine Kollegen von einst waren ab sofort seine ärgsten Feinde. Nun war er endgültig auf der anderen Seite des Tisches angekommen. Nie hätte ich mir vorstellen können, dass es einmal so weit kommen würde – dass ich einmal Rongens einziger Verbündeter sein würde.

Meinen Mantel und den Aktenkoffer legte ich auf einen der Stühle, setzte mich ihm gegenüber. Der Haftbefehl, ein rotes Schriftstück, war Rongen bereits überreicht worden. Er lag auf dem Tisch, ich warf flüchtig einen Blick darauf.

»Kommen wir gleich zur Sache«, sagte Rongen, der mit mürrischer Miene jede meine Bewegungen verfolgt hatte.

Ich sah ihn an. »Jana Feldkamp ist tot. Bei ihrer Leiche fand man eine Pistole. In der Kammer steckte eine Patrone, auf der ein Fingerabdruck sichergestellt wurde. Ein Teilabdruck. Aber ausreichend, um ihn mit großer Wahrscheinlichkeit Ihnen zuzuordnen.«

Rongen richtete sich ruckartig auf seinem Stuhl auf. Seine mürrische Miene wich einer wütenden Grimasse, und ich fürchtete schon, ich könnte als Überbringer der schlechten Nachricht seinen Ärger abbekommen. Doch dann beruhigte er sich wieder. Er schloss für einen Moment die Augen und schüttelte resigniert den Kopf.

Dass Rongens Fingerabdrücke und DNA gespeichert waren, hatte mit seinem Beruf zu tun. Kriminaltechniker standen häufig vor dem Problem, dass ein Tatort durch Polizeibeamte verschmutzt sein konnte. Um mögliche Spuren von Kollegen auszuschließen, hinterlegten manche Kommissare auf freiwilliger Basis ihre Prints. Rongen hatte dies getan. Jetzt drohte es ihm, zum Verhängnis zu werden.

Er sah mich an. »Ich war das nicht.«

Ich nickte. »Eins nach dem anderen.«

Ich öffnete den Aktenkoffer, nahm meinen Montblanc-Füller und einen Notizblock heraus, schraubte die Kappe ab, testete mit ein paar Strichen, ob noch genug Tinte im Füller war. »Wo waren Sie gestern Nacht, sagen wir ab einundzwanzig Uhr und dem Morgen des nächsten Tages?«

»Meine Freundin und ich waren zuerst beim Italiener. Als wir nach Hause wollten, das war so gegen neun Uhr, meldete sich jemand, den ich nicht kannte. Er behauptete, ein Kollege aus Solingen zu sein und er habe wichtige Informationen, wollte mich treffen.«

»Und, haben Sie sich mit ihm getroffen?«

Rongen nickte. »Zuerst habe ich Laura nach Hause gebracht. Dann bin ich zum Rheinauhafen gefahren, habe mich dort wie ausgemacht in ein Restaurant gesetzt, ans Fenster, damit er mich sehen konnte. Es hat fast eine Stunde gedauert, bis er sich meldete.«

»Haben Sie in der Zeit etwas getrunken?«

Er nickte. »Ja. Zwei Gläser Rotwein.«

»Und dann?«

»Er rief an, sagte, dass er draußen sei. Ich habe bezahlt und den Laden verlassen. Er wartete draußen auf mich. Wir sind ein Stück am Kai entlangspaziert. Er bestand darauf, dass ich mein Handy ausmache, um sicherzugehen, dass ich unser Gespräch nicht aufzeichnete. Danach kam er endlich zur Sache. Er behauptete, dass er Jana Feldkamp, nach der bundesweit gefahndet wird, in Solingen gesehen habe. Er hatte es noch nicht gemeldet, wollte erst mit mir sprechen.«

Ich sah ihn überrascht an. »Warum?«

»Er wusste nicht, ob er mir damit schadet, wenn Jana gefasst wird.«

»Haben Sie ihm das geglaubt?«

»Zuerst ja. Ich wollte sofort mit ihm nach Solingen fahren, ist ja nicht weit. Er reagierte ausweichend. Er betonte, dass er auf gar keinen Fall mit in die Sache hineingezogen werden möchte. Er wollte genau wissen, was ich vorhabe. Da war mir klar, dass der Kerl lügt.«

»Ein Spitzel?«

»Eher bloß ein Spinner. Solche Typen gibt es. Jetzt sehe ich die Dinge anders. Er hat mich dorthin gelockt.«

Ich sagte nichts, machte mir nur Notizen.

Rongen fuhr fort: »Er tat auf einmal so, als ob er Schiss

bekäme, dass ich ihn mit reinreiße. Dann hat er sich abgewendet, ist gegangen.«

»Sind Sie ihm gefolgt?«

»Nein.«

»Wieso nicht?«

Rongen dachte einen Moment nach. Schließlich machte er eine wegwerfende Handbewegung. »Wie gesagt, ich hatte das Gefühl, dass das nur ein Spinner war, ein Wichtigtuer.«

»Was haben Sie dann gemacht?«

»Ich bin nach Hause gefahren.«

»Und das Handy? Wann haben Sie es wieder eingeschaltet?«

Rongen seufzte. »Erst als ich zu Hause war.«

Sein Handy hätte ihm ein Alibi verschaffen können, wenn auch nur ein schwaches. Man hätte aus den Verbindungsdaten ein Bewegungsprofil erstellen können. Da es ausgeschaltet war, hatte mindestens eine halbe Stunde lang Funkstille geherrscht. Zeit genug, um sich mit Jana auf der Brücke zu treffen, auf sie einzuschlagen, ihr eine Waffe zuzustecken und sie über das Geländer zu werfen.

Ich überlegte. Wie es aussah, gab es zwei Möglichkeiten. Entweder saß vor mir ein eiskalter Mörder, der versuchte, mich nach Strich und Faden zu belügen. Oder Rongen war in eine perfide Falle getappt. Ich ging von Letzterem aus.

»Früher wäre mir so etwas nie passiert.« Seine Stimme zitterte.

»Was wäre Ihnen nicht passiert?«

»Dass mich mein Instinkt verlässt. Dass ich so unvorsichtig werde. Ich hätte gleich merken müssen, dass dieser Kollege aus Solingen nicht echt ist.« Er schüttelte wütend den Kopf. »Aber nein, ich fahre nach Hause und schalte noch nicht mal mein Handy an.«

»Wie ist Ihr Fingerabdruck auf die Patrone gekommen?«

Rongen antwortete nicht gleich. Er überlegte. »Es war ein Teilabdruck, sagen Sie?«

Ich nickte.

Rongen zuckte mit den Schultern. »Vielleicht eine Kopie. Es ist möglich, einen Fingerabdruck zu übertragen. Vor allem, wenn der Abdruck auf einer glatten Fläche haftet.«

»Einem Weinglas, zum Beispiel«, warf ich ein.

»Zum Beispiel. Ich hatte zwei Rotwein getrunken. Als der angebliche Kollege mich anrief, habe ich das halb volle Glas stehen lassen, bin zur Kasse gegangen, um zu bezahlen.«

Ich machte mir erneut eine Notiz. »Wird schwer zu beweisen sein«, sagte ich dann. »Es sei denn, wir finden einen Zeugen, der gesehen hat, wie jemand das Weinglas entwendet hat.«

Rongen nickte. Ihm war der Ernst der Lage bewusst.

Blieb noch eine Frage, die alles entscheidende.

»Wer könnte einen Grund haben, so etwas zu tun – Sie in eine Falle zu locken?«

Wieder ließ Rongen sich Zeit mit der Antwort. Er stützte die Ellbogen auf den Tisch. Seine gefalteten Hände berührten sein Kinn. Als er schließlich sprach, klang seine Stimme gedankenverloren. »Es steckt wohl mehr dahinter, als wir alle dachten.«

»Wen meinen Sie mit *wir*?«

»Die Sonderkommission. Meine Kollegen. Ich. Was die Rolle von Frank Brenner betrifft, waren wir noch nicht sehr weit gekommen.«

»Das heißt?«

»Bisher sah es so aus, als ob ein Dealer sich rächen wollte – an Schmiege und Eisfeld. Was Jonas Weber angeht, gab es noch keinen Zusammenhang. Mittlerweile glaube ich, dass noch mehr Leute hinter den Morden stecken. Eine Organisation.«

»Eine Organisation, die gezielt Anschläge auf Polizisten verübt?«

Rongen nickte. »Die Gewalt gegen uns nimmt stetig zu. Nach Jana wurde gefahndet. Wenn wir sie geschnappt hätten, vielleicht wären dann Dinge rausgekommen, die den Drahtziehern gefährlich geworden wären.« Rongen ließ sich gegen die Lehne seines Stuhls sinken. »Jetzt sieht es so aus, als ob ich sie gefoltert hätte, um zu erfahren, wo die Waffe ist. Dann habe ich ihr eine Pistole zugesteckt, mit der passenden Patrone im Lauf. Dummerweise ist mir ein Fehler unterlaufen – der Teilabdruck. Pech gehabt. Fall gelöst, Jana tot, und ich fahre für die nächsten fünfzehn Jahre in den Knast ein.«

Während er sprach, hatte ich mir wieder Notizen gemacht. Jetzt sah ich auf. »Haben Sie im Rahmen der Ermittlungen irgendeine Spur verfolgt, die in diese Richtung geht?«

»In welche Richtung?«

»Organisierte Kriminalität, politische Extremisten ... was auch immer?«

»Nein. Wir hatten Frank Brenner ja erst zwei Tage auf dem Schirm. Wer weiß, was wir noch alles über ihn herausgefunden hätten.«

Rongen versuchte, sich Mut zu machen. Aber seine Theorie war mehr als vage. Ich beschloss, nicht weiter darauf einzugehen.

»Ich werde tun, was ich ...«, begann ich.

Er schnitt mir das Wort ab. »Machen Sie keine Versprechungen, die Sie nicht halten können.«

Ich nickte. »Die Untersuchungshaft ist unausweichlich wegen des Tötungsdeliktes und dem dringenden Tatverdacht. Ich werde sofort Einspruch einlegen, sobald ich die Beweise der Staatsanwaltschaft entkräften kann …«

Ein heftiger Knall ließ mich zusammenzucken. Rongen hatte mit der flachen Hand auf den Tisch gehauen.

»Verdammt!«, rief er aus. Sein Gesicht war rot angelaufen. »Früher hätte ich den Braten gerochen. Sofort! Ich hätte dieses Arschloch nicht gehen lassen, ich hätte die Wahrheit aus ihm herausgeprügelt.«

Ich sah besorgt zur Tür, erwartete, dass der Schließer hereinkam, um nach dem Rechten zu sehen. Aber die Tür blieb geschlossen. Ich wandte mich wieder Rongen zu. »Wenn überhaupt, haben Sie nur einen Fehler gemacht.«

»Und welchen?«, fuhr er mich an.

»Sie hätten mich gleich nach dem Treffen anrufen sollen. Oder schon vorher.«

Rongen wusste, dass ich recht hatte. Diese Erkenntnis kam eindeutig zu spät.

Ich erhob mich, tat den Notizblock und Füller in den Aktenkoffer zurück. »Ich werde dafür sorgen, dass Sie eine Einzelzelle kriegen und von den anderen Häftlingen getrennt sind. Sie dürfen mit absolut niemandem über den Fall reden. Im Gefängnis könnte es Spitzel geben, die Ihre emotionale Lage ausnutzen.«

»Ich weiß das«, sagte er mürrisch. Er erhob sich, kam um den Tisch herum. »Meller, noch etwas. Können Sie mir einen Gefallen tun?« Er sprach leise.

»Der wäre?«

»Ich möchte Weihnachten nicht im Knast verbringen. Alles, nur das nicht. Nicht an Heiligabend.«

Einen Moment war ich sprachlos. So viel Sentimentalität hätte ich dem hartgesottenen Kommissar nicht zugetraut. Ich überlegte. Es waren noch zehn Tage bis Heiligabend. Zehn Tage, in denen ich etwas finden müsste, um einen Richter zu überzeugen ...

Ich nickte. »Ich tue, was ich kann. Aber ich soll nichts versprechen, was ich nicht halten kann, das haben Sie eben selbst gesagt.«

Ich gab ihm die Hand, und er schüttelte sie.

Auf dem Tisch stand ein Telefon, ich nahm den Hörer ab, um mitzuteilen, dass ich fertig war. Dann wandte ich mich ab, ging zur Tür.

»Meller«, rief er mir hinterher.

Ich drehte mich noch einmal um.

»Danke.«

22

Auf dem Weg nach Köln-Chorweiler dachte ich über Rongens Worte nach – dass Frank Brenner Teil einer Organisation gewesen sein könnte, der die Polizei auf die Spur gekommen war. Um die Hintermänner zu schützen, musste Jana Feldkamp sterben. Offenbar hatte sie zu viel gewusst. Hinter dem Plan, Rongen zum Sündenbock zu machen, mussten fähige Leute stecken. Profis, die wussten, wie man einen Fingerabdruck beispielsweise von einem Weinglas auf eine Patrone übertrug.

Noch im Auto rief ich Julie an, die gerade in einem Restaurant saß. Als sie die Einzelheiten erfuhr, erklärte sie sich bereit, am morgigen Sonntag in die Kanzlei zu kommen. Auf ihre Frage, wie es unserem Mandanten ging, antwortete ich, dass ich mir große Sorgen um ihn machte. Rongen könnte in der JVA Leuten begegnen, die seinetwegen dort einsaßen. Deshalb war ich auf dem Weg nach Chorweiler.

Es dämmerte bereits. Schon aus einiger Entfernung waren die bunt beleuchteten Hochhäuser zu sehen, die in den Nachthimmel ragten. Der Stadtteil war in den Siebzigerjahren erbaut worden. Dringend benötigter Wohnraum für die Arbeiter in den nördlichen Industriegebieten war der Grund, dass eine kleine Trabantenstadt auf engstem Raum aus dem Boden gestampft wurde. Wie so oft verkehrte sich eine gute Idee ins

Gegenteil, Chorweiler war zu einem Getto geworden, einem sozialen Brennpunkt.

Ich parkte vor dem Einkaufszentrum, stieg aus, durchquerte das City Center, um zu dem Eingang der Hochhäuser an der Florenzer Straße zu gelangen. Mein Freund und Mandant Aleksandr Sokolow wohnte leider in der achten Etage. Der Fahrstuhl funktionierte, aber ich benutzte ihn nicht. Ich hatte heute schon eine Fahrstuhlfahrt hinter mir. Noch eine würde ich nicht verkraften.

Etwas außer Atem stand ich schließlich vor Sokolows Tür, die wie so oft offen stand. Ich klopfte an den Türrahmen. Anjeschka kam aus der Küche auf den Flur. Als sie mich sah, strahlte sie übers ganze Gesicht. Wir umarmten uns. Sie war eine wunderschöne Frau. Man konnte kaum glauben, dass sie bereits drei Kinder zur Welt gebracht hatte.

Anjeschkas Vater war ein hochrangiger Offizier in der Roten Armee gewesen. Aleksandr hatte sie während seiner Militärzeit kennengelernt und die Dreistigkeit besessen, mit der Tochter eines Vorgesetzten zu flirten. Sein Mut zahlte sich aus. Die beiden verliebten sich, heirateten. Während des Putschversuchs 1993 in Moskau hatte Anjeschkas Vater eine tragende Rolle eingenommen, weswegen er im Vorfeld dafür gesorgt hatte, seine Tochter und ihren Mann in Sicherheit zu bringen – nach Deutschland. Erst Jahre später hatte sich die Situation beruhigt, und sie konnten wieder in die alte Heimat reisen. Anjeschkas Vater war nach einem kurzen Gefängnisaufenthalt begnadigt worden. Die von Privilegien verwöhnte Offizierstochter musste sich an das Leben in Deutschland erst gewöhnen. Weder sie noch Aleksandr hatten Deutsch gesprochen, Sokolow hatte keine Berufsausbildung. Mittlerweile verdiente er gutes Geld, trotzdem schienen die beiden nicht das Bedürfnis zu haben, etwas an ihrem Lebensstil zu ändern und aus Chorweiler wegzuziehen. Um sie herum wohnten zahlreiche Freunde und Verwandte. Alles war so familiär, dass man sogar die Wohnungstüren offen stehen lassen konnte. Keiner wäre so verrückt, hier einzubrechen oder etwas zu klauen. Vor den Russen hatte jeder im Viertel Respekt.

»Was führt dich her?«, fragte Anjeschka.

»Ich muss mit Aleksandr sprechen. Er hat gesagt, dass er zu Hause ist.«

»Ja, ich habe ihn runtergeschickt, um was einzukaufen. Willst du hier warten oder ihn suchen gehen?«

Noch mal die acht Etagen runter und wieder rauf? Niemals. »Ich warte hier.«

Anjeschka machte mir eine Tasse Kaffee – Instantkaffee, bei den Sokolows wurde, wie bei fast allen Russen, nur Tee getrunken. Sie betrachteten mich als einen von ihnen, weil ich in Tomsk geboren wurde und bis zu meinem neunten Lebensjahr dort aufgewachsen war. Trotzdem fühlte ich nicht wie sie. Russland war nicht meine Heimat. Als Kind hatte ich meine Eltern oft darüber reden gehört, wie sie verzweifelt versucht hatten, nach Deutschland auszureisen, aber man ließ meinen Vater nicht gehen. Er war Chemieingenieur gewesen, wichtig für die dortige Industrie. Seine Vorgesetzten und die einfachen Arbeiter schätzten ihn gleichermaßen. Wieso sollte man so jemanden ziehen lassen? Dann kam der Krebs. Von dem Tag, als die Krankheit diagnostiziert wurde, bis zu dem Moment, als mein Vater für immer die Augen schloss, vergingen nur sechs Wochen. Danach stand unserer Ausreise nichts mehr im Weg.

Nur meine Großmutter blieb, sie war zu alt, um sich an eine neue Heimat zu gewöhnen. Sie folgte ihrem Sohn acht Monate später.

Mit Anjeschka wechselte ich zwischen Russisch und Deutsch, je nachdem, um welches Thema es ging. Sie fragte nach meiner Mutter, wie es ihr ging, nach meiner Schwester, meinem Schwager. Über Nina verlor sie kein Wort, als würde sie nicht existieren. Es wäre Anjeschka peinlich, das Thema anzuschneiden. Die meisten Russen hatten in ihrem Leben keinerlei Kontakt zu »solchen Leuten«. Im real existierenden Sozialismus hatte es offiziell keine Behinderten gegeben. Unter Stalin waren sie sogar weggesperrt worden. Einschließlich derjenigen, die im Krieg für das Vaterland ihre Gliedmaßen verloren hatten. Glasnost hin, Perestroika her, siebzig Jahre russischen Sozialismus konnte man nicht von heute auf morgen hinter sich lassen.

Die Wohnung der Sokolows hatte gut hundertzwanzig Quadratmeter. Besonders das Wohnzimmer war sehr geräumig. Auf dem hellen Laminatboden lag ein weißer Flokati, auf dem eine schwarze Ledercouch stand. Gegenüber an der Wand hing ein riesiger Flachbildschirm. An der Wand beim Esstisch hingen auf Holz gemalte Ikonen. Daneben ein gerahmtes Foto von Wladimir Putin. Anjeschka verehrte den Präsidenten beinahe so sehr wie Gottes Sohn. Die Sokolows waren orthodoxe Christen.

Wenn man auf den Balkon hinaustrat, auf die Hochhausfassaden blickte, sich umdrehte und in die Wohnung sah, passte das eine nicht zum anderen. Ein Refugium inmitten der tristen Monotonie.

Schließlich polterte es im Korridor. Aleksandr kam mit zwei

Tüten bepackt in die Wohnung. Anjeschka verschwand mit den Lebensmitteln in der Küche.

»Nicholas!«, rief er mir schon vom Flur aus zu. Er ließ seinen Wintermantel mit breiter Krempe aus Biberfell an und führte mich auf den Balkon, um eine Zigarette zu rauchen.

»Schieß los!«, sagte er, als unsere Zigaretten brannten. »Was führt dich zu mir?«

Ich hatte ihm am Telefon nur mitgeteilt, dass wir unbedingt miteinander sprechen müssten.

»Hast du von diesen Morden an den Polizisten gehört?«

Aleksandr nickte. »Das, was in der Zeitung stand. Die Polizei hat den Täter auf der Flucht erschossen. Ein Drogendealer, richtig?«

Ich nickte. »Der Polizist, der geschossen hat, ist Thomas Rongen. Ich vertrete ihn.«

Sokolow sah mich an, hob die Augenbrauen. Er kannte Rongen. Aleksandr war derjenige gewesen, der mich vor anderthalb Jahren genötigt hatte, der Polizei eine Falschinformation zukommen zu lassen.

Ich blies den Rauch aus. Es war ziemlich kalt, für deutsche Verhältnisse. Aleksandr war natürlich andere Temperaturen gewohnt. Er starrte auf das Getto. Hinter den meisten Fenstern brannte Licht. Ein Haus hatte bunt beleuchtete Balkone. Als ob die Farbe über die Trostlosigkeit der Hochhaussiedlung hinwegtäuschen könnte.

»Und weiter?«, fragte er.

»Rongen steht unter Verdacht, noch jemanden getötet zu haben.«

Aleksandr sah mich an. »Und was kann ich da tun?«

»Er sitzt in U-Haft. Was das für einen Polizisten bedeutet, muss ich dir nicht erklären. Habt ihr ein paar Leute dort?«

Er tat so, als ob er keinen blassen Schimmer hätte, wovon ich redete. »Meine Leute arbeiten auf dem Schrottplatz oder in der Werkstatt, das weißt du doch.«

Aleksandr betrieb eine Autoteileverwertung. Nach außen hin hatte er nichts mit Kriminellen zu tun, trotzdem musste ich ihn schon zweimal vor Gericht vertreten. Er drückte die Zigarette aus. »Also schön. Lass uns ein bisschen spazieren gehen.«

Das bedeutete so viel wie: Wir waren im Geschäft.

Er verabschiedete sich von seiner Frau. Anjeschka fragte, ob ich nachher mitessen wollte. Obwohl sie eine ausgezeichnete Köchin war, sagte ich dankend ab. Mein Besuch war beruflicher Natur, und ich wusste, dass Aleksandr ungern Berufliches und Privates vermengte.

Wir verließen die Wohnung, gingen den Korridor entlang und erreichten die Fahrstühle. Aleksandr wusste von meinem Problem, dass ich lieber die Treppe nahm. Als die Tür aufging, packte er mich ohne Vorwarnung am Kragen meines Mantels, beförderte mich in die Fahrstuhlkabine. Mir blieb keine Zeit, darüber nachzudenken, was geschah, da schloss sich die Tür schon wieder. Ich spürte, wie der Fahrstuhl ruckte. Mir brach der Schweiß aus. Mein Herzschlag wurde schneller.

»Du hörst jetzt auf mit diesem Quatsch«, zischte er. »Du bist kein Schwächling, verstanden?«

Er drückte mich an die Rückwand der Kabine. Der Fahrstuhl ruckte erneut, stoppte. Die Tür ging auf. Geschafft, dachte ich ... Nein, wir waren noch nicht im Erdgeschoss, es wollte jemand zusteigen.

»Geschlossene Gesellschaft«, fuhr Aleksandr den Mann draußen an. »Nimm den nächsten.«

Aleksandr betätigte den Knopf, die Tür ging wieder zu. Mein Puls raste, ich spürte meinen Hals pochen.

»Schön tief ein- und ausatmen. Ich bin bei dir. Dir passiert nichts.«

Meine Angst war nicht verflogen, aber sie ließ tatsächlich nach. Endlich hielt der Fahrstuhl erneut. Die Tür ging auf. Wir waren im Erdgeschoss. Aleksandr ließ mich los. Im Treppenhaus standen ein paar Leute, ich ging an ihnen vorbei. Mein Pulsschlag ließ nach, das unsichtbare Korsett um meine Brust löste sich. Draußen vor der Tür atmete ich tief durch.

Aleksandr klopfte mir anerkennend auf die Schulter. Wenn er grinste, fiel seine Narbe auf, die von dem Bart verdeckt wurde. Sie verlief von unterhalb des rechten Auges bis zum Kinn. »Siehst du? Geht doch. Was soll der Quatsch mit deinen Kindheitserlebnissen? Bist du behindert oder was?«

»Ich habe kein Problem mit Behinderungen.«

»Seid ihr immer noch zusammen?«

Ich zögerte. Einen Moment zu lang.

»Also nein«, gab er sich selbst die Antwort. »Vielleicht besser so. Glaub mir, das passt nicht mit euch.«

»Ich bin nicht hier, um über meine Beziehung zu reden. Also, was ist? Kannst du mir helfen?«

Er ging zügig die Straße entlang. Ich hatte Mühe, mit ihm Schritt zu halten.

»Du musst mir mehr erzählen. Warum haben die den Bullen eingesperrt?«

»Ich bin an die Schweigepflicht gebunden.«

Aleksandr blieb stehen, sah mich an. »Dann sag mir was über den Mistkerl, den er abgeknallt hat. Über den darfst du hoffentlich reden.«

In der Sekunde wusste ich, dass Aleksandr im Bilde war. Nicht nur aus der Zeitung. Er hatte seine Quellen.

»Warum interessiert dich dieser *Mistkerl*?«

»Soll ich dir nun helfen, ja oder nein?«

Es gab keinen Verhandlungsspielraum. Entweder ... oder. Ich musste mich entscheiden. »Der Typ hieß Frank Brenner, war ein Dealer.«

»Steht fest, dass er die Polizisten abgeknallt hat?«

»Er wurde von einem der Opfer identifiziert.«

Aleksandr kratzte sich am Bart. »Und der Bulle, der sitzt jetzt in U-Haft, weil er diesen Dealer erschossen hat?«

»Nein. Brenner hatte eine Freundin. Die Frau wurde ermordet. Rongen steht unter Verdacht.«

Aleksandr nickte. In diesem Moment näherte sich uns ein Typ, dem ich allein im Dunkeln nicht hätte begegnen wollen. Er hatte eine Kapuze auf, sein Gesicht lag im Dunkeln verborgen. Seine Stiefel knirschten leise im Schnee. Er kam bis auf ein paar Meter an uns heran, bis Sokolow ihn ansah. Er drehte sofort ab.

»Und jetzt machst du dir Sorgen um deinen Mandanten?«

Ich nickte. »Durchaus begründet, oder?«

Sokolow schien abzuwägen, wie sehr ihn meine Bitte belasten würde. Er hatte einen Ruf zu verlieren, wenn er einem Bullen half.

»Ich werde mich umhören«, sagte er schließlich. »Versprechen kann ich nichts.«

Wir reichten uns die Hände, Sokolow drückte fest zu. Dann

musste er zurück zu seiner Frau, die es nicht duldete, wenn er zu spät zum Essen käme. Ich ging zu meinem Auto.

Zu diesem Zeitpunkt ahnte ich noch nicht im Entferntesten, worauf ich mich mit Sokolows Händedruck eingelassen hatte.

23

Nina sah auf die Uhr. Sie saß in der zweiten Reihe auf einem Besucherstuhl an der Wand des Konferenzraumes. Um den großen Tisch, an dem ein Dutzend Personen Platz fanden, waren die Oberen der Polizei sowie der Stadt Köln versammelt. Hauptkommissar Thomas Rongen hatte es in weniger als einer Woche geschafft, dass der Polizeipräsident und sogar der Oberbürgermeister ihre wertvolle Zeit für ihn opferten. Es war bereits nach neunzehn Uhr, und das an einem Samstag. Alle hatten den Wunsch, endlich ins Wochenende gehen zu können. Die letzten Stunden hatten ein Strategiepapier und eine Presseerklärung hervorgebracht. Der Tod von Jana Feldkamp wurde eindeutig als Mord eingestuft und fiel ebenfalls in die Zuständigkeit der Staatsanwaltschaft Bonn, weil eine enge Verbindung zu der Tötung von Frank Brenner bestand. Hauptkommissar Thomas Rongen war im Moment der Hauptverdächtige. Im Falle eines Schuldspruchs wäre ein Disziplinarverfahren obsolet. Sollte es nicht zu einer Anklage gegen ihn kommen oder würde er freigesprochen werden, müsste Rongen sich nach wie vor wegen dienstrechtlicher Vergehen im Zusammenhang mit der Tötung von Frank Brenner verantworten.

Die Stimmung im Raum, die Wortwahl der Redner – alles deutete darauf hin, dass es der Führungsriege darum ging, mit allen Mitteln Schaden von der Polizeibehörde abzuwenden. Noch einen Skandal wie vor anderthalb Jahren wollte niemand erleben. Darin waren sich alle einig. Damals war es einem Serienkiller gelungen, unter dem Radar der Polizei zu bleiben und jahrelang sein Unwesen zu treiben. Nina machte sich Notizen. Sie war froh, dass niemand hier im Raum ahnte, dass sie den besagten Skandal vor anderthalb Jahren mit ausgelöst hatte.

Der Polizeipräsident Karl Hermann Reich saß am Kopfende des Tisches. Ein letztes Mal mahnte er zur Geschlossenheit. Ermittlungen seitens der Polizei gegen einen anderen Polizisten sorgten stets für böses Blut. Da Rongen bei vielen Kollegen hohes Ansehen genoss, konnte nicht ausgeschlossen werden, dass der eine oder andere Kollege gewillt war, die Ermittlungen seitens der Kollegen aus Bonn zu behindern. Dies durfte auf keinen Fall hingenommen werden. Der Polizeipräsident sagte es unumwunden: Jeder Beamte, der versuchen sollte, Thomas Rongen in irgendeiner Weise zu helfen, und dabei seine Kompetenzen überschritt, musste mit einer sofortigen Beurlaubung, der Einleitung eines Disziplinarverfahrens, womöglich sogar einer Strafanzeige rechnen.

Jürgen Soltau meldete sich zu Wort: »Ich bin ganz Ihrer Meinung. Ich werde dafür sorgen, dass dies nicht geschieht.«

Nina wusste, was das bedeutete. Rongen hatte von diesem Moment an keine Freunde mehr innerhalb der Behörde.

Karl Hermann Reich wirkte zufrieden, sah auf die Uhr und erklärte die Sitzung für beendet.

Nina folgte ihrem Chef nach draußen. Auf dem Weg in den vierten Stock, wo Soltaus Büro war, redeten sie kein Wort. Erst als sich die Tür hinter ihnen geschlossen hatte.

»Was halten Sie von der Sache?«, fragte Soltau.

»Es ist für mich unvorstellbar, dass Rongen die Frau getötet haben soll.«

Er nickte stumm, setzte sich an seinen Schreibtisch, öffnete eine Schublade. »Was dagegen, wenn ich eine rauche?«

Nina schüttelte den Kopf, nahm auf einem Stuhl ihm gegenüber Platz. »Darf ich Sie etwas fragen?«

»Bitte. Immerzu.« Er holte eine Zigarette aus einer Schachtel, steckte sie zwischen die Lippen, zündete sie mit einem Einwegfeuerzeug an.

»Warum haben Sie mich mitgenommen zu dieser Konferenz?«

Soltau hob kurz die Augenbrauen. »Weil ich Sie für kompetent halte und einiges an Arbeit auf diese Abteilung zukommt. Ihre juristische Einschätzung interessiert mich.«

»Der Skandal vor anderthalb Jahren wurde angesprochen. Wer von denen wusste, dass ich damit zu tun hatte. Dass Rongens Verteidiger und ich uns sehr nahestehen.«

»Ich nehme an, von den eben Anwesenden keiner. Wieso fragen Sie?«

»Ich fühle mich unwohl, dabei zu sein, wenn über Rongens Schicksal entschieden wird.«

Soltau blies Rauch aus, schüttelte den Kopf. »Wir entscheiden nicht über sein Schicksal. Das hat er selbst schon getan.«

»Werden Sie ihn fallen lassen?«

»Nicht *ich*. Sie waren doch dabei. Rongens Karriere ist beendet. Egal, wie das Strafverfahren gegen ihn ausgeht.«

Nina wagte einen Vorstoß. »Gibt es vielleicht noch einen weiteren Grund, weshalb Sie mich zu Ihrer persönlichen Assistentin machen?«

Er griff in die Schublade, um einen verschließbaren Aschenbecher herauszuholen, klappte ihn auf. Die Asche seiner Zigarette war bedrohlich lang geworden. Er tippte einmal dagegen, sie fiel ab.

»Sie denken, es hat was mit Ihrer Beziehung zu Nicholas Meller zu tun?«

Sie nickte.

Soltau nahm noch einen letzten, tiefen Zug, bevor er die Zigarette ausdrückte.

»Das hier könnte eine Chance für Ihre Karriere sein«, fuhr er schließlich fort. »So einen Fall wie diesen erlebt man vielleicht einmal in seiner Laufbahn.«

Soltau wusste nicht, wie recht er hatte. Es wäre ihr letzter Fall. Nina hatte innerlich bereits gekündigt und zählte die Tage. Aber seit der Konferenz hatte sich die Situation verändert. Sie wollte Rongen helfen, ihm zur Seite stehen. Das konnte sie am besten, wenn sie hier war.

Soltau erhob sich von seinem Schreibtischstuhl. »Es ist schon spät. Ich möchte Sie nicht noch länger in Beschlag nehmen.«

Nina stand auch auf, bedankte sich und wünschte dem Kriminaldirektor ein schönes Wochenende.

24

Es regnete in Strömen. Rongen ging schnell. Er durfte nicht zu spät kommen. Regentropfen perlten an seinem Wachsmantel ab. Er hatte ihn während eines Urlaubs in Texas gekauft. Jetzt stapfte er durch Pfützen, seine Schuhe waren durchnässt. Er klappte die Krempe nach oben, um zu verhindern, dass das Wasser von seinem Hut in den Nacken lief. Er musste schneller sein, seinem Kollegen zu Hilfe eilen, vielleicht würde er ihn retten können. Die Scheinwerfer der Autos blendeten Rongen. Er kniff die Augen zusammen, nur nicht stehen bleiben. Das Licht war grell. Das Scheinwerferpaar raste in hohem Tempo vorbei, durch eine große Pfütze, sodass ein Schwall Wasser zur Seite schoss. Im selben Augenblick der Blitz, dunkelrot. Für den Bruchteil einer Sekunde fror das Bild ein – dann ging der Schwall Wasser zu Boden. Rongen war außer Atem, er schnappte nach Luft, musste kurz stehen bleiben. Er stützte sich an der Friedhofsmauer ab. Nein, er durfte keine Pause machen, er musste seinem Kollegen zu Hilfe eilen, ihn retten. Wieder zuckte ein Blitz durch die Nacht. Diesmal grellweiß. Nicht am Himmel. Direkt vor ihm. Aus dem Wagen, der dort parkte. Noch ein Blitz. Die Scheiben zerbarsten.

Ruckartig fuhr Rongen von seiner Pritsche hoch. Der Regen prasselte gegen die Scheibe, Scheinwerferlicht fiel durch die vergitterten Fenster in die Zelle. Er wusste wieder, wo er war.

Rongens Blick schweifte durch den schmalen Raum. Der Tisch, das Waschbecken, die Toilette. Das Licht der Scheinwerfer an der Außenmauer erinnerte ihn an seinen Traum. In seiner Gefängniszelle wurde es nie richtig dunkel. Rongen stand auf. Er wollte sich die Beine vertreten. Alle drei Schritte musste er kehrtmachen.

Das Licht, das durch die Fenster fiel, der Traum, wie er versucht hatte, Schmiege zu retten … Es war ihm alles so realistisch vorgekommen. Was wollte ihm dieser Traum sagen? Hatte er Schuldgefühle? Hatte er geglaubt, Schmiege retten zu können? Nein, sie hatten sich nicht so gut gekannt, er war kein Freund. Was dann? Warum war er auf einmal so – so unruhig?

Rongen ließ den Traum noch mal Revue passieren. Er sprach halblaut zu sich selbst: »Du warst auf dem Weg zu Schmiege. In dem Wissen, dass etwas Schlimmes passieren wird. Du wolltest ihn retten. Du warst außer Atem, du kamst zu spät. Dann zerbarsten die Scheiben …«

Rongen ließ sich langsam auf dem Stuhl nieder, starrte zu dem Licht von draußen. »Die Scheiben … Verdammte Scheiße!«

Er sah auf seine Armbanduhr. Kurz nach fünf Uhr. Sonntagmorgen. Er wusste, dass er kein Auge mehr zumachen würde.

25

Der Anruf aus der JVA erreichte mich kurz nach sieben. Ich lag noch im Bett. Als die Stimme des Justizbeamten durch den Hörer drang, war ich sofort hellwach. Ich rechnete mit dem Schlimmsten. Umso größer war die Erleichterung, als mir mitgeteilt wurde, dass mein Mandant mich unbedingt sehen wolle. Ich fragte, was los sei, der Justizbeamte versicherte mir, dass es Rongen den Umständen entsprechend gut gehe. Dann fügte er noch hinzu, ich solle zu dem Mandantenbesuch alles an Aktenmaterial mitbringen, was den Fall des Polizistenmörders betraf.

Ich stand auf, brachte meine müden Knochen in Schwung. Der Rücken schmerzte wie jeden Morgen. Ich entschied mich für legere Freizeitkleidung, Jeans und Pullover. Dann wählte ich die Nummer von Rongens Freundin Laura Klembach. Ich hatte sie gestern telefonisch über die Verhaftung in Kenntnis gesetzt. Das Gespräch war sehr kurz verlaufen, weil ich ihr nichts sagen durfte und mich auch nicht in der Rolle desjenigen sah, der ihr emotionalen Beistand leisten musste. Jetzt bat ich sie, zu Rongens Haus zu kommen. Sie hatte einen Schlüssel. Eine halbe Stunde später trafen wir uns in Bickendorf.

Bei meinem ersten und einzigen Besuch in Rongens Haus hatte er mir gezeigt, wo er die Akten aufbewahrte, die er während der Zeit bei der Sonderkommission kopiert hatte. Es waren zwei gut gefüllte Ordner in seinem Arbeitszimmer. Laura Klembach stand schweigend im Türrahmen. Sie wirkte aufrichtig besorgt, war aber so vernünftig, mir keine unnötigen Fragen zu stellen.

Eine Viertelstunde später durchquerte ich die Schleuse am Eingang der JVA Ossendorf. Die Vollzugsbeamten begrüßten mich, wir kannten uns, plauderten ein bisschen, während die Wärter ihren Pflichten nachkamen. Die Aktenordner wurden durchleuchtet, aber sie durften nicht hineinsehen. Dann begleitete mich einer von ihnen durch die trostlosen, grün-weiß gestrichenen Korridore zum Besuchsraum, wo Rongen bereits ungeduldig auf mich wartete. Er trug Häftlingskleidung. An diesen Anblick würde ich mich erst noch gewöhnen müssen. Wir gaben uns die Hand.

Er lächelte bitter. »Tut mir leid, wenn ich Ihnen den Sonntag verderbe.«

»Schon okay.« Ich stellte die Tasche mit den Aktenordnern auf dem Tisch ab. Während ich noch den Mantel auszog, hatte Rongen sich schon einen der beiden Ordner geschnappt. Eilig blätterte er durch die Seiten der Ermittlungsakten, bis er gefunden hatte, wonach er suchte. Rongen war in der Sonderkommission »Melaten« Leiter der Gruppe »Fahndung« gewesen, damit verantwortlich für die Koordinierung der Spuren, Zeugenaussagen und anderer Hinweise im Zusammenhang mit den Polizistenmorden. Bernd Maurer stand der Sonderkommission insgesamt vor, was eher ein administrativer Job war. So gesehen war Rongen der wichtigste Mann im Team gewesen.

Ich setzte mich auf einen der Stühle. Rongen blieb stehen. »Ist das eigentlich erlaubt, Kopien der Akten mit nach Hause zu nehmen?«, fragte ich.

»Wenn man aufpasst, dass sie nicht in falsche Hände geraten, ja. Mit Tatortspuren ist es manchmal wie mit Vokabeln. Man muss sie sich immer und immer wieder vornehmen. Manche Details fallen einem nicht sofort auf.«

Er holte mehrere Blätter aus dem Ordner, verteilte sie nebeneinander auf dem Tisch. Darauf waren Bilder vom ersten Tatort zu sehen. Das Auto, in dem Schmiege erschossen wurde. Das zerbrochene Beifahrerfenster. Innenaufnahmen des Fahrzeugs. Blutspuren. Die Leiche mit dem großen schwarzen Einschussloch an der Stelle, wo sich mal das rechte Auge befunden hatte.

Rongen tippte mit dem Zeigefinger auf eines der Fotos. Ich sah es mir an. Darauf waren Glasscherben zu sehen, die auf dem Bürgersteig verteilt lagen. Rongen starrte fasziniert auf das Bild.

Mir fiel nichts Ungewöhnliches auf. »Wollen Sie mich einweihen, oder wird das jetzt ein Ratespiel?«

Er schaute von dem Foto auf, sah mich an. »Ich habe letzte Nacht etwas geträumt. Bei den Ermittlungen sind wir immer von folgendem Tatverlauf ausgegangen: Der Mörder ist auf das Fahrzeug zugegangen, hat das Seitenfenster mit dem Griff seiner Pistole eingeschlagen, und dann, bevor Schmiege überhaupt reagieren konnte, hat er ihm die Waffe vors Gesicht gehalten und abgedrückt. Aber: Schauen Sie mal genau hin.«

Er tippte wieder auf das Foto mit den Glassplittern, die auf dem Bürgersteig lagen.

Ich verstand noch immer nicht. Vielleicht lag es daran, dass ich zu wenig geschlafen hatte. »Helfen Sie mir. Ich sehe da nichts als Glassplitter.«

»Wenn man eine Scheibe von außen einschlägt, wo müssten die Scherben dann liegen?«

»Innen. Im Fahrzeug.« Ich sah wieder auf das Foto. Die Scherben lagen auf dem Bürgersteig.

»Wir haben das übersehen. Die von der KTU auch. Keiner hat sich darüber Gedanken gemacht.«

»Und das haben Sie letzte Nacht geträumt?«

»In dem Traum bin ich meinem Kollegen Schmiege zu Hilfe geeilt, kam aber zu spät. Der Schuss fiel, die Scheiben zerbarsten.«

Ich begriff, worauf er hinauswollte. Er hielt es für wahrscheinlicher, dass die Scheibe von innen und nicht von außen zertrümmert wurde.

Ich sah Rongen an. »Sie meinen, der Täter saß im Wagen?«

Rongen nickte eifrig. »Ja, und das heißt, Schmiege kannte seinen Mörder!«

Dass Schmiege, ebenso wie Marco Eisfeld, Frank Brenner kannte, wussten wir bereits. Aber wie wahrscheinlich war es, dass Schmiege einen Kriminellen, den er mit unlauteren Mitteln in den Knast gebracht hatte, in den Wagen einsteigen lassen würde?

Plötzlich wurde mir klar, worauf Rongen hinauswollte. »Sie meinen, dass Frank Brenner nicht der Täter war? Dann hätte der Kollege Marco Eisfeld gelogen.«

»Entweder das. Oder noch schlimmer: Frank Brenner und Schmiege waren Geschäftspartner. Dann kam es zum Streit. Brenner tötete Schmiege und musste deshalb auch Eisfeld umlegen. Und Jonas Weber. Wer weiß, wie viele Polizisten noch dazugehören.«

Rongen hatte begonnen, nervös auf und ab zu marschieren. »Bringt uns das irgendwie weiter?«

Ich machte eine unschlüssige Miene. »Ihre Theorie ist interessant«, begann ich vorsichtig, »aber sie ändert nichts an den Haftgründen. Es sei denn, Sie können mir sagen, wer Jana Feldkampf ermordet hat.«

Rongen blieb abrupt stehen. »Eisfeld und Schmiege könnten noch weitere Komplizen gehabt haben.«

»Sie meinen: korrupte Polizisten?«

»Womöglich. Oder andere Leute, die in das Geschäft verwickelt sind. Die haben Jana ermordet. Damit sie nicht mit der Staatsanwaltschaft reden kann.«

Ich war noch immer nicht überzeugt. »Gibt es irgendeinen konkreten Hinweis darauf, dass Schmiege korrupt war? Oder Eisfeld?«

Rongen schüttelte den Kopf. »Nichts Konkretes. Aber wissen Sie, weshalb ich an einen Komplizen glaube?«

»Sagen Sie es mir bitte. Ich bin zu müde zum Raten.«

Er setzte sich mir gegenüber an den Tisch. Seine Stimme klang verschwörerisch, was seinen Worten nicht unbedingt mehr Glaubwürdigkeit verlieh. »Diese Sache mit der 7,65er-Munition hat mich die ganze Zeit gestört. Jetzt ergibt das einen Sinn. Es könnten verschiedene Täter gewesen sein. Jeder von denen hat eine Neun-Millimeter-Pistole bei sich, muss nur mal eben das Magazin wechseln, und die jeweilige Pistole ist nicht mehr zu identifizieren. Für uns als Ermittler hatte es den Anschein, als ob es immer derselbe Täter wäre, aber das muss überhaupt nicht der Fall sein. Verstehen Sie?«

Ich ließ es mir durch den Kopf gehen. Verschiedene Täter. Verschiedene Waffen. Dieselbe Munition. Das hatte etwas. Ich stellte mir bildlich vor, wie Schmiege die Beifahrertür seines Pkw öffnete und den Mörder einsteigen ließ …

Da kam mir ein neuer Gedanke in den Sinn. »Welches Kaliber hat Ihre Dienstwaffe?«

Rongen sah mich irritiert an. »Neun Millimeter. Wieso?«

Ich zuckte mit den Schultern. »Der Täter, der ins Auto gestiegen ist, könnte ein Polizist gewesen sein. Einem Kollegen macht man doch bereitwillig die Tür auf, oder?«

Sokrates war allgegenwärtig. Unser Dialog hatte zu einer neuen Erkenntnis geführt, die näher lag als alles, was Rongen mir bisher an Argumenten geliefert hatte.

Er schien mit meiner Idee nicht einverstanden zu sein. Das verriet sein Gesichtsausdruck. Die Möglichkeit, dass der Mörder aus den eigenen Reihen stammen könnte, lag weit jenseits seines gedanklichen Horizonts.

»Ist das Ihr Ernst?«

»Wir müssen jede Möglichkeit in Betracht ziehen«, antwortete ich.

Rongen sah zu Boden. Er spielte die Möglichkeit in Gedanken durch. »Aber warum?«

»Das kann ich Ihnen auch nicht sagen. Und das herauszufinden ist auch nicht meine Aufgabe. Meine Aufgabe ist es, Sie aus der U-Haft zu bekommen. Mich interessiert vorerst nur eine Frage: *Cui bono?* Wem nützt es? Wer hat einen Vorteil davon, dass Sie hier sitzen?«

»Der Mörder von Jana Feldkamp natürlich. So lange ich der Verdächtige bin, sucht niemand nach ihm.«

Das reichte mir nicht als Antwort. »Ich denke, wir müssen noch einen Schritt weiter zurückgehen. Sie waren Schmiege auf der Spur, hatten herausgefunden, dass er Brenner womöglich mit gefälschten Beweisen in den Knast gebracht hat. Will man Sie deshalb loswerden?«

Er schüttelte den Kopf. »Ich war nur einer von vielen innerhalb der Sonderkommission. Wenn ich ausfalle, übernimmt ein anderer meine Position und findet die Wahrheit heraus. Mich auszuschalten bringt daher gar nichts.«

»Könnte ein persönliches Motiv dahinterstecken? Haben Sie Feinde?«

»Hier drinnen jede Menge. Aber im Präsidium, nein. Jedenfalls keine, die so weit gehen würden, mir einen Mord anzuhängen. Ihre Theorie haut nicht hin, Meller. Das ergibt alles keinen Sinn.«

Rongen vergrub das Gesicht in den Händen, rieb sich die Augen. Von der Euphorie, die ihn noch vor wenigen Minuten ergriffen hatte, war nicht mehr viel zu spüren. Eine Weile herrschte Schweigen.

Ich sah zum Fenster. Draußen ging langsam die Sonne auf. Ich empfand die Stille im Raum unerträglich, hatte das Bedürfnis zu reden, irgendwas zu sagen. Wenn ich nichts zu sagen hatte und doch sprechen musste, wie bei einem schlechten Plädoyer, verbanden sich in meinem Hirn manchmal Synapsen, die schon ewig nebeneinander existierten, aber noch nie in Verbindung standen. Mir kam ein spontaner Gedanke. Ohne darüber nachzudenken, sprach ich ihn aus: »Was, wenn Jana Feldkamp die Pistole gar nicht gefunden hat?«

Rongen sah auf. In seinem Blick lag unverhohlene Wut. »Sie glauben mir also immer noch nicht. Sie denken, ich hätte mir die Waffe nur eingebildet?«

»Nein«, sagte ich mit ruhiger Stimme. »Aber überlegen Sie doch mal. Cui bono: Wem nützt es! – Wer war noch am Tatort? Wer könnte die Waffe entwendet haben?«

Rongen begriff, worauf ich hinauswollte. »Sie denken: ein Polizist?«

Ich nickte. »Lassen Sie uns diese Möglichkeit einfach mal durchspielen. Bitte.«

Rongen schüttelte den Kopf. »Es wusste doch keiner der Kollegen, dass ich Brenner verfolgen würde. Kein Mensch konnte ahnen, dass er in den Wald läuft und ich ihn erschießen würde, er danach einen Abhang runterpurzelt. So etwas kann kein Mensch planen.«

Ich musste unwillkürlich lachen. »Sie denken wie ein Schachspieler«, sagte ich. »Vielleicht geht es aber nicht um Schachzüge, sondern um den Dominoeffekt. Vielleicht hat sich für jemanden eine Gelegenheit geboten, Sie aus dem Verkehr zu ziehen, und dieser Jemand hat die Gelegenheit genutzt ... Denken Sie mal darüber nach.«

Damit erhob ich mich.

»Sie wollen schon gehen?« Rongen stand ebenfalls auf.

Ich deutete auf die Aktenordner. »Sie haben einiges zu tun. Schauen Sie sich das Material noch einmal an. Ich liefere Ihnen noch mehr, wenn Sie es brauchen. Das Wichtigste ist das Motiv. Wer will Sie fertigmachen? Und warum? Was haben Sie entdeckt, was wissen Sie? Es muss etwas sein, das Sie betrifft. Sie persönlich. Nicht nur den Fall.«

»Und was machen Sie jetzt?«

»Ich kümmere mich darum, dass Sie Heiligabend mit Ihrer Freundin verbringen können.«

Wir gaben uns zum Abschied die Hand, dann klopfte ich an die Metalltür, damit der Schließer mich hinausließ.

26

Von der JVA fuhr ich direkt zur Kanzlei. Meine Gedanken kreisten um Rongen. Das Schlimmste für einen Unschuldigen im Gefängnis war das Gefühl, ausgeliefert zu sein, nichts tun zu können, abhängig zu sein von der Gnade anderer. Es war gut, dass Rongen die Unterlagen angefordert hatte. So hatte er etwas zu tun, und vielleicht fand er ja was, das uns weiterhalf.

Ob ich mit meiner Idee richtiglag, musste sich erst noch herausstellen. Immerhin standen jetzt konkrete Fragen im Raum: War Schmiege korrupt? Hatte er gemeinsame Sache mit Brenner gemacht? War Brenner zu ihm ins Auto gestiegen? Oder irgendwer anders? Hatte Eisfeld womöglich gelogen, nachdem er aus dem Koma erwacht war? Wenn ja, wieso schützte er den Mörder?

Auch wenn all das ungeklärte Fragen waren, war ich doch optimistisch, dass ich genügend Informationen hatte, um den Staatsanwälten und Richtern gehörig Sand in die Augen streuen zu können. Die Strafprozessordnung forderte, dass einem Angeklagten die Tat eindeutig und ohne jeden Zweifel nachzuweisen war. Wenn ich schon keine entlastenden Beweise hatte, dann doch wenigstens Zweifel.

Ich saß keine zehn Minuten in meinem Büro, als Julie eintraf. Für einen Sonntagmorgen sah sie erstaunlich frisch aus. Das kurze blonde Haar war perfekt frisiert wie immer, ihre blauen

Augen leuchteten neugierig. Nachdem sie mir gegenüber auf einem der Besucherstühle Platz genommen hatte, berichtete ich ihr in groben Zügen von dem Gespräch mit Rongen. Ich erklärte ihr, dass womöglich ein Polizist die Waffe vom Tatort entfernt haben könnte.

Julie nickte bedächtig. »Und hat der gedachte Polizist auch Jana Feldkamp ermordet?«, fragte sie schließlich.

»Wäre denkbar. Er hat vielleicht die Waffe an sich genommen und eine Stunde später erfahren, dass es da noch diese Frau gab. Er konnte die Pistole unmöglich zurücklegen, das wäre aufgefallen.«

»Stimmt«, sagte Julie. »Er musste davon ausgehen, dass Jana, falls sie erwischt worden wäre, nichts vom Verschwinden der Waffe wüsste.«

»Und wenn der Staatsanwalt ihr geglaubt hätte, wäre die Bombe geplatzt. Dann wäre klar gewesen, es muss ein Polizist gewesen sein. Dann wären alle Dominosteine der Reihe nach umgefallen.«

Julie zeigte sich beeindruckt. »Bist du auf diese Idee gekommen oder Rongen?«

»Rongen sträubt sich gegen die Vorstellung, dass es so abgelaufen sein könnte.«

»Warum?«

»Es kratzt womöglich an seinem Weltbild, weil die Polizisten für ihn immer die Guten sind.«

»Verstehe.«

Ich stand auf und ging zu dem Flipchart, das bei der Tür stand. Darauf notierte ich die Argumente, die für eine Haftprüfung relevant wären. Wir mussten an dem dringenden Tatverdacht rütteln. Erhebliche Zweifel an Rongens Schuld erbringen.

Darüber hinaus bestand die Möglichkeit einer Kaution. Rongen hatte ein Haus, das vollständig abbezahlt war. Eine Bankbürgschaft wäre kein Problem.

Mein Handy klingelte, es war Nina. Ich sah entschuldigend zu Julie und ging ran. Nina erzählte mir von der gestrigen Konferenz im Präsidium, und ich erfuhr, dass der Polizeipräsident persönlich ein Machtwort gesprochen hatte. Ich wollte mehr über die Konferenz erfahren, fragte Nina, ob wir uns sehen könnten. Sie war einverstanden.

Der wahre Grund, warum ich sie treffen mochte, war nicht die Konferenz. Ich vermisste sie, wollte sie einfach wiedersehen.

Ich legte das Handy zurück auf den Schreibtisch. Julie sah kurz auf mein Display. Ihr schien aufzufallen, dass ich ein neues Hintergrundbild hatte: den Kölner Dom.

Sie schaute mich an. »Ist etwas mit Nina und dir?«

Ich berichtete ihr von meinem letzten Gespräch mit Nina. Dass sie endgültig Schluss gemacht hatte. Dass sie aber den Kontakt nicht abbrechen lassen wollte, sondern im Gegenteil … Ich holte tief Luft, weil ich nicht wusste, wie Julie reagieren würde …

»Nina will sich bei uns in der Kanzlei bewerben.«

Jetzt war es raus. Ich sah Julie gespannt an.

Ihre Reaktion überraschte mich ein wenig. Sie war zwar einverstanden, genau wie ich es erwartet hatte, doch sie hatte einen Einwand. »Glaubst du denn, du kannst das – nur mit ihr befreundet sein und sie dann jeden Tag hier sehen?«

»Ja«, sagte ich entschlossen.

»Na dann!«, sagte Julie und grinste.

Um das Thema nicht weiter zu vertiefen, wandte ich mich wieder dem Flipchart zu.

»Also, können wir das Motiv entkräften?«

Julie war sofort wieder bei der Sache. »Schwierig. Rongen hatte ein Motiv, um Jana Gewalt anzutun. Er ist darüber hinaus bekannt für seine Anfälle von Jähzorn und seine Alleingänge.«

Sie hatte recht. So kamen wir nicht weiter.

»Ist unser Staatsanwalt Gerber noch anderen Spuren nachgegangen?«

Ich starrte noch immer aufs Flipchart, hing meinen Gedanken nach, bis Julie ihre Frage wiederholte.

»Ist Gerber noch anderen Spuren nachgegangen?«

Ich sah sie einen Moment verblüfft an.

Natürlich, das war es! Das war unser Ansatzpunkt! Gerber hatte die Ermittlungen allein auf unseren Mandanten eingeschränkt. Ein Fehler, den wir nutzen konnten.

Schnell ging ich zurück zum Schreibtisch. Ich nahm das Handy und schrieb Nina eine SMS, wo ich sie heute Abend treffen wollte.

27

Ich saß am Fenster. An dem Zweiertisch, an dem Rongen laut seiner Beschreibung gesessen hatte, während er auf den vermeintlichen Kollegen aus Solingen gewartet hatte. Die Kellnerin trug eine hochgeknöpfte weiße Bluse, die ihre Oberweite betonte, sowie eine schwarze Schürze mit dem Logo des Restaurants. Auf ihrem Namensschild an der Brusttasche stand *Viola*. Sie brachte mir einen Rotwein auf einem Tablett, stellte das Glas auf einer kleinen schwarzen Serviette ab. Ich bedankte mich, sie wollte wieder gehen.

»Haben Sie am Freitagabend auch hier gearbeitet?«

»Nein«, sagte sie und lächelte amüsiert. »Warum?«

»Nur so. Können Sie mir sagen, wer am Freitag hier war?«

»Wenn Sie mir einen Grund nennen, vielleicht.«

Ich griff in meine Brieftasche, zog meinen Anwaltsausweis heraus, zeigte ihn ihr.

Sie nickte, als sie begriff, dass dies kein Flirt war. »Oh. Um was geht es denn?«

»Nichts von Bedeutung. Ich möchte nur ein Missverständnis aus der Welt schaffen.«

»Ein Missverständnis?« Jetzt lächelte sie wieder. »Welcher Art?«

Ihr Lächeln irritierte mich. »Was amüsiert Sie so?«, fragte ich freiheraus.

»Meine Schwester war am Freitag hier. Wir sind eineiige Zwillinge. Sind Sie derjenige, der ihr die Nummer auf die Serviette geschrieben hat?«

Das erklärte ihre komische Art. Viola wollte ihre Schwester vor einem aufdringlichen Verehrer schützen. Sie war Verwechslungen gewohnt.

»Nein«, sagte ich. »Ich bevorzuge Visitenkarten, keine Servietten.«

»Und was wollen Sie von meiner Schwester?« Ihre Stimme klang neugierig.

»Sie könnte etwas beobachtet haben, das wichtig für einen meiner Mandanten ist.«

»Wenn Sie wollen, rufe ich sie an. Dann können Sie mit ihr reden.«

»Das wäre sehr freundlich.«

Viola verschwand wieder mit ihrem Tablett. Ich sah, dass ein Kollege sie ansprach, wahrscheinlich wissen wollte, was an meinem Tisch los war. Viola beruhigte ihn, bevor sie ihr Handy ans Ohr nahm.

In diesem Moment betrat Nina das Restaurant. Sie ging auf meinen Tisch zu. Ich stand auf, wir sahen uns an, wussten beide nicht recht, wie wir uns begrüßen sollten. Es blieb bei einer Umarmung, ich spürte ihren Herzschlag – und meinen. Gefühle ließen sich nicht einfach abschalten. Ich schätzte, dass es Nina ähnlich ging, aber wir verloren kein Wort darüber. Unser Entschluss stand fest.

Als die Kellnerin zu uns kam, bestellte Nina ein Wasser bei ihr. An mich gewandt, sagt Viola, dass sie ihre Schwester angerufen habe, die sei aber nicht ans Handy gegangen. Sie wartete auf ihren Rückruf.

Nina sah mich fragend an, als die Kellnerin verschwunden war. »Was willst du von ihrer Schwester?«

»Sie hat am Freitag hier gearbeitet. Womöglich hat die Polizei etwas übersehen oder, besser gesagt, gar nicht ermittelt. Das könnte für uns von Nutzen sein. Hast du was für mich?«

Nina erzählte von der Konferenz. Der ganze Verlauf bestätigte mich in meinem Verdacht. Rongen wurde vorverurteilt, seine Karriere schien besiegelt zu sein. Er würde nie wieder an seinen alten Schreibtisch zurückkehren. Im Falle eines Freispruchs leitete er wahrscheinlich bis zur Rente die Asservatenkammer.

»Danach hatte ich noch ein Gespräch mit meinem Chef«, fuhr Nina fort.

»Worüber?«

»Er wurde recht vertraulich, lobte meine Kompetenz, sprach mir sein Vertrauen aus und meinte, der Fall sei für mich eine einmalige Chance, bla, bla.«

»Bla, bla – und?«

»Ich weiß nicht so recht. Soltau hofiert mich. Aber seine Motivation ist mir nicht klar.«

»Vielleicht muss er eine Behindertenquote erfüllen.«

Nina verzog den Mundwinkel. »Ach Nicholas, manchmal bist du echt charmant.«

»Oder er findet deine Arbeit gut. Kann auch sein.«

Wir lachten beide. Es war genau wie früher. Eine Vertrautheit, wie ich sie bei keinem anderen Menschen empfand.

»Hast du deinem Chef gegenüber irgendwelche Andeutungen gemacht?«

»Nein. Im Präsidium halte ich meine Fassade aufrecht. Der Zeitpunkt, wann ich meine Kündigung einreiche, steht auch noch nicht fest. Definitiv erst im neuen Jahr.«

»Aber dein Entschluss steht fest?«

Sie nickte. Ninas Hand wanderte über den Tisch, umfasste meine. »Ich liebe dich, Nicholas, aber auf eine andere Art. Mehr wie einen großen Bruder. Ich werde nie vergessen, was du für mich getan hast.«

»Was habe ich denn getan?«

»Mich so akzeptiert, wie ich bin. Das hat noch nie einer zuvor getan, nicht mal meine Eltern.«

Ich schüttelte den Kopf. »Das ist dein subjektiver Eindruck. Du glaubst, dass sie sich ein nicht behindertes Kind gewünscht haben. Aber in dem Moment, als du auf der Welt warst, haben sie dich geliebt.«

»Meine Eltern haben mich bekommen, so wie ich bin. Du hast mich ausgesucht. Das ist ein Unterschied.«

Ich schluckte. Dem war nichts entgegenzusetzen. Nina schien zu spüren, wie es mir ging. Sie zog ihre Hand wieder zurück.

Ich hatte schon immer Probleme mit Komplimenten gehabt, wusste nicht, wie ich damit umgehen sollte. Eine alte Wunde schien aufzureißen, fühlte sich an wie ein Stich ins Herz. Meine Kehle war wie zugeschnürt.

Zum Glück kam die Kellnerin, brachte das Wasser. Wir schwiegen, nachdem sie fort war. Nina trank einen Schluck.

»Darf ich auch mal«, sagte ich mit heiserer Stimme und trank ebenfalls einen Schluck. Danach ging es besser.

Wir sprachen über unverfängliche Dinge. Die Frage, ob ich sie Weihnachten zu ihren Eltern begleiten würde, hatte sich erledigt. Nina wollte wissen, ob ich allein feiern würde oder mit meiner Mutter? Das obligatorische Weihnachtsessen am ersten Feiertag würde stattfinden, an Heiligabend wollte ich in meine Stammkneipe Shooters gehen, um zum letzten Mal dort zu feiern. Der Laden machte zu. Lutz, der Wirt, war frisch verliebt und wollte ein neues Leben beginnen. Er hatte die Kneipe an einen Koreaner verkauft, der dort eine Sushi-Bar aufmachen wollte. Eine Ära ging zu Ende, was wir am 24. Dezember begießen wollten.

Viola kam wieder an unseren Tisch, hielt mir ein Handy hin.

»Meine Schwester, Anja«, sagte sie.

Ich dankte ihr und nahm das Handy. Ich stellte mich kurz vor und fragte Anja, ob ihr der Mann am Fenster in Erinnerung war, der zwei Gläser Rotwein getrunken hatte. Sie konnte sich vage an Rongen erinnern. Ich hakte nach, ob sie gesehen hätte, wie ihn jemand beobachtet oder womöglich sein Weinglas entwendet hatte? Das war ihr nicht aufgefallen, aber sie versprach, die Kollegin anzurufen, die an dem Abend mit ihr Dienst hatte, ob sie etwas gesehen habe. Ich gab ihr meine Handynummer, damit sie mich zurückrufen konnte.

Viola nahm ihr Handy wieder an sich und verließ unseren Tisch.

Nina sah mich fragend an. »Was hat das zu bedeuten?«

»Rongen hat in der Nacht, als Jana ermordet wurde, genau hier gesessen, am Fenster. Man konnte ihn also leicht beobachten.« Ich hob mein Weinglas, hielt es näher an die Lampe über unseren Köpfen. Meine Fingerabdrücke auf dem Glas waren deutlich zu erkennen. »Wenn jemand sein Weinglas genommen hätte, wäre es ein Leichtes zu erklären, wie der Fingerabdruck auf die Patrone kam. Die Pistole war in der Jackentasche einer wasserdichten Regenjacke, die Patrone steckte im Lauf. Andernfalls hätte sich der Fingerabdruck womöglich im Wasser aufgelöst.«

Nina verstand meine Strategie. Wenn ich den wichtigsten Sargnagel, den Fingerabdruck auf der Patrone, herausreißen würde, wäre der dringende Tatverdacht nicht mehr gegeben. Dann würde es stattdessen um die Frage gehen, wer Rongen Schaden zufügen wollte. Es dauerte nicht lange, bis mein Handy in meiner Tasche vibrierte, Anja sich wieder meldete. Leider hatte sie schlechte Nachrichten. Ihre Kollegin konnte sich an keine verdächtige Person erinnern.

Das war dumm, aber nicht zu ändern. Ich bedankte mich, wollte gerade auflegen, da fiel mir noch etwas ein: »Moment.«

»Ja?«

»Haben Sie die Serviette noch?«

»Welche Serviette?«

»Irgendein Gast hat Ihnen seine Nummer auf eine Serviette geschrieben. Haben Sie die noch?«

»Keine Ahnung. Ich müsste in der Jeans nachsehen, die ich an dem Abend anhatte. Die ist im Wäschekorb. Warten Sie einen Moment …« Ich wartete eine lange Minute. Schließlich drang Anjas Stimme wieder an mein Ohr. »Sie sind ein echter Glückspilz. Die Serviette war in meiner Hosentasche. Normalerweise schmeiße ich so was sofort weg.«

28

Es war fünf Uhr in der Früh, als Rongen unsanft von dem Schließer der Tür geweckt wurde. Der Justizbeamte sagte ihm an, dass er jetzt auf den Hof gehen könne. Rongen murrte. Er war froh, dass er Schlaf gefunden hatte, ohne von Albträumen heimgesucht zu werden. Er drehte dem Schließer den Rücken zu und schlief weiter.

Als er wieder erwachte, durfte er bereits das Frühstück entgegennehmen. Danach hörte er draußen auf dem Korridor Schritte. Er klopfte an die Tür. Ein Schließer öffnete.

»Kann ich vielleicht jetzt auf den Hof?«

Der Justizbeamte schüttelte den Kopf. »Tut mir leid. Sie sollen nicht mit den anderen Insassen in Kontakt kommen.«

»Ich passe schon auf mich auf.«

Der Schließer sah Rongen an. Schließlich zuckte er mit den Schultern. »Na schön, wenn Sie meinen.«

Rongen zog sich an. Laura hatte ihm warme Sachen gebracht, einen Wollpullover, einen Schal. Als Rongen fertig war, klopfte er wieder an die Zelle. Der Schließer kam und brachte ihn nach draußen.

Die Sonne schien ihm ins Gesicht. Rongen musste blinzeln. Trotz der Sonne war es eiskalt. Vielleicht gab es zu Weihnachten Schnee. Stünde nicht das Fest kurz bevor, wäre die Haft leichter zu ertragen. Er dachte an Laura, an seine Tochter

Hanna ... Sylvia, seine Ex-Frau, würde sich dagegen wohl heimlich darüber freuen. Die Scheidung war ziemlich übel verlaufen. Grund der Trennung war eine Affäre gewesen, die Rongen mit einer jüngeren Kollegin angefangen hatte. Die Beziehung hielt nicht lange, sorgte aber für einigen Wirbel bei der Scheidung. Erst seitdem Sylvia wieder einen neuen Partner hatte, war das Verhältnis zwischen ihnen etwas besser geworden. Seine Tochter Hanna hatte immer zu ihm gehalten. Er liebte sie.

Rongen spürte, dass etliche Augenpaare auf ihn gerichtet waren. Aber keiner der Mithäftlinge machte Anstalten, näher zu kommen. Sie musterten ihn nur, redeten untereinander. Rongen vermutete, dass vielleicht abgewogen würde, wie hoch das Risiko war, ihn anzugreifen. Jeder, der längere Zeit im Knast verweilte, musste sich seinen Platz in der Rangordnung erkämpfen. Rongen hatte aber nicht vor, länger zu bleiben. Er vertrat sich die Beine, dachte nach. Zehn Seiten seines Notizblocks waren bereits vollgeschrieben. Jedes noch so kleine Detail hatte er sich noch mal vorgenommen, aus allen Blickwinkeln betrachtet, genau analysiert.

Rongen war zu sehr in Gedanken versunken, als dass er merkte, wie die sieben Männer auf ihn zukamen. Erst als er sich umdrehte, weil er zum Gebäude zurückwollte, standen sie plötzlich vor ihm, hatten einen Halbkreis um ihn gebildet.

Rongen war schon oft in Schlägereien verwickelt gewesen. Auch wenn es schon etliche Jahre zurücklag, dass er Kontaktbeamter in der Hooliganszene war. Eine niedliche Umschreibung. Sein »Kontakt« zu den Hooligans gipfelte nicht selten in harten körperlichen Auseinandersetzungen. Aber damals hatte er einen anderen Status, eine Polizeimarke, die ihm einen gewissen Schutz verschaffte. Wer einen Beamten krankenhausreif prügelte, machte allen anderen Hooligans das Leben schwer. Die Prügel, die Rongen im Knast einstecken würde, brächte den Angreifern dagegen Anerkennung ein.

Er durfte auf keinen Fall zu Boden gehen. Egal, was passierte, er musste sich auf den Beinen halten. Gegen sieben Angreifer hatte er eigentlich keine Chance, wenn sie geübt waren, koordiniert vorgingen. Also bestand die einzige Möglichkeit darin, ihre Taktik zu unterlaufen.

Das war nicht so schwer, er musste zuerst ihren Anführer ausschalten. Ihm wehtun, so sehr, dass er vor Schmerz schrie. Schreie lösten uralte Instinkte im Gehirn aus und demoralisierten den Gegner.

Diese Taktik hatte er kurioserweise nicht bei den Hooligans gelernt, sondern im Urlaub. Es war auf Korsika gewesen. Auf der Zitadelle in der Hafenstadt Calvi, im Norden der Insel, gab es ein kleines Museum der Fremdenlegion. Obwohl es nicht viel zu sehen gab, verweilte Rongen dort über eine Stunde, was einem Offizier auffiel. Sie kamen ins Gespräch, er war Österreicher und Scharfschütze bei den Fallschirmjägern. In Frankreich standen sich Polizei und Militär näher als in Deutschland, weshalb der Legionär nach kurzer Zeit anfing, bereitwillig von seinen Einsätzen zu erzählen. Seine Stimme verriet keine Rührung. Er redete so nüchtern über das Töten mit dem Gewehr wie andere über die Reparatur ihres Autos. Einmal war es dem Soldaten gelungen, allein zwei Dutzend Angreifer in Schach zu halten, bis seine Kameraden nachgerückt waren. Dazu hatte er nur zwei Patronen gebraucht. Mit der ersten landete er einen perfekten Treffer, nicht in den Kopf, nicht in die Brust, sondern in die Nierengegend. Eine Verletzung der Nieren erzeugte unglaubliche, nicht auszuhaltende Schmerzen, die in der Intensität nicht nachließen. Jeder, der schon mal Nierensteine hatte, wusste das. Die Schreie des Gegners demoralisierten dessen Kameraden, die in Deckung kauerten. Irgendwann hielt es einer von ihnen nicht mehr aus, wollte dem Verletzten helfen, um das Schreien zu beenden. Der Helfer kam dabei kurz aus der Deckung. Für ihn war die zweite Patrone, sie traf ihn in den Kopf. Er schrie nicht, war sofort tot. Von da an traute sich niemand mehr aus der Deckung. Zwei Stunden lang tat sich nichts. Dann traf die Verstärkung ein. Die Gegner ergaben sich.

Rongen hatte keine Waffe, keine zwei Patronen. Nur seine Hände. Er musste dem Anführer Schmerzen zufügen. Das ging am besten, wenn er ihm den Unterarm brach, Elle und Speiche, und dabei die Sehne von der Handwurzel abriss. Es bedurfte dazu nur einer Sekunde, in der er den Ellbogen des Gegners und sein Handgelenk zu fassen bekäme. Rongen wusste, wie er den Hebel ansetzen musste. Er taxierte jeden Einzelnen von ihnen. Der Anführer schien der mit dem Stiernacken und dem blank polierten Schädel zu sein. An der linken Gesichtshälfte tätowiert. Ein Meter neunzig groß. Rongen schätzte ihn auf hundertzehn Kilo.

»Bist du der Bulle, der unseren Freund erschossen hat?«

Rongen nickte. »In den Kopf. Ein Schuss. Er hat nichts gespürt.«

»Soso«, sagte Stiernacken.

»Wir handhaben das hier anders«, ertönte eine Fistelstimme hinter Rongen. Er drehte sich nicht um, behielt nur den Stiernacken im Auge.

Der grinste. »Bei uns spürt man was. Gehst du gerne zum Zahnarzt?«

Rongen blieb auf die Bewegung seines Gegners konzentriert. Stiernacken schien Rechtshänder zu sein, aber würde er auch mit rechts zuschlagen? Oder mit einer Kopfnuss angreifen?

»Nein«, sagte Rongen. »Ich benutze morgens Aronal, abends Elmex. Das hilft. Solltest du auch mal versuchen.«

Keiner reagierte auf den Spruch. Das war das Zeichen, dass es jeden Moment passieren würde. Adrenalin schoss in seine Adern. Alle seine Sinne waren geschärft.

In diesem Moment ertönte ein lauter Pfiff.

Stiernacken drehte sich um. Seine Freunde im Halbkreis folgten dem Blick ihres Anführers. Ein schmächtiges Kerlchen näherte sich. Er war zwei Köpfe kleiner als Stiernacken. Kalte Augen. Wenig Haare. Seine Gesichtsform verriet, dass er aus Osteuropa stammte. Rongen vermutete, ein Russe.

Stiernacken geriet aus dem Konzept, sah zu Rongen, dann zu dem kleinen Kerl, der stehen geblieben war. Er rauchte.

»Was ist?«, fragte Stiernacken, seine Stimme klang unsicher.

»Nichts ist«, antwortete der Kleine mit unüberhörbarem Akzent. »Was soll denn sein?«

»Ist das Arschloch etwa ein Freund von dir?«

»Ich habe keine Freunde. Nicht in diesem Puff hier.«

»Was willst du dann?«

Der Russe ließ seine Zigarette fallen, trat sie aus. »Es gibt eben ein noch größeres Arschloch als den da. Das bist du.«

Für einen Moment schien die Zeit stillzustehen. Rongen wusste nicht, was er davon halten sollte. Er war auf alles gefasst. Sie könnten ihn totprügeln, oder der Stiernacken hätte nicht mehr lange zu leben. Schließlich machte einer der sieben den ersten Schritt, entfernte sich von der Gruppe. Zügig. Der

Halbkreis um Rongen löste sich auf. Als Letzter ging Stiernacken. Er machte einen Bogen um den Russen, der nach wie vor dastand.

Rongen wusste, dass er sich nicht bedanken durfte. Es wäre naiv, denn sein Retter hatte es nicht für ihn getan. Irgendjemand hatte es arrangiert. Rongen wartete noch so lange, bis die anderen Insassen im Gebäude verschwunden waren, dann ging er.

Der Russe blieb, wo er war. Er steckte sich eine neue Zigarette an und inhalierte genüsslich.

29

Edgar war wegen der Urlaubsplanung fürs nächste Jahr in Korbs Büro hereingeplatzt, hatte sich ungefragt an den Schreibtisch von Rongen gesetzt. In diesem Punkt gab es keine Pietät unter den Kollegen. Nur wenn jemand gestorben war, wurde der Schreibtisch für eine Zeit lang nicht neu besetzt. Christian Korb bearbeitete gerade keinen heißen Fall. Er nutzte die Ruhe vor dem nächsten Sturm, um seine Akten auf den aktuellen Stand zu bringen. Jetzt, im Dezember, kurz vor Weihnachten und bei all dem, was um sie herum geschah, an den nächsten Urlaub zu denken erschien ihm absurd.

Edgar rechtfertigte sich: »Das Leben geht weiter! Und wenn ich den Frühbucherrabatt nutzen will, brauche ich einen verlässlichen Termin. Jetzt ... Also, wenigstens vor Jahresende.«

Korb machte eine wegwerfende Handbewegung. Da er keine Frau, keine Kinder hatte und im Moment Single war, überließ er seinem Kollegen die Entscheidung. Edgar hatte sich im Kommissariat elf einen Ruf als Organisationstalent erworben. Wenn es um das Lösen von Fällen ging, gab es bessere Kommissare als ihn, aber niemand verstand so viel von der Verwaltung wie er.

Edgar sah auf den Kalender in seinem Handy, schüttelte den Kopf. »Ansonsten bleiben nur noch die eine Woche im Mai und zwei Wochen im September.«

Korb zuckte mit den Schultern. »Mach, wie es dir passt. Mir ist es egal.«

In diesem Moment klopfte jemand gegen den Türrahmen. Jürgen Soltau trat ein, schloss die Tür hinter sich. Edgar erhob sich sofort von Rongens Schreibtischstuhl.

»Soll ich euch allein lassen?«, fragte er und sah von Soltau zu Korb.

»Nein, nein. Bleib hier«, sagte der Kriminaldirektor. »Was ich zu sagen habe, geht dich auch an.«

Soltau holte eine Zigarettenschachtel aus der Innentasche des Jacketts.

»Was dagegen, wenn ich eine qualme?«

»Hier?« Edgar hielt es für einen Scherz.

»Willst du auch?« Er hielt ihm die Schachtel hin, sah zu Korb. »Oder du?«

Beide lehnten ab. Soltau ging zum Fenster, machte es auf, zündete die Zigarette mit einem Feuerzeug an, ließ sich in Rongens Stuhl nieder. Das Rauchen in öffentlichen Gebäuden war verboten. Soltau stand ziemlich weit an der Spitze dieser Behörde, in der man sich normalerweise an Gesetze und Verordnungen hielt. Es war nicht die Sucht nach Nikotin, die ihn dazu verleitete. Er konnte es sich einfach erlauben. Für einen Moment starrte er auf die Glut seiner Zigarette, der Rauch stieg wie ein dünner Faden auf, bis er verwirbelte.

»Jeder verstößt manchmal gegen Regeln, was daran liegt, dass es so viele gibt. Gesetze. Vorschriften. Deshalb ist es umso wichtiger, dass wir – die Polizei – als Team funktionieren.« Sein Blick wanderte zwischen Edgar und Korb hin und her. »Alles andere würde die Moral zersetzen. Jeder von uns macht mal einen Fehler, aber das Entscheidende ist, wir sind die Guten. Wir bekämpfen das Verbrechen.«

Korb und Edgar sahen sich an. Was um alles in der Welt wollte der Chef ihnen damit sagen?

»Ich werde jeden in dieser Abteilung persönlich informieren, was am Samstag bei einer Krisensitzung mit Polizeipräsident und Oberbürgermeister beschlossen wurde.« Soltau nahm einen tiefen Zug, blies den Rauch durch die Nase. »Thomas Rongen ist Geschichte. Er wird nicht mehr in diese Abteilung zurückkehren. Ganz egal wie das Strafverfahren gegen ihn ausgeht.«

Korbs Stimme zitterte. »Wieso das? Es war Notwehr. Er hat korrekt gehandelt. Jeder von uns hätte in so eine Situation geraten können.«

Edgar senkte den Blick, sprach leise. »Es geht nicht mehr um Notwehr.«

Korb sah seinen Kollegen entsetzt an. »Glaubst du etwa, er hat diese Frau umgebracht? Glaubst du das?«

»Wer war es dann?«, hielt Edgar dagegen.

Korb zischte ihn an. »Du solltest besser deine Urlaubspläne machen.«

»So etwas muss ich mir von dir nicht anhören, du Verräter.«

»Hey, hey, hey«, ging Soltau dazwischen. »Es reicht.«

»Ist doch wahr«, maulte Edgar. »Spielt sich hier auf.«

Soltau machte eine energische Handbewegung. »Schluss jetzt! Keine Diskussion mehr. Der Polizeipräsident hat entschieden, dass wir uns aus der Causa Rongen komplett raushalten. Komplett! Die Kollegen aus Bonn haben die Ermittlungen in der Hand. Und wenn dieser Fall mit der Arbeit der Sonderkommission Melaten kollidieren sollte, schalte ich mich ein. Niemand sonst.«

»Fällt mir nicht schwer, mich rauszuhalten. Kein Problem«, sagte Edgar.

Soltau schaute zu Korb. »Wenn sich ein Kölner Polizist in die Ermittlungen einmischen sollte, aus welchen Gründen auch immer, dann hat das Konsequenzen. Disziplinarrechtliche und strafrechtliche.«

»Alles klar«, sagte Edgar. »War's das? Ich müsste dann mal los.«

Soltau nickte nur stumm, und Edgar verschwand, ohne Korb eines Blickes zu würdigen.

Soltau holte seinen verschließbaren Aschenbecher aus der Jacketttasche, klappte ihn auf, ließ die Asche hineinfallen. »Wann hast du das letzte Mal mit Thomas telefoniert?«

»Am Freitag.«

»Stehst du mit seinem Anwalt in Kontakt?«

Korb spürte, wie seine Gesichtsmuskeln zuckten. Er war ein miserabler Lügner. Ihm blieb keine andere Wahl, als die Wahrheit positiv zu verkaufen.

»Es war so – dieser Meller hat mit mir Kontakt aufgenommen ...«

»Warum?«

»Weil ich nun mal Rongens Partner bin. Es zumindest war, bis er zur Sonderkommission ging. Sein Anwalt hoffte, von mir Informationen zu bekommen.«

»Was hast du ihm erzählt?«

»Nichts. Also nichts, was er nicht schon von Rongen wusste.«

Soltau sah ihn an. Rauschschwaden waberten zwischen ihnen durch den Raum. Soltau verstand die Kunst des Schweigens.

»Okay.« Korb wurde kleinlaut. »Ich habe Rongen angerufen, als die Frau sich Zutritt zu dem Lagerhaus verschafft hatte. Er hat es natürlich seinem Anwalt erzählt.«

Soltau ließ nicht locker. »Du hattest nie direkten Kontakt zu diesem Meller?«

Korb rieb seine schwitzenden Hände aneinander. »Doch. Am Tag nach der Pressekonferenz, da hat er mich angesprochen.«

»Woher kannte er dich?«

Korb seufzte. Er hasste sich dafür, dass er nicht lügen konnte. »Ich habe ihn angesprochen. Wir waren zusammen essen.«

Soltaus Miene verfinsterte sich. »Raus mit der Sprache. Was hast du ihm erzählt?«

Korb richtete sich in seinem Stuhl auf, wie es Geständige häufig taten, wenn sie endlich reinen Tisch machen wollten. Er sagte, wie es war: Korb hatte Meller das mit der Munition erklärt, was ein Geheimnis war. Ihn verständigt, als Janas Leiche am Rheinufer gefunden wurde.

»Mehr nicht, ehrlich«, beteuerte er.

Soltau nahm einen letzten Zug, drückte die Zigarette im Aschenbecher aus. Mit einem Klack schloss er ihn, ließ ihn wieder in der Jacketttasche verschwinden.

»Damit ist jetzt Schluss, verstanden?«

Korb nickte, hob wie zum Schwur die Hand. »Kein Wort mehr.«

Soltau stand auf. »Ich habe meinen eigenen Draht zu Rongens Anwalt.«

»Deinen eigenen Draht?«

»Was denkst du denn?« Er zeigte auf den leeren Schreibtischstuhl. »Ich habe mit Thomas zusammengearbeitet. Vier Jahre lang. Glaubst du, mir geht die Sache am Arsch vorbei? Glaubst du das?«

Korb stieß einen leisen Pfiff auf. Er machte große Augen. Soltau war ein Vorgesetzter, der ihn schon häufiger überrascht hatte.

»Ich will ihm auch helfen. Genau wie du, genau wie andere Kollegen. Thomas hat sich hier den Arsch aufgerissen. Aber wir müssen uns alle an Regeln halten, auch er – und auch ich. Der Polizeipräsident will das so. Der Befehl ist eindeutig. Wer sich nicht an die Dienstvorschrift hält, auf den wartet ein Disziplinarverfahren.«

Soltau wandte sich ab, ging zur Tür, blieb noch einmal stehen, drehte sich um. »Du kriegst einen neuen Partner zugewiesen. Freddy Sommer, einverstanden?«

»Klar. Wenn er kein Problem mit mir hat.«

Korb dachte an Edgars Wutausbruch. Das fatale Wort klang ihm noch in den Ohren: *Verräter*. Jeder auf der Etage wusste, was damals passiert war. Korb hatte die Aussage eines Kollegen nicht bestätigt. Der Kommissar, um den es ging, hatte grundlos einen Verdächtigen zusammengeschlagen, einen jungen Mann, der bereits die Hände erhoben hatte, um sich zu ergeben. So etwas war diesem Kollegen nicht zum ersten Mal passiert. Das Opfer hatte Anzeige erstattet, es stand die Aussage des Kommissars gegen die eines jungen Mannes. Korb, der einzige Zeuge, behauptete, im entscheidenden Moment nicht dabei gewesen zu sein, nichts gesehen zu haben. Jeder wusste, dass er log. Sein Schweigen werteten die Vorgesetzten als Schuldbeweis. Korb hatte den Korpsgeist unter Kollegen hinter die Gerechtigkeit gestellt. Der Kommissar wurde daraufhin beurlaubt und kurze Zeit später in den Vorruhestand geschickt.

Soltau stand noch immer an der Tür, hatte eine letzte Frage. »Glaubst du, du kannst bei irgendwem Eindruck schinden, wenn du Rongen verteidigst?«

Korb schüttelte den Kopf. »Ist mir scheißegal, was die anderen denken. Ich habe Rongen verteidigt, weil wir befreundet sind. Nur deshalb.«

Soltau glaubte ihm nicht, das verrieten seine Augen. »Freddy wird dein neuer Partner. Er zieht hier ein. Und alles, was wir beide hier besprochen haben, über Meller und Rongen, das bleibt unter uns.«

Soltau ließ die Tür offen, damit sich der Zigarettenqualm verziehen konnte.

30

Am Telefon klang Kurt Wegner sichtlich irritiert. Nachdem ich ihm erklärt hatte, von welcher Serviette ich seine Nummer hatte, taute er langsam auf. Ich erfuhr, dass er an dem Abend in dem Restaurant mit einem Blind Date verabredet war, die junge Frau ihn aber versetzt hatte. Deshalb versuchte er, mit der Kellnerin zu flirten, gab ihr seine Nummer.

Um ihn auszuhorchen, erfand ich eine kleine Geschichte. Ich behauptete, ein Freund von mir habe sich von seiner Frau getrennt, der übliche Rosenkrieg. Sie habe einen Detektiv auf ihren Ex angesetzt. Mein Freund sei am Freitagabend in dem Restaurant gewesen, wo Anja kellnerte.

Wegner unterbrach mich. »Hat er am Fenster gesessen, an so einem Zweiertisch?«

»Ja, wieso? Ist er Ihnen aufgefallen?«

»Ja. Weil er so allein dasaß wie ich. Ich habe mich gefragt, ob er wohl auch ein Blind Date hat.«

»Ist Ihnen sonst noch etwas aufgefallen?«

»Jetzt, da wir drüber reden … Ein paar Tische weiter saß ein komisches Pärchen. Waren das vielleicht die Detektive, von denen Sie sprachen?«

»Vielleicht«, log ich. »Was hat das Pärchen denn gemacht?«

»Nicht viel, das war ja gerade das Sonderbare. Haben ihr Essen kaum angerührt. Als dann Ihr Freund, der am Fenster saß, aufstand und ging, da ist ihm die Frau gefolgt. Ich hatte zumindest den Eindruck.«

»Und was hat der Mann gemacht?«

»Der blieb am Tisch sitzen, hat bezahlt.«

Ich machte mir eifrig Notizen. Was er sagte, war Gold wert. Allerdings musste ich achtgeben, ihm keine Worte in den Mund zu legen. Sonst wäre seine Aussage nur noch die Hälfte wert. »Sonst nichts?«, hakte ich nach. »Er hat nur bezahlt?«

Einen Moment lang herrschte Stille am anderen Ende der Leitung. »Was soll er gemacht haben? Was wollen Sie hören?«

Ich zögerte. Es führte kein Weg dran vorbei, ich musste ihm eine konkrete Frage stellen. »Hat er irgendwas von dem Tisch weggenommen, an dem mein Freund saß?«

»Weiß ich nicht. Wenn, dann habe ich es nicht gesehen. Ich musste ja auch schließlich diese Anja im Auge behalten. Sie verstehen.« Er lachte dreckig.

Ich lachte mit, um ihn bei Laune zu halten. »Sie hatten aber den Eindruck, dass mein Freund beobachtet wurde?«

»Ja. Dieses Pärchen wirkte nicht echt. Ich kenne mich mit Nutten aus, verstehen Sie?«

»Sie war eine Prostituierte?«, hakte ich erstaunt nach.

»Jede Wette.« Jetzt drehte er richtig auf. »Ist die Ihrem Freund hinterher und hat sich an ihn rangemacht? Um seine Treue zu testen?«

»Darüber darf ich nicht reden. Aber ich würde mich gern mit Ihnen treffen. Ich bräuchte Ihre Aussage schriftlich.«

»Moment, Moment«, intervenierte er. »Bis hierhin alles okay, aber ich will keinen Ärger kriegen. Sie haben meine Telefonnummer, das muss reichen.«

»Nein, das reicht leider nicht. Aber ich verspreche Ihnen, Sie kriegen keine Probleme. Ich bin Anwalt, daher unterliege ich der Schweigepflicht.«

»Und ich bin verheiratet. Muss ich Ihnen erklären, wie der Abend zu Ende ging? Diese Kellnerin war nicht meine einzige Option. Meine Frau darf noch nicht mal wissen, dass ich in der Stadt war. Ich lege jetzt auf.«

»Dann erfährt sie es mit Sicherheit.« Ich hatte betont sachlich gesprochen. Die Wirkung blieb nicht aus.

Er blieb in der Leitung, wartete ab.

»Wenn Sie mir nicht helfen, muss ich Sie als Zeuge in einem Strafprozess benennen. Sie kriegen dann zuerst Post von der Staatsanwaltschaft. Wenn Sie darauf nicht reagieren, kommt die Kripo bei Ihnen vorbei. Spätestens dann wird Ihre Frau einige Fragen stellen.«

»Sie Arschloch«, schnaubte er. »Was für eine Scheiße läuft hier eigentlich? Sie haben gesagt, es geht um eine Scheidungskiste.«

»Da habe ich mich wohl missverständlich ausgedrückt.«

»Sie Scheißkerl, Sie mieser …«

Ich schnitt ihm das Wort ab. »Hören Sie. Ich bin auch nur ein Mann. Ich habe Viola auch auf die Oberweite gestarrt.«

Er beruhigte sich ein wenig. »Wer ist Viola?«

»Die Zwillingsschwester von Anja.«

»Was! Die gibt's im Doppelpack?«

Mit manchen Männern war es sehr leicht, eine Vertrauensbasis aufzubauen.

»Mich hat sie leider nicht angerufen«, fuhr er leutselig fort.

»Aber Sie hatten trotzdem einen schönen Abend, oder?«

Ich wollte das Gespräch in Gang halten, und es klappte. Er erzählte mir von einem Etablissement namens Beverly. Eine

Cocktailbar in der Nähe des Rudolfplatzes, wo sich jeden Freitag liebeshungrige Frauen herumtrieben, meist aus der Provinz, die nach Köln kamen, um am Wochenende was zu erleben, bevor montags wieder der triste Alltag auf sie wartete. Dort hatte er eine andere Frau aufgetan, nicht so hübsch wie unsere Zwillinge, aber zum Vögeln reichte es … Ich ließ ihn eine Weile reden. Schließlich hatte ich genug von dem Geschwätz. »Hätten Sie Zeit, noch heute in meiner Kanzlei vorbeizukommen? Es wird keine Nachteile für Sie haben.«

»Da ist noch etwas«, sagte er. »Habe ich eben vergessen.«

»Ich höre?«

»Als ich zum Taxi ging, habe ich die Nutte aus dem Restaurant noch mal gesehen. Ohne ihren Typen. Sie stieg zu einem anderen ins Auto ein. Ganz klar eine Nutte.«

»Können Sie die Frau beschreiben?«

»Sah eigentlich ganz gut aus. Hatte schwarze, glatte Haare, gute Figur. Bulgarien, Rumänien, Russland, irgendwo aus der Ecke.«

»Russland?«

»Vielleicht. Sie hat mir nicht ihren Ausweis gezeigt, aber der Typ, der mit ihr am Tisch saß, der war Russe. Sah aus wie ein Neffe von Putin.«

»Und der, zu dem sie ins Auto gestiegen ist? Haben Sie den auch gesehen?«

»Ja.«

Ich hatte genug gehört. »Wenn Sie jetzt sofort in meine Kanzlei kommen, haben Sie was gut bei mir. Für den Fall, dass Sie irgendwann im Leben mal einen Strafverteidiger brauchen.«

Er versprach, in einer Stunde da zu sein.

31

Ich saß Rongen im Besucherraum gegenüber. Durch das vergitterte Fenster sah man den Schnee, der schon den ganzen Vormittag fiel. Die weißen Flocken erinnerten mich daran, dass ich meinem Mandanten ein Versprechen gegeben hatte. Ihm und seiner Freundin. Bis Heiligabend dauerte es nicht mehr lang.

Rongen war sonderbar euphorisch. Er sprühte vor Hoffnung, wollte mir erzählen, welche neuen Erkenntnisse er anhand der Akten gewonnen hatte.

Ich bremste ihn. »Beschreiben Sie mir noch mal den falschen Kollegen aus Solingen. Wie hat er ausgesehen?«

Rongen musste nicht lange überlegen. »Etwa Ihre Körpergröße, eins fünfundsiebzig. Blondes Haar, leicht rötlich, kurz geschnitten. Blaue Augen. Ansonsten ein Allerweltsgesicht.«

»Bart?«

»Dreitagebart.«

»Bekleidung?«

»Jeans, eine dunkle Jacke. Marke kann ich nicht sagen. Nicht Wellensteyn oder Wolfskin. Irgendwas anderes. Schwarze Schuhe.«

Ich machte den Aktenkoffer auf, holte ein Papier heraus, schob es Rongen über den Tisch. Er las, was da stand. Seine Gesichtszüge veränderten sich.

»Kommt das in etwa so hin?«, fragte ich.

Rongen sah von dem Blatt auf. »Woher haben Sie das?«

»Ein Zeuge aus dem Restaurant, wo sie am Freitag waren. Sie sind ihm aus irgendeinem Grund aufgefallen. Der Zeuge hat draußen eine Frau gesehen, die zuvor am Nebentisch gesessen hatte und die zu einem Mann in den Wagen gestiegen ist. Dieser Mann scheint der falsche Kollege gewesen zu sein. Lesen Sie weiter.«

Rongen sah wieder auf das Blatt, während ich weitersprach. »Ihre Beschatter waren zu dritt. Ein Russe, nennen wir ihn *Putins Neffe*. Dann die Prostituierte und der falsche Polizist.«

»Apropos Putin.« Rongen sah von dem Blatt auf. »Ich hatte gestern ein kleines Rendezvous beim Hofgang.«

Ich sah ihn besorgt an. »Was ist passiert?«

»Da waren ein paar Typen, die mich fertigmachen wollten. Sieben gegen einen. Hätte übel ausgehen können. Da tauchte so ein Zwerg auf, auch einer von Putins Neffen. Die glorreichen sieben haben sich dann ganz schnell verdünnisiert. Haben Sie was damit zu tun?«

Aleksandr hatte also Wort gehalten. Ich nickte stumm.

»Wer beschützt mich hier drin?«

»Aleksandr Sokolow.«

»Sokolow?« Rongen sah mich entsetzt an. Er stand auf, ging zum Fenster, um Abstand zu gewinnen. Abstand zu mir. Dann drehte er sich um. »Danke, dass Sie mir helfen, aber ich will mit diesen Leuten nichts zu tun haben. Ich will nicht bei der Russenmafia in der Schuld stehen. Irgendwann komme ich hier raus und dann …«

»Sokolow hat Ihnen vielleicht das Leben gerettet.«

»Vielleicht.« Rongen funkelte mich wütend an. »Vielleicht

auch nicht. Und was kommt als Nächstes? Was will er dafür haben? Ich weiß, dass er mit den Leuten zu tun hat, die Ivana ermordet haben. Und ich werde diesen Mordfall irgendwann aufklären.«

»Nein, werden Sie nicht.«

»Was werde ich nicht?« Er kam auf mich zu. Sein Blick durchbohrte mich. »Was werde ich nicht?«

Ich hatte keine andere Wahl, als es ihm zu sagen. »Ihre Zeit bei der Mordkommission ist abgelaufen. Egal, wie die Sache hier ausgeht. Tut mir leid.«

»So? Und was, wenn ich freigesprochen werde?«

»Dann gibt es ein Disziplinarverfahren. Sie hätten nicht allein in den Wald rennen dürfen. Das kochen die hoch. Der Polizeipräsident persönlich und die Oberen der Stadt Köln sind mit Ihrem Fall befasst.«

»Woher wissen Sie das?«

»Woher wohl? Nina ist die Assistentin von Jürgen Soltau. Sie haben ihr den Job quasi beschafft. Es scheint, dass der Kriminaldirektor ein Freund von Ihnen ist und gerne helfen würde, aber das steht nun noch nicht mal in seiner Macht. Auch er ist nur ein Befehlsempfänger.« Ich versuchte, ihn zu beruhigen, wies auf den Stuhl. »Kommen Sie, setzen Sie sich. Konzentrieren wir uns auf die wichtigen Punkte, damit Sie Weihnachten zu Hause verbringen können. Das war doch das Ziel, oder?«

Rongen musste die Nachricht erst einmal verdauen. Er ließ sich stumm auf dem Stuhl nieder, starrte entgeistert vor sich hin. Bis jetzt hatte er gehofft, dass sich alles wieder einrenken könnte, dass alles so werden würde wie früher. Aber ein einziger Schuss aus seiner Dienstwaffe hatte all das zunichtegemacht, seine berufliche Karriere beendet. Jetzt ging es für ihn nur noch um Freiheit oder Knast.

»Überall Russen«, seufzte er.

»Überall – was?« Ich hatte ihn nicht richtig verstanden.

»Überall Russen. Sie sind halber Russe. Sokolow. Der Typ, der hier im Knast die Hände schützend über mich hält. Alles Russen. Der Zeuge beschreibt die Frau als Russin, ihren Begleiter auch. Ivana kam auch aus Russland. Muss ein echtes Scheißland sein. Deswegen kommen die alle hierher.«

Er hatte halb im Scherz gesprochen. Aber bei der Erwähnung des Namens »Ivana« zuckte ich unwillkürlich zusammen. Ein ungeheuerlicher Gedanke kam in mir auf.

»Wo stehen Sie bei dem Ivana-Fall?«, fragte ich möglichst unverfänglich.

Rongen sah mich fragend an. »Was meinen Sie?«

»Haben Sie in letzter Zeit daran gearbeitet? Die alten ungelösten Fälle, holen Sie die hin und wieder aus der Schublade?«

»Natürlich, ja. Warum fragen Sie danach?«

»Gibt es eine neue Spur?«

»Sagen Sie mir erst, wieso Sie das wissen wollen.«

Ich zögerte, bevor ich weitersprach. »Könnte Ivana der Grund sein, weshalb Sie jemand aus dem Verkehr ziehen möchte?«

Rongen sah mich einen Moment schweigend an. Dann schüttelte er den Kopf. »Wie kommen Sie auf die Schnapsidee? Ivana hatte nichts mit Frank Brenner zu tun.«

Ich ließ mich nicht beirren. »Erinnern Sie sich noch daran, wie wir uns kennengelernt haben? An meinen Mandanten Wolfgang Rölscheid?«

Rongen nickte. »Wie steht's um ihn?«

Ich hob bedauernd die Hände. »Ist gestorben. An einer

Lungenentzündung. Infolge der Dauerbeatmung. Es kam eins zum anderen.«

»Das tut mir leid«, seufzte Rongen. »Aber was hat Rölscheid jetzt damit zu tun?«

»Er saß in U-Haft, genau wie Sie jetzt. Alle Beweise sprachen gegen ihn, und um ehrlich zu sein: Ich hatte auch meine Zweifel, ob er nicht doch seine Frau ermordet haben könnte. Ich hatte Ihren Beweisen damals nichts entgegenzusetzen gehabt. Meine einzige Chance war es, eine Alternativtäter-Theorie aufzubauen. Mir war nichts Besseres eingefallen. Das Ergebnis kennen Sie ja.«

Rongen nickte. »Sie hatten recht und ich nicht. Chapeau! Ehre, wem Ehre gebührt.«

»Darum geht es nicht. Nina und ich haben den Fall damals gelöst, weil wir uns nicht an die üblichen Muster gehalten haben. Wie denken Sie mittlerweile darüber, dass ein Kollege die Waffe vom Tatort entfernt haben könnte?«

Rongen schluckte. »Keine Ahnung.« Er machte ein missmutiges Gesicht. »Vielleicht haben Sie in dem Punkt recht.«

»Und jetzt denken Sie noch einen Schritt weiter!«

Er sah mich fragend an. In seinem Kopf arbeitete es. »Sie meinen, da will mich einer fertigmachen, um zu verhindern, dass ich weiter meinen Job mache?«

»Genau! Und es hat wahrscheinlich nichts mit der Sonderkommission zu tun. Denn wie Sie selbst gesagt haben, da übernimmt ein anderer Ihren Job.«

»Was Ivana betrifft, gilt dasselbe. Christian Korb macht weiter. Er kriegt einen neuen Partner.«

»Dann darf man gespannt sein, wem dieser Fall zugeordnet wird.«

Einen Moment lang herrschte Stille in dem kleinen Besucherraum. Ich sah aus dem Fenster, es hatte aufgehört zu schneien. Leise drang der Lärm des schweren Rolltors zu uns herüber. Ein Fahrzeug verließ das Gelände der JVA.

Ich sah zu Rongen. »Sie haben meine Frage noch nicht beantwortet. Gibt es irgendwelche neuen Erkenntnisse im Fall Ivana?«

Rongen nickte. »Ja.« Er sah gedankenverloren vor sich hin. »Vor anderthalb Jahren haben wir eine DNA am Tatort gefunden, die wir aber bis heute niemandem zuordnen konnten. Wir sind davon ausgegangen, dass die Leute hinter dem Mord stecken, die Ivana nach Deutschland geholt haben, für die sie gearbeitet hat. In einem exklusiven Bordell, das es nicht mehr gibt.«

»Aber?«

»Vor ein paar Monaten habe ich einen Artikel in der Zeitung gelesen, da ging es um den genealogischen Fingerabdruck.«

»Sie meinen genetisch.«

»Nein, es geht um die Genealogie, die Abstammung. Anhand dieser neuen Methode kann man mittels DNA feststellen, zu wie viel Prozent der Mensch zum Beispiel slawischen oder europäischen Ursprungs ist. Im Grunde kommen wir alle ja aus Afrika. In unseren Genen sind also auch ein paar Prozent davon übrig.«

Ich begriff. »Und von wo kommt der Täter?«

»Er war kein Russe. Eher aus Westeuropa. Vielleicht sogar ein Deutscher.«

»Und was bedeutet das?« Ich begriff noch nicht, worauf er hinauswollte.

»Es könnte einer von Ivanas Freiern gewesen sein. Das hieße

aber, dass die Russen den Mörder gedeckt haben. Wozu sonst der ganze Quatsch mit Ihnen und Ihrem Mandanten Sokolow? Die Russen haben den Mord auf die eigene Kappe genommen.«

»Wer weiß von dieser neuen Erkenntnis? Außer Ihnen und Korb?«

Rongen zuckte mit den Schultern. »Viele. Wir tauschen uns untereinander aus. Edgar wusste es. Jochen. Freddy Sommer auch. Er hatte auch einen Fall, der im Russen-Milieu angedockt war. Keine Ahnung, wer es alles wusste …«

Ich sah den Kommissar an. Es war anderthalb Jahre her, als ich zusammen mit Aleksandr Sokolow eine falsche Spur in dem Ivana-Fall gelegt hatte, um Rongens Ermittlungen zu sabotieren. Ein aus meiner Sicht Riesenfehler, für den ich mich schämte. Vielleicht war es Schicksal, dass ich jetzt die Chance bekam, die Sache wiedergutzumachen.

Rongen schien offensichtlich meine Gedanken zu lesen. »Holen Sie mich hier raus«, sagte er eindringlich. »Wenn Sie recht haben, Meller, dann lösen wir diesen Fall. Wir beide.«

Als ich die JVA verließ, schien die Sonne. Der Schnee hatte sich in dunklen Matsch verwandelt, der jetzt meine neuen schwarzen Lederschuhe durchnässte. Auf dem Weg zu meinem Wagen dachte ich an das Gespräch mit Rongen. Alles erschien jetzt in einem anderen Licht. Je komplexer eine Intrige, desto mehr Leute waren in der Regel beteiligt, was auch bedeutete, dass das Motiv sehr stark sein musste. Ein Motiv, das alle Beteiligten untereinander verband. Die Vertuschung eines brutalen Mordes, der anderthalb Jahre zurücklag, wäre ein solches Motiv. Ich stellte es mir so vor: Ein Polizist, der von den neuen Erkenntnissen im Ivana-Fall wusste, kam an den Tatort, wo Frank

Brenners Leiche lag. Der Kollege half, nach der Waffe zu suchen, fand sie und nahm sie an sich. Von diesem Moment an hatte Rongen ein ernstes Problem. Dann aber geschah das Unerwartete, womit der Täter nicht rechnen konnte. Rongen brachte eine Frau ins Spiel, Jana Feldkamp. Von ihr hatte bis dahin niemand etwas gewusst. Der Polizist konnte die Waffe, die er eingesteckt hatte, unmöglich zurücklegen, er musste das Spiel zu Ende spielen. Er musste Jana Feldkamp finden, vor allen anderen, und musste sie zum Schweigen bringen. Wenn sie ausgesagt hätte, dass sie die Waffe nicht entwendet hatte, wären unliebsame Fragen aufgekommen. Man beschloss also, Jana zu ermorden und Rongen den Mord in die Schuhe zu schieben. Man stellte ihm eine Falle, dirigierte ihn zum Tatort, sorgte dafür, dass er das Handy ausschaltete. Ob Rongens Fingerabdrücke von seinem Weinglas stammten, da war ich mir nicht mehr so sicher. Aber wenn der Täter Rongen nahestand, konnte er auch irgendwie anders an die Fingerabdrücke gekommen sein. Es waren womöglich mehrere Personen beteiligt, vielleicht ein ganzes Team.

Zu beweisen war davon im Moment noch nichts. Aber mein erster Mordfall hatte mich gelehrt, dass wenn der erste Dominostein fiel, die anderen, den Gesetzen der Physik folgend, auch umkippten.

Wenn meine Theorie stimmte, dann gab es also jemanden, der Rongen aus dem Verkehr ziehen wollte. Die DNA vom Tatort im Fall Ivana stammte von einem Westeuropäer. Er musste deshalb noch nicht der Mörder sein, vielleicht hatte er die Leiche auch nur entsorgt. Fest stand: Ivana arbeitete als Prostituierte. In einem exklusiven Bordell und als Escort-Dame. Zu ihren Freiern könnten auch Polizisten gehört haben. War der

Mörder einer von ihnen? Hatte Rongen den falschen Leuten von seinem Verdacht erzählt?

Um diesen gordischen Knoten zu lösen, brauchte es kein Schwert, sondern wir mussten den Anfang der Schnur finden. *»Wo und wann haben alle Ereignisse ihren Ursprung genommen?«* Diese Frage hatte ich Rongen mehrmals gestellt. Er versprach, jede erdenkliche Möglichkeit in Betracht zu ziehen. Wir hatten auch über seinen Partner Christian Korb gesprochen. Er war in jener schicksalhaften Nacht nicht im Königsforst gewesen, hätte die Waffe nicht entwenden können. Damit schied er als Teil des Komplotts aus, aber es bestand die Gefahr, dass er auch ins Visier der Täter geraten könnte. Aus diesem Grund durften wir nicht zu früh mit den Informationen an die Öffentlichkeit gehen.

Mein Problem war: Ich brauchte die Akten des Ivana-Falls, und als Anwalt hatte ich kein Anrecht darauf. Rongens Partner war meine einzige Hoffnung.

Als ich in meinem Wagen saß, wählte ich Korbs Handynummer. Das Freizeichen ertönte. Dreimal. Dann wurde der Anruf abgewiesen, die Mailbox sprang an. Ich beschloss, es später noch mal zu versuchen.

Als nächster Programmpunkt stand auf meiner Agenda ein Besuch bei einem Großhändler für Gewerbetreibende und Selbstständige, der sich unweit der JVA befand. In dem Einkaufszentrum gab es nahezu alles, vom Fernseher bis zu Konfektionsware. Mich interessierte die Büroartikelabteilung. Ich kaufte mehrere Stellwände, Filzstifte in allen erdenklichen Farben, Karteikarten, Kleber, Fixiernadeln. Es war nicht ganz leicht, alles in meinem Aston Martin zu verstauen.

Dann fuhr ich zur Kanzlei, versuchte es auf dem Weg noch

einmal bei Korb. Diesmal wurde ich sofort auf die Mailbox geleitet. Er hatte meine Nummer offensichtlich blockiert. Auch auf WhatsApp bekam ich sein Profil nicht mehr angezeigt. Ein deutlicher Hinweis, dass er den Kontakt zu mir abgebrochen hatte.

Ich überlegte, was zu tun war, und beschloss, Nina um Hilfe zu bitten.

32

Als Nina aus dem Fahrstuhl trat, stieß sie fast mit Franka Naumann zusammen. Obwohl die Oberstaatsanwältin oft im Präsidium zu tun hatte, war Nina ihr noch nie begegnet, seit sie hier arbeitete.

»Hallo«, sagte Franka. »Schön, dich zu sehen!«

Nina lächelte. Sie gaben sich die Hand.

Franka betrachtete sie mit einem wohlwollenden Lächeln. »Wie geht es dir? Gefällt dir die Arbeit hier?«

»Mir geht's bestens, und die Arbeit gefällt mir gut«, log Nina, ohne rot zu werden.

»Hast du es eilig?« Franka sah auf die Uhr. »Oder wollen wir einen Kaffee trinken?«

Nina verschwieg, dass sie auf dem Weg zu Christian Korb war. Nicholas hatte sie angerufen und ihr berichtet, dass Korb offensichtlich seine Anrufe blockierte. Er hoffte, über sie an ihn heranzukommen. Aber das konnte warten, also sagte sie zu.

Die beiden schlenderten die hundert Meter bis zum Haupthaus des Präsidiums, wo sich die Cafeteria befand. Dort angekommen machte Franka sich einen Kaffee an der Maschine, Nina bereitete sich einen Tee zu. Die beiden setzten sich an einen der Tische.

Obwohl Nina mit Franka bislang praktisch keinen privaten Kontakt hatte – sie kannten sich nur über Nicholas –, hatte sie das Gefühl, sie müsste Franka auf den neusten Stand bringen. »Ich weiß nicht, ob du es schon weißt. Nicholas und ich sind nicht mehr zusammen.«

Franka sah sie entgeistert an. Nur kurz, dann hatte sie sich wieder gefangen. »Ach, wirklich?« Sie versuchte, gelassen zu klingen. »Nein, das wusste ich nicht. Seit wann?«

»Ist ganz frisch. Seit Freitag. Diesmal ist es endgültig. Von beiden Seiten. Wir sind uns einig.«

Franka schwieg. Nina konnte sich denken, was in ihr vorging. Sie wusste, dass sie auf Nicholas stand und sich mehr als einmal Hoffnungen gemacht hatte, mit ihm zusammenzukommen. Jetzt war der Weg frei. Natürlich würde sie sich niemals die Blöße geben, dies gegenüber Nina zuzugeben.

»Was war der Grund für eure Trennung?«

»Wir passen einfach nicht zusammen. Hat ein bisschen gedauert, bis wir das festgestellt hatten.«

Franka errötete leicht. Sie spürte es, drehte den Kopf zur Seite, tat, als suche sie jemanden in der Cafeteria. Als sie sich wieder Nina zuwandte, wirkte sie angespannt. Sie sah auf die Uhr.

»Musst du weg?«, fragte Nina.

»Nein, nein«, sagte sie und lächelte. Sie hatte ihre normale Gesichtsfarbe zurückgewonnen. »Darf ich dich etwas fragen, Nina?«

»Natürlich.«

Franka zögerte, bevor sie fortfuhr. »Liebst du ihn noch?«

Jetzt war es an Nina zu zögern. Schließlich schüttelte sie den Kopf.

»Aber du hast ihn mal geliebt?«

Nina nickte. »Ja. Und du?«

Es kostete Franka Überwindung, die Frage zu bejahen. Aber es war nicht zu leugnen, dass sie mehr als nur Freundschaftsgefühle für ihn empfand.

»Darf ich dir einen Rat geben?«, sagte Nina. »Warte nicht zu lange.«

»Wie meinst du das?«

»Die meisten Männer möchten ihre Traumfrau erobern. Aber ihr beiden kennt euch schon so lange.«

Franka sah die jüngere Frau freundlich an. »Danke für den Tipp«, sagte sie und lachte. »Aber ich glaube, jetzt muss ich langsam ...« Sie erhob sich. »Man sieht sich.«

»Man sieht sich. Und frohes Fest.«

»Dir auch.«

Franka verließ die Cafeteria mit zügigen Schritten. Nina blieb noch einen Moment sitzen, bevor sie zum Gebäude Nummer sechs zurückging, dort mit dem Fahrstuhl in die erste Etage fuhr. Mit ihrem elektronischen Schlüssel hatte sie auch Zugang zum Korridor der Mordkommission. Die Tür zu Korbs Büro stand offen. Er saß an seinem Schreibtisch. Nina trat ein, ohne anzuklopfen, machte die Tür hinter sich zu.

Korb sah sie leicht verdutzt an.

»Ich möchte Ihnen nur mitteilen, dass Nicholas Meller weiß, weshalb Sie nicht mehr ans Telefon gehen, und er respektiert Ihre Entscheidung.«

»Schön. Sie sind im Bilde. Ich habe nicht vor, meinen Job zu riskieren.«

»Thomas Rongen würde gerne die Kopie einer Akte haben, an der er vor einiger Zeit gearbeitet hat.«

Korb musste nicht lange überlegen. »Ivana?«

Sie nickte.

»Was will er mit der Akte?«

»Ich weiß es nicht.« Sie holte einen Brief in einem Kuvert aus der Handtasche, legte ihn auf seinen Schreibtisch. »Da steht alles drin. Sie müssen selbst entscheiden, ob Sie das verantworten können. Rufen Sie mich an, wenn ich die Kopien abholen soll.«

Nina wandte sich zum Gehen.

»Machen Sie bitte die Tür wieder zu«, rief er ihr hinterher.

Kaum war Korb allein, öffnete er das Kuvert, faltete den Brief auseinander. Dann griff er zum Telefonhörer und wählte Soltaus Nummer.

33

Die Strafverteidigung in einem Mordfall glich mitunter der Arbeit eines Designers. Bei der Gestaltung eines Objekts gab es zwei maßgebende Komponenten: Form und Nutzen. Beides bedingte einander. Eine Blumenvase, die wunderschön aussah, aber jedes Mal umfiel, wenn man eine Blume hineinstellte, war nicht als Blumenvase geeignet. Ich würde vor Gericht eine Geschichte präsentieren müssen, die meinen Mandanten entlastete und frei von jeglichem Widerspruch sein musste, um im Rahmen der bestehenden Gesetze einen Freispruch zu erzielen.

In einem Strafverfahren ging es um Wahrheitsfindung – die juristische Wahrheit wohlgemerkt, denn was sich tatsächlich irgendwann in der Vergangenheit abgespielt hatte, ließ sich nie hundertprozentig feststellen. Die Strafprozessordnung sah deshalb vor, dass Richter der freien Beweiswürdigung unterliegen. Nicht auf die Anzahl der Zeugen, die eine Partei aufrief, kam es an, sondern auf die Glaubwürdigkeit jedes Einzelnen. Ein Angeklagter konnte nur verurteilt werden, wenn die Richter zweifelsfrei zu der Meinung gelangten, dass der Angeklagte und nur er die Tat begangen haben konnte.

Wenn meine Argumente vor Gericht zu ernsten Zweifeln auf der Richterbank führten, musste mein Mandant freigesprochen werden. Dabei oblag es mir nicht, jede meiner Behauptungen zu beweisen, dazu war man als Strafverteidiger auch gar nicht in der Lage. Die Ermittlungsarbeit oblag allein der Seite der Kläger, der Staatsanwaltschaft, und deren ausführendem Organ, der Polizei.

Entscheidend für meinen Erfolg war die Glaubwürdigkeit meiner Argumentation. Die Aussage von Kurt Wegner, der eine seltsame Beobachtung gemacht hatte, würde ihre Wirkung nur dann in voller Pracht entfalten, wenn ein Komplott gegen meinen Mandanten nicht nur möglich, sondern sogar wahrscheinlich war.

Cui bono? Wem nützt es, dass Rongen in Haft saß?

Mit dieser Frage würde ich Friedemann Gerber so lange vor mir hertreiben, bis er von dem dringenden Tatverdacht absah. Sein Ehrgeiz, als Sieger aus dem Verfahren hervorzugehen, um sich profilieren zu können, käme mir dabei zugute. Er konnte nicht das Risiko eingehen, Anklage zu erheben und dann vor Gericht zu scheitern.

Um mich optimal vorzubereiten, hatte ich im Konferenzraum der Kanzlei die neuen Stellwände aufgebaut und bereits die ersten Karteikarten und Kopien aus der Ermittlungsakte der Sonderkommission befestigt. Julie half mir. Sie hatte noch andere Mandanten, um die sie sich kümmern musste, und würde deshalb morgen den ganzen Tag ausfallen. Es war bereits nach dreiundzwanzig Uhr, aber sie machte keine Anstalten, nach Hause zu gehen.

»Ich möchte nicht, dass du Ärger kriegst mit deiner Frau«, sagte ich.

Julie war lesbisch und lebte in einer festen Partnerschaft. Ihre Freundin war etwas seltsam. Ich hatte sie nur ein paar mal gesehen. Sie war so dünn, dass ich sofort an Magersucht denken musste, aber vielleicht täuschte ich mich da.

Die Kollegin zuckte nur mit den Schultern. »Wer weiß, wo die sich gerade rumtreibt.«

Julie klang verbittert. Ich sah sie mitfühlend an.

»Mach dir um mich keine Sorgen«, sagte sie und lächelte. »Konzentrier dich lieber auf morgen. Steht der Termin bei Gerber?«

Ich nickte. »Ja. Und ich denke, unsere Chancen stehen gut. Wenn wir beweisen können, dass Rongen in der Tatnacht in eine Falle getappt ist, bricht alles wie ein Kartenhaus zusammen. Wie man einen Fingerabdruck von einem Glas auf die Patrone überträgt, könnte man zur Not sogar vor Gericht demonstrieren.«

»Aber der Zeuge hat nicht gesehen, wie das Glas entwendet wurde.«

»Weil er auf die Brüste von Viola gestarrt hat.«

»Anja«, korrigierte mich Julie. »Es waren Anjas Brüste, auch wenn die wahrscheinlich gleich aussehen.«

Wir lachten beide. Doch ich wurde schnell wieder ernst.

»Es muss nicht das Weinglas gewesen sein. Wir haben es wahrscheinlich mit kriminellen Polizisten zu tun. Der Abdruck kann auch woanders herstammen. Wenn wir diesen Beweis eliminieren, wird es keine Anklage geben. Nicht aufgrund eines abgeschalteten Handys und Rongens Aufenthaltsort am Tatort. Das ist zu wenig.«

Julie nickte. »Wenn er in eine Falle getappt ist und du das glaubhaft machen kannst, steht die Anklage gegen ihn auf Treibsand.«

Ich war guter Dinge, weil Julie das genauso sah wie ich. »Wenn Rongen frei ist, beginnt die eigentliche Arbeit. Aber das hat bis nach Weihnachten Zeit.«

Julie streckte den Kopf in den Nacken, um Verspannungen zu lösen. »Wie feierst du?«

»Ein Besuch bei meiner Mutter. Ansonsten nichts.«

Sie seufzte. »Wenn die dumme Kuh mich verlässt, habe ich wenigstens genug Zeit, an den Feiertagen hier abzuhängen.«

Offensichtlich stand es wirklich schlimm um ihre Beziehung. Sie senkte den Kopf wieder. Ich stellte mich hinter sie, massierte ihre Schultern. Julie ließ es zu. Ich hatte das Gefühl, dass sie sich ein wenig entspannte. Doch dann spürte ich ein verräterisches Zittern.

Julie weinte.

34

Die Staatsanwaltschaft Bonn residierte in einem schlichten roten Backsteingebäude mit weißen Fensterläden. Innen sah es aus wie in einer typischen Behörde. Durch die Korridore wurden Aktenwagen geschoben – die vorsintflutliche Form moderner Datenverarbeitung. Ich fand das Büro von Friedemann Gerber im ersten Stock und wurde von einer Sekretärin sofort zu ihm ins Zimmer geführt.

Das Büro war geräumig und hell, die Einrichtung zeitlos modern. Außer dem Schreibtisch gab es noch eine bequeme Sitzgruppe in der Zimmerecke. Auf einem niedrigen Tisch standen eine silberne Thermoskanne, zwei weiße Tassen und ein kleiner Teller mit etwas Gebäck.

Gerber saß hinter seinem Schreibtisch, beendete gerade ein Telefonat, deutete zu der Sitzgelegenheit. Ich ließ mich auf einem der Sessel nieder. Der Staatsanwalt legte auf, kam um seinen Schreibtisch herum, wir gaben uns die Hand. Es folgte der übliche Small Talk, ob wir schon alle Weihnachtsgeschenke besorgt hätten und ob es vielleicht Schnee geben würde … Der Himmel war dicht bewölkt, auf der Fahrt hierher hatte es sich immer mehr zugezogen.

Während wir so plauderten, konnte ich nicht umhin, daran zu denken, dass Franka mit diesem Mann eine Affäre gehabt hatte. Es passte nicht in mein Bild, das ich von ihr hatte. Gerber war ein Narzisst, selbstverliebt und rechthaberisch. Er würde es in der Politik bestimmt weit bringen.

Ich öffnete meinen Aktenkoffer, holte meine Notizmappe heraus, um ihm zu signalisieren, dass ich gerne anfangen würde.

»Haben Sie Franka Naumann in letzter Zeit gesehen?«

Auf die Frage war ich nicht vorbereitet. »Ja«, sagte ich ehrlich. »Wir gehen öfter mal zusammen mittagessen.«

»Wir haben zusammen studiert, genauer gesagt, das Referendariat zusammen gemacht.«

»Das erzählte sie.«

Er grinste. »Und was hat sie sonst so erzählt?«

Dass er aus reiner Neugier fragte, davon durfte ich nicht ausgehen. Sein plötzliches Erscheinen bei Franka vor ein paar Tagen war Taktik gewesen. Jeglichem intriganten Verhalten wollte ich massiv entgegenwirken, die beste Kampftaktik in so einer Situation war: unberechenbar handeln.

»Dass Sie ein mieser Dreckskerl sind«, antwortete ich.

Ihm entglitten schlagartig die Gesichtszüge. Er sah mich fassungslos an.

Ich grinste ihn an: »Nur ein Scherz.«

Er gewann seine Fassung zurück. Lachte bemüht.

Ich wechselte das Thema. »Nun zum Grund meines Besuchs. Ich stelle den Antrag auf Haftentlassung, der dringende Tatverdacht ist anzuzweifeln, womit der Haftgrund Fluchtgefahr vom Tisch ist.«

Ich zog zwei Blätter aus meiner Notizmappe, reichte sie ihm. »Ich habe einen Zeugen ausfindig machen können, der aussagt, dass Rongen in der Tatnacht von zwei Personen beobachtet wurde. Die eine Person sei dann zu demjenigen ins Auto gestiegen, der sich als ein Kollege von der Kripo Solingen ausgegeben hatte. Ich werde außerdem darlegen, dass es möglich ist, einen Fingerabdruck auf einer Patrone zu platzieren.«

»Das sind Geheimdienstmethoden. Daran glauben Sie doch selber nicht.«

Ich sah ihn verwundert an. »In welchem Jahrhundert leben Sie? Seitdem man ein Handy mit einem Fingerprint entsperren kann, ist diese Methode auch bei Betrügern gang und gäbe.«

Er wirkte verunsichert, sah auf das Papier. »Wo haben Sie den Zeugen gefunden?«

»Nett, dass Sie danach fragen. Eigentlich wäre das Polizeiarbeit gewesen.« Ich seufzte. »Aber wenn man nicht alles selber macht …«

Gerber ging nicht darauf ein, überflog den Text. »Wie soll das mit dem Fingerabdruck abgelaufen sein?«

»Zum Beispiel vom Weinglas.«

»Hier steht aber nichts darüber, dass der Zeuge gesehen hat, wie das Weinglas Ihres Mandanten entwendet wurde.«

»Er ist nicht mein einziger Zeuge. Allerdings konnte ich noch nicht alle Kellner an diesem Abend ausfindig machen. Ich finde, dass das, was dasteht, ausreicht, um ernste Zweifel an einem dringenden Tatverdacht zu haben. Darüber verfügt Rongen über ein intaktes soziales Umfeld, er hat ein eigenes Haus. Wir wären auch mit einer Kaution einverstanden.«

Gerber schien sich noch nicht ganz von meinem Witz erholt zu haben. Er musste sich offenbar sammeln, bevor er zum Gegenangriff übergehen konnte. »Ein weiterer Haftgrund ist die Verdunklungsgefahr.«

Ich trank einen Schluck Kaffee, der gut schmeckte, setzte die Tasse wieder ab. »Sie meinen, weil er Polizist ist, besteht

Gefahr, dass er aufgrund seiner Kontakte die Ermittlungen beeinflussen könnte?«

Gerber nickte.

Bevor er etwas sagen konnte, parierte ich sofort. »Dafür gibt es keinen Beweis. Hingegen hat der Kölner Polizeipräsident in einer Konferenz am Samstag mehr als eindeutig klargestellt, dass jede Einmischung seitens der Kölner Polizei in Ihren Fall hart bestraft wird.«

»Tja«, sagte Gerber gedankenverloren. Er stand auf, ging zum Fenster, vergrub seine Hände in den Hosentaschen. »Mir persönlich liegt nicht viel daran, dass Ihr Mandant in U-Haft sitzt. Aber dieser Fall hat hohe Wellen geschlagen. Unser Pressesprecher muss jeden Tag die Journalisten abwimmeln. Kann Ihr Mandant mit so einer Situation umgehen?«

»Sie meinen, Reporter loswerden?«

Er drehte sich zu mir um. Nickte.

»Rongen ist ein Profi. Er wird mit niemandem reden. Vor allem nicht mit Journalisten.«

»Was haben Sie noch herausgefunden über die Tatnacht?«

Ich hielt mich bedeckt, antwortete ausweichend. Gerber schien längst eine Entscheidung getroffen zu haben, wollte dies nur nicht so schnell zugeben.

»Ihre Argumente klingen nicht unschlüssig«, sagte er. Doppelte Verneinungen waren unter Juristen beliebt, anstatt einfach zu sagen, dass ich recht hatte. »Zuerst einmal: mein Kompliment, Herr Kollege. Gute Arbeit. Aber interessieren würde mich natürlich schon, welches Motiv hinter einem Komplott gegen Ihren Mandanten stecken sollte. Wer würde Rongen einen Mord in die Schuhe schieben wollen?«

»Der wahre Mörder von Jana Feldkamp.«

»Und der Mörder von Jana Feldkamp hat die Möglichkeit, Fingerabdrücke auf einer Patrone zu platzieren und Rongen in eine Falle zu locken? An wen denken Sie dabei?«

»Etliche Kriminelle sitzen wegen Rongen in Haft.«

Gerber schüttelte den Kopf. »Wollen Sie mir allen Ernstes erzählen, es war jemand, der eine Rechnung mit Rongen offen hat? Woher hat der Mörder von Jana Feldkamp gewusst?«

»Dazu möchte ich mich nicht äußern. Noch nicht.«

»Sie glauben, dass es ein Polizist war, richtig? Oder gleich mehrere?«

Ich schwieg.

»Warum?«

Ich schwieg.

»Nun gut.« Er schob seinen Sessel ein Stück näher an meinen heran, setzte sich wieder, stellte eine vertrauliche Nähe her, die mir unangenehm war.

»Franka und ich hatten damals ein kleines Techtelmechtel. Hat sie Ihnen davon erzählt?«

»Was tut das zur Sache?« Ich setzte mich unwillkürlich aufrechter hin. »Lassen Sie uns beim Thema bleiben.«

»Es tut etwas zur Sache, seitdem Sie mich einen ›Dreckskerl‹ genannt haben.«

»Wenn, dann hat Franka das gesagt, nicht ich.«

»Hat sie?«

Womöglich würde ich an seiner Stelle nicht anders reagieren. Ich ärgerte mich über meinen dummen Spruch. Der Wechsel ins Private verschaffte ihm Zeit, über meine Argumente nachzudenken und gleichzeitig Verwirrung zu stiften. So hatte er die Oberhand gewonnen.

Gerber sprach leise. »Sollte Franka irgendwelche Unwahrheiten über mich verbreitet haben oder dies irgendwann tun, dann weiß ich mich zu wehren. Das sollte Ihnen klar sein.«

»Franka hat nichts erzählt.«

»Das glaube ich Ihnen nicht. Sie hasst mich. Weil ich sie abserviert habe, aus gutem Grund. Sie sollten aufpassen bei dieser Frau.«

Er ließ seine Worte nachwirken. Jetzt grinste er. »Wollen Sie den Grund wissen?«

Mein Blick sagte »Ja«, denn er wartete meine Antwort nicht ab.

»Sie hat mir damals die Hölle heißgemacht. Sie wusste von Anfang an, dass ich eine Freundin hatte, ja, ich bin fremd gegangen. *Mea culpa.*« Er legte die Hand aufs Herz. »Am Anfang hatte sie das nicht gestört. Am Anfang. Franka ist schlicht und einfach beziehungsgestört. War sie damals zumindest. Ich habe gehört, die Trennung von ihrem Mann hat auch in einem Rosenkrieg geendet.«

Ich wollte dieses Gespräch beenden, stand auf. »Ich habe Franka nicht darum gebeten, dass sie mir von Ihnen erzählt. Sie hat es nur getan, weil Sie plötzlich bei ihr aufgetaucht sind. Was zwischen Ihnen und ihr war, geht mich nichts an.«

»Doch, Herr Meller, das tut es.« Gerber erhob sich ebenfalls. Ein typischer Narzisst, er wollte bestimmen, wann eine Diskussion beendet war. »Wenn Sie sich beeinflussen, vielleicht sogar instrumentalisieren lassen, den objektiven Blick verlieren, dann schon. Franka will sich an mir rächen. Wir beide aber müssen sachlich bleiben.«

»Dann sind wir uns wenigstens in dem Punkt einig.«

»Nicht nur in diesem Punkt«, erwiderte er.

Ich sah ihn fragend an.

Gerber ging zu seinem Schreibtisch. »Mir liegt persönlich nichts daran, wenn Ihr Mandant in U-Haft sitzt. Ein Haftprüfungstermin wird nicht nötig sein, die Zeugenaussage reicht vorerst, um den dringenden Tatverdacht abzumildern.« Er hielt das Zwei-Seiten-Papier in die Höhe. »Ich stelle den Antrag auf Haftentlassung. Womöglich gegen Kaution.«

Er lächelte, ich ebenfalls. Auch wenn ich versuchte, meine Emotionen in seiner Gegenwart unter Kontrolle zu halten.

Gerber sah zum Fenster. Draußen fing es an zu schneien.

»Sie sollten sich beeilen, nach Hause zu kommen. Bevor das Verkehrschaos losgeht.«

Wir gaben uns die Hand, sahen uns in die Augen. Ich bereute, ihn als Dreckskerl bezeichnet zu haben. Diesen Scherz würde er mir niemals verzeihen.

Leider schaffte ich es nicht, rechtzeitig aus Bonn herauszukommen. Der Stau begann einen Kilometer vor der Autobahnauffahrt. Ich telefonierte mit Zollinger, informierte sie über meinen Erfolg und dass ich heute aufgrund der Verkehrslage wohl nicht mehr ins Büro kommen würde. Ich war zuversichtlich, dass ich unseren Mandanten morgen früh aus der JVA abholen könnte. Zollinger würde ihm eine entsprechende Nachricht zukommen lassen.

Eine Ampel in etwa hundert Meter Entfernung schaltete auf Grün. Nichts bewegte sich. Als die Autos vor mir endlich ins Rollen kamen, sprang die Ampel schon wieder auf Rot. Geduld war noch nie meine Stärke. Ich fluchte.

Das Schneetreiben wurde immer dichter. Der Scheibenwischer kam kaum dagegen an.

Obwohl das Gespräch mit Gerber in der Sache erfolgreich

war, konnte ich mich nicht richtig freuen. Mein Versprechen gegenüber Rongen hatte ich eingehalten. Er würde Weihnachten zu Hause verbringen. Mich beschäftigte, was Gerber über Franka gesagt hatte. Benutzte sie mich für einen kleinen, privaten Rachefeldzug? Nein, das wäre nicht ihre Art. Das wäre nicht die Franka, die ich kannte. Gerber dagegen war zuzutrauen, dass er seine Kollegin, die einen guten Draht zu mir hatte, schlecht machen wollte, um alles, was sie womöglich noch über ihn sagen würde, in einem anderen Licht erscheinen zu lassen. Wie bei einem Zeugen im Gericht. Wenn er etwas sagt, das einer der Parteien nicht gefiel, versuchte die andere Seite den Zeugen zu zerlegen. Gerber war ein Manipulator. Vielleicht würde ich der Menschheit einen Gefallen tun, wenn ich ihm eine krachende Niederlage bereitete und dafür sorgte, dass er nicht in die Politik ginge.

In diesem Moment piepte mein Handy. Als wäre es Gedankenübertragung, ich wollte sie ebenfalls anrufen. Franka.

»Hi. Stör ich gerade?«

»Nein. Ich stehe im Stau. In Bonn.«

»Du warst bei Friedemann. Und?«

»Rongen wird morgen aus der U-Haft entlassen.«

»Wow. Gratuliere. Das müssen wir feiern, oder?«

Ich konnte mir nicht helfen, aber das »wir« kam mir verdächtig vor.

»Oder musst du heute noch arbeiten?«, setzte sie nach.

Ich schwieg. Einen Moment zu lange.

»Hallo? Bist du noch dran?«

»Ich mache Feierabend für heute.«

»Hast du Lust, bei mir vorbeizukommen?«

In der Sekunde war mir klar, dass sie von der Trennung

wusste. Es konnte gar nicht anders sein. Sonst hätte sie ein Restaurant vorgeschlagen. Oder einen anderen neutralen Ort.

»Ich weiß nicht, wann ich es schaffe. Bei dem Schnee kann es dauern …«

»Kein Problem«, sagte sie. »Ich bin zu Hause. Habe nichts anderes vor.«

»Sei mir nicht böse, aber … wir feiern ein anderes Mal, okay?«

»Klar.«

Wenn sie enttäuscht war, ließ sie es sich jedenfalls nicht anmerken. Wir redeten noch ein bisschen über belanglose Dinge, dann beendete ich das Telefonat. Hinter der Ampel ging es zähfließend weiter, und auf der Autobahn kam ich nur mit Tempo fünfzig voran. Ich wusste genau, was Frankas Beweggründe waren, mich einzuladen. Sie malte sich etwas aus, vielleicht eine leidenschaftliche Nacht oder gar eine gemeinsame Zukunft? Vor anderthalb Jahren, als Nina und ich noch nicht zusammen waren, hatte Franka sich sehr einsam gefühlt. Was sollte sich daran geändert haben? Hatte sie womöglich sehnsüchtig auf diesen Tag gewartet?

Und ich, was wollte ich von Franka?

Ich war nicht mehr derselbe wie vor anderthalb Jahren. Auch wenn ich mir einredete, dass Gerber gelogen hatte. Was er gesagt hatte, wollte mir nicht aus dem Kopf gehen. *Beziehungsgestört*, hatte er sie genannt.

Ganz ausschließen konnte ich das nicht.

35

Es war ein völlig undramatischer Augenblick. Anders als in vielen Hollywoodfilmen – wenn das Gefängnistor sich wie in Zeitlupe zur Seite bewegte und den Blick freigab auf den einsamen Helden mit wenig Gepäck, der über die Schwelle in die Freiheit trat. In den Filmen wurde der Zuschauer meist von der Abendsonne geblendet. In Köln regnete es. Kalter, fieser Nieselregen, der die Überreste des Schnees vom Vortag auflöste. Kein Tor bewegte sich knirschend zur Seite, wir verließen die JVA durch die Tür, die nicht einmal quietschte.

Rongen trug den Karton mit den Aktenordnern, die ich ihm gebracht hatte. Wir gingen stumm nebeneinander zu meinem Aston Martin, der vor der kahlen Betonmauer parkte. Ich öffnete den Kofferraum. Rongen blieb stehen, musterte anerkennend den Wagen. »Na, da komme ich wenigstens mal in den Genuss, mit einem Aston Martin chauffiert zu werden.«

»Möchten Sie fahren?«

»Haben Sie meinen Führerschein dabei?« Er stellte den Karton in den Kofferraum. Ich schloss die Klappe.

»Sie haben Ihren Anwalt neben sich sitzen, das muss reichen.«

Er grinste. »Danke. Aber fahren Sie lieber.«

Wir stiegen ein. Verwundert sah Rongen zu, wie der Schlüssel im Armaturenbrett verschwand, bevor ich den Motor startete. Bei einem Aston Martin war alles ein wenig anders als bei einem deutschen Auto. Die Engländer definierten sich durch den feinen Unterschied.

»Mit Stoßdämpfer oder ohne?«, fragte ich.

»Wie …?« Rongen verstand nicht.

»Ich kann die Stoßdämpfer abschalten. Dann kriegen Sie jedes Schlagloch mit.«

»Klingt gut. Machen Sie mal.«

Laut röhrend fuhren wir los, ließen die Tempo-30-Zone hinter uns, bevor ich an der grünen Ampel richtig aufs Gas trat. Rongen gefiel das.

»Ich nehme an, Sie wollen als Erstes nach Hause? Oder zu Ihrer Freundin …«

»Nein«, schnitt er mir das Wort ab. »Lassen Sie uns arbeiten. Ich habe genug Zeit hinter diesen Mauern vertrödelt. Weiß Laura, dass ich entlassen werde?«

»Ja, aber nicht die Uhrzeit.«

»Ich rufe sie später von Ihrem Büro aus an.« Rongen wirkte ruhelos.

»Der Konferenzraum gehört Ihnen. Wir haben schon einiges an Fakten zusammengetragen. Allerdings die Akte vom Ivana-Fall kriegen wir nicht. Korb lässt uns im Stich.«

»Warum?«

»Der Polizeipräsident verbietet jede Einmischung in den Fall vonseiten der Kölner Kollegen. Wer Ihnen hilft, riskiert ein Disziplinar- und ein Strafverfahren.«

»Okay. Das verstehe ich. Wir brauchen ihn und die Akte nicht. Im Moment zumindest nicht.«

Ich sah ihn fragend an. »Haben Sie einen Plan?«

Er sah schweigend aus dem Seitenfenster.

»So läuft das nicht, Rongen.« Ich war ernsthaft ungehalten.

»Wenn Sie sich nicht an die Regeln halten, sitzen Sie schneller wieder in U-Haft, als ich Piep sagen kann. Also, was haben Sie vor?«

»Kann ich Eisfeld einen Krankenbesuch abstatten?«

»Marco Eisfeld?«

Eine Ampel vor uns schaltete auf Rot, ich verlangsamte das Tempo.

Rongen wandte sich mir zu. »Wenn er gelogen hat und Brenner nicht der Mörder war, bedeutet das, er schützt denjenigen, der auf ihn geschossen hat.«

»Vielleicht hat er nicht gelogen und sagt trotzdem die Unwahrheit. Er war gerade erst aus dem Koma erwacht. Subjektive Wahrheit nennt man das. Lügen in der Annahme, die Wahrheit gesagt zu haben.«

»Hey«, unterbrach er mich. »Das weiß ich. Bin schließlich vom Fach. Ob er lügt oder nicht, genau das will ich herausfinden. Von Kollege zu Kollege. Ist das okay für Sie? Es ist übrigens grün.«

Ich fuhr weiter. Im Rückspiegel sah ich einen Linienbus. Er hielt an, um Fahrgäste aufzunehmen.

»Was genau wollen Sie Eisfeld fragen?«

»Ob Brenner wirklich der Mörder war. Eine völlig unverfängliche Frage. Je nachdem, wie Eisfeld reagiert, sage ich Ihnen danach, ob er die Wahrheit sagt.«

In Gedanken ging ich die Auflagen für einen Tatverdächtigen durch. Rongen hatte sich von Kriminellen fernzuhalten. Eisfeld war ein Opfer, kein Krimineller. Ein Polizist, ein Kollege, der im Krankenhaus lag. Zeuge in einem Verfahren, das nur indirekt mit meinem Mandanten zu tun hatte. Eisfeld würde niemals in dem Prozess gegen Rongen aussagen müssen.

»Bringen Sie ihm Blumen mit«, sagte ich. »Damit es wenigstens echt aussieht.«

Rongen grinste. »Heißt, Sie sind einverstanden?«

»Nein.« Ich wurde langsamer, setzte den Blinker, hielt an der nächsten Bushaltestelle an.

Rongen sah mich an. »Auf eigene Faust?«

Ich nickte. »Haben Sie einen Plan, wie Sie vorgehen wollen?«

»Noch nicht. Aber mir fällt schon was ein.«

»Erklären Sie Eisfeld, dass er Ihretwegen nicht lügen muss. Bedanken Sie sich bei ihm, dass er es getan hat, aber es sei nicht nötig. Weil es keine Rolle für die Notwehr spielt, ob Frank Brenner der Mörder war.«

Rongen lächelte. »Guter Plan. Er soll denken, dass ich die Wahrheit längst kenne.«

»Mehr aber auch nicht. Setzen Sie ihn nur ein wenig unter Druck.« Ich sah nach hinten. »Der Bus kommt.«

Rongen machte die Tür auf, stieg aus. Er sah zu mir herein. »Danke, Meller. Mit Ihnen lässt sich arbeiten.«

»Rufen Sie mich an.«

Der Busfahrer hupte, weil ich auf seinem Platz stand. Rongen schmiss die Tür zu, ich sah in den Rückspiegel und gab Gas.

36

Eisfeld fühlte sich erstaunlich gut. Am Morgen war er mit einer Erektion aufgewacht, die sich sehen lassen konnte. Nachdem er sich Erleichterung verschafft hatte, in Gedanken die Schwester der Nachtschicht vor Augen, ging es ihm gleich noch viel besser. Es musste am Alkohol liegen – am Alkohol, den er nicht mehr trank. Oder die Medikamente sorgten dafür, dass es mit seiner Libido aufwärts ging. Ansonsten war der Vormittag ohne besondere Vorkommnisse verlaufen. Man hatte ihn vor ein paar Tagen in ein Einzelzimmer auf die Chirurgie verlegt. Es hieß, er müsste noch so lange bleiben, bis die Wunden verheilt waren. Auf jeden Fall würde er vor Weihnachten entlassen werden. So saß er im Bett, spielte *Narcos* auf dem iPad, während der Fernseher ohne Ton vor sich hin flimmerte. *Narcos* war ein Spiel nach der gleichnamigen Netflix-Serie. Es ging darum, Drogen zu verkaufen und Konkurrenten auszuschalten. Im wahren Leben war Eisfeld auf der Seite von Recht und Gesetz, im Kino hielt er gern zu den Gangstern. Da er seine Airpods im Ohr hatte, nahm er die Umgebungsgeräusche kaum wahr. So reagierte er auch nicht, als die Tür aufging. Es kam ständig jemand herein, um nach ihm zu sehen. Schwestern, Pfleger, Ärzte. Er tötete gerade zwei Angreifer vom Medellín-Kartell, die seine Drogenvorräte klauen wollten. Dann sah er vom Display auf. Eisfeld traute seinen Augen nicht, nahm die Airpods heraus.

»Wow. Das nenne ich mal eine Überraschung!«

Rongen lächelte. Wie ein guter Freund. »Ich wollte mal nach dir sehen, dir gute Besserung wünschen.« Rongen pfefferte den kleinen Blumenstrauß, den er unten in der Eingangshalle gekauft hatte, auf den Tisch. Fast gleichzeitig zog er einen kleinen Flachmann aus der Innentasche seines Mantels, hielt ihn hoch.

Eisfeld erkannte die Marke sofort. »Chivas Reagal. Du bist der Beste, Rongen. Wirklich, der Allerbeste.«

»Stopp, stopp«, sagte der. »Ich will dich nicht umbringen. Kriegst du irgendwelche Medikamente, die sich mit Alkohol nicht vertragen?«

Eisfeld zeigte ihm den Mittelfinger. »Hey, Motherfucker, komm mir nicht so. Bringst hier eine Flasche mit rein und dann: Nur angucken, nicht anfassen! Spinnst du?«

Sie lachten beide. Eisfeld machte die Schublade seines Schränkchens auf, darin lagen ein paar kleine Plastikbecher, in denen sonst die Pillen gereicht wurden. Rongen schenkte ihnen ein. Die beiden sahen sich in die Augen, tranken.

Eisfeld genoss den ersten Schluck seit Langem. Er sah Rongen mit einem Lächeln an. »Du wurdest also entlastet?«

»Nein. Die Sache ist noch nicht vorbei. Aber ich habe einen guten Anwalt.«

»Diesen Meller? Der mit der Einarmigen?«

»Genau der.«

»Ich dachte, du findest diesen Kerl total scheiße.«

»Fand ich auch. Als wir auf verschiedenen Seiten standen. Er macht gute Arbeit. Ist hartnäckig. Er hat Nummern drauf, da träumst du nur von.«

»Was für Nummern?«

Eisfeld knabberte nervös an seiner Unterlippe. Rongen bemerkte es. So kannte er Eisfeld. Es würde seinem Vorhaben zugutekommen. Rongen beugte sich vor, sprach leise. »Das bleibt unter uns, klar?«

Eisfeld hob den leeren Becher. »Genau wie das hier.«

Rongen schenkte ihm nach und sich selbst auch. Sie tranken beide.

»Schieß los.« Eisfeld leckte sich genussvoll die Lippen.

Rongens Stimme klang verschwörerisch. »Wir sind kurz davor zu beweisen, dass mir eine Falle gestellt wurde. Und dann bricht die Anklage gegen mich wie ein Kartenhaus zusammen. Dann stellt sich natürlich die Frage, wer hat diese junge Frau von der Brücke geschubst?«

»Hast du schon eine Idee?« Eisfeld nagte wieder an der Unterlippe.

»Die Russen.«

»Was für Russen?« Er war sichtlich irritiert.

»Die hinter dem ganzen Theater stecken. Brenner war nur ein Strohmann. Ein Sündenbock, genau wie Lee Harvey Oswald, der Kennedy erschossen hat.«

Rongen achtete genau auf Eisfelds Reaktion. Wie er es bei jedem Verhör tat. Es gab eine Menge verräterische Signale, die jemand aussendete. Gesichtsmuskeln sowie die Augen wurden nur zum Teil vom Bewusstsein gesteuert. Auf die Weise ließen sich Lügner manchmal schon allein aufgrund ihrer Mimik überführen.

Eisfeld hob noch einmal den Becher. Rongen zögerte keine Sekunde, schenkte ihnen beiden nach. Er hob seinen Becher. »Auf Frank Brenner, den Wichser!«

Eisfeld nickte. »Möge er in der Hölle schmoren.«

Sie tranken. Schließlich fuhr Rongen fort. »Mein Anwalt sagt, du musst nicht lügen.«

Eisfeld sah ihn fragend an. »Wie meinst du das?«

»Nett von dir, dass du Brenner als Täter identifiziert hast. Das war im ersten Moment hilfreich. Danke. Aber es spielt keine Rolle mehr.«

»Ich ... weiß nicht, was du meinst?«

»Ich habe in Notwehr gehandelt. Da ist es scheißegal, ob Brenner der Mörder von Schmiege und Weber war. Wie gesagt, ich glaube, Brenner musste für irgendwen als Sündenbock herhalten. Schau dir die Bilder noch mal genau an. Vielleicht sah er dem Täter nur ähnlich.«

»Er war es!«, rief Eisfeld aus. Seine Unterlippe bebte.

»Das denke ich nicht.« Rongen blieb ganz ruhig. In einem Verhör war es wichtig, dasselbe Argument immer und immer zu wiederholen. Ein Lügner behalf sich oft damit, Dinge dazuzuerfinden, damit die Geschichte glaubhafter klang. Früher oder später fuhren sich die hinzuerfundenen Details gegenseitig in die Parade. Dann hatte man Gewissheit, dass etwas nicht stimmte. Außerdem ließ bei einem ehrlichen Menschen die Erinnerung mit der Zeit nach, bei einem Lügner dagegen schien sie immer genauer zu werden.

»Schau dir die Bilder noch mal an. Du hast im Koma gelegen, da kann man sich irren.«

Eisfeld schüttelte den Kopf. »Ich habe mich nicht geirrt.«

Entweder Eisfeld war nicht so einfältig, wie Rongen gehofft hatte, oder er war wirklich von dem überzeugt, was er sagte.

Rongen wechselte das Thema. »Du und Schmiege, ihr habt Brenner früher mal Drogen untergejubelt, richtig? Deshalb hat er zwei Jahre länger bekommen, stimmt's?«

»Wer erzählt so einen Scheiß?«

»Die anderen in der Soko wissen es auch. Das haben wir herausgefunden während der Ermittlungen. Deshalb hätte Frank Brenner auch ein Motiv gehabt, euch beide zu erschießen. Aber was ist mit Jonas Weber? Warum musste er dran glauben?«

»Woher soll ich das wissen?« Eisfelds Stimme klang verzweifelt. »Ich lag im Koma, verdammt noch mal. Was willst du von mir?«

Rongen nahm den Flachmann an die Lippen, goss einen großen Schluck in seinen Mund, spürte das Brennen auf der Zunge. Erst dann schluckte er den Whiskey runter.

»Was habt ihr angestellt, Schmiege und du?«

»Raus mit dir, du Arschloch. Aber plötzlich.« Der Klingelknopf, um das Personal zu verständigen, lag neben Eisfeld auf dem Nachttisch. Er streckte den Arm danach aus.

»Das würde ich nicht machen«, sagte Rongen mit drohender Stimme. »Bis jetzt bin nur ich derjenige, der unangenehme Fragen stellt.«

Eisfeld zog den Arm zurück. Einen Moment schwiegen beide.

Schließlich nickte Eisfeld. »Du hast recht«, sagte er, ohne Rongen anzusehen. »Schmiege und ich haben Brenner was untergejubelt. Aber verdammt noch mal, das ist lange her, und der hat es auch nicht besser verdient. Sein scheiß Anwalt hat ihn mehrmals rausgehauen. Diesmal nicht, haben Ulf und ich gesagt. Diesmal nicht. Da haben wir halt noch was nachgelegt, Zeug aus einer anderen Razzia, hat niemand gemerkt. Na und? Ausgleichende Gerechtigkeit.«

»Aber Brenner hat niemanden erschossen.«

»Doch«, fuhr er Rongen an. »Woher willst du das denn wissen? Im Knast hat er rausgekriegt, dass wir ihn verarscht haben.«

»Wieso hat Schmiege ihn dann in den Wagen einsteigen lassen?«

Eisfeld verstand nicht. »Wovon redest du?«

»Der Mörder hat neben Schmiege im Auto gesessen. Wenn Ulf Angst vor ihm gehabt hätte, wieso hat er ihn da im Wagen sitzen lassen?«

Rongen ließ die Worte einen Moment lang wirken, bevor er fortfuhr. »Brenner hat nicht geschossen. Nicht auf Schmiege, nicht auf dich, nicht auf Jonas. Was hat der wahre Mörder dir geboten, dass du ihn deckst? Straffreiheit? Lässt er dich am Leben? Geld?«

»Fuck you!« Eisfelds Halsschlagader schwoll an, sein Gesicht wurde puterrot. »Verpiss dich, du Arschloch! Oder du fährst wieder ein. Ich rufe den Staatsanwalt an, sage ihm, dass du mich bedrängt hast, mich zu einer Falschaussage verleiten willst. Ich bleibe bei der Wahrheit. Brenner ist der Mörder. Und du bist fertig, Rongen. Du bist im Arsch, du Wichser!«

Eisfeld lächelte – wenig überzeugend.

Rongens Mission war fast beendet. Er musste nur noch etwas herausfinden, das ihm persönlich mehr am Herzen lag als alles andere. Er flüsterte: »Ivana.«

»Was?« Eisfeld zuckte zusammen. Er tat so, als ob er mit dem Namen nichts anfangen könnte.

Rongen sprach lauter. »Ivana. Hast du ihr den Kehlkopf zerquetscht?«

»Wovon redest du? Wer zum Teufel ist Ivana?«

»Eine Nutte aus Weißrussland. Irgendwer hat sie ermordet. Ich werde ihren Mörder finden. Ich werde ihn finden und zur Rechenschaft ziehen. Wenn du nicht weißt, von wem ich rede, okay. Derjenige, der auf dich geschossen hat, weiß es vielleicht.«

In diesem Moment ging die Zimmertür auf, eine Schwester kam herein. Sie hatte ein Blutdruckmessgerät dabei. Rongen nahm schnell die beiden Pappbecher an sich.

Die Schwester trat ans Bett, schenkte Rongen einen Blick, der nichts Gutes vermuten ließ. Sie hatte den Whiskey gerochen. »Wer sind Sie?«

»Ein Kollege.«

Sie zögerte einen Moment, dann legte sie Eisfeld die Blutdruckmanschette um den Arm. »Sollten Sie noch mal hier auftauchen, werde ich den Chefarzt verständigen. Haben wir uns verstanden?«

»Klar.« Rongen gab sich reumütig. »Gute Besserung, mein Freund. Du kommst ja sicher bald raus.«

Die Krankenschwester fing an, die Manschette aufzupumpen. Rongen ging langsam zur Tür, vernahm hinter sich das leise Zischen, als die Luft aus der Blutdruckmanschette entwich. »Hundertneunzig zu hundertzehn«, sagte die Schwester. »Das ist zu hoch. Geht es Ihnen nicht gut, Herr Eisfeld?«

Rongen trat auf den Korridor. Er hatte die Bestätigung. Und was noch wichtiger war: Er hatte Eisfelds Speichel an dem kleinen Plastikbecher.

37

Artjom Morosow legte den Hörer auf. Er zog wie gewohnt das Kabel des Zusatzgeräts ab, das seinen Apparat abhörsicher machte. Es war nicht größer als ein handelsüblicher Rooter, schwarz, nur zwei Kabeleingänge und eine Leuchtdiode, die im Betriebszustand grün leuchtete. Artjom ging zum Bücherregal, holte eine gebundene Ausgabe von *Krieg und Frieden* heraus, legte das Gerät in den Hohlraum zwischen dem Einband. Dann stellte er das Buch an seinen alten Platz zurück. Es war beinahe schon so etwas wie ein Ritual geworden, das ihn daran erinnern sollte, immer vorsichtig zu sein, auch wenn eigentlich niemand in der Nähe war, der wusste, wozu dieses Gerät diente.

Das Wohnzimmer seines Hauses erstreckte sich von der Terrassentür über zweihundert Quadratmeter Grundfläche bis zum nahtlos angrenzenden Esszimmer. Die Küche verbarg sich hinter einer Schwingtür. Artjom kochte nicht selbst, auch dafür hatte er seine Leute. Leute seines Vertrauens. Quadratische weiße Marmorsäulen stützten die Balustrade im ersten Obergeschoss, wo sich die Zimmer befanden. Eine Wendeltreppe führte nach oben. Durch die gläserne Decke fiel das Sonnenlicht. Der Blick in den Garten war wie ein Stillleben. Noch lag ein wenig Schnee auf dem Rasen, Bäume und Sträucher waren winterlich kahl. Nicht mehr lange, und es würde wieder blühen. Morosow liebte den Frühling. Die Jahreszeit, in der er geboren wurde. Eine Mauer, die sein Grundstück wie eine Festung umgab, befand sich hinter der Vegetation. Man sah den Beton nicht.

Artjom hörte, wie die Schlafzimmertür im ersten Stock zuging. Felina kam die Wendeltreppe herunter. Wenn sie allein waren, bevorzugte sie es, nackt herumzulaufen, oder so leicht bekleidet, dass sie sich nackt fühlte. Obwohl sie kein Wort Russisch verstand, musste sie während der täglichen Telefonate im Schlafzimmer bleiben.

Artjom hatte früh von seinem Vater gelernt, was die Grundlage für absolute Loyalität war: Angst. Todesangst. Der Tod lauerte in Artjoms Welt überall. Er konnte von einer Sekunde auf die nächste eintreten – wenn einem das Genick brach oder man eine Kugel in den Kopf bekam. Aber nicht immer sollte es so schnell ablaufen. Die Angst zu wissen, dass einen das Ende erwartete, war schlimm. Noch schlimmer aber war es, wenn man die Gewissheit hatte, dass der Tod eine Erlösung wäre. Grausamkeit gehörte ebenso in diese Welt wie der Tod. Artjom brauchte sich bei niemandem, der hierher eingeladen war, Sorgen zu machen, von ihm verraten zu werden. Felina wusste, was mit ihr geschehen würde, wenn sie es täte. Er hatte ihr das Video gezeigt. Sie hatte es sich ansehen müssen. Er hatte ihren Kopf festgehalten, und jedes Mal wenn sie die Augen schließen wollte, drückte er mit den Fingern gegen ihren Kehlkopf. Entweder sie sah hin, oder sie erstickte. Die Frau, die Verrat begangen hatte, weil ein Feind der Familie versucht hatte, sich an sie heranzumachen, lag bäuchlings auf einem Tisch, nackt, die Beine weit gespreizt. Die rot glühende Spitze eines Lötkolbens wurde ihr zwischen die Beine geschoben. Ihre Schreie klangen Felina wahrscheinlich noch immer in den Ohren. Das

Video war wie eine Impfung. Manche Impfungen hielten ein Leben lang. Egal, was man Felina anbieten würde, Geld oder Straffreiheit, Zeugenschutz auf den niederländischen Antillen, egal was, Felina würde diese Schreie nie vergessen. Artjom konnte ihr daher vertrauen. Genau wie allen anderen, die jemals seine Villa betraten.

Sie ging stumm durchs Wohnzimmer zum Esstisch, auf dem ein Sektkühler mit einer Flasche Champagner stand. Sie schenkte sich ein Glas ein. Artjom hasste Personal, außer dem Koch und seinen Leibwächtern, die auch dafür zuständig waren, das Haus sauber zu halten. Es waren alles ehemalige Soldaten, die genau so gut putzen wie töten konnten. Felina wusste, dass sie nicht zu reden hatte, wenn Artjom nicht von sich aus ein Gespräch begann. Manchmal mochte er ihr Geplapper. Oft aber war er in Gedanken versunken. Russische Melancholie.

Felina leerte das Champagnerglas, beugte sich über den kleinen Spiegel, der auf dem Tisch lag, zog sich eine Linie Koks durch die Nase. Sie konnte sich ein schlechteres Leben vorstellen, auch wenn es ein wenig eintönig war mit der Zeit. Sie hatte mehrere Jahre als Verkäuferin in einer Boutique gearbeitet. Damit war es zum Glück vorbei. Jetzt bestand ihre Aufgabe darin, ihrem Ernährer zur Verfügung zu stehen, wohl wissend, dass er sie im Grunde verachtete. Ihr schöner Körper hatte es Artjom angetan. Gedanken über die Zukunft machte sie sich lieber nicht. Was, wenn sie ihm eines Tages überdrüssig wurde? Fand man ihre Leiche dann auf einer Müllhalde, so wie diese Frau, von der sie mal gehört hatte? Irgendwann hatte sie es nicht mehr ausgehalten, hatte all ihren Mut zusammengenommen und Artjom darauf angesprochen. Nein, sie solle sich keine

Sorgen machen, hatte er ihr versichert. Seine Worte klangen ehrlich, was nicht viel heißen mochte. Aber als sie über die Frau auf der Müllhalde sprachen, konnte Felina zum ersten Mal eine Träne in seinem Auge sehen. Um sie zu beruhigen, hatte Artjom sie mit einer ihrer Vorgängerinnen zusammengebracht. Die Frau lebte. Artjom hatte einfach das Interesse an ihr verloren gehabt, so wie er eines Tages auch das Interesse an Felina verlieren würde. Dann wäre sie wieder frei. Hoffte sie.

Artjom saß auf der großen Ledercouch, die das gleiche Rot hatte wie die Flagge der ehemaligen Sowjetunion. Artjom hasste den Sozialismus, aber er verdankte ihm gewissermaßen seinen Reichtum. Nach dem Zerfall der Sowjetunion litten die Menschen in Russland an Hunger und hatten das Bedürfnis nach Ordnung. Artjoms Vater konnte diese Bedürfnisse befriedigen. Jenseits der alten und neuen Gesetze. Russland in den Neunzigern war wie die Besiedlung des Wilden Westens. Es war eine fantastische Zeit.

Artjom beobachtete, wie Felina vom Esstisch kommend durchs Wohnzimmer ging, auf dem Weg zur Wendeltreppe. Ihre Brüste wippten bei jedem Schritt. Sie hatte ein kleines Muttermal unter ihrem rechten Auge, was irgendwie bezaubernd aussah. Ihre Pobacken wackelten bei jedem Schritt.

»Komm her.«

Felina verharrte auf der Stelle, drehte sich um. Artjom stand auf, ging auf sie zu, fasste sanft mit der Hand in ihren Nacken, um sie zu der Couch zu führen. Felina wusste, was kam. Er musste ihren Kopf nur sanft nach unten drücken, dann beugte sie sich vor, über die Armlehne der Couch, und streckte ihren Hintern in die Höhe. Sie hörte, wie er den Gürtel seiner Hose öffnete. Dann stieß er in sie hinein. Mit viel Kraft, wenig Leidenschaft. Felina biss die Zähne zusammen, kanalisierte den Schmerz in einem Stöhnen. Es dauerte nicht lange, dann hatte er sich in ihr befriedigt. Artjom redete nicht viel und zeigte kaum je Gefühle. Jetzt trat er einen Schritt zurück. Felina wollte sich aufrichten.

»Bleib so.«

Sie gehorchte. Ihr Körper entspannte sich. Artjom sah auf sie herab. Das Bild der Erniedrigung gefiel ihm. Sperma quoll aus ihrem Anus hervor, tropfte auf den Boden.

Die Türklingel riss ihn aus seinen Gedanken. Artjom hörte, wie von einem seiner Leibwächter geöffnet wurde.

Felina richtete sich auf.

»Habe ich gesagt, dass du dich bewegen sollst?«

Sie ließ den Kopf wieder auf ein Kissen sinken.

Schritte wurden lauter, kamen näher. Ein Mann in einem dunklen, seidenen Anzug, Hemd ohne Krawatte, mit Dreck unter den Fingernägeln, stand vor Artjom. Sie begrüßten sich auf Russisch, umarmten einander.

»Sascha. Lange nicht gesehen«, sagte Artjom.

»Manche Dinge brauchen ihre Zeit.«

Der Gast sah zu Felina, die ihm ihren frisch gefickten Arsch entgegenstreckte.

Artjom folgte seinem Blick. »Willst du sie?«

»Nein.«

Artjom lächelte. »Du bist der einzige meiner Freunde, der seiner Ehefrau treu ist.« Er lachte. »Das gefällt mir, das gefällt mir gut. Möchtest du etwas trinken?«

Er nickte.

Artjom deutete auf einen der Sessel. Er musste nicht fragen, was sein Gast trank, er reichte ihm einen zwanzig Jahre alten

Rum. An der Innenwand des Glases zeichneten sich Schlieren ab, ein Zeichen für die gute Qualität. Artjom bevorzugte Wodka. Sie stießen mit den Gläsern an, sahen sich in die Augen, tranken.

Das Leder knirschte, als Artjom sich auf der Couch neben Felina niederließ. Ihr Kopf war nur eine Armlänge entfernt. Er griff in seine Jacketttasche, reichte ihr ein Stofftaschentuch.

»Mach den Boden sauber, bevor du gehst.«

Felina folgte der Anweisung, wischte das Sperma auf, ging dann eilig die Wendeltreppe nach oben. Artjom wartete, bis die schalldichte Schlafzimmertür ins Schloss gefallen war.

Dann sah er zu seinem Gast. Sie redeten auf Russisch. »Du hast mir damals einen großen Gefallen getan.«

»Wir sind schon lange quitt«, sagte Sascha.

Artjom nickte. »Ja, das sind wir vielleicht. Trotzdem.«

Der Gast sah ihn fragend an.

Artjom starrte in sein Glas. »Die Dinge holen uns gerade wieder ein.«

Sascha nickte. »Ich weiß.«

»Was genau weißt du – über die Morde?«

»Sie gehen nicht auf das Konto von dem, der erschossen wurde.«

Artjom zeigte keine Anzeichen von Überraschung. »Weißt du, wer es gewesen ist?«

Sascha schüttelte den Kopf.

Artjom nahm den letzten Schluck aus einem Glas. »Kannst du es herauskriegen? Durch diesen Anwalt?«

Er zuckte mit den Schultern. »Ich kann es versuchen.«

Artjom richtete sich auf, stellte das Glas auf dem Couchtisch ab, stützte die Ellbogen auf die Knie. »Sascha. Uns verbindet mehr als nur Geschäfte. Dein Schwiegervater hat viel für uns getan. Die Morosows vergessen das nie. Niemals.«

Aleksandr Sokolow nickte. »Das musst du mir nicht sagen. Worüber reden wir also?«

Sie sahen sich einen langen Moment tief in die Augen.

»Ich muss wissen, was da draußen vor sich geht. Ich kann mir diesen Zustand nicht leisten.«

»Was glaubst du denn, was vor sich geht?«

Artjom ließ sich Zeit mit der Antwort. »Ich glaube, dass mein Vater damals einen großen Fehler gemacht hat, als er von mir verlangte, diese Männer laufen zu lassen.«

Aleksandr nickte. »Dein Vater wird einen guten Grund dafür gehabt haben.«

»Da bin ich mir sicher. Aber jetzt rächt sich seine Entscheidung.«

Artjom stand ruckartig auf. »Ich war blind. Ich habe nur auf das gehört, was mir eingeflüstert wurde. Jetzt glaube ich, dass niemand die Wahrheit kennt. Wir, Sascha, müssen die Wahrheit herausfinden. Vor allen anderen.«

Sokolow stellte sein Glas ab, erhob sich langsam aus dem Sessel.

Artjom reichte ihm die Hand. Aleksandr schlug ein.

38

Wir saßen im Konferenzraum. Rongen berichtete uns von seinem gestrigen Gespräch mit Marco Eisfeld. Bislang hatte ich nur per SMS von ihm erfahren, dass Eisfeld bei seiner Aussage geblieben war, Brenner habe auf ihn geschossen.

Ich band sogar Astrid Zollinger mit in die Arbeit ein, sie saß auch am Tisch, dieser Fall brauchte die Aufmerksamkeit aller. Die Einzige, die mir jetzt in unserem Team fehlte, war Nina. Sie agierte hinter den feindlichen Linien. Wie eine Spionin. Wir würden ihre Hilfe bald in Anspruch nehmen.

Es war das erste Mal für mich, dass mir ein erfahrener Ermittler zur Seite stand. Rongen war Leiter der Fahndungsgruppe innerhalb der Sonderkommission gewesen. In dieser Funktion hatte er einen Blick auf alle Ermittlungsstränge gehabt. Das Wissen steckte vor allem in seinem Kopf. Schriftlich lagen uns nur die Unterlagen vor, die er sich kopiert und mit nach Hause genommen hatte. Sein Partner Christian Korb war für uns nicht mehr erreichbar. Nina hatte ihm eine Nachricht von mir übermittelt, aber auch das hatte nichts bewirkt.

Rongen war fest davon überzeugt, dass Eisfeld log. Die Erwähnung Ivanas hatte seinen Blutdruck in die Höhe schnellen lassen. Rongen glaubte mittlerweile fest an eine Verschwörung innerhalb der Polizei, der er zum Opfer gefallen war.

Julie wirkte skeptisch. »Vielleicht hat Eisfeld nicht bewusst gelogen. Vielleicht glaubt er wirklich, Brenner hat auf ihn geschossen.«

»Der Mann lügt«, erwiderte Rongen scharf. »Er deckt den wahren Täter. Warum genau weiß ich nicht. Wahrscheinlich setzt man ihn unter Druck, hat etwas gegen ihn in der Hand.«

Julie hakte nach. »Sie meinen, es war schon vor der Vernehmung durch die Kollegen jemand bei ihm und hat ihm gesteckt, was passiert ist und dass er Frank Brenner identifizieren soll?«

Rongen nickte. »Zwischen dem Aufwachen aus dem künstlichen Koma und der ersten Vernehmung wird etwas Zeit vergangen sein. Es war bestimmt nicht ganz einfach, Eisfeld über die Geschehnisse zu informieren, aber möglich.«

Mir kam ein anderer Gedanke. »Vielleicht war das gar nicht nötig«, sagte ich.

Alle sahen mich fragend an.

»Versetzen wir uns mal in seine Lage. Eisfeld erwacht im Krankenhaus, die Erinnerung kehrt zurück. Die Schüsse. Er weiß, dass er zum Schweigen gebracht werden sollte. Und auch, von wem. Das darf aber unter keinen Umständen herauskommen. Wenn er den wahren Mörder identifiziert, kommt die ganze Wahrheit ans Licht. Aber jetzt: Bernd Maurer präsentiert ihm ein Foto von Frank Brenner, den man offensichtlich verdächtigt, der Täter zu sein. Eisfeld kennt den Typen, weil er ihn in den Knast gebracht hat.«

»Natürlich!« Rongen ballte die Faust. »Eisfeld musste nur nicken und Ja sagen. Damit hat er sich Zeit verschafft.«

»Mehr noch«, grätschte ich dazwischen. »Als Sie bei ihm auftauchten, bestätigte er noch einmal seine Aussage. Erneut ein Signal an den wahren Täter, dass der von ihm nichts zu befürchten hat.«

Rongen nickte heftig. »Das würde bedeuten, Eisfeld steckt bis zum Hals in der Sache mit drin.«

»In welcher Sache?«, warf Zollinger ein und ließ uns alle einen Moment lang verstummen.

Sie hatte recht, wir machten es uns gerade etwas zu leicht. Zu viele Hypothesen, nichts Konkretes.

Ich sah Rongen an. »Es ist nicht bewiesen, dass die Polizistenmorde und der Fall ›Ivana‹ miteinander verknüpft sind.«

»Abwarten«, erwiderte er. »Wenn die DNA von Eisfeld mit der an der Leiche übereinstimmt, haben wir eine Verbindung.«

Die Isolierung der DNA von dem Plastikbecher würde leider mehrere Tage dauern. Im Speichel eines Menschen befanden sich nur sehr wenige Zellen. Dank der sogenannten Polymerase-Kettenreaktion konnten die wenig vorhandenen Zellen vervielfältigt werden. Im Ergebnis bekämen wir Eisfelds DNA-Code, den man mit der Spur an Ivanas Leiche vergleichen konnte. Damit ergab sich allerdings das nächste Problem: Wir hatten die DNA-Spur von Ivanas Leiche nicht, diese befand sich in den Akten im Präsidium. Um eine offizielle Untersuchung einzuleiten, mussten wir Argumente vorbringen. Einen in sich logischen Fall konstruieren, der dazu führte, dass der Oberstaatsanwalt Friedemann Gerber offiziell den DNA-Vergleich unserer Probe mit der Spur im Ivana-Fall forderte. Eisfeld würde sich dem natürlich widersetzen, wenn er der Täter war. Ein Richter müsste dann darüber entscheiden.

Doch so weit wollte ich es nicht kommen lassen. Ich wollte mir Gewissheit verschaffen, bevor ich zu Friedemann Gerber ging. Nina war meine große Hoffnung. Wenn sie Korb dazu brächte, dass er die Spuren verglich, ohne ihm zu sagen, von wem die DNA stammte, hätten wir am Ende Gewissheit. Aber heute war Freitag, vor Montag würde das Ergebnis von Eisfelds DNA nicht vorliegen.

Ich sah zu dem Kriminalkommissar, der bedrückt zu Boden schaute.

»Wir können nicht warten«, sagte Rongen mit ernster Stimme. »Die andere Seite ist gewarnt. Eisfeld wird seine Leute längst verständigt haben.«

Ich tauschte einen Blick mit Julie. Sie schien meine Gedanken zu lesen: Wer waren *diese Leute*?

Wer waren unsere Gegner?

39

Am Samstagmorgen hatte ich noch mal mit Rongen telefoniert. Er schien sich wieder in Freiheit eingelebt zu haben, hatte Zeit mit seiner Freundin verbracht, seiner Tochter Hanna die Dinge erklärt. Für die Sechzehnjährige war es ein Schock gewesen, dass ihr Vater, ein renommierter Kriminalkommissar, zuerst einen Menschen in Notwehr getötet hatte und dann auch noch eines Mordes beschuldigt wurde. Die Journalistin Yvonne Lessing hatte sogar versucht, mit Hanna in Kontakt zu treten. Ich reagierte sofort und rief sie auf dem Handy an. Nach kurzem Hin und Her warf Lessing das Handtuch und versprach, Rongen und die Familie in Ruhe zu lassen. Im Gegenzug stellte sie die Forderung, dass wenn ich etwas zu bieten hätte, sie die Geschichte exklusiv haben wollte. Ich ging zum Schein auf den Deal ein. Seriöse Zeitungen verzichteten freiwillig auf eine Homestory über die Tochter eines angeklagten Polizisten. Aber Lessing arbeitete für ein Revolverblatt. Rongen war einverstanden gewesen, dass ich, falls nötig, unwichtige Informationen an die Journalistin lancierte, um sie ruhigzustellen.

Da ich am Samstag weder in der Kanzlei zu tun hatte noch etwas im Fall Rongen unternehmen konnte, ließ ich den Tag ruhig angehen. Es war schönes Wetter, kalt, aber sonnig, was mich nach einem ausgiebigen Frühstück zu einem Spaziergang am Rhein verleitete. Ich ging am Ufer entlang bis zum

Dom, beobachtete die Menschen um mich herum, fühlte mich ziemlich einsam. Die Trennung von Nina war für mich noch nicht ganz überwunden. Wie sollte ich den Abend verbringen? Ich überlegte, ins Shooters zu gehen, entschied mich dann dagegen. Mit den alten Freunden würde ich Weihnachten feiern, jetzt brauchte ich kein melancholisches Schwadronieren über alte Zeiten. Da kam mir eine andere Idee.

Ich saß allein an der Theke, sah dem Cocktailmixer zu, wie er die Flaschen herumwirbelte. Es war die Bar, von der mein Zeuge Kurt Wegner mir erzählt hatte. Eine Lokalität, dafür bekannt, dass samstags hier die Frauen aus dem Umland einfielen, mit der Absicht, einen Mann abzuschleppen. Wegner hatte mit seinen Schilderungen nicht übertrieben. Das Gefühl, beäugt zu werden, war allgegenwärtig. Eine Frau drehte mir öfter mal den Rücken zu, um mir ihren prallen Hintern in der dunkelblauen Jeans zu präsentieren. Dann blickte sie über die Schulter hinweg kurz zu mir. Ich schätzte sie auf Mitte vierzig, sie sah ganz gut aus, aber eine Frau, die es so offensichtlich darauf anlegte, mich kennenzulernen, nahm mir jeden Spaß an einem Flirt. Ich fing an, meine Umgebung auszublenden. In Gedanken war ich wieder bei dem Fall. Und bei Nina. Was machte sie wohl gerade? Sollte ich sie anrufen? Nein. WhatsApp schien mir angebrachter. Ich sendete Nina eine Nachricht, konnte aber sehen, dass sie ihr Handy ausgeschaltet oder keinen Empfang hatte. Es blieb bei dem einen Häkchen, kein zweites kam hinzu, das sich blau färbte.

Als ich wieder aufsah, hatte sich eine Frau zwei Barhocker links von mir hingesetzt. Sie mochte Ende dreißig sein, trug ein etwas zu kurzes orangefarbenes Kleid und hatte eine auffallend große Oberweite. Ihre Brüste drohten fast den BH zu sprengen. Ich wandte mich wieder meinem Handy zu.

Da ertönte rechts von mir eine Stimme. »Ist der Platz noch frei?«

Eine auffallend hübsche, junge Frau stand da, zeigte auf den Barhocker, über dem mein Mantel lag. Ich nahm ihn weg.

»Sicher, ja.«

»Sehr nett von dir.« Sie lächelte. Unter dem rechten Auge hatte sie ein Muttermal, das ihrem Gesicht etwas Besonderes verlieh. Sie zog ihren cremefarbenen Mantel aus. Darunter trug sie einen dunkelblauen Hosenanzug. Das Oberteil war hochgeschlossen. Schon allein dadurch unterschied sie sich deutlich von den anderen Frauen in der Bar.

Sie reichte mir die Hand. »Felina.«

»Nicholas.«

»Nicholas? Ein schöner Name.« Wenn sie lächelte, zeigte sie ein strahlend weißes Gebiss.

Sie bestellte einen White Russian, ich schloss mich dem an. Während der Barkeeper ihn zubereitete, machten wir ein bisschen Small Talk. Schon bald wusste sie, dass ich in Sibirien geboren wurde, und sie lachte und sagte, dann würde der White Russian ja passen, woraufhin ich entgegnete, dass ein White Russian so viel mit Russland zu tun habe wie ein Jägerschnitzel mit einem Jäger.

Als wir eine Weile so geplaudert hatten, vibrierte mein Handy in der Hosentasche. Ich nahm es hervor, in der Erwartung, dass Nina sich melden würde. Auf dem Display stand ein anderer Name: *Franka.*

»Entschuldige mich, da muss ich rangehen«, sagte ich. Felina nickte, ich stand auf, ging nach draußen.

Es war ziemlich kalt, ich ärgerte mich, dass ich meinen Mantel auf dem Barhocker gelassen hatte.

»Hi, wie geht's?«, sprach ich ins Handy.

Franka antwortete schroff. »Hast du Friedemann erzählt, was ich über ihn gesagt habe?«

Ich zögerte. »Nein. Habe ich nicht.«

»Ach, denkt er sich das etwa aus?« Franka war stinksauer.

»Langsam, langsam. Wir haben geredet, ja, weil er das Thema angeschnitten hatte. Er wollte wissen, ob wir in Kontakt stehen?«

»Und was hast du gesagt?«

»Es schien mir, dass er von dem Mittagessen wusste, also habe ich nicht gelogen.«

»Und was noch? Was hast du ihm noch gesagt?«

Ich holte tief Luft. »Dass er ein Dreckskerl sei.«

Franka hatte es einen Moment lang die Sprache verschlagen. Ich hörte, dass im Hintergrund der Fernseher lief. Sie schien zu Hause zu sein.

»Das ist nicht dein Ernst.«

»Doch, habe ich. Leider.« Ich ließ sie nicht zu Wort kommen. »Sollte ein Witz werden, ist leider nach hinten losgegangen. Tut mir leid. Wann hast du mit ihm geredet?«

»Gerade eben, wieso?«

»Na, der große Ärger dürfte da wohl längst verraucht sein. Denk doch mal nach. Er ruft dich Samstag Abend an, um Zwietracht zwischen uns zu sähen. Er ist eben ein Dreckskerl.«

»Ja, das ist er. Du hast also nichts erzählt über das, was wir geredet haben. Kann ich mich darauf verlassen?«

Ich zögerte einen Moment zu lange.

»Nicholas?«

»Bist du zu Hause?«, fragte ich. »Ich komme vorbei. Wenn deine Kinder da sind, können wir ja kurz ums Eck in die Kneipe gehen.«

»Meine Kinder sind nicht da. Sie schlafen bei Oma.«

»Soll ich vorbeikommen?«

Es ertönte ein klägliches Ja, dann war das Telefonat vorbei. Zum Glück musste ich jetzt nicht mehr darüber nachdenken, ob mit Felina etwas laufen würde. Ich gab ihr nicht mal meine Nummer, holte nur den Mantel und legte fünfzig Euro für die Weißen Russen und die Getränke davor auf den Tresen.

40

Als ich bei Franka eintraf, öffnete sie mir nur die Tür, ging dann ohne ein Wort der Begrüßung zurück ins Wohnzimmer und setzte sich wieder auf die Couch. Ein Rotweinglas in der Hand, sah sie mich mürrisch an. Mir war klar, dass es keinen Zweck hatte, lange um den heißen Brei herumzureden. Deswegen setzte ich sofort zur Beichte an und gab das Gespräch zwischen Gerber und mir in allen Einzelheiten wieder. Ihr Mienenspiel variierte von Ungläubigkeit bis ironische Erheiterung. Erst als ich fertig war, bot sie mir auch etwas zu trinken an, leerte den Rest der Weinflasche, die auf dem Esstisch stand. Sie reichte mir das Glas. Wir standen uns gegenüber.

Mein Blick schweifte durch die Wohnung, sie war unaufgeräumt, auch Franka wirkte nicht gerade gesellschaftsfähig. Sie war ungeschminkt, unfrisiert, und trug einen gelben, etwas unförmigen Jogginganzug. Sie leerte ihr Glas. Mit einer energischen Handbewegung strich sie eine Strähne aus dem Gesicht hinters Ohr.

»Er hat allen Ernstes behauptet, ich wäre ihm nachgelaufen?«

Ich nickte. »Du hättest ihm die Hölle heißgemacht. So hat er sich ausgedrückt.«

Sie schüttelte verächtlich den Kopf, ging in die Küche, um eine zweite Flasche zu entkorken. Franka kam zurück, füllte ihr Glas. Wir stießen erneut an.

»Und? Glaubst du ihm das?«

»Was?«

»Dass ich jemandem die Hölle heißmache, wenn er mich verlässt?«

»Ich dachte, du hast ihn verlassen?«

Sie hob drohend den Zeigefinger. »Keine Spitzfindigkeiten, Herr Anwalt. Beantworten Sie meine Fragen. Glaubst du, dass ich jemandem die Hölle heißmache, wenn er mich sitzen lässt?«

Ich sah ihr sehr ernst in die Augen. Dann schüttelte ich den Kopf.

Sie schloss für einen Moment die Augen. Dann sah sie mich an. Ihre Miene war schwer zu deuten.

»Wie geht es dir so? Ganz allein?«

Ich hatte bereits geahnt, dass sie das mit Nina und mir wusste. »Wer hat es dir gesagt?«

Franka lächelte matt. Zum ersten Mal, seitdem ich die Wohnung betreten hatte. »Nina. Wir haben uns im Präsidium getroffen, haben einen Kaffee zusammen getrunken. Sie klang sehr entschlossen? Bist du es auch?«

Ich nickte. »Ja. Es ist vorbei.«

»Weißt du, was sie noch zu mir gesagt hat?«

Ich sah sie fragend an.

»Dass ich dir nicht zu viel Zeit lassen sollte.«

»Zeit, wofür?«

»Zum Nachdenken.« Ich wollte etwas sagen, aber sie ließ mich nicht zu Wort kommen. »Was machst du Weihnachten?«, fragte sie.

Ich nahm ihr das Glas aus der Hand, stellte es auf dem Tisch ab, meins daneben. Im nächsten Moment berührten sich unsere

Lippen. Ein nicht enden wollender leidenschaftlicher Kuss. Unsere Zungen spielten miteinander. Sie hatte die Augen geschlossen, machte sie auf. Dann löste sie sich von mir. Wir standen voreinander, sahen uns an.

»Willst du das wirklich?«, fragte sie.

»Ja. Und du?«

»Mehr als alles andere.«

»Dann sollten wir keine Zeit mehr vertrödeln.«

Sie nahm meine Hand, führte mich ins Schlafzimmer. Schnell hatte ich ihr den Jogginganzug abgestreift. Franka half mir, mich aus meinem Anzug zu befreien, bevor wir aufs Bett fielen und uns erneut leidenschaftlich küssten. Nach und nach zogen wir uns ganz aus. Mein Verlangen nach ihr war übermächtig. Franka spürte das, überließ mir die Initiative. Ich zögerte das Vorspiel lange heraus, bis sie meinen Kopf zwischen ihre Hände nahm, mir tief in die Augen sah, mir zu verstehen gab, was sie wollte. Ihr Unterleib zuckte, als ich in sie eindrang. Unsere Blicke ließen nicht mehr voneinander ab. Ich hatte den Eindruck, ihre Augen leuchteten vor Glück. Frankas Hände wanderten an meinem Rücken herab zu den Pobacken. Ihre Fingernägel gruben sich in meine Haut. Sie wollte mich nicht mehr loslassen. Fast zeitgleich kamen wir zum Höhepunkt, danach blieb ich in ihr. Wir hielten uns lange in den Armen.

»Das war sehr schön«, hauchte sie mir ins Ohr.

»Ja.« Ich war total erschöpft.

»Und lange überfällig«, fügte sie noch hinzu.

Wir lachten beide.

Sie schubste mich sanft von sich herunter, ich lag auf dem Rücken, Franka richtete sich auf und sah mich an, während ihre Fingernägel sanft über meine Brust streichelten.

»Ich möchte dir etwas sagen. Das ist mir sehr wichtig.« Ihre Stimme klang ernst.

»Schieß los.«

»Ich möchte, dass du dich zu nichts verpflichtet fühlst. Wenn du irgendwie, aus irgendeinem Grund, mit der Situation nicht zurechtkommst, ich meine, alleinerziehende Mutter mit zwei Kindern und so ... ich möchte, dass du mir das sagst.«

»Versprochen. Aber wieso machst du dir Sorgen?«

Sie grinste. »Weil ich weiß, dass du ein großer Junge bist.«

»Der mittlerweile erwachsen geworden ist«, hielt ich entgegen.

Franka beugte sich zu mir herab. Wir küssten uns.

»Du hast mich eben gefragt, was ich Weihnachten vorhabe? Was hast du vor?«

Franka strahlte übers ganze Gesicht.

Als ich am nächsten Morgen erwachte, ging mein erster Blick zu Franka. Sie hatte mir den Rücken zugewandt. Ich rückte näher an sie heran, spürte ihre Körperwärme. Sie wachte auf, drehte sich zu mir herum. Wir küssten uns. Ihre Hand tastete zwischen meine Beine, ob ich schon in Stimmung sei. Ich verschwand mit meinem Kopf unter der Decke. Franka roch auch am frühen Morgen unwiderstehlich.

In diesem Moment begann ihr Telefon zu piepen.

»Oh, nein«, sagte sie.

Ich sah zu ihr auf.

»Lass mich eben drangehen«, sagte sie. »Vielleicht ist es meine Mutter oder die Kinder.«

Sie schwang ihre Beine aus dem Bett, stand auf. Nackt, wie sie war, ging sie zur Tür. Ich betrachtete sie. Franka war über vierzig, man sah es ihr an, sie hatte keine perfekte Figur. Genau das liebte ich an ihr. Sie verschwand, kam aber schon nach einem kurzen Moment ins Schlafzimmer zurück, mit einem leicht irritierten Gesichtsausdruck.

Sie hielt mir das schnurlose Telefon hin. »Ist für dich.«

Ich hielt es zuerst für einen Scherz. Wer wusste, dass ich hier war?

Ich nahm das Telefon entgegen. »Ja?«

»Ich bin's, Julie. Sorry, wenn ich störe.«

»Woher weißt du, wo ich bin?«

»Ich habe überall rumtelefoniert. Nina meinte, ich sollte es mal hier probieren ...«

»Was gibt es denn so Dringendes?« Ich wusste, dass etwas passiert sein musste, sonst hätte Julie nicht alle Hebel in Bewegung gesetzt, um mich zu finden. Mein Handy war ausgeschaltet in der Hosentasche.

»Rongen ist verschwunden.«

Ich begriff zuerst nicht. »Was heißt ... verschwunden?«

»Ich weiß es nicht. Seine Freundin ist völlig außer sich. Er ist gestern Abend aus dem Haus gegangen, wollte angeblich nur kurz was erledigen, hatte er gesagt. Seitdem ist er nicht mehr aufgetaucht.«

41

Julie und ich trafen fast zeitgleich vor der Wohnung von Laura Klembach ein. Rongens Freundin trug Jeans und ein weißes T-Shirt. Ihre Haare waren ungewaschen und verwirbelt. Wir gingen ins Wohnzimmer, setzten uns an den Esstisch. Ich sah in die verschwollenen Augen der Frau, offensichtlich hatte sie viel geweint, doch mittlerweile schien sie so weit gefasst zu sein, dass sie auf unsere Fragen antworten konnte. Klembach musste einiges über sich ergehen lassen. Trotz Tränen der Verzweiflung bis hin zu Wutausbrüchen blieb ich hart: Hatte Rongen irgendwas verlauten lassen, wohin er wollte, was er vorhatte? Wusste Laura Klembach mehr, als sie uns bisher gesagt hatte? Ich hakte unerbittlich nach. Wir erfuhren, dass Rongen gestern den ganzen Tag bei ihr gewesen sei. Er hatte über Nacht bleiben wollen. Etwa um einundzwanzig Uhr hatte er einen Anruf auf dem Handy erhalten. Sie wusste nicht von wem. Nach dem Telefonat hatte Rongen sich die Jacke angezogen und gesagt, er müsse noch mal weg, ohne zu sagen wohin. Er hatte sich mit einem Kuss verabschiedet, seither hatte sie nichts mehr von ihm gehört. Sein Handy schien abgeschaltet zu sein, nur die Mailbox sprang an. Auf WhatsApp kam keine Rückmeldung. Selbstverständlich hatte sie auch bei ihm zu Hause nachgesehen, aber da war er nicht.

Ich ließ mir den Zweitschlüssel für sein Haus geben. Klembach wollte mit, aber ich sagte ihr, dass es besser wäre, wenn sie hierbliebe, vielleicht rief Rongen an oder tauchte wieder auf ... In Wahrheit wollte ich sie einfach nicht dabeihaben.

Eine knappe halbe Stunde später erreichten Julie und ich Rongens Haus in Bickendorf. Sie war mir mit ihrem Mini hinterhergefahren. Als wir das Haus betraten, deutete auf den ersten Blick nichts auf einen Einbruch oder eine andere Straftat hin. Ich war gerade ins Obergeschoss gegangen, da klingelte es an der Tür. Ich lief wieder nach unten, riss die Tür auf.

Es war Nina. Sie hatte von Julie erfahren, was los ist, und war auf Verdacht vorbeigekommen.

»Ist er wiederaufgetaucht?«, fragte sie.

Ich schüttelte den Kopf.

Wir gingen ins Wohnzimmer, wo Julie sich noch immer umsah. Als wir eintraten, hob sie resigniert die Hände.

»Nichts. Ich fürchte, es hat keinen Zweck, hier länger zu suchen.«

»Was wollt ihr denn jetzt machen?« Nina sah erst Julie, dann mich an.

»Auf jeden Fall nicht zur Polizei gehen«, sagte ich.

»Warum nicht?«, fragte Nina verwundert.

»Schon vergessen? Rongen ist gerade erst aus der U-Haft entlassen worden. Es würde so aussehen, als wäre er untergetaucht.«

Nina nickte.

»Was könnte er gestern unternommen haben? Wer hat ihn angerufen?« Ich sah zu Julie. »Die Telefondaten seines Handys! Können wir herausfinden, mit wem er telefoniert hat oder wo der Anruf herkam?«

Julie schüttelte den Kopf. »Nicht ohne sein Handy. Oder wir brauchen einen richterlichen Beschluss, um die Telefondaten einzusehen. Aber dazu müssten wir die Karten auf den Tisch legen.«

Nina sah mich an. »Lass uns zu Korb fahren.«

»Wieso das?«, fragte Julie.

»Weil Christian Korb den Ivana-Fall kennt«, sagte ich. »Vielleicht hat er eine Ahnung, mit wem Rongen in Kontakt stand«, ich schaute zu Nina. »Weißt du, wo er wohnt?«

Sie nickte.

Wir verließen das Haus. Julie fuhr in die Kanzlei, Nina stieg in meinen Aston Martin ein. Auf dem Wohnzimmertisch hatten wir einen Zettel für Rongen hinterlassen, mit der Aufforderung, sich umgehend zu melden. Ich hatte allerdings das ungute Gefühl, dass er ihn sobald nicht lesen würde.

Christian Korb war nicht zu Hause. Wir standen vor der Tür des Mehrfamilienhauses, klingelten Sturm. Nichts tat sich. Nach einer Weile kam eine Frau mit ihrer Labradorhündin auf uns zu.

»Zu wem möchten Sie?«, fragte sie kritisch.

»Zu Herrn Korb«, sagte Nina mit einem freundlichen Lächeln.

Erst jetzt bemerkte die Hundebesitzerin, dass aus Ninas rechtem Ärmel keine Hand herauskam.

Sie war leicht irritiert. »Herr Korb«, sagte sie schließlich. »Das kann noch was dauern.«

»Wo ist er denn?«, fragte ich.

»Ich habe ihn gerade beim Joggen getroffen. Im Park. Er ist Marathonläufer. Im Winter ist er aber meist nur eine gute Stunde unterwegs.«

Wir bedankten uns. Sie schloss die Haustür auf, ging hinein. Wir blieben draußen. An der nächsten Straßenecke befand sich ein Bäcker, der sonntags geöffnet hatte. Von dort aus würden wir sehen können, wenn Korb zurückkam.

Auf dem Weg dorthin vibrierte mein Handy. Ich hatte die Hoffnung noch nicht aufgegeben, dass es Rongen sein könnte – mit der Nachricht, dass er den Mörder auf eigene Faust dingfest gemacht hatte. Umso größer war die Enttäuschung, dass Frankas Name auf dem Display erschien. Ich nahm das Gespräch entgegen.

»Um es kurz zu machen, nein, wir haben ihn noch nicht gefunden.«

Franka bot ihre Hilfe an, aber das ging nicht. Sie war Staatsanwältin. Sie durfte eigentlich nicht einmal wissen, dass mein Mandant verschwunden war. Ich versprach, mich wieder zu melden, und legte auf.

In der Bäckerei war es angenehm warm. Wir setzten uns an einem Tisch am Fenster. Ich ließ mir einen Café crème mit einem Croissant geben, Nina nahm einen schwarzen Tee.

»Wie viel willst du Korb erzählen?«, fragte Nina, als die Bedienung fort war.

»Ich werde an seine Freundschaft appellieren und ihm zu verstehen geben, dass Rongen in Schwierigkeiten ist. Er soll uns sagen, was er weiß.«

»Du willst ihm nicht sagen, dass er verschwunden ist?«

»Auf keinen Fall. Er könnte es seinem Vorgesetzten melden.«

»Nein, kann er nicht«, sagte Nina.

»Wieso nicht?«

»Weil ich einen guten Draht zu seinem Vorgesetzten habe.

Wenn Soltau erfährt, dass Korb uns im Fall Rongen geholfen hat, dann erwartet ihn ein Disziplinarverfahren.«

Ich grinste. »So etwas nennt man Erpressung. Gefällt mir.«

Nina entdeckte Korb als Erste. Er kam direkt an unserem Fenster vorbei. Sie klopfte dagegen. Er blieb stehen, sah uns, dann ging er weiter zu seinem Haus.

Wir holten ihn ein, als er an der Tür war. Er war deutlich aus der Puste, sein Gesicht gerötet. »Was wollen Sie von mir?«

»Wir müssen mit Ihnen reden«, sagte Nina.

»Es gibt nichts zu reden.« Er schloss die Haustür auf, sah zu Nina. »Sie wissen genau, warum.«

Nina trat näher an ihn heran. »Genau deshalb sollten Sie mit uns reden.«

Korb sah sie fragend an.

»Andernfalls werde ich gegenüber Soltau behaupten, dass Sie Rongen weiterhin unterstützen. Ich vermute, dass er mir eher glaubt als Ihnen.«

Korb funkelte sie wütend an. »Was reden Sie da für einen Unsinn?«

Nina zuckte mit den Schultern. »Reden Sie mit uns, und Sie bekommen keine Schwierigkeiten. Jedenfalls nicht wegen uns.«

Nina machte ihre Sache verdammt gut. Sie hatte Korb fast so weit.

Nina beugte sich vertraulich vor. »Vorschlag zur Güte. Sie hören sich an, worum es geht. Dann sehen wir weiter. Aber nicht hier auf der Straße.«

Er knickte ein. »Na gut. Kommen Sie mit.«

Ich hatte mir die Wohnung genau so vorgestellt. Weiß gestrichene Raufasertapete. Das unvermeidliche Ikea-Regal. Flachbildschirm an die Wand montiert. Eine graue Couch auf einem weißen Teppich. Alles war an seinem Platz, nichts lag herum. Der Mann war eben ein Pedant. Korb bot uns einen Platz am Esstisch an, stellte eine Flasche Wasser und drei Gläser hin. Er hatte seine Trainingsjacke ausgezogen. Das Shirt darunter war verschwitzt.

»Wie lange laufen Sie schon Marathon?«, fragte ich.

»Kommen wir gleich zur Sache«, erwiderte er kurz angebunden. »Ich möchte duschen.«

»Haben Sie zufällig etwas von Thomas Rongen gehört?«, fragte Nina.

»Nein. Wieso fragen Sie mich das?«

»Er hat das Mandat gekündigt«, log ich.

Korb sah mich verwundert an. »Wieso das? Sie haben ihn doch aus der U-Haft geholt.«

»Sagen wir – Meinungsverschiedenheiten. Aber die Sache zwischen ihm und mir ist noch nicht ganz abgeschlossen, deshalb muss ich dringend mit ihm reden.«

Nina fuhr fort. »Wissen Sie, wo er sein könnte? Zu Hause ist er nicht, bei seiner Freundin auch nicht.«

Er schüttelte den Kopf. »Keine Ahnung. Ehrlich nicht.«

»Wann haben Sie ihn das letzte Mal gesehen?«, fragte ich.

»Seit der Sache im Königsforst nicht mehr. An dem Abend sind wir uns noch im Präsidium über den Weg gelaufen. Danach haben wir nur noch telefoniert.«

»Es gibt da noch etwas. Rongen ist in den Besitz einer DNA-Probe gelangt, und er glaubt, es könnte sich um den Täter im Fall Ivana handeln.«

»Ivana? Wie kommen Sie denn jetzt auf diesen Fall?

»Nur so ein Verdacht«, sagte Nina. »Wären Sie in der Lage, diese DNA mit der Spur an Ivanas Leiche zu vergleichen?«

Korbs Misstrauen war erwacht. »Natürlich könnte ich das. Aber warum sollte ich das tun?«

»Sie wollen den Fall doch lösen, oder?«

Er schüttelte den Kopf. »Ich glaube Ihnen kein Wort. Sie sind nicht wegen Rongen hier. Keine Ahnung, was für eine Nummer Sie hier abziehen. Sie gehen jetzt besser.«

Korb stand auf. Jetzt gab es nur noch die Flucht nach vorne. »Rongen ist spurlos verschwunden«, sagte ich. »Und es besteht womöglich ein Zusammenhang zwischen den Polizistenmorden und dem Mordfall an dieser Ivana.«

»Zumindest glaubt Rongen das«, fügte Nina noch hinzu.

Korb sah sie perplex an.

Nina hielt dem Blick stand. »Es ist nicht auszuschließen, dass Rongen etwas zugestoßen ist. Nur deshalb sind wir hier. Nur deshalb habe ich Ihnen gedroht. Ich werde natürlich kein Wort gegenüber Soltau verlieren. Versprochen.«

Korb setzte sich wieder, starrte vor sich auf die Tischplatte. »Zu wem gehört die DNA?«

»Das wissen wir nicht«, antwortete ich, »Rongen hat ...«

Er schrie mich an. »Hören Sie auf zu lügen. Wenn ich Ihnen helfen soll, will ich die Wahrheit wissen. Die ganze Wahrheit. Wer ist der Mörder von Ivana?«

Mit einem solchen Gefühlsausbruch hatte ich nicht gerechnet. Nina auch nicht. Wir warfen uns einen Blick zu.

»Wir vermuten Marco Eisfeld«, sagte ich an Korb gewandt.

»Marco?« Seine Miene verfinsterte sich. Er zögerte. »Sie wollen, dass ich seine DNA mit der an Ivanas Leiche vergleiche. Und dann?«

»Dann haben Sie den Fall gelöst«, sagte Nina. »Von uns wird niemand erfahren, wie Sie an die Information gelangt sind.«

Korb musste nicht lange überlegen, er nickte, er war einverstanden. Wir redeten noch eine Weile mit dem jungen Mann und gewannen mehr und mehr den Eindruck, dass Korb seinem Partner die ganze Zeit helfen wollte, aber die Androhung eines Disziplinarverfahrens hatte ihn eingeschüchtert. Wir konnten uns seiner Verschwiegenheit sicher sein. Nina würde, sobald das Ergebnis der DNA-Probe aus dem Labor vorläge, sie Korb aushändigen, damit er einen Vergleichstest machen konnte.

42

Ich brachte Nina nach Hause, bedankte mich für ihren Einsatz. Sie betonte, das sei eine Selbstverständlichkeit. Wir beide hofften, dass noch ein Wunder geschehe und Rongen wiederauftauchte.

Ich fuhr weiter nach Chorweiler, telefonierte auf dem Weg dahin. Dort angekommen wartete ich vor dem Hochhauskomplex. Ein paar Jugendliche beäugten mich kritisch, ich gehörte in ihren Augen nicht hierher. Vielleicht hatten sie es auch auf mein Auto abgesehen. Bevor sie irgendwas unternahmen, trat Aleksandr durch die Tür auf die Straße, kam auf mich zu. Ich stieg aus. Da er mein Freund war, war mein Eigentum sicher. Die Jugendlichen wandten sich ab und gingen davon.

Aleksandr sah mich ernst an. »Was gibt's?«

Er schlug den Biberfellkragen seines Wintermantels hoch. Auf dem Kopf hatte er eine echte Zobelmütze. Wir gingen nebeneinander, sprachen russisch.

»Rongen ist verschwunden.«

»Ich denke, er sitzt in U-Haft.«

»Nicht mehr.«

»Okay. Was willst du von mir?«

Er war offensichtlich nicht in Plauderstimmung.

»Ich mache mir Sorgen. Könntest du dich mal umhören – für mich, deinen Anwalt?«

Er blieb stehen, sah mich an, kam mit seinem Gesicht nah an meins, sodass ich sein Pfefferminzbonbon roch. »Wieso kommst du mit so was zu mir? Ich meine, als der Bulle im Knast saß, gut, du hast keine Kontakte dahin. Aber jetzt ist er draußen, und ich soll immer noch sein Kindermädchen spielen, wieso?«

Es führte kein Weg daran vorbei, Aleksandr mehr zu erzählen. »Es besteht die Möglichkeit, dass alles, was passiert ist, mit dem Mord an dieser Prostituierten Ivana zu tun hat.«

»Ich kenne keine Ivana. Nie von ihr gehört. Du musst mich schon aufklären, mein Freund.«

Er wusste genau, von wem ich sprach. Mir fiel nur ein Grund ein, warum er es leugnete. »Rongen könnte deinen Leuten auf die Füße getreten sein. Wenn er tot sein sollte, dann ...«

»Was dann?«, fiel er mir ins Wort.

»Ich möchte es wissen.«

»Ist das alles?«, zischte er.

Ich nickte.

»Gut. Ich höre mich um.«

So schnell hatte ich nicht mit seinem Einverständnis gerechnet. Irgendwo war ein Haken, das spürte ich.

»Damit ich mich umhören kann, muss ich die richtigen Fragen stellen können«, sagte er. »Welche Rolle spielt diese Ivana in eurem Fall?«

»Sie könnte der Schlüssel sein. Das Bindeglied.«

Aleksandr hatte sich wieder in Bewegung gesetzt. Es fiel mir schwer, mit ihm Schritt zu halten.

»Du kennst das Sprichwort: Wer Vergangenes aufrührt, dem sollte ein Auge ausgeschlagen werden.«

»Ich habe nicht vor, mich mit deinen Leuten anzulegen.«

»Und wenn du es schon längst getan hast?« Er blieb erneut stehen. »Mann, Junge! Hast du vergessen, wie die Dinge in Russland laufen?«

Bis zu diesem Moment war mir nicht bewusst gewesen, dass ich mit meinen Ermittlungen schlafende Hunde geweckt haben könnte. Ich spürte ein flaues Gefühl im Magen.

»Wem bin ich auf die Füße getreten?«

»Den Namen wirst du nie erfahren. Und wenn doch, möchte ich nicht in deiner Haut stecken. Deine einzige Chance bin ich. Erzähle mir alles, was du weißt. Oder glaubst zu wissen.«

Ich war mir nicht sicher, ob das ein Trick war, um an Informationen zu gelangen. Aber mir blieb keine andere Wahl, als ihm zu vertrauen. Denn wenn er die Wahrheit sagte und die Hintermänner im Fall Ivana mich ins Visier genommen hatten, wäre Sokolow tatsächlich meine einzige Rettung. Er selbst gehörte nicht zur russischen Mafia, genoss aber einen gewissen Respekt in diesen Kreisen. Ich wusste nicht, wieso, und würde auch nicht danach fragen.

Ich gab ihm die Informationen, die er verlangte.

Er versprach, Rongen zu finden. Tot oder lebendig.

Ich sollte nicht lange warten müssen.

43

Die Leiche wurde am frühen Montagmorgen gefunden. Am Ufer der Sülz in der Nähe von Untereschbach. Vor einem halben Jahr waren Rongen und ich gemeinsam mit dem Auto an dem kleinen Fluss entlanggefahren, in Richtung Lindlar, wo ein Mandant von mir sein Anwesen gehabt hatte. Auf der Fahrt hatte Rongen beiläufig erwähnt, dass er aus dem kleinen Dorf Obersteeg käme, durch den die Sülz floss.

Das Gras am Ufer war schneebedeckt, die Leiche über Nacht steif gefroren. Die Identifizierung war kein Problem gewesen. Rongens Auto parkte in der Nähe, im Handschuhfach hatte seine Brieftasche gelegen, der Autoschlüssel auf dem Dach. Es gab keine sichtbaren Spuren von Gewalteinwirkung. Im Handschuhfach wurde auch noch die Verpackung von Insulin zur Injektion gefunden. Ein NovoPen-Injektionsgerät hatten die Polizisten im schneebedeckten Gras unweit der Leiche gefunden. Der Gerichtsmediziner vermutete daher einen Suizid. Der Tod durch Insulin war einer der schönsten, den man sich vorstellen konnte. Wenn der Körper unterzuckerte, verlor man das Bewusstsein und entschlief still und leise. Der Ort, an dem Rongen lag, unterstrich die Selbstmordthese. Er war in seine alte Heimat zurückgekehrt, um zu sterben. Die Obduktion würde erst in den nächsten Tagen erfolgen. Der genaue Todeszeitpunkt ließe sich wie im Fall von Jana wahrscheinlich nur schwer feststellen, der Experte vermutete, dass es etwa vierundzwanzig bis sechsunddreißig Stunden zurücklag, also kurz nachdem Rongen die Wohnung von Laura Klembach verlassen hatte.

Ich stand wie paralysiert vor dem abgedeckten Leichnam. Gerber hatte mich verständigt, er selbst hielt es nicht mehr für nötig, hier zu erscheinen. Ich hatte Nina und Franka telefonisch informiert, ihnen aber nicht angeboten, mit nach Obersteeg zu kommen. Laura Klembach und Rongens Familie würden von der Polizei benachrichtigt werden. In stiller Trauer gedachte ich dem Mann, der meine Karriere maßgeblich mitgeprägt hatte. Wir waren keine Freunde gewesen, das nicht, aber der Respekt voreinander war im Laufe der anderthalb Jahre stetig gewachsen. Sonst wäre Rongen nicht zu mir gekommen, um sich vertreten zu lassen. Ich erinnerte mich an das Gespräch bei ihm in Bickendorf, nachdem Jana zum ersten Mal in Erscheinung getreten war. Er hatte sich mir in einer Weise offenbart, wie es kein Profi tat. In diesem Moment war ich für ihn mehr als nur der Anwalt. Und er war mehr als nur ein Mandant.

Ich wusste schon jetzt, wie die Argumentation der Staatsanwaltschaft lauten würden: Hauptkommissar Thomas Rongen befand sich in einer psychisch instabilen Lage. Ihm wurde ein Mord zur Last gelegt, er war gerade erst aus der Untersuchungshaft entlassen worden, was noch nichts an den Anklagepunkten gegen ihn änderte. Seinen Freitod würde man als Schuldeingeständnis werten. Es war der 23. Dezember. Ich hatte Rongen das Versprechen gegeben, dass er Heiligabend zu Hause feiern würde, mit seiner Freundin, seiner Tochter ... Für mich stand fest, dass er niemals Suizid begangen hatte. War er von denselben Leuten umgebracht worden wie Jana Feldkamp? Wahrscheinlich. Das große Saubermachen hatte begonnen. *Die Sense war auf einen Stein gestoßen*, wie man in Russland sagte. Der Stein war Rongen. Und ich war sein Anwalt, sein Komplize. Ich hatte Angst. Der Anblick seiner abgedeckten Leiche war für mich wie eine Drohung. Die einzige Gewissheit, die mir blieb, war, dass das, was ich Aleksandr gestern Abend erzählt hatte, nicht zu Rongens Tod geführt haben konnte. Mein Mandant weilte zu diesem Zeitpunkt schon nicht mehr unter den Lebenden.

Ich dürfte niemanden mehr ins Vertrauen ziehen. Nina, Julie, Franka, ich musste sie, soweit es möglich war, von dem Fall fernhalten.

Ich war allein. So fühlte ich mich auch. Ich würde das Spiel der Bösen mitmachen, so tun, als ob ich aufgebe. Mit dem Tod meines Mandanten würde das Verfahren eingestellt werden. Ich verabschiedete mich stumm von ihm.

Ich war es ihm schuldig, die Tat aufzuklären.

Dies war kein Selbstmord.

44

Nina betrat Haus Nummer sechs, ging am Pförtner vorbei, der hinter dem Sicherheitsglas saß. Sie musste ihren Ausweis nicht zeigen, der Mann kannte sie. Nina nahm den Fahrstuhl in die erste Etage, trat auf den Korridor und ging an drei Türen vorbei, bis sie das Büro von Christian Korb erreichte. Seine Tür war geschlossen. Nina klopfte an.

»Herein«, ertönte es gedämpft.

Nina öffnete die Tür. Sie versuchte, sich nichts anmerken zu lassen, sie war nicht hier, um über Rongens angeblichen Suizid zu reden.

Korb saß hinter seinem Schreibtisch, hatte aus dem Fenster gesehen, drehte den Kopf zu ihr. Sein Blick verriet, dass auch er die schlimmen Neuigkeiten wusste.

»Kommen Sie herein, und schließen Sie bitte die Tür«, ertönte Soltaus Stimme aus der anderen Ecke des Raumes. Er hatte hinter der Tür gestanden, ging jetzt langsam zu dem leeren Schreibtisch, an dem Rongen früher gesessen hatte.

Nina schloss die Tür, sah fragend zu Korb. Er zuckte verlegen mit den Schultern. »Tut mir leid, aber ... ich riskiere nicht meinen Job wegen Ihnen.«

Soltau sah zu Nina. Sein Blick war ernst. »Der Kollege hat mich in Kenntnis gesetzt, dass Sie angeblich eine DNA-Spur haben, die zu dem Mordfall an der Prostituierten Ivana Bogdanow passt. Ist das richtig?«

Nina wusste, dass es keinen Sinn hatte zu lügen. Sie hatte das Laborergebnis in der Handtasche. Es war am Morgen in der Kanzlei eingetroffen.

Soltau streckte den Arm aus. »Zeigen Sie mal.«

Nina händigte ihm das Kuvert aus. Soltau schaute auf den Absender: ein privates Labor. Dann sah er zu Nina. »Sie sind jetzt also unter die Ermittler gegangen?«

Nina hielt seinem Blick stand, sagte nichts zu ihrer Verteidigung.

»Sie enttäuschen mich, Frau Vonhoegen.«

»Tut mir leid.«

»Ach ja?« Er wurde wütend, hielt das Kuvert hoch. »Wieso sind Sie damit nicht zu mir gekommen?«

»Weil Rongen das nicht gewollt hätte. Sie hatten ihn doch längst abgeschrieben, oder?«

Soltau seufzte. Korb sah vor sich auf den Schreibtisch, schwieg.

»Unser Kollege Thomas Rongen ist leider verstorben«, sagte Soltau.

»Ich weiß es schon.« Nina ließ sich auf einen Stuhl für Besucher sinken. Tränen traten ihr in die Augen. Nachdem Rongen verschwunden war, hatten sie natürlich mit dem Schlimmsten gerechnet. Trotzdem war es ein Unterschied, ob man sich ein Schreckensszenario nur ausmalte, oder ob der Fall tatsächlich eintrat.

»Glauben Sie, dass er … ermordet wurde?«

Soltaus Stimme blieb sachlich. »Nein. Es sieht nach Suizid aus. Keine Spuren von Gewalteinwirkung. Genaueres wissen wir erst nach der Obduktion.«

»Selbstmord? Das glaube ich nicht.« Tränen liefen ihr über die Wangen, sie wischte sie eilig fort.

Soltau sah zu seinem Kollegen. »Könnten Sie uns bitte allein lassen?«

Korb stand auf, verließ das Büro. Soltau nahm hinter Rongens Schreibtisch Platz. Er wartete, bis Nina sich etwas beruhigt hatte. Dann hielt er das Kuvert hoch. »Was wissen Sie über diese DNA? Von wem stammt sie?«

Nina sah vor sich hin. Ihre Kehle war wie zugeschnürt. Soltau ließ ihr etwas Zeit.

Dann hob sie den Kopf, sah Soltau ins Gesicht. »Ich kündige hiermit meine Stelle.«

»Stopp, stopp, stopp.« Er legte das Kuvert vor sich auf den Schreibtisch. »Immer langsam, Frau Vonhoegen.« Seine Stimme klang begütigend. »Ich bin zwar nicht glücklich darüber, dass Sie sich hinter meinem Rücken an Nachforschungen beteiligt haben, obwohl Sie wussten, dass dies nicht gestattet ist, aber ich verstehe Sie gut. Sie kannten Rongen, er war nicht irgendjemand. Ich kann Ihnen versprechen, dass die Sache unter uns bleibt. Korb wird schweigen, und wenn sich herausstellen sollte, dass Sie und Herr Meller richtigliegen, ist das eher eine Beförderung wert als eine Kündigung.« Er unterstrich seine Worte mit einem Lächeln.

Nina sah ihn unverwandt an. »Mein Entschluss steht fest. Schon länger. Ich werde für die Kanzlei Meller und Tewes arbeiten. Es kann also nicht in Ihrem Interesse sein, dass ich länger hier bin. Oder?«

Soltaus Lächeln erstarb. Er sah Nina ratlos an.

»Nehmen Sie es bitte nicht persönlich. Ich spiele schon seit einiger Zeit mit dem Gedanken. Der Job gefiel mir nicht mehr. Jetzt weiß ich, dass ich in dieser Behörde falsch bin.«

»Erklären Sie bitte, wie es dazu kam. Das sind Sie mir schuldig.«

Nina fing an zu reden. Sie ließ nichts aus, sprach von ihrer Therapie, ihrem Verhältnis zu Nicholas Meller … Sie erklärte ihrem Chef, dass die Idee, sich bei der Polizei zu bewerben, aus heutiger Sicht eine Art Flucht war. Sie hatte sich eingeredet, keine Anwältin werden zu wollen, nicht bei Meller oder sonstwo. Zu Beginn hatte ihr die Arbeit im Präsidium Spaß gemacht, aber schon nach wenigen Wochen kamen ihr die ersten Zweifel. Zuerst ignorierte sie das Gefühl, hier nicht hinzugehören, dann kämpfte sie dagegen an, aber mit dem Fall um Thomas Rongen wurde ihr bewusst, was ihre Bestimmung war. Wofür sie studiert hatte. Sie wollte Anwältin sein.

Nina lächelte tapfer, als sie fortfuhr. »Auch wenn man als Strafverteidiger die meiste Zeit mit Leuten zu tun hat, die einem zuwider sind und die es eigentlich verdient hätten, in den Knast zu wandern – der eine Fall, ein einziger Fall wie der von Rongen, rechtfertigt ein ganzes Berufsleben als Strafverteidiger.«

Soltau seufzte. Nina war eine Überzeugungstäterin. Er nickte. »Dem kann ich nichts hinzufügen, Frau Vonhoegen. Aber ich darf Ihnen sagen, dass ich Ihre Entscheidung sehr bedaure.«

Sie stand auf, Soltau erhob sich ebenfalls, kam um den Schreibtisch herum.

Er lächelte sie aufmunternd an. »Machen Sie sich keine Sorgen, ich lege Ihnen keine Steine in den Weg.«

Nina deutete auf das Kuvert. »Und wie verbleiben wir damit?«

»Korb hat mir gesagt, dass es um den Ivana-Fall geht. Und er sagte mir auch, dass die DNA-Probe von Marco Eisfeld stammt.

Sollte es eine Übereinstimmung mit der DNA von Ivanas Leiche geben, werde ich mich an Sie wenden. Bis dahin vereinbaren wir Stillschweigen.«

Nina war einverstanden.

Jetzt blieb nur noch zu hoffen, dass sie auf der richtigen Spur waren.

45

An diesem Vormittag bat ich Julie, Zollinger und Nina zu mir ins Büro. Wir sprachen über Rongen und die dramatische Wende in dem Fall. Ich erklärte das Mandat offiziell für beendet. Frau Zollinger seufzte laut und wischte sich verschämt eine Träne aus dem Auge.

Da unser Mandant verstorben war, hatten wir keine Verpflichtungen mehr. Wir waren uns einig, auf das Honorar zu verzichten. Die Suche nach möglichen Tätern und eine Verbindung zwischen den Mordopfern und dem Ivana-Fall war jetzt ausschließlich Sache der Polizei. Kriminaldirektor Soltau wusste über mögliche Hintergründe Bescheid. Ich wollte Staatsanwalt Friedemann Gerber einen Brief schreiben, in dem ich ebenfalls auf die Möglichkeit hinweisen würde, dass Rongen zum Sündenbock gemacht wurde, weil er in einem anderen Mordfall Details herausgefunden hatte, die andere unter Verschluss halten wollten. Allerdings lag es nicht in meiner Hand, einer Verschwörung innerhalb des Polizeiapparats nachzugehen.

Julie sah mich verwundert an. »Heißt das, wenn die Polizei nichts unternimmt, unternehmen wir auch nichts?«

»Genau das heißt es.« Ich meinte es sehr ernst.

Zollinger meldete sich zu Wort. »Gibt es Gründe, von denen wir nichts wissen, weshalb wir den Fall unbedingt abschließen sollten?«

Ich nickte. »Wir überlassen die weitere Arbeit der Polizei.«

Nun begriff Julie, was los war. Nina war bereits im Bilde, Zollinger schwieg.

Am Empfang klingelte das Telefon. Zollinger stand auf, verließ mein Büro, ging zu ihrem Schreibtisch, nahm den Hörer ab. »Kanzlei Meller. Zollinger. – Moment, bitte.«

»Kriminaldirektor Soltau für Sie«, rief sie mir zu. »Soll ich Ihnen das Gespräch ins Büro legen?«

»Ja«, sagte ich und nahm den Telefonhörer ab, die Verbindung kam zustande. »Meller. Guten Tag.«

Julie und Nina sahen mich aufmerksam an. Zollinger erschien im Türrahmen.

»Guten Tag, Herr Meller«, ertönte es aus dem Hörer. »Zuerst möchte ich Ihnen zu Ihrer neuen Mitarbeiterin gratulieren.«

»Danke. Haben Sie Neuigkeiten für mich?«

»Die DNA-Probe, die Sie haben analysieren lassen, stimmt nicht mit der DNA an Ivanas Leiche überein. Wie immer Sie auf diesen Verdacht bezüglich Marco Eisfeld gekommen sein mögen, dieser erweist sich hiermit als falsch.«

»Verdammt«, entfuhr es mir. Die anderen sahen mich fragend an.

»Trotzdem wünsche ich Ihnen ein frohes Fest und ein paar erholsame Tage. Wir sehen uns auf der Beerdigung, nehme ich an. Machen Sie es gut.«

Mein Mund fühlte sich staubtrocken an. »Ihnen auch alles Gute.« Meine Stimme war belegt.

Ich legte den Hörer auf. Dann schrie ich meine Wut heraus: »Scheiße!«

Julie und Nina sahen betreten vor sich hin, sie ahnten, was ich erfahren hatte.

»Keine Übereinstimmung«, sagte ich mit gepresster Stimme. Ich schüttelte den Kopf. Verdammt! Wir hatten uns in einer Sackgasse verrannt. Ich stellte im Moment alles infrage. Gab es tatsächlich eine Verschwörung gegen Thomas Rongen, oder war alles nur ein Strohfeuer? Hatte womöglich *er* Jana umgebracht? War es *doch* Selbstmord, weil er mit der Schuld nicht länger leben konnte?

Julie erhob sich. »Tut mir leid für dich, Nicholas. Aber all das ist jetzt Sache der Polizei, wie du ja selbst sagst. Wenn ihr mich braucht, ich bin in meinem Büro.« Damit ging sie, Zollinger folgte ihr.

Als wir allein waren, sah ich Nina an. »Wann fährst du nach Hause zu deinen Eltern?«

»Morgen früh«, antwortete sie. »Und du? Wie feierst du Weihnachten?«

»Das Essen bei meiner Mutter ist am ersten Feiertag.«

»Und Heiligabend?«

»Im Shooters findet ab zweiundzwanzig Uhr eine Party statt.«

»Und Franka?«

»Ich werde gleich zu ihr fahren und mich entschuldigen, dass wir uns Weihnachten nicht sehen.«

»Du machst mir Sorgen, Nicholas.«

Ich sah sie verdutzt an. »Wieso?«

»Es tut dir nicht gut, allein zu sein.«

»Mir geht es gut. Keine Sorge. Ich brauche nur ein paar Tage Abstand von allem. Die Jungs im Shooters werden mich auf andere Gedanken bringen.«

Nina stand auf, und ich begleitete sie zur Tür. Sie verabschiedete sich von Julie und Zollinger.

Ich nahm Nina in den Arm. Wir drückten uns, so sehr, dass ich ihr Herz spürte.

Dann ging sie.

46

Franka zeigte viel Verständnis, konnte ihre Enttäuschung aber nicht verbergen. Sie hatte so sehr gehofft, dass wir den ersten und zweiten Weihnachtsfeiertag zusammen verbringen würden, wenn ihre Kinder in den Skiurlaub fuhren. Es war kurz vor dreiundzwanzig Uhr, und der einzige Grund, nicht zu bleiben, war mein desolater Gemütszustand. Franka hatte sogar ein Geschenk für mich. Wir saßen auf ihrer Couch, sie bestand darauf, dass ich es jetzt schon aufmachte. Es hatte das Format einer Pralinenschachtel, war aber federleicht. Ich riss das Geschenkpapier auf. Franka fing an zu kichern. Zum Vorschein kam ein Stirnband, an dem zwei wackelnde »Fühler« befestigt waren – ein Accessoire für den Karneval, um sich als Biene zu verkleiden. Ich brauchte einen Moment, um zu begreifen. Biene Maja.

»Erinnerst du dich?« Sie sah mich neckisch an.

Ja, das tat ich. Ein Jahr bevor wir beruflich miteinander zu tun bekamen, hatten wir uns an Karneval in einer Kneipe getroffen. Franka war als Biene Maja verkleidet gewesen. Kurz zuvor hatte ihr Mann sie verlassen. Franka war dementsprechend aufgedreht, fast schon aggressiv. Ich verabschiedete mich irgendwann auf Toilette, kam nicht mehr zurück. Ein Jahr später, bei unserer ersten Begegnung in ihrem Büro, hatte sie mich sofort erkannt. Ich sie aber nicht. Später erzählte Franka mir von unserem ersten Zusammentreffen, machte mir keinen Vorwurf, dass ich mich damals davongestohlen hatte. Denn an dem Abend war sie wirklich mies drauf gewesen. Das Geschenk hatte eine symbolische Bedeutung, das wusste ich.

Ihre Stimme zitterte leicht. »Ich würde mich freuen, wenn du diesmal wiederkommst.« Sie strich eine Haarsträhne hinter ihr Ohr, wischte sich bei der Gelegenheit die Tränen aus den Augen. In diesem Moment konnte ich nicht anders. Von einer Sekunde auf die nächste war alles, was in meinem Kopf vor sich ging, wie durch einen Abfluss verschwunden. Rongen existierte ebenso wenig wie Nina, Sokolow, Ivana. Es gab sie nicht mehr. Nur noch Franka. Ich presste ihren Körper fest an meinen, ließ mich von dem Strudel mitreißen. Wir trieben es auf dem Esszimmertisch, auf dem Boden, im Stehen. Wir waren hemmungslos, verloren jedes Zeitgefühl. Irgendwann schafften wir es sogar in ihr Bett, wo wir erschöpft Luft holten.

»Morgen habe ich garantiert Muskelkater«, sagte sie. »Daran bist du schuld.«

Ich sah auf die Uhr. Es war nach eins.

Franka sah mich fordernd an. »Sie denken doch wohl nicht daran, jetzt nach Hause zu gehen, Herr Meller.«

»Nein. Ich habe heute keine Termine mehr.«

Alle Pläne, die ich gehabt hatte, waren über Bord geworfen. Franka rückte näher an mich heran. Während sie mit der rechten Hand meinen Penis aufrichtete, umfasste ihre linke meine Eier. Das löste einen verstörenden Gedanken in meinem Kopf aus. Nina hatte nur eine Hand. Ich versuchte, den Gedanken zu vertreiben, zu spät.

»Was ist?«, fragte sie. »Gefällt es dir nicht?«

»Doch. Mach weiter.«

Franka hörte auf. »Erst wenn du mir sagst, was du hast.«

Lügen erschien mir nicht nur zwecklos, auch unfair. »Ich musste gerade an Nina denken?«

Franka brauchte eine Sekunde, um zu verstehen, dann lachte sie laut. Eine Frau mit einer Vorgängerin zu vergleichen ging normalerweise nach hinten los, aber nicht bei Franka. Ich war überrascht und erleichtert zugleich.

»Wie war das beim ersten Mal bei euch?«

»Seltsam. Ich hatte Angst zu versagen.«

»Glaubst du, Nina hat das gemerkt?«

»Ja, aber im Laufe der Zeit wurde ihr Anblick für mich das Normalste auf der Welt. So normal, dass es fast schon ein wenig ungewohnt ist, dass du zwei Hände hast.«

Wir sahen uns tief in die Augen.

»Nicholas«, sagte sie. »Ich bin verliebt. In dich.«

Gern hätte ich dasselbe gesagt, aber ich war noch nicht so weit wie sie.

»Ich bin auf dem besten Weg, dasselbe zu tun«, sagte ich.

Das reichte ihr als Antwort. Sie lächelte mich glücklich an.

Franka verbrachte Heiligabend mit ihren Kindern, ich wie geplant mit meinen Freunden im Shooters. Die Party ging bis fünf Uhr in der Früh, und der Zapfhahn stand keine Sekunde still. Es galt das Prinzip Selbstbedienung. Wir schmissen einfach jeder Geld in einen Topf. Die Stammgäste, von denen ich nicht alle kannte, weil ich nur noch selten kam, blieben bis zum Schluss. Ivan, der normalerweise Jogginganzüge trug, hatte sich zur Feier des Tages einen schwarzen Anzug mit weißem Hemd und Fliege angezogen. Was man in dem Outfit nicht sah, dass er auf dem rechten Unterarm ein großes Kruzifix und auf dem linken Unterarm *Jesus Mutter Maria* tätowiert hatte. Er kam aus Kroatien, war Katholik. In die Kirche ging er zwar nicht, stand aber fest zu seinem Glauben. Hasbi, der Koch, Lutz, der Wirt, Andreas, Gabor und noch ein paar andere waren genau die Leute, die ich in dieser *hochheiligen Nacht* um mich brauchte. Am Morgen rückte schließlich die Polizei an, weil zwei Gäste vor der Kneipe krakeelten. Ich regelte das mit besoffenem Kopf. Einer der Polizisten schien mich vom Sehen her zu kennen. Wir versprachen, uns um die Ruhestörer zu kümmern.

Am Tag danach musste ich zu meiner Familie zum Essen. Mir war furchtbar übel. Meine Mutter reagierte empört, dass ich mich nicht mal in Schale geworfen hatte und nach Restalkohol roch. Aber insgeheim war sie glücklich, dass ich allein gekommen war. Meine Schwester verteidigte mich, mein Schwager schwieg wie immer zu allem. Ich ging zum Rauchen auf den Balkon, telefonierte lange mit Nina, der es zu Hause gut ging. Sie hatte ihren Eltern von dem Jobwechsel erzählt.

»Mein Vater ist nicht gerade happy darüber, dass ich bei der Polizei hingeschmissen habe.«

»Und wieso nicht? Meinetwegen?«

Ihr Vater kannte mich nicht persönlich, hatte aber natürlich so einiges erfahren. Nicht zuletzt aus der Zeitung.

»Er ist der Meinung, dass der Beamtenstatus besser für mich wäre als ein Job in der freien Wirtschaft.«

»Mach dir keinen Kopf. So sind Eltern nun mal, sie wollen immer nur das Beste für ihre Kinder.«

»Ich bin alt genug, um das selbst zu wissen.«

»Du bereust deine Entscheidung also nicht?«

»Ganz und gar nicht. Aber ich möchte, dass wir an dem Fall dranbleiben. Rongens Mörder müssen bestraft werden.«

Sie sprach ein heikles Thema an. Eins, über das wir unmöglich am Telefon sprechen durften. Es war nicht auszuschließen, dass jemand mithörte.

»Wir reden nach Weihnachten darüber«, sagte ich daher. »Aber eigentlich steht mein Entschluss fest.«

»Was heißt das?«

»Mein Entschluss steht fest, Nina. Verstehst du?«

»Ja.«

Ich wusste, dass sie verstanden hatte. Natürlich würde ich niemals lockerlassen.

Auch dieses Familienfest ging zu Ende. Als der Taxifahrer mich fragte, wo ich hinwolle, zögerte ich einen Moment, entschied dann aber, nach Hause zu fahren. Den zweiten Weihnachtsfeiertag verbrachte ich mit Franka im Bett. Bis zum nächsten Morgen vögelten wir uns die Seele aus dem Leib, nur unterbrochen von dringend notwendigen Ruhephasen.

Am Freitag ging ich in die Kanzlei. Ich war allein. Die Stille tat gut. Ich machte mir erst einmal einen Kaffee, trat an den Konferenztisch, wo noch immer die Stellwände standen, vollgepflastert mit Zetteln, Fotos, Zeitungsausschnitten.

Es gab zu viele Möglichkeiten, und keine davon ließ sich beweisen. Indizien. Vermutungen. Theorien. In so einer Situation halfen Karteikarten.

Ich nahm mir mehrere verschiedenfarbige Karteikarten, notierte noch einmal in Stichworten, was wir wussten.

Frank Brenner bekam die Farbe Rot. Er war offiziell der Polizistenmörder. Das war die erste Karte. Zweite Karte: Er war es nicht! (Er könnte sich aus einem ganz anderen Grund der Festnahme entzogen haben. Drogendealer tun so etwas.) – Frank

Brenner war ein Rächer. (Er wusste, dass Schmiege und Eisfeld ihm Drogen untergeschoben hatten.) Dritte Karte: Frank Brenner war ein Komplize von Schmiege. (Die beiden machten gemeinsame Sache, es kam zum Streit. Nach dem ersten Mord musste Brenner auch noch die anderen krummen Vögel ausschalten.) *Warum?*

Jana Feldkamp bekam die grünen Karteikarten. Grün war die Farbe der Hoffnung. Ich glaubte, dass Jana nie etwas Böses im Schilde geführt hatte, sondern ein Opfer war wie Ivana. Das war die erste Möglichkeit. Zweite Möglichkeit: Jana gehörte zu einem Netzwerk, genau wie Frank Brenner. (Sie wurde ermordet, weil sie zu viel wusste und die Polizei nach ihr fahndete.) Weiter: Jana hat Brenners Pistole im Wald aufgehoben. – Jana hat Brenners Pistole im Wald nicht aufgehoben. – Jana hatte keine Ahnung, was um sie herum geschah. (Sie musste sterben, weil sie jemandem im Weg war.) *Wem?*

Marco Eisfeld bekam die Farbe Blau. Erste Karte: Marco Eisfeld sagt die Wahrheit: Frank Brenner hat auf ihn geschossen! Weiter: Marco Eisfeld lügt, Brenner war es nicht. – Marco Eisfeld glaubt, die Wahrheit zu sagen. – Marco Eisfeld lügt bewusst! (Er deckt den wahren Mörder.) *Wem nützte das?*

Rongen war für mich ein edler Ritter, darum bekam er die Farbe Weiß. – Rongen erschießt Brenner. – Jana nimmt die Waffe an sich. – Ein Kollege nimmt die Waffe an sich. *Warum?* (Wer musste Angst vor Rongen haben?)

Ivana war rosa. Variante eins: Sie wurde von den Russen ermordet. Variante zwei: Ein westeuropäischer Täter beseitigt die Leiche, lässt DNA zurück. Oder: Sie wurde von einem Freier ermordet. (Der Freier war ein Polizist. Ein korrupter Polizist. Die Russen nehmen den Mord auf sich, schicken Sokolow zu mir, um Rongen reinzulegen.) Schließlich: Ivanas Mörder darf nicht enttarnt werden. *Wer war es?*

Ich erstarrte. Ivanas Mörder darf nicht enttarnt werden! Mir lief es kalt den Rücken herunter. Die ganze Zeit trug ich das Wissen in meinem Kopf: Informationen, die kein anderer hatte außer ich.

Ich vergrub mein Gesicht in den Händen. Ich sah alles wieder vor mir. Es war anderthalb Jahre her.

Sokolow kommt die Treppe zu meinem Büro hinauf. Er trägt einen Anzug, halbseiden. Er würdigt Nina kaum eines Blicks. Er gibt sich nicht ab mit Behinderten. Wir gehen sofort in mein Büro.

Sokolow fragt mich, ob ich mit dem Kommissar zu tun habe, der den Mord an der Prostituierten bearbeite? Ich sage Ja. Sokolow nennt mir ihren Namen: Ivana. Er gibt mir Geld, fünftausend Euro als Anzahlung. Die Gegenleistung ist ein Anruf, bei dem ich Rongen gegenüber den Namen fallen lasse: Ivana. Einen Namen, den ich nur kennen kann, wenn ein Mandant ihn mir gesagt hat. Rongen beißt an, er folgt dieser Spur, findet heraus, dass Sokolow mein Mandant ist …

Ich nahm die Hände vom Gesicht, starrte die Stellwände an. Rongen hatte Sokolows Spiel durchschaut. Von da an glaubte er, dass ein Russe den Mord begangen hatte und Sokolow sich als Strohmann hergab, um die Ermittlungen zu sabotieren. Das hieß für Rongen: Die Russen schützten Ivanas Mörder! Und so etwas tat ein Russe nur für einen Komplizen, dachte Rongen.

Da lag der Irrtum!

Ein Irrtum, der durch einen genealogischen Fingerabdruck ans Licht kam. Rongen fing an umzudenken. Ivanas Mörder war ein Freier. Ein wichtiger Mann, den es zu schützen galt.

Korruption erforderte ein Druckmittel, meistens Geld, aber ein noch besseres Druckmittel war Erpressung. Eine Hand wäscht die andere. Die Russen halfen dem Mörder, um ihn zu kaufen. Von da an hatten sie ihn an der Leine. Wie lang diese war, bestimmten die Russen.

War Schmiege der Mörder? Oder Jonas Weber? Hatte man deren DNA schon mit der Spur an der Leiche verglichen? Dafür bestand kein Grund, weil niemand außer uns die Polizistenmorde mit dem Ivana-Fall in Zusammenhang brachte.

Vor anderthalb Jahren hatten russische Hintermänner den Mord auf sich genommen. Irgendwas musste seitdem passiert sein, irgendwas war aus dem Ruder gelaufen. Hatten die Russen sich anders entschieden? Wurde das Problem auf kurzem Dienstweg erledigt? Schmiege tot, Weber tot … Eisfeld hatte überlebt. Was mochte er ihnen geboten haben, dass sie ihn am Leben ließen?

Rongen! Ich stellte mir vor, wie Eisfeld mit den Russen telefonierte, ihnen sagte, dass Rongen eine neue Spur aufgenommen hatte. Das könnte sein Todesurteil gewesen sein.

Mir wurde plötzlich übel … Während ich nach Rongen suchte, hatte ich Sokolow in Kenntnis gesetzt, dass ich der gleichen Spur folgte. Die Russen waren also auch über meinen Kenntnisstand im Bilde.

Ich sah zum Telefon. Sollte ich Sokolow anrufen? Ihm und seiner Familie frohe Weihnachten wünschen, ihn in ein unverfängliches Gespräch verwickeln? Er würde es sofort durchschauen. Was hätte ich ihn fragen sollen?

Ich wandte mich wieder den Karteikarten zu, versuchte es mit einem Trick. Um meine Synapsen neu zu verknüpfen, nahm ich alle Karten, mischte sie durch, bis ich einen bunten

Packen hatte. Dann nahm ich die erste Karte vom Stapel, las sie, dann die nächste, dann die nächste. Dann mischte ich wieder und fing von vorne an. Jedes Mal ergab sich eine neue Geschichte, teils aus Fakten, teils aus Mutmaßungen.

Nach einer Stunde gab ich entnervt auf.

Mein Schädel brummte. Ich hatte den ganzen Tag fast nichts gegessen. Draußen war es schon dunkel. Aber das Wichtigste war jetzt, den Gedankenstrom nicht abreißen zu lassen. Mein Gefühl sagte mir, dass ich nicht mehr weit von der zündenden Erkenntnis entfernt war.

Ich sah zu dem gerahmten Bild, das ich schon in meiner alten Kanzlei an der Wand hängen hatte und das mir auch damals schon gute Dienst geleistet hatte. Das Schwarz-Weiß-Bild zeigte die Hauptfigur Alex DeLarge aus dem Film *Clockwork Orange*. In dem Film sagt Alex an einer Stelle, »dass Denken nur was für Bekloppte ist. Leute mit Grips haben so was wie Intuition«.

Alex DeLarge hatte mit Sicherheit recht.

Ich steckte die Karteikarten in meine Aktentasche.

Ich konnte zu diesem Zeitpunkt nicht ahnen, dass das ein schwerer Fehler war.

47

Kurz nach neunzehn Uhr verließ ich die Kanzlei. Sie befand sich in einem Bürogebäude direkt am Kaiser-Wilhelm-Ring. Als ich in der Fußgängerzone stand, war ich überrascht über die vielen Menschen. Es war der erste Tag nach den Feiertagen. Offenbar wollten alle Leute ihre Geschenke umtauschen.

Ich war unentschlossen, wohin ich gehen sollte. Mein Magen knurrte. Seit dem Frühstück hatte ich nichts mehr gegessen, dafür umso mehr Kaffee getrunken. Ich entschied mich für einen kleinen Italiener am Römerturm, der ausgezeichnete Pasta machte. Er war nur fünf Minuten zu Fuß entfernt.

Tief in Gedanken versunken, bog ich in den Gereonshof ein. Schließlich erreichte ich die Norbertstraße, ging weiter in Richtung Friesenstraße. Auf dem Bürgersteig standen zwei Männer, die sich unterhielten, mir den Weg versperrten. Von hinten näherte sich ein schwarzer Van, sodass ich nicht einfach auf die Straße ausweichen konnte. Als ich die Männer erreicht hatte, hielt der schwarze Van neben mir. Die beiden Männer drehten sich plötzlich zu mir um. Sie waren schwarz gekleidet, sahen aus wie Rocker.

Es ging so verdammt schnell. Bevor ich begriff, was los war, öffnete einer von ihnen die Seitentür des Van, der andere packte mich am Arm, beförderte mich unsanft in den Wagen, die Tür fiel krachend zu. Der Van fuhr los. Ich saß mit dem Rücken zum Fahrer. Einer der beiden Rockertypen trug einen Vollbart. An seinem Hals war eine Tätowierung: ›*No excuses*‹. Er tastete mich ab, nahm mein Handy an sich und die Aktentasche. Er schaltete das Smartphone ab. Sie redeten kein Wort. Mir wurde speiübel. Ich fing an zu zittern. Die Fenster waren mit Folie verklebt. Da es draußen schon dunkel war, sah man nur hin und wieder eine Leuchtreklame oder eine Laterne. Ich drehte den Kopf ein wenig, versuchte, einen Blick durch die Windschutzscheibe zu werfen.

»Hey, sieh mich an«, blaffte der mit Tätowierung. »Bau keine Scheiße, Anwalt. Die Sache kann auch anders laufen.«

»Schmerzhaft«, fügte sein Kollege hinzu, der neben mir saß. Er hatte eine Vollglatze.

Fest stand, dass es sich nicht um eine Verwechslung handelte. Sie wussten, wer ich war. Die nackte Angst kroch in mir hoch, von den Füßen bis zur Kinnspitze.

»Ich …«, meine Stimme versagte. »Mir ist übel … mein Kreislauf … Ich habe den ganzen Tag nichts gegessen.«

Der Glatzköpfige beugte sich nach unten, öffnete ein Schubfach unter seinem Sitz, holte eine kleine Plastikflasche Coca-Cola heraus. Er gab sie mir. Ich öffnete die Flasche, trank. Langsam, Schluck für Schluck. Mein Kreislauf stabilisierte sich ein wenig. Nur das Zittern ließ sich nicht unterdrücken. Noch nie im Leben hatte ich solche Angst gehabt. Ich wünschte mich in den Fahrstuhl des Empire State Building. Wie gerne würde ich jetzt dort in die hundertste Etage hinauf- und wieder herunterfahren. Von mir aus auch auf jedem Stockwerk anhalten. Alles wäre besser, als hier zu sein.

Irgendwann wurde der Wagen langsamer. Ich wagte einen

kurzen Blick nach hinten. Ich sah, wie wir in eine Halle hineinfuhren. Das Tor schloss sich hinter uns mit lautem Rattern. Der Van hielt, der Bärtige öffnete die Schiebetür, stieg aus. Ich folgte ihm. Er hatte meine Aktentasche. Der mit der Glatze folgte mir. Der Fahrer des Vans kam um den Wagen herum. Ein Hüne von Mann mit einem Bürstenhaarschnitt. Er sah aus wie ein Russe, trug einen schwarzen Anzug, weißes Hemd, keine Krawatte. Der Bärtige händigte ihm die Aktentasche aus, der Hüne ging weg. Am anderen Ende der Halle befand sich ein Büro. Dort brannte hinter einer heruntergelassenen Jalousie schwaches Licht. Meine beiden Wächter brachten mich zu einem wackeligen Holzstuhl, von dem die schwarze Farbe abblätterte. Ich musste mich setzen.

Der Großteil der Halle lag im Dunkeln. Über mir baumelte eine nackte Glühbirne an einem Kabel. Daneben hing an einem Stahlträger ein Nylonseil, an dem sich eine Schlinge befand. Ich malte mir aus, wozu das Nylonseil dienen könnte. Dann sah ich zu Boden und erkannte im fahlen Schein der Glühbirne die getrockneten Blutstropfen und noch weitere Spuren, die aussahen, als sei jemand in einen Hundehaufen getreten. Es roch nach Ammoniak wie auf einer Bahnhofstoilette. Der Letzte, der an dem Seil gehangen hatte, hatte offensichtlich die Kontrolle über seinen Schließmuskel verloren.

Panik ergriff mich. Würde man mich foltern? Wie lange würde ich so eine Tortur durchhalten? Keine Minute, da war ich mir sicher. Franka und Nina kamen mir in den Sinn. Bei dem Gedanken, die beiden nie wiederzusehen, verlor ich die Fassung. Ich begann zu weinen wie ein Kind. Die Männer blieben unbeeindruckt davon.

Ich wusste nicht, wie lange ich auf dem Stuhl gesessen hatte, als ich Schritte hörte, die sich näherten. Schließlich trat ein Mann in den Schein der Glühbirne. Er war nicht sehr groß, schlank, seine Gesichtszüge verrieten, dass auch er ein Osteuropäer war, wahrscheinlich ein Russe. Hinter ihm stand der Hüne mit dem Bürstenhaarschnitt, der den Wagen gefahren hatte. Der kleinere Mann trug auch einen schwarzen Maßanzug, ein dunkles Hemd bis zur Brust aufgeknöpft. Der Gürtel von Hermès, was die Schnalle verriet. In der rechten Hand hielt er meine Aktentasche.

»Stehen Sie auf«, sagte er auf Russisch. »Lassen Sie uns zum Wagen gehen, hier stinkt es ja entsetzlich.«

Im Mittelalter wurden Folteropfern zuerst die glühenden Zangen und anderes Werkzeug gezeigt, danach bekamen sie die Chance, alles zu gestehen. Offensichtlich kamen wir jetzt zum zweiten Teil. Ich stand auf, folgte dem kleineren Mann, der ganz offensichtlich der Chef war. Der Hüne ging hinter mir. Meine Knie waren so weich, dass ich mich kaum auf den Beinen halten konnte. Die Seitentür des Van stand noch offen, der Mann stieg vor mir ein, nahm auf der Bank in Fahrtrichtung Platz, ich ihm gegenüber. Der Hüne blieb vor dem Wagen mit verschränkten Armen stehen.

Wir sprachen weiter auf Russisch.

»Wissen Sie, wer ich bin?«

Ich schüttelte den Kopf.

»Artjom Morosow.«

Ich hatte den Namen noch nie gehört. »Warum bin ich hier?«

Er ließ sich Zeit mit der Antwort. Ich sah in seine stahlblauen Augen.

»Können Sie sich das nicht denken?« Morosow griff in die Tasche seines Jacketts, holte den Stapel bunter Karteikarten hervor, fächerte sie wie ein Kartenspiel auf. »Deshalb. Ich möchte von Ihnen erfahren, was Sie wissen.«

Er schob die Karten wieder zusammen, legte sie neben sich auf die Sitzbank. Dann holte er aus der Brusttasche seines Jacketts ein Einstecktuch, reichte es mir. »Machen Sie sich das Gesicht sauber.«

Mein Gesicht war tränenverschmiert und staubig. Ich nahm das Tuch, rieb die Augenränder trocken.

Morosow lehnte sich zurück, schlug die Beine übereinander. »Zunächst einmal. Ich weiß alles über Sie. Wir können also viel Zeit sparen, wenn Sie mich nicht anlügen.«

Ich nickte.

»Glauben Sie an Ironie des Schicksals, Herr Meller?«

»Kommt darauf an, was Sie darunter verstehen.«

»Wir beide wurden in der gleichen Stadt geboren. Auch ich komme aus Tomsk. Sie sind ein Jahr älter als ich. Wir haben sogar eine Zeit lang nur drei Straßen voneinander entfernt gewohnt.« Er grinste, schüttelte den Kopf dabei. »Jetzt sitzen wir hier. In Deutschland. In Köln. Hat das nicht eine gewisse Ironie?«

»Doch, ja.«

»Sie sind ohne Vater aufgewachsen«, fuhr er fort. »Ich ohne Mutter. Was, glauben Sie, ist schlimmer?«

Morosow war schwer einzuschätzen. Was bezweckte er mit diesen Fragen? Mein Puls normalisierte sich, der Adrenalinpegel sank. Trotzdem war noch nicht die Zeit für Entwarnung. »Ich glaube, ein Junge braucht einen Vater«, sagte ich.

»Aber auch eine Mutter. Eine Mutter prägt die sanften Wesenszüge eines Jungen, während der Vater Strenge und Disziplin lehrt.«

»Da kennen Sie meine Mutter nicht«, erwiderte ich.

Artjom lachte herzlich.

»Sie ist Klavierlehrerin«, setzte ich nach.

Artjom lachte noch mehr. Es dauerte einen Moment, bis er sich beruhigt hatte. Das war ein gutes Zeichen. Wir hatten wohl den gleichen Humor. Wenn ich ihn zum Lachen brachte, fiel es ihm vielleicht schwerer, mir wehzutun. Vielleicht. Sicher konnte ich mir da nicht sein.

»Woran ist Ihr Vater gestorben?«, fuhr er schließlich fort.

»Ich dachte, Sie wüssten alles über mich.«

Morosow lächelte wieder. »Er starb an Darmkrebs mit Metastasen in Leber und Lunge. Es hat nur sechs Wochen gedauert von der Diagnose bis zu seinem Tod. Was würden Sie tun, wenn Sie wüssten, dass Sie nur noch sechs Wochen hätten – oder sechs Tage, sechs Stunden, sechs Minuten?«

»Ich würde versuchen, Frieden zu schließen mit allen, mit denen ich im Clinch liege.«

Sein Mienenspiel verriet, dass ihm die Antwort gefiel. Er griff in die Innentasche seines Jacketts, holte eine Packung Zigaretten heraus. Er öffnete sie, sah mich an. »Möchten Sie eine?«

»Nicht, wenn es meine letzte ist.«

Morosow lächelte. Ich nahm eine Zigarette heraus, Morosow ebenfalls. Der Hüne trat näher und gab uns beiden Feuer. Ich sog den Rauch in meine Lungen, blies ihn aus.

Morosow inhalierte ebenfalls. Dann klopfte er auf den Stapel Karteikarten, der neben ihm auf der Bank lag. »Kommen wir zum Geschäftlichen. Das Schicksal wollte es, dass sich unsere Wege kreuzen. Wir verfolgen womöglich dieselben Interessen.«

»Die da wären?«

»Sie haben uns schon einmal geholfen, Herr Meller. Vor anderthalb Jahren, wissen Sie noch?«

Ich nickte. Mir war klar, dass er hinter dem Auftrag steckte, Hauptkommissar Rongen auf eine falsche Spur zu lenken. Ein Gedanke schoss mir durch den Kopf. Ich sprach ihn aus, ohne nachzudenken. »Haben Sie Ivana auf dem Gewissen?«

Artjom explodierte, er schrie mich an. »Erwähnen Sie diesen Namen nie wieder in meiner Gegenwart.« Er hielt die Zigarette zwischen Daumen und Zeigefinger, die anderen Finger weit gespreizt, hielt Morosow mir drohend die Hand entgegen. »Nie wieder!«

Ich bereute sofort meinen Fehler. Mein Puls schoss erneut in die Höhe. Ich nickte nur stumm.

Morosow zog die Hand zurück, nahm wieder einen tiefen Zug, ließ den Rauch aus dem Mund quellen. Sein Gesicht verschwand für einen Moment wie hinter einem Schleier. Er hatte sich schnell wieder gefangen.

»Mein Vater hat mir viel beigebracht. Ein weiser Mann, er trifft immer die richtigen Entscheidungen für die Familie. Ich bewundere ihn. Und ich weiß, dass er stolz auf mich ist, seinen einzigen Sohn.« Er zögerte, wägte seine nächsten Worte ab. »Nur damals, vor anderthalb Jahren, hat er womöglich eine falsche Entscheidung getroffen.«

Ich schwieg. Mir war klar, dass er keine Ermunterung brauchte, um fortzufahren.

»Wo Menschen sind, werden Fehler gemacht«, sagte er schließlich. »Diesen Fehler müssen wir jetzt korrigieren. Dazu brauche ich Ihre Hilfe.«

Seine Hand verschwand wieder in der Innentasche seines Jacketts. Er holte ein Blatt Papier heraus, reichte es mir. Ich sah drauf, es war eine Mandantenvollmacht, wie ich sie immer in meiner Aktentasche dabeihatte. Der Hüne trat näher und hielt mir einen Kugelschreiber hin.

»Zeichnen Sie gegen. Den Rest füllen wir aus, wenn wir Sie als Anwalt in Anspruch nehmen.«

Seine Augen fixierten mich, der Blick war eiskalt. Ich unterschrieb. Nun fiel alles, was wir sagten, unter die Schweigepflicht. Meine Chance, diesen Tag zu überleben, war damit enorm gestiegen. Morosow hätte keinen Grund mehr, mich zu töten, es sei denn, er hatte es seinen beiden Folterknechten versprochen. Der Hüne nahm den Mandantenvertrag an sich, steckte ihn ein.

Morosow klopfte mit dem Finger auf den Stapel Karteikarten. »Sie haben viele Ideen. Aber eine Antwort ergibt sich aus all diesen Karten nicht. Wer glauben Sie, hat die Polizisten erschossen?«

»Es war nicht Frank Brenner.«

»Wie sind Sie darauf gekommen, dass die Polizistenmorde etwas mit Vedunja zu tun haben könnten?«

In der Vagina von Ivanas Leiche hatte ein Zettel gesteckt, auf dem »Vedunja« stand. Rongen hatte mit diesem Begriff nichts anfangen können, ich konnte ihm dabei helfen. Vedunja war eine Hexe aus einem russischen Märchen. Der Zettel diente ebenfalls dazu, die Ermittler zu verwirren.

Ich antwortete. »Es ist der einzige Fall aus der Vergangenheit, den Rongen bearbeitet hat, bevor er zur Sonderkommission abberufen wurde.«

»Und weiter?«

»Rongen hat durch eine genealogische Untersuchung der DNA herausgefunden, dass die Probe, die bei der Leiche gefunden wurde, nicht von einem Osteuropäer stammt. Er ging davon aus, dass der Mord von einem Freier begangen wurde.«

Morosow machte eine Handbewegung, ich solle zum Punkt kommen.

»Aufgrund der Tatsache, dass ich vor anderthalb Jahren von Aleksandr den Auftrag erhielt, die Mordermittlungen zu sabotieren, war Rongen davon ausgegangen, dass der Täter der russischen Mafia zuzuordnen wäre. Wenn nun aber nicht ein Russe der Täter war, stellte sich die Frage, wieso die russische Mafia den Mord vertuscht? Also die alte Frage: *Cui bono*. Wem nützt es? Wer hat einen Vorteil davon?«

Morosow nickte. »Und? Wem nützt es Ihrer Meinung nach?«

»Ich glaube, die Mörder von ... von der Prostituierten sind Polizisten. Der Plan dahinter war, durch die Vertuschung des Mordes die Täter gefügig zu machen.«

Morosow klatschte dreimal leise in die Hände. »Chapeau, Herr Anwalt. Bravo. Und welchen Grund sollte ich jetzt haben, diese Polizisten zu töten, die von meiner Gnade abhängig waren?«

»Sie haben sie nicht getötet.«

Er klatschte wieder in die Hände. »In unserer Familie gibt es ein ehernes Prinzip: keine Polizisten. Wissen Sie, warum?«

Ich schüttelte den Kopf.

»Nehmen wir Pablo Escobar. Er war der größte Drogendealer aller Zeiten. Sein Prinzip war: Silber oder Blei. Entweder hat er die Leute gekauft oder sie getötet. Escobar ist gestorben, so arm wie eine Kirchenmaus. Er hat seiner Familie nichts hinterlassen. Escobar glaubte, sich alles erlauben zu können. Aber irgendwann hat man so viele Feinde, und wenn die sich zusammenrotten, ist es vorbei.«

»Haben Sie das auch von Ihrem Vater gelernt?«

Er nickte. »Die deutsche Polizei ist schwach. Es gibt zu viele Gesetze in diesem Land, zu viele Ausnahmen, die Anwälte wie Sie nutzen, um die Kriminellen wieder rauszuhauen. Das ist gut, sehr gut sogar. Aber wenn man einen Polizisten tötet, einen Ihrer Leute, dann rotten sich die Gegner zusammen. Dann wird sogar die deutsche Polizei zu einem Kampfhund.«

Ich verstand die Logik. Das Prinzip war ebenso einfach wie brillant.

»Den Gegner für sich arbeiten zu lassen ist die einzig wirksame Methode«, setzte er nach.

Morosow sah ins Leere, war für einen Moment tief in Gedanken versunken. Ich glaubte, er wollte mir mitteilen, dass er Rongen nicht auf dem Gewissen hatte. Ob das stimmte, wusste ich nicht.

Dann wandte er sich wieder mir zu. Ich hielt seinem Blick stand. Er schien das Bedürfnis zu haben, mir die ganze Geschichte zu erzählen.

48

Artjom betrat das Hotelzimmer. Sein Leibwächter war bei ihm. Rund um das Hotel hatte sich ein halbes Dutzend seiner Leute postiert, falls dies eine Falle war oder die Täter versuchen sollten abzuhauen.

Aber die beiden wussten nur zu gut, dass es keinen Zweck hätte. Wenn sie sich an die Kollegen von der Polizei wandten, würde man ihre Familien dafür bezahlen lassen. Ulf Schmiege hatte Kinder, zwei Ex-Frauen – er konnte sie nicht alle gleichzeitig beschützen.

»Es war ein Unfall«, wimmerte Eisfeld, der sturzbetrunken in einem Sessel saß, als Morosow näher kam.

»Halt's Maul«, fuhr Schmiege ihn an. Er stand neben dem Bett, blickte auf das Blutbad, das er und sein Freund angerichtet hatten. Ivanas Gesicht war zertrümmert, blutüberströmt. Die Augäpfel quollen hervor, wie bei Leichen, die erwürgt wurden.

Von Kindesbeinen an hatte Artjom gelernt, dass Disziplin alles war. Der Einzelne hatte sich unterzuordnen, der Familie, den Geschäften. Gefühle hatten da keinen Platz. Doch jetzt spürte er das Bedürfnis, einmal, ein einziges Mal gegen das Gesetz seines Vaters aufzubegehren. Er sah zu Ivana, deren Augen an die Decke starrten. All das Blut. Was hatten sie mit ihr gemacht? Sein Blick ging zu Eisfeld, der besoffen in dem Sessel saß, wimmerte, Angst um sein Leben hatte. Schmiege hatte ebenfalls Angst, doch er zeigte sie nicht.

Artjom sah zu der Tischkante, die stabil genug wäre, einen Schädel daran zu zertrümmern. Fünf-, sechs-, siebenmal reichten, um einen Mann ins Jenseits zu befördern. Die Gesichter wären danach so kaputt, dass die Angehörigen die beiden Schweine nicht wiedererkennen würden.

Artjom griff in die Tasche. Eisfelds Augen verrieten, dass er dachte, es wäre vorbei mit ihm. Aber der Russe holte nur ein Satellitentelefon hervor, nahm es ans Ohr. Er sprach mit seinem Vater, erklärte ihm kurz und knapp die Situation. Sie redeten Russisch. Schmiege und Eisfeld warteten das Urteil aus Moskau ab. Artjom fragte noch einmal nach, sein Vater wiederholte die Antwort. Ruslan Morosow hatte entschieden.

Artjom beendete das Telefonat, atmete tief durch.

»Mir war die Rache verwehrt worden«, sagte Morosow. »Auch ich musste mich fügen.«

Morosow wandte leicht verschämt den Blick ab, wollte mir gegenüber keine Gefühlsregung zeigen. Er hing seinen Gedanken nach. Es war klar, dass Ivana ihm etwas bedeutet hatte. Das erklärte seine heftige Reaktion, als ich nur ihren Namen erwähnt hatte. Sie mochte eine Prostituierte gewesen sein, sie hatte wohlhabende Männer in Hotels besucht. Aber in den Augen meines Gegenübers spiegelte sich große Traurigkeit, gepaart mit Wut.

Schließlich brach Artjom das Schweigen. »Normalerweise sorgen Bordellbesitzer dafür, dass die Männer den Weg zu den Frauen finden. Ivana hat uns die Freier zugeführt. Sie verstand etwas von Männern. Sie war etwas ganz Besonderes.«

Es waren Gefühle im Spiel. Sein Vater hatte ihm untersagt, die Mörder zu bestrafen. So mächtig war Artjom nicht, um sich gegen seinen Vater aufzulehnen. Er musste sich dem Willen des Familienoberhaupts beugen.

»Die beiden Polizisten standen schon vorher auf unserer Gehaltsliste. Aber von diesem Tag an waren sie wie Sklaven. Schmiege hat versucht, sich seiner Pflicht zu entziehen. Er ließ sich zur Verkehrsüberwachung versetzen. Aber auch da konnten wir seine Dienste in Anspruch nehmen. Denn er hatte immer noch gute Kontakte zu vielen seiner Kollegen.«

Ich platzte vor Neugier, alles zu erfahren. »Das dritte Opfer, Jonas Weber, war er auch an dem Mord beteiligt?«

Artjom schüttelte den Kopf. »Nein. Deshalb dachte ich, als die Morde losgingen, jemand wolle unser Geschäft angreifen.«

Mit Geschäften waren vermutlich Drogen gemeint. Ich wagte nicht, danach zu fragen.

»Als Frank Brenner erschossen wurde, glaubte ich, dass er dahintersteckt. Er tötet unsere Informanten, weil er uns schaden wollte. Das dachte ich.«

»Sie haben Jana Feldkamp ausfindig gemacht?«

Morosow antwortete nicht. Wenn er es nicht gewesen wäre, hätte er es gesagt.

Mir wurde plötzlich schlecht. Ich sah zu den Folterknechten, die immer noch im Schein der Glühbirne standen. Warteten. Das Blut auf dem Boden, der Urin und Kot stammten wahrscheinlich von Jana. Was hatte die arme Frau durchmachen müssen? Ich hatte ihren geschundenen Körper in der Gerichtsmedizin gesehen.

Morosow schien meine Gedanken lesen zu können. »Die Frau konnte uns nicht viel erzählen. Aber durch sie hatte Brenner ein Alibi, zumindest für den zweiten Mord. Damit schied

Brenner als alleiniger Täter aus. Von da an wusste ich, dass noch mehr Leute in die Sache verwickelt waren.«

»Die Regel Ihres Vaters, keine Polizisten zu töten, gilt die immer noch? Ich meine ...«

Er schnitt mir das Wort ab. »Sie wollen wissen, ob ich Ihren Mandanten getötet habe? Nein. Wir haben Rongen beschützt, falls Sie das vergessen haben.«

»Warum?« Ich wollte Gewissheit.

»Sascha hat mich dazu überredet. Ohne ihn hätte Rongen den Knast nicht überlebt.«

Ich wusste nicht mehr, was ich glauben sollte, was ich glauben durfte. »Ich verstehe das nicht.«

»Sie müssen auch nicht alles verstehen, Herr Meller. Sie können gar nicht alles verstehen, weil Sie zu wenig wissen über uns. Und so wird es auch bleiben. Darum überleben wir weiter, anders als Pablo Escobar.«

Morosow hatte leider recht. Die Organisierte Kriminalität funktionierte, wenn sie unter dem Radar blieb. Für niemanden sichtbar. Korruption war das Schmiermittel. Fast jeder Mensch war käuflich und jeder erpressbar. Wie die Morosows es geschafft hatten, unter dem Radar der Polizei zu bleiben, war ein Betriebsgeheimnis. Aber ich verstand so viel, dass einige Polizisten auf seiner Gehaltsliste standen. Zwei von ihnen waren tot, ein dritter, Marco Eisfeld, weilte unter den Lebenden und hatte verhindert, dass der wahre Täter gefasst wurde. Er schützte denjenigen, der ihn umbringen wollte. Warum? Ich hoffte auf eine Antwort.

Morosow fuhr fort. »Aleksandr konnte mich überzeugen, dass Thomas Rongen wichtig für uns sein könnte. Deshalb haben wir ihn nicht seinem Schicksal überlassen.«

»Gehört Aleksandr auch zu Ihrer Organisation?«

Meine Illusion, dass Aleksandr Sokolow ein normaler Mandant wäre, der lediglich private Kontakte zu Mitgliedern der russischen Mafia unterhielt, war geplatzt wie eine Seifenblase. Ich hatte immer versucht, mich von Mandanten wie Artjom Morosow fernzuhalten, jetzt war es zu spät.

»Was für eine Organisation?« Er sah mich an. »Es gibt keine Organisation. Oder haben Sie je von einer gehört?«

Ich fing an zu begreifen. »Sie sind Geschäftsmann. Sie verschieben nur Waren.«

Er nickte. »Aleksandr ist ein Freund der Familie. Sein Schwiegervater hat meinem Vater große Dienste erwiesen. So etwas vergessen wir nicht. Und Sie … Sie sollten auch niemals vergessen, dass Aleksandr sich für Sie eingesetzt hat. Ohne ihn wäre die Sache auch für Nicholas Meller anders gelaufen.«

Er sah kurz zu den Männern in der Halle. Die Drohung war eindeutig.

»Sie haben Rongen die Falle gestellt, um ihm den Mord an Jana Feldkamp in die Schuhe zu schieben?«

»Wir haben ihn nicht getötet.«

»Solange er in U-Haft saß, hatten Sie ihn unter Kontrolle. Aber als er freigelassen wurde und weiter ermittelte, was war da?«

»Wir haben ihn nicht getötet.«

»Wer dann? Wer war es?«

Morosow blieb die Ruhe selbst. »Es war derselbe, der auch auf die anderen Polizisten geschossen hat.«

»Sie wissen, wer es war?«

Morosow nickte. »Deshalb sitzen wir beide hier.«

Er schwieg einen Moment, während er mir in die Augen sah.

Dann fuhr er fort. »Am Anfang hatte ich die Lage falsch eingeschätzt.«

»Sagen Sie mir seinen Namen!« Ich vergaß alle Vorsicht.

Artjom zögerte. »Er hat mit Rongen das Büro geteilt.«

Ich war entsetzt. »Christian Korb?«

Morosow nickte.

»Aber ich verstehe nicht ... Wieso?«

Morosow beugte sich leicht vor. »Er musste um jeden Preis verhindern, dass Rongen ihm auf die Spur kam. Darum hat er zuerst die Waffe entwendet, aber das reichte wohl nicht. Er musste Rongen töten.«

»Die DNA an der Leiche gehört zu Christian Korb?«

Morosow nickte. »Er musste verhindern, dass die Mordermittlungen zu einem Ergebnis führen.«

Ich begriff, woher Morosow so genau im Bilde war. »Sie haben die DNA-Spur gelegt. Warum?«

»Weil Christian Korb als Einziger nicht käuflich war. Die Alternative wäre gewesen, ihn umzubringen. Und Sie wissen ja, das geht nicht so einfach.«

Ich begriff. »Korb war auch ein Kunde?«

»Ja. Aber er hat jedes Mal den vollen Preis bezahlt, wenn er mit Ivana zusammen war. Ich glaube, er hat sie geliebt. Sie versuchte, ihn zu überreden, für uns zu arbeiten. Aber er blieb standhaft. Liebe zu einer Prostituierten – ja. Verrat an seinen Idealen – nein. Als sie tot war, wäre er zu einem Problem geworden. Wir wussten nicht, was er tun würde. Also haben Schmiege und Eisfeld ihm ein Angebot gemacht: Entweder du hältst still, oder du gehst für diesen Mord lebenslänglich in den Knast. Er hat sich gegen den Knast entschieden.«

Es ging wieder mal um das älteste Mordmotiv der Welt. »Sie

glauben, Christian Korb hat seine Kollegen erschossen, weil er Ivanas Tod rächen wollte? Nach anderthalb Jahren?«

»Soviel ich von Rache verstehe, spielt es keine Rolle, wann man sie verübt. Lesen Sie den *Grafen von Monte Christo*.«

Morosow nahm die Karteikarten von der Sitzbank, reichte sie mir. »Schauen Sie sich noch mal die Karten an. Korb kommt in dem Stapel gar nicht vor. Nehmen Sie sich Zeit, gehen Sie die Sache richtig an.«

Morosow erhob sich, um auszusteigen.

Ich verstand noch immer nicht, was er von mir erwartete. »Wenn ich Korb zu einem Geständnis bewege, was dann?«

»Dann haben Sie den Polizistenmörder zur Strecke gebracht und Rongens Tod gesühnt. Egal, ob Korb seine Unschuld in dem Ivana-Fall beteuert – niemand würde ihm glauben. Oder?«

»Ist es das, was Sie wollen? Es muss jemand dafür bezahlen.«

»Nein.« Er zögerte die Antwort heraus. »Mir geht es nicht um Rache. Ich möchte, dass wieder Ruhe einkehrt. Damit wir unserer eigentlichen Arbeit nachgehen können.« Jetzt lächelte Morosow. »Herr Meller, ich wünsche Ihnen ein erfolgreiches neues Jahr.«

Dann schob er mit Wucht die Seitentür zu. Sein Leibwächter nahm hinter dem Steuer Platz, fuhr augenblicklich los. Mein letzter Blick galt den beiden Henkersknechten, denen ich entkommen war. Diesmal zumindest.

49

Nina ging durch den Korridor, der zu Soltaus Büro führte. Es war der 31. Dezember. Am letzten Tag des Jahres hatten die meisten offenbar Urlaub. So ruhig hatte Nina die Abteilung noch nie erlebt.

Nina klopfte an den Türrahmen. Frau Hanselmann saß hinter ihrem Schreibtisch. Sie wirkte freudig überrascht. »Frau Vonhoegen, schön Sie zu sehen.«

»Ja, freut mich auch. Hatten Sie ein schönes Weihnachtsfest?«

»Ja. Sehr besinnlich und ruhig.« Sie seufzte kurz. »Ich finde es so schade, dass Sie uns verlassen haben. Wirklich. Darf ich fragen, warum?«

»Ich habe mich entschlossen, Anwältin zu sein. Das liegt mir irgendwie mehr.«

»Na, wenn das nicht mal ein Fehler ist. Herr Soltau hält so große Stücke auf Sie. Sie hätten es hier weit bringen können.« Sie lächelte. »Aber ich will Ihnen kein schlechtes Gewissen einreden. Sie gehen Ihren Weg, da bin ich mir sicher.«

Nina lächelte, deutete zur Tür. »Danke. Ist er da?«

Frau Hanselmann nickte. »Ja, ja. Gehen Sie nur rein. Ich bin gleich weg, darum wünsche ich Ihnen einen guten Rutsch.«

Nina lächelte. »Ihnen auch. Danke.«

Sie klopfte an die Tür, bevor sie die Klinke betätigte. Jürgen

Soltau saß hinter seinem Schreibtisch, schaute auf. »Ah. Kommen Sie rein. Wie waren Ihre Feiertage?«

Nina setzte sich auf einen der Besucherstühle, und eine Weile plauderten sie über familiäre Themen. Soltau erzählte von seinem jüngsten Sohn Andreas, der am zweiten Weihnachtsfeiertag nach Uganda geflogen sei, um dort an einem Hilfsprojekt der UNO mitzuarbeiten. Er studierte Bauingenieur an der RWTH in Aachen und würde in Afrika mithelfen, eine Schule neu zu errichten. Soltau war mächtig stolz auf seinen Sohn.

Schließlich kam Nina auf ihr eigentliches Anliegen zu sprechen. »Sie haben gesagt, wenn ich ein Problem habe, könnte ich zu Ihnen kommen.«

»Möchten Sie Ihre Kündigung rückgängig machen?« Er hoffte darauf, das verriet sein Blick.

Sie lächelte. »Nein. Aber danke für das Angebot. Ich bräuchte eine Information.«

»Wenn ich dafür nicht gegen Gesetze verstoßen muss, bitte.«

»In der Nacht, als Frank Brenner erschossen wurde. Wissen Sie, wie viele Polizisten in dem Wald im Einsatz waren? Und vor allem: welche Beamte?«

Soltau dachte einen Moment nach, bevor er mit einer Gegenfrage antwortete. »Warum wollen Sie das wissen?«

»Wir müssen den Fall Rongen abschließen.«

»Wer sind wir: Sie und Herr Meller?«

Nina nickte.

Soltau faltete die Hände. »Ich fürchte, Sie müssen erst deutlicher werden, bevor ich Ihnen Informationen anvertraue.«

Nina war auf diese Frage vorbereitet, aber sie zu beantworten war nicht ganz leicht, denn schließlich musste sie Soltau davon in Kenntnis setzen, dass er mehrere schwarze Schafe im Stall hatte und dass womöglich einer von ihnen Rongens Mörder und die der anderen Kollegen war. Die Sache würde einen Skandal auslösen, der das Ende seiner Karriere bedeuten konnte. Es sei denn, er, der Leitende Direktor, konnte den Skandal von Beginn an kontrollieren.

»Wir glauben an Rongens Unschuld«, begann sie. »Er hat Jana Feldkamp nicht getötet, weil dazu kein Grund bestand. Sie hatte die Waffe nicht vom Tatort entwendet.«

»Nicht? Wer dann?«

Nina zuckte mit den Schultern. »Wir wissen, dass Jana sie nicht hatte.«

»Von wem wissen Sie das?«

»Das darf ich Ihnen nicht sagen. Aber die Information ist sicher.«

Nina ließ ihm Zeit, darüber nachzudenken. Soltau würde von selbst darauf kommen. Wie in einem sokratischen Dialog.

»Wenn diese Jana Feldkamp es nicht war, kann das nur bedeuten, einer der anderen Kollegen am Tatort hat die Waffe verschwinden lassen.«

Nina sah ihn ernst an. »Genau das denken wir. Darum frage ich nach, wer dort war.«

»Was für ein Motiv hätte derjenige gehabt?«

»Rongen fertigzumachen. Er konnte zu diesem Zeitpunkt nicht ahnen, dass Rongen später von dieser Frau erzählen würde. Als der Kollege, der die Waffe an sich genommen hatte, davon erfuhr, war es zu spät, da konnte er die Pistole nicht wieder zurücklegen.«

»Und deshalb hat er auch noch Jana umgebracht?«

Nina zögerte. Sie durfte ihm nicht sagen, was Nicholas

erfahren hatte und woher die Informationen stammten. Selbst Nina und Julie gegenüber hatte er es nicht preisgegeben. Nicholas hatte nur angedeutet, dass sie aus dem Umkreis von Aleksandr Sokolow kämen.

»Wir stehen vor einem Rätsel«, sagte Nina. »Um das zu lösen, müssen wir denjenigen ermitteln, der die Waffe an sich genommen hat. Er oder sie kann uns vielleicht sagen, was danach passiert ist.«

»Haben Sie für diese Aussage irgendeinen Beweis?«

»Ja. Aber das fällt unter die Schweigepflicht. Sie müssen mir vertrauen.«

»Nein.« Soltau schüttelte den Kopf. Sein Tonfall änderte sich schlagartig. »Von mir kriegen Sie keine Liste der Kollegen, die am Tatort waren. Ich werde außerdem verhindern, dass Bernd Maurer diese herausgibt. Ein klares Nein.«

Nina holte tief Luft. Ihre Taktik war nicht aufgegangen.

»Wir können es andersherum machen«, schlug er vor. »Sie sagen mir, wen Sie in Verdacht haben, und ich überprüfe, ob er in jener Nacht am Tatort war.«

Nina sah den Kriminaldirektor überrascht an. Sie wusste, dass sie sich auf dünnem Eis bewegte. Wenn sie ihm den Namen sagte, könnte Soltau Maßnahmen ergreifen, den Kollegen aus der Schusslinie zu nehmen, um einen weiteren Skandal zu verhindern.

Sie sah ihm in die Augen. »Woher weiß ich, dass Sie mir die Wahrheit sagen, wenn ich mit meiner Vermutung richtigliegen sollte?«

Er lächelte. »Wie Sie selbst sagten: Sie müssen mir vertrauen.«

50

Die Trauerhalle am Melatenfriedhof war nicht groß genug für all die Menschen, die an diesem dritten Januar gekommen waren. Viele mussten draußen unter dem Vordach stehen. Nieselregen hatte eingesetzt. Wenigstens war es nicht besonders kalt.

Nina, Julie, Zollinger und ich trugen uns ins Kondolenzbuch ein. Mein Blick schweifte umher. Ich erspähte Friedemann Gerber, der sich mit Jürgen Soltau unterhielt. Bernd Maurer, der Chef der Soko, gesellte sich zu den beiden. Viele Polizisten waren in dunkelblauer, frisch gestärkter Uniform erschienen, was dem Ganzen den Hauch eines Staatsbegräbnisses verlieh. Ein Dutzend Beamte bildete ein Spalier vor dem Eingang, andere sorgten dafür, dass niemand von der Presse zu nah käme, um die Trauerfeier zu stören. Yvonne Lessing war natürlich auch da. Sie versuchte, einen Kommentar von mir zu ergattern, doch ich hatte für sie keine Zeit.

Wir betraten die Trauerhalle, hatten reservierte Plätze in der ersten Stuhlreihe direkt am Mittelgang. Im linken Block nahmen Rongens Ex-Frau Sylvia und seine Tochter Hanna Platz. Laura Klembach saß rechts neben Nina, ich direkt am Mittelgang, nur wenige Meter vom Rednerpult entfernt. Es wusste kaum jemand, dass ich eine Trauerrede halten würde. Eine Rede, die es in sich hatte.

Rongens Sarg aus dunklem Kirschholz war aufgebahrt, drum herum lagen etliche Kränze verteilt, ein gerahmtes Schwarz-Weiß-Foto stand auf einer Staffelei. Er lächelte auf dem Bild, ganz so, wie man ihn kannte. An guten Tagen.

Ich drehte den Kopf. Christian Korb saß hinter uns in der vorletzten Reihe, Marco Eisfeld deutlich entfernt von ihm im linken Block. Er hatte immer noch ein Pflaster auf der rechten Wange. Hinter den Sitzreihen bildeten die Gäste einen dichten Pulk.

Orgelmusik von einer CD drang aus den Lautsprechern. Ein katholischer Priester in Begleitung eines in schwarzer Robe und weißem Umhang gekleideten Lektors eröffnete die Trauerfeier. In meinen Ohren klangen die Worte des Priesters ebenso blumig wie belanglos. Er redete über die Endlichkeit des Lebens, die Ewigkeit danach. Schließlich verließ er das Rednerpult. Ein Trompetenspieler stand auf, trat vor das Publikum und stimmte »Großer Gott, wir loben dich« an. Drei Strophen. Ich hatte Rongen nicht als religiös eingeschätzt. Er war zwar ein gläubiger Mensch, was er mal beiläufig erwähnt hatte, aber die Trauerfeier in ihrer Gestaltung erschien mir wie für jemanden, den es jeden Sonntag in die Kirche zog. Auf profane Musikstücke wurde gänzlich verzichtet.

Als schließlich Stille einkehrte, war ich an der Reihe, erhob mich von meinem Platz und trat ans Rednerpult.

Rongens Tochter Hanna saß direkt vor mir. Ich sah in ihre verweinten Augen. Sie nickte. Sie war mit meinem Plan einverstanden gewesen. Ohne ihre Zustimmung wäre mein Vorhaben natürlich gar nicht denkbar gewesen. Ihr abermaliges Nicken sollte mir Mut machen.

Ich griff in die rechte Innentasche meines Jacketts, holte das

Manuskript hervor, faltete die Seiten auseinander, strich das Papier glatt. Es war so leise, dass jedes Geräusch, vom Auseinanderfalten des Papiers bis hin zu meinem Räuspern, von den Mauern widerhallte.

»Liebe Trauergemeinde«, ertönte meine Stimme aus den Lautsprecherboxen. »Für alle, die mich nicht kennen, ich bin der Anwalt von Thomas Rongen, mein Name ist Nicholas Meller.« Ich pausierte. »Wir sind heute hier, um den Tod eines Vaters, Freundes, Kollegen zu betrauern und um ihm die letzte Ehre zu erweisen.« Wieder eine Pause. »Ich freue mich – und Thomas hätte sich auch gefreut –, dass so viele von Ihnen erschienen sind. Vor allem die Uniformträger. Er selbst hat lange Zeit Uniform getragen, hatte sich hochgearbeitet, war nicht den normalen Weg gegangen. Das tat er nie. Das machte ihn so erfolgreich in seinem Beruf. Er verließ die ausgetretenen Pfade, was ihm nicht nur Freunde bescherte. Wer Thomas Rongen als Freund hatte, der hatte wirklich einen Freund. Für seine Feinde galt dasselbe, ich spreche da aus Erfahrung. Thomas Rongen mochte keine Anwälte, er und ich haben uns nicht sehr geschätzt. Lange Zeit nicht. Mancher von Ihnen wird sich daher fragen, weshalb ich dann heute hier am Rednerpult stehe?« Ich holte tief Luft. Nun ging es ums Ganze. »Ich bin hier, um Ihnen zu sagen, was wirklich geschah. Wie wir seit heute wissen, ist Thomas Rongen in der Erfüllung seiner Pflicht gestorben. Es war kein Selbstmord.«

Diese Information löste ein mächtiges Raunen aus. Es war ein Bluff, wir konnten nicht beweisen, dass es Mord war, aber der Täter sollte es glauben. In der letzten Reihe, bei den Pressevertretern, wurden Handys gezückt, flüsternd Telefonate geführt.

Ich fuhr fort. »Leider ist es mir nicht gelungen, Thomas zu retten. Ich habe versagt. Auch wenn mich juristisch oder moralisch keine Schuld trifft, so hat mein Versagen dennoch mit seinem Tod zu tun.«

Ich ließ meine Worte einen Moment lang wirken. Eisfeld und Korb hatten ihre Köpfe gesenkt. Ich ahnte, was in ihnen vorging.

»Thomas Rongen wurde ermordet.«

Erneut ging ein Raunen durch die Menge. Lauter diesmal. Eine Anspannung lag in der Luft wie ein Gewitter.

Ich wiederholte den Satz. »Thomas Rongen wurde ermordet. Es liegt nun an uns allen, dass sein Tod nicht sinnlos war. Sein Tod und der einer jungen Frau namens Jana Feldkamp, die im Zusammenhang mit den Ereignissen ebenfalls ihr Leben verloren hat. Auch Frank Brenner möchte ich an dieser Stelle nicht unerwähnt lassen. Er war ein Krimineller, aber er war auch ein Mensch. Thomas Rongen hat ihn in Notwehr erschossen. Und dann wäre da noch eine Person. Ihr Name ist Ivana, sie starb vor anderthalb Jahren, und sie ist ebenfalls ein Mordopfer. Thomas Rongen wollte für Gerechtigkeit sorgen. Er ließ nicht locker in diesem Mordfall. Dies führte schließlich zu den tragischen Verwicklungen, die uns heute hier zusammengeführt haben.«

Der Priester erhob sich, sah mich scharf an. »Wir sind hier in einer Trauerhalle, Herr Meller. Nicht in einem Gerichtssaal. Würden Sie bitte eine dem Anlass entsprechende Rede halten oder zu einem schnellen Ende kommen.«

Er setzte sich wieder. Vereinzelt wurde verhalten Beifall geklatscht.

Ich tat, als würde mich die Rüge aus dem Konzept bringen.

Es hatte einiges an Überredungskunst gekostet, den Priester für diese Rolle zu gewinnen.

Jetzt sah ich zu Christian Korb. Er hatte den Kopf gehoben. Unsere Blicke trafen sich. Er schien zu spüren, dass ich die Wahrheit kannte. Dann wanderte mein Blick zu Eisfeld, der in dem Moment zu Korb hinübersah, dann zu mir. Ich senkte den Blick, sah wieder auf mein Manuskript.

»*Cui bono*«, sagte ich. »Mit diesen Worten möchte ich meine Rede beenden. *Cui bono* heißt: Wem nützt es? Wem nützt es, dass wir heute hier sind?«

Ich faltete mein Manuskript zusammen, steckte es in die Innentasche. »Ich darf es nicht sagen, wem es nützt. Denn ich bin Anwalt und unterliege der Schweigepflicht. Aber ich weiß es. Ich weiß, wem es nützt.«

Mit diesen Worten trat ich vom Rednerpult zurück. Ich ging nicht an meinen Platz. Ein letztes Mal nahm ich Blickkontakt mit Hanna auf, die Tränen in den Augen hatte und mich anlächelte. Dann ging ich durch den Mittelgang Richtung Ausgang. Hinter den Sitzreihen standen die Trauergäste dicht gedrängt im Pulk, die meisten trugen Uniform. Als ich dort ankam, löste sich das Menschenknäuel auf. Man ließ mich passieren. Vereinzelt vernahm ich ein Flüstern, ein Zischen. »Dreckskerl«, »scheiß Anwalt« ... Jede dieser Beschimpfungen war für mich ein Kompliment. Ich war die Bowlingkugel, die gerade ein paar Kegel abgeräumt hatte. Die anderen, die stehen geblieben waren, hatten keine Ahnung, was gerade um sie herum geschah.

51

Der Nieselregen hatte aufgehört. Aber der Himmel war so grau wie zuvor. Der Trauerzug nahm den zentralen Hauptweg des Friedhofs. Die Gräber in dieser Lage waren von reichen Familien und Honorationen der Stadt belegt. Die Grabsteine glichen kleinen Bauwerken. Viele Namen gehörten zur Kölner Stadtgeschichte.

Vorneweg fuhr ein Elektromobil mit dem Sarg, direkt dahinter folgte die engste Familie, dann die Uniformierten der Polizei und zum Schluss Freunde, Bekannte, Pressevertreter. Immer wieder wurden mir böse Blicke zugeworfen. Ich blieb irgendwann am Wegesrand stehen und wartete darauf, dass Marco Eisfeld an mir vorbeikam. Er tat so, als würde er mich nicht sehen. Etwa zehn Meter hinter ihm folgte Christian Korb. Ich ging zu ihm.

Eisfeld blickte sich um, sah uns beide.

Korb drehte den Kopf zu mir. »Nicht hier«, flüsterte er.

Es war mir egal, dass er nicht reden wollte. »Ich weiß, dass Sie im Königsforst waren und was Sie dort gemacht haben. Soltau weiß es auch. Wir treffen uns am Grab K9, der Name auf dem Grabstein lautet ›Norbert Grundmann‹.«

Ich trat wieder aus der Reihe, ging schnellen Schrittes an dem Zug vorbei. Diesmal wich Eisfeld meinem Blick nicht aus.

Ich ging weiter. Der Trauerzug bog von dem Hauptweg ab. In

den Seitenwegen glich dieser Friedhof einem Irrgarten. Scheinbar endlos reihte sich ein Grab ans andere, umgeben von Bäumen, Sträuchern, Hecken.

Nina wartete am vereinbarten Treffpunkt, stand unter einem Baum.

»K9«, sagte ich nur.

Sie nickte. »Und du bist dir sicher, dass du allein mit ihm reden willst?«

»Es geht nicht anders.«

»Warum?«

»Weil ich Dinge weiß ... die du nicht wissen darfst.«

Nina akzeptierte es.

»Wenn ich dich brauche, rufe ich an. Behalte Eisfeld im Auge. Gib mir Bescheid, wenn er sich von der Trauergemeinde löst.«

Sie nickte, ging davon. Ich sah ihr nach, wie sie sich dem Trauerzug wieder anschloss.

Die Gelegenheit, den Fall hier an diesem Ort aufzuklären, erschien mir sinnvoll – und relativ sicher. Keiner der Beteiligten würde es wagen, in Gegenwart so vieler Polizisten und Journalisten einen Mord zu begehen. Ich musste noch etwa hundert Meter weit gehen, bis ich das Grab K9 erreichte. In der Hecke dahinter hatte ich ein Mikrofon mit Digitalrekorder versteckt.

Als ich ankam, vergewisserte ich mich als Erstes, dass alles noch an Ort und Stelle war. Ich sah auf die Uhr. Es verstrichen etwa fünf Minuten, dann sah ich Christian Korb näher kommen. Er wurde langsamer, blieb etwa zehn Meter vor mir stehen. Er wirkte müde, als ob er die Nacht nicht geschlafen hätte. Oder war ihm bewusst geworden, dass er am Ende eines langen Weges angekommen war?

»Bevor wir reden, muss ich Ihnen sagen, dass ich nicht Ihr Anwalt bin und auch nicht sein kann. Ich verdächtige Sie des Mordes an Thomas Rongen. Die Schweigepflicht gilt nicht zwischen uns.«

Korb nickte. Sein Blick ging zu der Hecke. Er machte einen Schritt darauf zu, riss das Mikro mitsamt Digitalrekorder heraus, kappte das Kabel. Offensichtlich hatte er mich dabei beobachtet, wie ich das Gerät kontrolliert hatte.

»Halten Sie mich für so bescheuert?«

Dieser Teil des Plans war schon mal gescheitert. Plötzlich machte Korb drei schnelle Schritte auf mich zu, griff hinter sich in den Gürtel, zog seine Dienstwaffe hervor. Sie hatte einen Schalldämpfer. Er zielte auf meinen Kopf. »Ihr Handy, her damit!«

Ich holte es hervor. Es landete neben dem Digitalrekorder auf dem Boden. Er trat mehrmals drauf, bis das Display völlig zersplittert war.

»Nehmen Sie die Waffe runter«, sagte ich. Meine Stimme zitterte. »Ich bin der Einzige, der Sie beschützen kann.«

»Beschützen? Vor wem sollten Sie mich beschützen?«

»Artjom Morosow.«

Korb sah mich verdutzt an. Er kannte den Namen.

»Ich weiß, was geschehen ist. Ihre DNA an der Leiche ... Aber Sie haben Ivana nicht getötet. Sie waren genauso ein Opfer wie sie. Doch dann sind Sie zum Mörder geworden.«

Es war nicht das erste Mal in meinem Leben, dass ich mich in einer äußerst bedrohlichen Lage befand. Alles war besser, als sich auf die Opferrolle einzulassen. Aber die Provokation durfte eine gewisse Dosis nicht überschreiten. Ich sah immerhin in die Mündung eines Schalldämpfers.

Er schluckte. »Ich habe nichts mehr zu verlieren, Herr Meller. Wenn Sie hier Leute postiert haben, sollen die sofort verschwinden. Sofort!«

»Wir sind allein.«

Er sah sich um. Nichts rührte sich hinter den Bäumen und Hecken. Er glaubte mir, ließ die Waffe langsam sinken.

»Ihre Rede eben war hervorragend. Ich bin nur aus einem Grund gekommen. Ich möchte Ihnen etwas mitteilen. Ich habe Rongen nicht getötet.« Er wiederholte es noch einmal etwas lauter. »Ich habe Rongen nicht getötet. Sie müssen mir glauben. Ein Mord mehr oder weniger, was zählt das schon? Aber ich war es nicht.«

»Okay«, sagte ich beschwichtigend. »Und die anderen? Wie kam es dazu?«

Der Schalldämpfer seiner Pistole zeigte auf den Boden, der Finger ruhte am Abzug. Christian Korb war an dem Punkt angelangt, mir die Wahrheit zu erzählen.

Es regnete in Strömen. Schmiege saß im Wagen, machte ein Nickerchen. Das Klopfen an die Scheibe riss ihn unsanft aus dem Schlaf. Schmiege sah zum Beifahrerfenster, entriegelte die Tür. Korb stieg ein, knallte die Tür zu. Es war klamm im Fahrzeuginneren, die Seitenfenster waren beschlagen.

»Was führt dich her?«, fragte Schmiege.

»Wir müssen reden.«

»Reden? Über was?«

In dem Moment schoss ein roter Blitz durch die Nacht. Die Bremslichter des vorbeifahrenden Wagens leuchteten grell auf. Zu spät. Der BMW setzte seine Fahrt fort, etwas gemäßigter.

»Neulich hat doch tatsächlich so ein Arsch angehalten und

wollte mich überreden, dass ich die Aufnahme verschwinden lasse. Er hat mir das Doppelte geboten, was das Knöllchen gekostet hätte.«

»Du hast das Geld genommen«, sagte Korb.

»Klar.« Schmiege lachte. »Und dann habe ich trotzdem eine Anzeige geschrieben.« Er lachte noch lauter.

»Ihr habt Ivana getötet«, sagte Korb, den Blick nach vorne auf die regennasse Straße gerichtet.

Schmiege hörte augenblicklich auf zu lachen.

»Was redest du da?«

»Marco hat es zugegeben.«

»Was hat dieser Penner zugegeben?«

»Er hat gesagt, dass ihr es wart.«

»Er ist Alkoholiker, falls du es noch nicht mitgekriegt hast. Wie viel Whiskey hatte Marco intus, als er dir so einen Quatsch erzählt hat?«

»Es heißt im Volksmund, Kinder und Betrunkene sagen die Wahrheit. Erzähle mir nicht, dass es die Russen waren! Ihr wart es.«

Schmiege zog sein Handy aus der Tasche. »Ich rufe Marco an. Dann klären wir das.« Da spürte er das kalte Metall an seiner Schläfe. Schmiege schielte nach rechts und sah die Walther P99 an seinem Kopf.

»Wir rufen niemanden an. Du sagst die Wahrheit. So einfach geht das.«

Schmiege nickte langsam. »Okay, aber nur, wenn du die Pistole runternimmst. So ein Schuss geht schneller los, als man denkt.«

Korb löste die Pistole von Schmieges Schläfe, legte sie auf seinem Oberschenkel ab, den Finger immer am Abzug.

»Was willst du wissen?«, fragte Schmiege kleinlaut.

»Habt ihr Ivana ermordet?«

»Nimmst du das Gespräch auf? Wenn ja, muss ich dir wohl nicht sagen, dass ein Geständnis unter Waffengewalt keine Aussagekraft hat.«

»Ich zeichne nichts auf. Beantworte nur meine Frage. Und sag die Wahrheit.«

»Es war ein Unfall. Ein Unfall! Jonas, der Penner, hat zu fest zugedrückt, er hat ihr den Kehlkopf zerquetscht.«

»Jonas Weber?«

Schmiege nickte. »Er war es. Marco und ich, wir waren dabei, ja, wir konnten aber nichts mehr tun für sie.«

»Wo ist das passiert?«

»In einem Hotel. Auf dem Zimmer. Ivana hat uns dort besucht. Ehrlich. Es war so. Bei einem Kehlkopfbruch muss man einen Luftröhrenschnitt machen, aber wir hatten noch nicht mal ein scharfes Messer dabei.«

»Und dann?«

»Wir haben Bescheid gegeben, was passiert ist.«

»Wem habt ihr Bescheid gegeben?«

»Dem Typ, der unsere Lohntüten füllt, du Penner! Der Russe. Du hättest mitmachen sollen, du Arsch. Vielleicht wäre es dann gar nicht so weit gekommen.«

Korb sah seinen Kollegen verständnislos an. »Wie meinst du das?«

»Die Fotze hat dir zu viel über uns erzählt, ist doch so, oder? Über unser kleines Zubrot. Du hast angefangen rumzuschnüffeln. Glaubst du, wir haben das nicht gemerkt? Marco und Jonas wollten dir eine verpassen, dir – nicht Ivana. Du hast es mir – nur mir – zu verdanken, dass du noch lebst. Ich habe gesagt, lass uns rauskriegen, was dieser Penner überhaupt weiß. Was die Fotze ihm erzählt hat.«

Korb schluckte. Seinetwegen hatten sie sich Ivana vorgenommen. »Und was ist dann passiert?« Seine Stimme klang belegt.

»Wir hatten nichts mehr damit zu tun. Die Sache mit der DNA an der Leiche war nicht unsere Idee. Ehrlich. Hat aber funktioniert. Du hast Ruhe gegeben. Du warst den Russen ein Dorn im Auge. Weil du dich nicht hast kaufen lassen.«

»Woher hattet ihr die DNA?«

»Aus deinem Büro. Ein benutztes Taschentuch. Keine große Sache.«

Korb hob erneut den rechten Arm, auf genau den Moment hatte Schmiege gewartet. Blitzschnell umfasste er Korbs Handgelenk, riss es nach oben. Der Lauf zeigte gegen die Decke, sie kämpften. Schmiege drückte mit Wucht die Waffe nach hinten, das Metall des Schlittens stieß gegen die Seitenscheibe, die zerbrach. Korb versuchte, die Kontrolle zurückzuerlangen, den Lauf in Schmieges Richtung zu drehen, aber sein Gegner war stärker, packte mit beiden Händen zu.

Schmiege schrie. »Glaubst du, dass ich wegen so einer Drecksnutte in den Knast gehe? Glaubst du das wirklich? Diese Fotze hat es nicht anders verdient. Du hättest mitmachen sollen, dann wäre das alles nicht passiert. Es war allein deine Schuld, du scheiß Moralapostel.«

Woher Korb die Kraft nahm, war ihm selbst nicht bewusst, aber der Lauf der Pistole drehte sich wieder in Schmieges Richtung. Der Schuss löste sich wie von selbst, ein lauter Knall im Fahrzeuginneren. Schmieges Kopf schnellte nach hinten. Die Windschutzscheibe war schlagartig voller Blut.

Korb saß da wie erstarrt. An der Stelle, wo sich einmal Schmieges Auge befunden hatte, war nur noch ein Krater, aus dem Blut und Hirnmasse sickerte. Korb schüttelte sich, um sich aus seiner

Erstarrung zu lösen. Er sah in den Rückspiegel, ob sich auf dem Bürgersteig hinter ihm jemand näherte. Nichts. Niemand. Er nahm ein Stofftuch aus seiner Jackentasche, wischte sich das blutverschmierte Gesicht ab. Wieder schoss ein roter Blitz durch die Nacht, ein Wagen raste vorbei.

Korb spürte den Regen, der durch das kaputte Beifahrerfenster ungehindert ins Fahrzeuginnere drang. Die Hülse lag auf dem Armaturenbrett, Korb nahm sie. Dann öffnete er die Beifahrertür, stieg aus.

Wir standen uns stumm gegenüber. Was Korb mir gerade erzählt hatte, war die Wahrheit. Jedes Detail stimmte mit dem überein, was ich bereits wusste. Die Scherben auf dem Bürgersteig, genau wie Rongen es vermutet hatte. Der Täter hatte auf der Beifahrerseite gesessen.

Korb brach das Schweigen. »Ich habe Ivana geliebt. Ich wusste, dass ich nur einer von vielen war. Aber sie hat mir jedes Mal das Gefühl gegeben, der Einzige zu sein. Der einzige Kunde, für den sie Gefühle empfand. Ich wusste, dass das ein Spiel war, ein Spiel, das sie perfekt beherrschte. So perfekt, dass ich mich in sie verliebt habe.«

»Ivana hat versucht, Sie zu überreden, für Ihren Chef zu arbeiten?«

Er nickte. »Ja. Ich wollte nicht. Ich bin kein Verräter wie die anderen. Ivana hat behauptet, wenn sie genug Bullen aufgerissen hätte, dann dürfte sie aufhören mit ihrem Job. Die Aussicht auf ein normales Leben. Ich wollte wissen, welcher meiner Kollegen dazugehörte. Ich dachte, diese Information nutzen zu können, um Ivana umzudrehen.«

»Umzudrehen?«

»Sie freikaufen. Ich wollte sie da rausholen. Ich wollte sie für mich haben. Ivana wollte das auch. Das hat sie gesagt.«

So naiv konnte er als Kriminalist nicht sein, dachte ich, aber Liebe machte bekanntlich blind. Ivana schien eine besondere Frau gewesen zu sein.

»Und wie sah Ihr Plan aus? Wie wollten Sie Ivana freikaufen?«

»Ich bin auf Schmiege und Eisfeld zugegangen. Habe durchblicken lassen, dass ich über sie Bescheid weiß. Ich hatte keine Ahnung, was passieren würde.« Seine Gesichtszüge entglitten ihm, seine Lippen zitterten, seine Stimme wurde weinerlich. »Es ist meine Schuld, dass Ivana gestorben ist.« Sein Körper bebte, Tränen liefen ihm über die Wangen.

»Es ist meine Schuld«, schluchzte er.

Artjom Morosow hatte recht behalten. Anderthalb Jahre – so lange hatte es gedauert, bis die Schuldgefühle ihn innerlich so zerfressen hatten und er den Tod von Ivana rächen wollte.

Ich musste alles wissen. »Jonas Weber hatte nichts mit Ivanas Ermordung zu tun, oder?«

Korb nickte. »Nein. Das habe ich erst erfahren, als es zu spät war. Wir standen uns gegenüber, er hat um sein Leben gefleht. Aber da gab es kein Zurück mehr. Schmiege hat von sich selbst ablenken wollen. Er war ein Drecksack, er hatte den Tod mehr als verdient.«

»Hat Eisfeld Ihnen die Tat wirklich gestanden?«

»Nein. Ich wollte die beiden gegeneinander ausspielen. Der Verdacht, dass es die beiden Kollegen waren, kam mir durch Rongen. Er hatte vermutet, dass nicht die Russen die Täter waren, sondern nur mitgeholfen hatten, den Mord zu vertuschen. Da habe ich eins und eins zusammengezählt.«

»Wie dicht war Rongen Ihnen auf der Spur?«

Korb schluckte. »Verdammt nah. Er hatte keine Beweise, noch nicht. Aber er hatte die Vermutung geäußert, dass der Täter eine wichtige Person war. Jemand, den man erpressen wollte. Von da an wäre der Schritt nicht mehr weit gewesen, auch in den eigenen Reihen zu suchen.«

Korb schilderte mir haarklein die Nacht, als Brenner erschossen wurde. Seine Erklärung deckte sich mit dem, was ich bereits vermutet hatte. Korb war im Königsforst gewesen, aber er tauchte in keinem Protokoll auf, weil er weder zu dem Observationsteam noch zu den nachrückenden Kräften gehört hatte. Die Gelegenheit, Rongen zu stoppen, war ihm regelrecht vor die Füße gefallen. Er hatte die Pistole nur aufheben müssen.

Aber eine wichtige Frage ließ er offen, ich hakte nach. »Eisfeld hat Frank Brenner als Täter identifiziert, weil auch er den Fall abschließen wollte. Wie lautet der Deal, den Sie mit ihm haben?«

In diesem Moment trat eine Gestalt hinter einem der Bäume hervor. »Wir haben keinen Deal!« Es war Eisfeld. Auch er hatte seine Dienstpistole gezogen, zielte auf Korb. »Lass die Waffe fallen, sofort! Treten Sie einen Schritt zurück, Meller!«

Ich hob beide Hände. »Nein, nicht!«

Es war offensichtlich, was Eisfeld vorhatte. Korb wusste es auch.

Ich sah beschwörend zu ihm. »Nehmen Sie die Waffe runter, das ist Ihre einzige Chance«, sagte ich.

Korb schrie mich an. »Gehen Sie zurück, Meller!«

Ich zögerte.

Mir blieb keine Wahl.

Ich war kaum drei Schritte rückwärts gegangen, als sie zu feuern begannen. Korb hatte keine Chance. Seine Waffe war mit der 7,65er-Munition geladen. Eisfeld stand gut fünfzehn Meter weit entfernt, zu weit, als dass die Kugeln aus seiner Pistole ihm etwas anhaben konnten. Eisfeld dagegen hatte Neun-Millimeter-Patronen im Magazin seiner Waffe.

Korbs Körper zuckte bei jedem Treffer zusammen. Bis er zu Boden ging. Ich sah entsetzt zu Eisfeld, erwartete, dass er jetzt auf mich anlegen würde. Doch stattdessen beugte er sich vor, legte seine Waffe auf den Boden, richtete sich dann langsam auf und hob beide Hände. Er wusste, dass jeden Moment seine Kollegen da sein würden.

Ich eilte zu Korb, kniete neben ihm. Er streckte einen Arm aus. Blut lief aus seinem Mundwinkel, seine Augen sahen mich flehend an. Er wollte mir etwas sagen. Ich kam mit meinem Ohr näher an ihn heran.

»Ich habe Rongen ... nicht getötet.«

»Wer war es? Eisfeld?«

»Ich weiß es nicht. Ich glaube.«

Seine Augen schlossen sich. Für immer. In dem Moment hörte ich Schritte neben mir. Nina. Ich stand auf, wir umarmten uns. Über ihre Schulter hinweg sah ich, wie uniformierte Polizisten Eisfeld festnahmen. Er sah zu mir, grinste. Er lachte mich aus.

Ich wusste warum. Er würde seinen Kopf aus der Schlinge ziehen. Korb hatte auf ihn geschossen. Nicht zum ersten Mal. Korb hatte die Munition des Polizistenmörders in seiner Pistole. Er war der Mörder von Schmiege und Weber. Dass Eisfeld eine Prostituierte namens Ivana ermordet hatte, dafür gab es keinen einzigen Beweis.

Nina löste sich von mir, sah mich an. »Ich habe es verpatzt.«

»Was?«

»Ich habe nicht aufgepasst. Einen kurzen Moment lang habe ich nicht auf ihn geachtet, da war er weg. Ich habe sofort Soltau Bescheid gesagt, bin zu dir geeilt, aber da sind schon die Schüsse gefallen.«

»Eisfeld hatte es auf Korb abgesehen, nicht auf mich. Er wird sich auf Notwehr berufen.«

Eisfeld wurde jetzt in Handschellen abgeführt, seine Dienstwaffe sichergestellt. Soltau sprach kurz mit den Polizisten, die ihn festgenommen hatten, dann kam er zu uns.

»Sind Sie verletzt?«, fragte Soltau an mich gewandt.

»Nein. Ich habe nichts abbekommen.«

»Gut. Ich muss Sie bitten, mit aufs Präsidium zu kommen. Sie sind uns eine Erklärung schuldig.«

»Natürlich«, sagte ich und sah zu Nina. »Aber ich bestehe auf einen Rechtsbeistand.«

Soltau nickte. »Da sehe ich kein Problem.«

52

Die Befragung fand in einem Konferenzraum im Polizeipräsidium statt. Oberstaatsanwalt Friedemann Gerber, der Soko-Chef Bernd Maurer, Kriminaldirektor Jürgen Soltau und eine Protokollantin saßen auf der einen Seite des langen Tisches, Nina und ich auf der anderen.

Leider gab es keinen Mitschnitt von Korbs Geständnis. Ich war der einzige Zeuge, der die Geschehnisse erklären konnte. Aber Beweise hatte ich nicht. Darüber hinaus unterlag ich in einigen Punkten der Schweigepflicht, da noch andere Mandanten von mir in den Fall involviert waren. Deren Namen musste ich von Rechts wegen verschweigen, ebenso, dass der Verdacht gegen Christian Korb auf einer Aussage von Artjom Morosow beruhte. Allzu gerne hätte ich den Herren vor mir mitgeteilt, dass etliche Polizeibeamte Schmiergelder von einem russischen Kriminellen angenommen hatten, damit die Familie Morosow ungehindert ihren Geschäften nachgehen konnte. Aber ich konnte ihnen unmöglich etwas von meinem Zusammentreffen mit Morosow erzählen. Schon aus Selbstschutz.

Es lag im Ermessen des Richters, wie viel Gewicht sie den Informationen eines »Zeugen vom Hörensagen« gaben. Aber viele der Informationen, die ich besaß, deckten sich mit bereits bestehenden Fakten im Rahmen der Ermittlungen.

Ich berichtete zunächst, was Rongen und ich herausgefunden hatten. Schmiege und Eisfeld waren korrupt. Sie hatten ihre eigene Auffassung von Recht und Gesetz. Frank Brenner saß wegen manipulierter Beweise länger in Haft, als es das Strafgesetzbuch in seinem Fall vorgesehen hätte.

Bernd Maurer nickte. Diesen Tatbestand hatte Eisfeld mittlerweile zugegeben. Daraus hatte sich ein Motiv ergeben, weshalb Frank Brenner als Polizistenmörder infrage kam. Ein Irrtum. Es war Christian Korb, der seine Kollegen erschossen hatte. Aber warum? Für mich lag der Grund auf der Hand. Ulf Schmiege und Marco Eisfeld waren für den Tod der Prostituierten Ivana verantwortlich.

Friedemann Gerber unterbrach mich. »Gibt es dafür Beweise, abgesehen von Korbs Aussage?«

Ich musste nicht lange überlegen. »Nein.«

Artjom Morosow existierte bei dieser Befragung nicht.

Ich fuhr fort, dass eine dritte – unbekannte – Partei Ivanas Leiche entsorgt hatte und DNA-Spuren von Christian Korb an der Leiche hinterließ.

Gerber unterbrach mich erneut. »Wer war diese dritte Partei?«

»Dazu hat Korb keine Aussage gemacht.«

»Wissen Sie es trotzdem?«

Ich schwieg.

Der Kollege verstand. Gerber machte sich eine Notiz. Er ging davon aus, dass ich es wusste.

»Fahren Sie fort«, bat Soltau.

Ich erklärte ihnen, dass Christians Korbs Motiv Rache war. Er tötete Schmiege und Weber in der Annahme, dass sie für Ivanas Tod verantwortlich waren. Weber hatte nichts damit zu tun. Er wurde nur zum Opfer, weil Schmiege ihn erwähnt hatte. Christian Korb hatte Ivana geliebt, er fühlte sich für ihren Tod mitverantwortlich und konnte mit dieser Schuld nicht mehr leben.

»Das verstehe ich nicht«, hakte Soltau nach. »Wieso glaubte er, eine Mitschuld an ihrem Tod zu haben?«

»Er hat sich auf die Suche nach den korrupten Kollegen gemacht. Dabei ist er Schmiege und Eisfeld auf die Füße getreten. Die haben Ivana deshalb zur Rede gestellt. Dann kam eins zum anderen.«

Nina meldete sich zu Wort. »Christian Korb wurde erzählt, die Russen hätten sie getötet, weil er Nachforschungen angestellt habe.«

Ich nickte. »Man hat ihm einen Maulkorb verpasst. Wie hätte er erklären sollen, dass seine DNA sich an der Leiche befand? Er musste stillhalten. Anderthalb Jahre lang.«

Gerber und Soltau sahen sich an, nickten beide.

»Wer hat das mit der DNA arrangiert?«, fragte Gerber.

»Fragen Sie Eisfeld.«

»Das haben wir bereits«, sagte Soltau.

»Und?«, fragte Nina.

»Er leugnet, eine Prostituierte namens Ivana zu kennen, ihr je begegnet zu sein. Den Mord an ihr leugnet er natürlich auch. Er behauptet, dass er Korb in Notwehr erschossen habe, weil Korb Sie, Herr Meller, mit einer Waffe bedroht hat.«

»Nein. Korb wollte mich gerade gehen lassen. Er hatte es nicht auf mich abgesehen.«

»In dem Punkt steht Ihre Aussage gegen seine«, sagte Gerber. »Korb hat definitiv auf Eisfeld geschossen. Eisfeld hat das Feuer erwidert. Es war Notwehr.«

»Haben Sie ihn auch gefragt, warum er Frank Brenner als Täter identifiziert hat?«

Soltau sah zu Bernd Maurer, ließ ihn antworten.

»Ja. Eisfeld hat zugegeben, dass er sich geirrt hat. Es war wohl etwas voreilig gewesen, ihn unmittelbar nachdem er aus dem Koma erwacht war zu befragen. Ein Fehler meinerseits.«

Gerber stellte die nächste Frage an mich. »Wie würden Sie das Verhältnis zwischen Christian Korb und Rongen beschreiben? Die beiden waren Partner bei der Mordkommission. Wie sah die Zusammenarbeit aus?«

»Korb hat bei der Mordkommission quasi gegen sich selbst ermittelt. Er war über den aktuellen Stand des Ivana-Falls bestens informiert. Korb fürchtete, dass Rongen der Wahrheit bald auf die Spur käme. Dann wurde er zur Sonderkommission abberufen.«

Maurer hakte nach. »Korb hat die Waffe im Königsforst verschwinden lassen, damit Rongen nicht mehr in die Mordkommission zurückkehrt?«

Ich nickte. Auf dem Friedhof hatte Korb mir geschildert, was genau in jener Nacht abgelaufen war. Er war in einem Dienstwagen unterwegs zu einer Befragung in einem anderen Fall, da hörte er über Funk, dass eine Observation in eine Verfolgungsjagd übergegangen war. Er hörte Rongens Stimme über Funk. Alle Kräfte wurden mobilisiert. Korb befand sich in der Nähe, setzte das Blaulicht aufs Dach und raste zu dem Wanderparkplatz im Königsforst, wo es von Polizeiwagen und Zivilfahrzeugen nur so wimmelte. Er folgte zwei Kollegen mit in den Wald. Sie erreichten die Leiche. Die beiden Kollegen kümmerten sich um Brenner, der offensichtlich noch Lebenszeichen von sich gab. Korb hielt sich im Hintergrund, als er plötzlich etwas unter seinem Fuß spürte. Die Waffe. Im Funkverkehr hatte er mitbekommen, dass Frank Brenner in Notwehr erschossen worden war. Korb nahm heimlich die Waffe an sich, prüfte, ob Brenner einen Schuss abgefeuert hatte. Das Magazin war vollgeladen, eine weitere Patrone steckte im Lauf. Die Kollegen, die sich um Brenner kümmerten, gaben über Funk durch, dass keine Waffe bei dem Toten wäre. Korb überlegte nicht lange. Er steckte die Pistole ein und half dann demonstrativ mit, nach der Waffe zu suchen.

»Hat er im weiteren Verlauf auch Jana Feldkamp ermordet?«, fragte Bernd Maurer.

»Dazu hat Korb sich nicht geäußert«, antwortete ich, wohl wissend, wer diese Frau auf dem Gewissen hatte.

Gerber ergriff noch mal das Wort. »Die Obduktion ergab, dass Hauptkommissar Rongen durch eine Überdosis Insulin starb. Diese hatte er sich mit an Sicherheit grenzender Wahrscheinlichkeit selbst verabreicht, mit einem NovoPen-Injektionsgerät, das neben der Leiche gefunden wurde.«

Ich hielt dagegen: »Es könnte auch jemand anders ihm die Spritze verpasst haben. Insulin wirkt sehr schnell.«

Gerber schüttelte den Kopf. »Es wurden keine Spuren von Fremdeinwirkung festgestellt.«

»Es hätte gereicht, Rongen festzuhalten, niederzudrücken. Bis das Insulin wirkt.«

»Das ist Ihre Meinung, Herr Meller«, erwiderte Gerber. »In dem Bericht steht nichts davon.«

Ich kochte vor Wut, wurde laut. »Was in dem Bericht auch nicht steht, ist ein vernünftiger Grund, weshalb Rongen sich hätte umbringen sollen. Ich hatte ihn gerade erst aus der

U-Haft herausgeholt, weil wir den dringenden Tatverdacht beseitigen konnten.«

Im Gegensatz zu mir blieb Gerber die Ruhe selbst. »Und wer hat es Ihrer Meinung nach getan?«

Ich beruhigte mich wieder, war in Gedanken auf dem Friedhof. »Diese Tat hat Christian Korb vehement bestritten. Es waren seine letzten Worte, dass er Rongen nicht getötet habe.«

Stille trat ein. Soltau senkte für einen Moment den Blick. Der Gerechtigkeit war noch nicht Genüge getan. Nicht solange Rongens Mörder nicht eindeutig identifiziert und gefasst war. Vor dem Präsidium warteten die Journalisten auf Erklärungen, Antworten, Statements.

Gerber sah mich an. »Hat Korb noch etwas dazu gesagt?«

»Ich habe gefragt, ob es Eisfeld war. Er hat genickt.«

»Genickt?« Gerber holte tief Luft. Er klappte die Akte zu. »Sie sind Strafverteidiger. Ich muss Ihnen wohl nicht erklären, wie glaubwürdig die Aussage eines Sterbenden in so einer Situation ist. Wir werden selbstverständlich gegen Marco Eisfeld ermitteln, aber im Moment sieht es nicht danach aus, dass wir ihm etwas nachweisen können, außer das, was er ohnehin zugibt: Strafvereitelung im Amt.«

Gerber sah nach links und rechts zu Soltau und Maurer. Niemand hatte mehr eine Frage. Also übernahm der Oberstaatsanwalt das Schlusswort. »Herr Kollege, liebe Frau Vonhoegen. Ich bedanke mich für die konstruktive Zusammenarbeit. Die Befragung wäre damit erst einmal abgeschlossen.«

Wir erhoben uns. Nina und ich verließen den Raum als Erste, gingen den Korridor entlang zu den Fahrstühlen.

»Treppe?«, fragte sie.

Ich zögerte. »Nein. Heute nicht.«

Sie drückte auf den Knopf.

Da sah ich am Ende des Korridors Marco Eisfeld aus einem Raum kommen. Er rieb sich demonstrativ die Handgelenke, trug keine Handschellen mehr. Sein Anwalt, ein Kollege, den ich nicht kannte, klopfte ihm ermunternd auf die Schulter.

Eisfeld sah zu uns, lächelte. Er glaubte, gewonnen zu haben. Siegessicher, dass man ihm keine der schweren Straftaten nachweisen würde. Er und sein Anwalt nahmen die Treppe.

Da erschien Soltau neben uns.

»Eisfeld ist bereits suspendiert. Er wird mit Sicherheit aus dem Polizeidienst entlassen werden. Aber ich rechne nicht mit einer Anklage.«

Ich spürte, wie die Wut in mir aufstieg – bei der Vorstellung, dass Eisfeld Rongens Mörder war und ungeschoren davonkäme.

»So ist das nun einmal in einem Rechtsstaat«, sagte Soltau in resigniertem Tonfall. Er hob die Hand zum Abschied und verschwand.

Die Fahrstuhltür ging auf. Die Kabine war leer. Ich trat zuerst ein, spürte, wie ich anfing zu schwitzen. Nina nahm meine Hand, hielt sie fest. »Du schaffst das.«

»Wir schaffen das«, sagte ich.

Wir fuhren die vier Etagen ohne zu halten nach unten. Es war schneller vorbei als gedacht. Ich war auf einem guten Weg.

Vor dem Haupteingang stand ein Pulk von Pressevertretern. Das Licht der Scheinwerfer blendete uns. Ich hatte meinen Aston Martin auf dem Parkplatz hinter dem Präsidium geparkt, wo kein Journalist hinkam.

Nina und ich traten ins Freie. Es war später Nachmittag. Der Himmel war klar und tiefblau. Die Sonne ging langsam unter.

»Willst du nach Hause oder in die Kanzlei?«, fragte ich.

Nina war unvermittelt stehen geblieben. Ich wandte mich zu ihr um. Sie sah mich ernst an.

»Sag mir erst, was du weißt und was du da drinnen nicht sagen konntest. Ich muss es wissen.«

Ich überlegte einen Moment. Wenn wir Partner sein wollten, durfte ich keine Geheimnisse vor ihr haben. »Jana Feldkamp wurde von den Russen ermordet.«

»Sokolow?« Sie sah mich entsetzt an.

»Nein. Es ist besser, wenn du die Namen nicht weißt.«

»Warum? Wir arbeiten zusammen.«

»Ja, aber ...«

»Kein Aber!«

Ich seufzte. »Artjom Morosow. Der Spross einer Moskauer Familie, die hier in Deutschland nahezu unbekannt ist. Und damit das so bleibt, investiert Morosow in gutes Personal.«

»Schmiege, Eisfeld, Weber ... Sie standen bei ihm auf der Gehaltsliste?«

»Ja. Und wer weiß, wer noch. Christian Korb aber nicht. Das wurde ihm zum Verhängnis. Und Rongen auch nicht, da bin ich mir sicher.«

Das reichte ihr. Nina ging zum Wagen, stieg ein.

53

Der erste Monat des neuen Jahres neigte sich dem Ende entgegen. Die Zeit verging wie im Flug.

Die Schießerei mit einem Toten auf dem Melatenfriedhof bildete den Höhepunkt in dem Skandal um die ermordeten Polizisten. Die Zeitungen schafften es, zwei Wochen lang ihre Seiten damit zu füllen, dann traten andere Themen in den Vordergrund. Der Leitende Direktor der Direktion Kriminalität sah sich massiver Kritik und unverhohlenen Anfeindungen ausgesetzt. Jürgen Soltau zog schließlich für sich die Konsequenzen, trat zurück und ließ sich in den vorzeitigen Ruhestand versetzen.

Gegen Marco Eisfeld verdichteten sich die Beweise der Korruption und Strafvereitelung im Amt. Als die Kollegen mit einem Durchsuchungsbeschluss bei ihm vor der Tür standen, war der Vogel bereits ausgeflogen. Eisfeld wurde zur Fahndung ausgeschrieben. Er war seither verschwunden. Die Ermittler fanden in seiner Wohnung keinen Hinweis, der eine Anklage wegen Korruption oder anderer Straftaten gerechtfertigt hätte.

Privat hatten Franka und ich uns eingelebt. Der Umgang mit ihren Kindern fiel mir am Anfang ein wenig schwer. Sie fanden mich zwar nett, aber ich war für sie kein Ersatzpapa. Franka machte mir Mut, dass so etwas Zeit brauche.

Nina und ich saßen in meinem Büro, besprachen einen aktuellen Fall. Es war schon spät, halb acht. Nina sah auf die Uhr.

»Du musst los?«, fragte ich.

Sie nickte.

»Ein Date?«

Ganz daneben lag ich nicht, aber der Mann, mit dem sie sich traf, war zu alt. Ihr ehemaliger Chef Jürgen Soltau. Er hatte Nina zum Essen eingeladen. Ins Hotel Excelsior. Wir verabschiedeten uns, ich wünschte ihr viel Spaß.

Auf meinem Terminplan stand noch ein neuer Mandant, der um ein Beratungsgespräch gebeten hatte. Er hatte Zollinger nicht sagen wollen, um was genau es ging. Als es klingelte, ging ich zur Tür, weil Zollinger und Julie bereits gegangen waren.

Ich öffnete, vor mir stand Artjom Morosow. Hinter ihm der Hüne.

»Heute komme ich mal zu Ihnen«, sagte Morosow.

»*Sie* sind der Termin?«, fragte ich. Gegenüber Zollinger hatte er einen anderen Namen angegeben.

Morosow nickte.

Ich trat zur Seite, bedeutete ihnen mit einer Handbewegung, einzutreten. Mir war nicht ganz wohl dabei.

Morosow sah sich um, musterte die Räumlichkeiten. »Eine schöne Kanzlei.«

»Folgen Sie mir bitte«, sagte ich und ging voraus.

Wir betraten mein Büro. »Etwas zu trinken?«

»Nein. Setzen wir uns. Ich bleibe nicht lange.«

Morosow nahm in einem der Sessel Platz, ich ihm gegenüber auf der Zweisitzercouch. Der Leibwächter blieb wie gewohnt stehen.

»Aleksandr hat mir gesagt, dass Sie kein Interesse haben an einem Mandanten wie mir. Ist das richtig?«

»Ja«, antwortete ich entschlossen.

»Ich habe andere Anwälte. Ich bin gekommen, um mich zu entschuldigen, wenn ich Ihnen beim letzten Mal Angst eingejagt haben sollte.«

»Die Drohung ist angekommen.«

Er lächelte verschmitzt, beugte sich vertraulich vor.

»Ich möchte Ihnen etwas Wichtiges mitteilen. Sie können aufhören, sich über den Tod von Hauptkommissar Rongen Gedanken zu machen. Sie trifft keine Schuld. Sie haben alles getan, was in Ihrer Macht stand.«

Mein Herz begann heftiger zu schlagen. Hatte Morosow gelogen? War er verantwortlich für Rongens Tod?

»Woher wissen Sie das?«, fragte ich

Artjom zögerte die Antwort heraus. »Ich habe Ihnen doch von meinem Vater erzählt. Ihm geht es nicht gut. Er musste die Familiengeschäfte abtreten.«

»Das tut mir leid für ihn. Gute Besserung.«

»Danke. Wissen Sie noch, was ich Ihnen über Rache und Zeit gesagt habe?«

»Sie erwähnten den Graf von Monte Christo.«

Morosow nickte. »Manchmal muss man warten. Geduld ist eine Tugend.«

Nun begriff ich, was er mir sagen wollte. Ein kalter Schauder lief mir über den Rücken.

Er blickte mir in die Augen. »Das Bild, wie Ivana dalag, wie ihre Augäpfel beinahe heraussprangen, das Gesicht voller Blut. Ivana wurde mit einer Bierflasche anal vergewaltigt. Und der Mann, der das getan hat, saß da, er war am Flennen wie ein kleines Kind.«

Mein Mund fühlte sich trocken an. »Wo ist er?«

»Er ist kein Polizist mehr. Man hat ihn entlassen, womöglich hätte man ihn vor Gericht gezerrt, vielleicht hätte er sogar angefangen zu reden.«

»Was ... was hat er Ihnen gesagt?«

»Er war es. Rongen hatte ihn im Verdacht, Ivanas Mörder zu sein. Ein Typ wie Rongen lässt nicht locker, das wusste Eisfeld. Er hat ihn in eine Falle gelockt. Da Eisfeld körperlich noch angeschlagen war, konnte er sich keinen Schlagabtausch mit Rongen leisten. Aber er hatte diese Spritze dabei. Mit Insulin. Er hat es zugegeben, jedes Detail.«

Ich wusste, dass Marco Eisfeld seit zwei Wochen verschwunden war. Jetzt war mir klar: Man würde ihn nie finden. Auch nicht seine Leiche. Er war ein mieses Schwein, keine Frage, ein Mörder. Aber bei der Vorstellung, was ihm widerfahren sein musste, empfand ich Mitleid. Und Ekel gegenüber dem Mann, der mir gegenübersaß.

Morosow erhob sich von der Couch. »Ivana hat mir viel bedeutet. Ich wollte nur, dass Sie die Wahrheit wissen. Und aufhören, weiter zu suchen. Widmen Sie Ihre Zeit sinnvollen Dingen.«

Ich schluckte. »Jetzt gehen Sie. Bitte.«

»Leben Sie wohl.«

Ich blieb wie paralysiert sitzen, während Morosow und sein Leibwächter das Büro verließen. Kurz darauf hörte ich, wie die Tür der Kanzlei ins Schloss fiel.

54

Sie beschlossen, noch einen Absacker in der Bar des Hotels zu trinken. Nina bestand allerdings darauf, die letzte Runde zu zahlen. Soltau hatte keine Unkosten gescheut, den besten Wein aufgetischt und ein Fünf-Gänge-Menü für zwei bestellt. Er genoss den Umgang mit Nina, einer schönen Frau, die ihren fehlenden Arm mit Würde trug. Sie war einzigartig. Im Ambiente dieses Luxushotels leistete sich niemand den Fauxpas, sie anzustarren.

Sie tranken Moscow Mule in Kupferbechern. Nina spürte, wie der Alkohol ihr allmählich zu Kopf stieg. Soltau schien es ähnlich zu gehen. Er hatte leicht gerötete Wangen, bestellte noch eine Runde, die aber er bezahlen wollte.

Die meiste Zeit des Abends hatten sie über Ninas Leben, ihre Zukunft geredet. Soltau musste sich noch an den Gedanken gewöhnen, jetzt Pensionär zu sein, und Nina sagte ihm, dass sie seinen Schritt sehr bedauerte. Ihn traf schließlich keine Schuld an dem, was passiert war.

Es trat ein Moment der Stille ein.

»Doch«, erwiderte Soltau leise.

»Doch? Sie meinen, dass jemand die politische Verantwortung für so ein Desaster übernehmen muss.«

Er schüttelte den Kopf. »Es sind Dinge passiert, von denen Sie nichts wissen. Christian Korb hat sich schuldig gefühlt an dem Tod von Ivana. Ich fühle mich schuldig, weil … weil zu viele Menschen sterben mussten. Darunter auch mein Freund Rongen.«

»Das verstehe ich jetzt nicht.«

Soltau starrte auf den Kupferbecher, der vor ihm stand. Dann nahm er einen großen Schluck.

Nina entwickelte eine dunkle Vorahnung. »Sehen Sie mich an.«

Er blickte von seinem Becher auf, sie sahen sich in die Augen.

»Sie auch?«

Er nickte stumm.

»Seit wann?«

»Vor einem Jahr.« Er schluckte.

»Warum? Geld?«

Er schüttelte den Kopf.

»Eine Frau?«

Er schüttelte wieder den Kopf.

»Was dann?«

»Mein Sohn. Mein Ältester. Nicht der, der in Afrika ist.«

»Was ist mit ihm?«

»Er … er ist spielsüchtig. Poker. Nachdem er in einem Casino ein offizielles Turnier gewonnen hatte, reichte ihm das nicht mehr. Er fing an, auch außerhalb von Casinos zu zocken. Irgendwann waren seine Schulden so hoch, dass er keinen Ausweg mehr sah. Er schnitt sich die Pulsadern auf.« Soltau holte tief Luft. Er zitterte, als sei ihm kalt. »Mehr ein Hilferuf als ein ernst zu nehmender Selbstmordversuch … Die Leute, denen er Geld schuldete, wussten, wer sein Vater war. Ich hätte schon damals zurücktreten sollen. Aber dann … dann weiß ich nicht, was aus meinem Sohn geworden wäre.«

»Wie ist das abgelaufen?«

»Zuerst ein Anruf. Ich traf einen Mann, der mich zu seinem Chef brachte.«

»Morosow?«

Soltau sah sie erstaunt an. »Sie kennen ihn?«

»Ich nicht. Aber Nicholas.«

»Morosow versprach, dass er meinem Sohn helfen würde. Er wollte auch dafür sorgen, dass er nie wieder an irgendeiner Pokerpartie von hier bis Wladiwostok teilnehmen würde. Morosow hat seine Versprechen gehalten. In jeder Hinsicht.«

»Was hat das mit Rongens Tod zu tun?«

»Wenn ich nicht von Morosow abhängig gewesen wäre, hätte ich Rongen helfen können. Es hätte einen Weg gegeben. So aber musste ich zusehen, wie er ins offene Messer gerannt ist.«

»Morosow hat Rongen getötet?«

»Ich weiß es nicht. Und das macht mich fertig. Ich habe immer versucht, das Schlimmste zu verhindern. Morosow wollte mich schützen. Ich war der König auf dem Schachfeld, die anderen nur Bauern. Schmiege, Weber, Eisfeld. Austauschbar. Ich aber nicht. Deshalb habe ich die Chance genutzt, verstehen Sie? Darum bin ich zurückgetreten. Denn jetzt bin ich frei.«

Er nahm erneut einen Schluck, wischte sich den Mund mit der Serviette ab.

Nach einem Moment der Stille sah Soltau Nina mit traurigen Augen an. »Sie haben mich jetzt in der Hand. Sie wissen alles. Entscheiden Sie, was mit mir geschehen soll.«

Nina kramte in ihrer Handtasche. Soltau vermutete, dass sie nach ihrem Handy suchte. Doch sie holte ein Blatt Papier heraus, schob es über den Tresen, legte einen Stift drauf. Soltau sah, dass es eine Mandantenvollmacht war.

»Hätte ein schöner Abend werden können«, sagte sie mit einem verschmitzten Lächeln. »Von nun an reden wir geschäftlich.«

Soltau nahm den Stift, unterschrieb die Vollmacht.

Nina faltete das Papier, ließ es in ihrer Handtasche verschwinden. »Ich will alles wissen, ausnahmslos alles. Nur deshalb nehme ich dieses Mandat an.«

Danksagung

Ein Buch schreibt sich weder von allein – noch allein. Wie bei den Vorgängerromanen »Angstmörder« und »Blutacker« war ich auch diesmal wieder auf Hilfe angewiesen. Jeder Fehler in diesem Buch fällt allein auf mich zurück und hat nichts mit der Qualität meiner Berater zu tun.

Mein besonderer Dank gilt dem Kölner Strafverteidiger Frank H. Langen, (der zufälligerweise im selben Bürogebäude wie Nicholas Meller residiert). Ebenso danke ich meinem Team bei HEYNE: meinen Lektoren Tim Müller, Oskar Rauch und Heiko Arntz. Doris Schuck und Carolina Teichmann Cravo für die Koordination von Terminen und Lesungen. Ich danke dem Waffenexperten Kurt Bouras, »Classic Firearms«, ebenso Heike Fiene und Hubertus Erfurt für kluge Ratschläge und Hilfe bei der Namensfindung.

Meiner Tochter Malin, dass sie meine Launen während des Schreibprozesses ausgehalten hat, Tanja Woltering und meinem Agenten Lars Schultze-Kossack.

21.8.2019